EL FANTASMA DEL VICARIO

Primera edición: febrero de 2024
Título original: *Le Bureau des Affaires Occultes - Tome 2 - Le fantôme du Vicaire*

© Éditions Albin Michel, Paris, 2022
© de la traducción, Claudia Casanova, 2024
© de esta edición, Futurbox Project, S. L., 2024
Todos los derechos reservados, incluido el derecho de reproducción total o parcial de la obra.

Imagen de cubierta: © Roy Bishop | Lee Avison | Arcangel
Corrección: Sofía Tros de Ilarduya, Raquel Bahamonde

Publicado por Principal de los Libros
C/ Roger de Flor, n.º 49, escalera B, entresuelo, despacho 10
08013, Barcelona
info@principaldeloslibros.com
www.principaldeloslibros.com

ISBN: 978-84-18216-79-4
THEMA: FFL
Depósito Legal: B 1494-2024
Preimpresión: Taller de los Libros
Impresión y encuadernación: Liberdúplex
Impreso en España — *Printed in Spain*

ÉRIC FOUASSIER

EL FANTASMA DEL VICARIO

TRADUCCIÓN DE
CLAUDIA CASANOVA

A mamá

Llueve, llueve sin cesar, llueve horror, llueve vicio, llueve crimen, llueve noche; sin embargo, debemos explorar esta oscuridad, y nos adentramos en ella, y el pensamiento intenta en esta oscura tormenta un doloroso vuelo de pájaro mojado.

Victor Hugo, *Las flores*

Prólogo

El viento se levantó a medida que se acercaba el crepúsculo. Nubes desordenadas surcaban el cielo, proyectando sus sombras cambiantes sobre el suelo. Las ramas de los árboles gemían lúgubremente con las ráfagas y sus hojas llenaban la noche de mil rumores inquietantes.

—No puedo quitarme de la cabeza que este maldito lugar es perfecto para que nos vigilen. ¿Seguro que es aquí?

—Deja de quejarte. Le hice repetir las instrucciones dos veces. ¡Es un tipo cuidadoso, nada más! Quería recoger el paquete en un lugar discreto.

—¡Aun así! Este jardín se vuelve espeluznante de noche. No estaré tranquilo hasta que resolvamos el asunto.

Dos hombres avanzaban lentamente en la oscuridad. Dos siluetas furtivas seguían un camino cuya tierra, bajo los rayos entorpecidos de la luna, parecía ceniza. Los dos se deslizaban entre las sombras de los arbustos, evitando con cuidado que los descubrieran.

Esta escapada nocturna ponía muy nervioso al más alto, un auténtico coloso. Llevaba una gorra de obrero y un abrigo deforme con mangas demasiado cortas, que le llegaban por las muñecas. Sus manos blancas, con dedos anormalmente largos y nudillos huesudos, parecían tener vida propia. A intervalos irregulares, se subían a la altura de sus ojos y él las miraba fijamente, con aire incrédulo, como asombrado de que semejantes manos de estrangulador fueran suyas. Sus pobladas cejas se juntaban para formar una línea de preocupación bajo su obtusa frente. La piel de su rostro temblaba con tics nerviosos. En los bajos fondos lo llamaban Tocasse. Se había ganado una reputación como portero nocturno en un local para hombres de la calle Duphot. Un tipo muy simple al que la perspectiva de una buena trifulca bastaba para hacerlo feliz, pero le hervía el cerebro con las tramas retorcidas.

Su compañero era de un temple totalmente distinto. Salía del mismo fango, tenía una elegancia canalla, vestía una levita de solapas anchas, un pañuelo color escarlata y un sombrero hongo con una cinta y una hebilla dorada. De hombros estrechos, compensaba su relativa debilidad física con una mente mezquina y taimada; era un ser traicionero, vicioso, dispuesto a vender a su padre y a su madre por una posible ganancia. Tenía un morro de comadreja y un comportamiento retorcido, de los que te sonríen de frente y te empujan a una trampa a la primera oportunidad. Sus amigos lo llamaban Bordelés, porque decía ser de esa ciudad. Bordelés a secas. Sin nombre, sin otro apodo. Las personas que se cruzaban en su camino sin conocerlo, cuando notaban que su mirada ávida se fijaba demasiado en su alfiler de corbata o en la cadena de su reloj, preferían no tener que nombrarlo y se alejaban rápidamente.

—Eh, Bordelés, ¿no crees que nuestro hombre sospechará cuando se dé cuenta de que no llevamos al niño con nosotros?

El tipo delgado con levita que iba en cabeza paró en seco, luego suspiró y se volvió hacia su acólito con cara de fastidio.

—Deja de devanarte los sesos, Tocasse. Ya te lo he explicado mil veces. Así que escucha con atención, porque esta es la última vez que lo repito. No podemos atacarlo en el jardín. Demasiado imprevisible. Si aparece un guardia, la cosa podría ponerse fea. El truco está en tranquilizarlo y persuadirlo para que venga con nosotros hasta el carruaje. Allí abro la puerta, supuestamente para enseñarle la mercancía, y cuando se asome, le golpeas en la cabeza con el garrote.

Mientras hablaba, Bordelés señalaba con la barbilla el bastón con puño de plomo que su colega escondía bajo el abrigo.

—Pero si sospecha algo y se niega a seguirnos —insistió el grandullón, juntando las manos para hacer crujir los nudillos—, tendremos que acabar con él enseguida.

—¡Ni hablar! El cliente insistió en que lo entregáramos vivo. Solo nos dará la recompensa íntegra con esa condición. Tendremos que ser lo suficientemente persuasivos, eso es todo. Pero no te preocupes, déjame hablar a mí.

Los dos hombres siguieron caminando en silencio. Sin embargo, no habían dado ni diez pasos cuando un repentino crujido a su derecha, seguido inmediatamente de una serie de gritos desgarradores, les pusieron los pelos de punta. Bordelés se recuperó del susto primero y señaló una larga estructura, cuyo entramado metálico brillaba a la luz de la luna. Vagamente perceptible, detrás de la malla había una confusa agitación y unos rápidos aleteos azotaban el espacio por toda la estructura.

—¡Que la peste se lleve esos malditos pájaros! —gruñó el hombre del redingote—. Nos hemos acercado demasiado a la jaula de las aves rapaces. Vámonos rápido de aquí o esos malditos carroñeros atraerán a todos los guardias.

Dejando atrás todas las precauciones superfluas, los dos visitantes nocturnos corrieron camino arriba y cruzaron el césped más cercano hasta un bosquecillo, donde se agacharon y esperaron ocultos entre los árboles, con el corazón a punto de estallar, a que amainara el alboroto de los pájaros. Cuando por fin volvió la calma, Tocasse susurró al oído de su compañero:

—¡Nos hemos salvado por los pelos! Solo faltaría que nuestro hombre no tuviera hígados y no se presentara a la cita.

—No te preocupes por eso —se rio Bordelés—. Esa clase de patán es incapaz de resistirse a la llamada de la carne fresca. Le he prometido mercancía de primera clase. Un chico rubio de menos de diez años, intacto. ¡Deberías haber visto al viejo verde! Salivaba de antemano. ¡Vendrá, no lo dudes!

—¡Menos mal! ¿Aún está lejos el punto de encuentro?

El hombrecillo larguirucho se quitó la gorra para secarse el sudor de la frente, luego apartó una rama y señaló un gran edificio, cuya masa oscura en forma de estrella se alzaba a unos cien pasos. Cuando las nubes pasaban intermitentemente, los rayos de la luna captaban pálidos reflejos en sus ventanas.

—¿Ves esa rotonda de ahí? Solo tenemos que rodearla y deberíamos encontrar una especie de cabaña de troncos y barro justo detrás.

Los dos cómplices esperaron unos minutos en silencio para asegurarse de que el camino estaba despejado. Cuando ya vieron todo tranquilo, Bordelés dio una palmada en el hombro a su compañero y se puso en pie.

—¡Vamos! Sería de idiotas fallar. ¡Y no te olvides de que dentro de unos minutos tú y yo vamos a ganar mucho dinero!

La pareja abandonó la protección de los árboles y avanzó rápidamente hacia la densa sombra de la rotonda. A medida que se acercaba, el gemido del viento en las ramas iba acompañado de gruñidos apagados y pisoteos. De repente, la noche parecía estar habitada por una multitud de criaturas invisibles. Era inaudito que estuvieran en el corazón de una gran ciudad. Al contrario, todo sugería que se aventuraban en territorios inciertos y en antiguos terrores nocturnos. Son los lugares que normalmente uno visita solo cuando está dormido, cuando multitud de pesadillas se arrastran bajo los párpados e intentan arrancar el calor de las sábanas.

—¿Qué demonios es eso? —gruñó Tocasse, moviendo unos ojos desorbitados e intentando perforar la oscuridad con la mirada.

—Son los animales de la rotonda —dijo su compañero, encogiéndose de hombros—. El ruido de los pájaros debe de haber despertado a algunos. No tardarán en dormirse. Así que no seas blandengue y cállate ya. Acabarás consiguiendo que nos descubran.

El grandullón bajó la cabeza, como un crío pillado *in fraganti*.

Aunque medía casi una toesa* y nunca desdeñaba una pelea, tenía miedo a la oscuridad desde niño. Podría enfrentarse a tres o cuatro adversarios con las manos desnudas sin temblar, pero la mera perspectiva de dormir sin luz lo angustiaba y lo reducía al nivel de un bebé asustado. No lo habría admitido por nada

---

* Alrededor de dos metros.

del mundo, por miedo a que lo tomaran por un gallina, pero con la oscuridad perdía buena parte de sus recursos. Miró a su compañero. El otro no parecía darse cuenta del alcance de su confusión. Ya había echado a andar de nuevo y, con una mano apremiante, le indicaba que no se entretuviera.

Tocasse llevaba poco más de un año a remolque de Bordelés, pero no le caía muy bien. Cuando lo pensaba, su compinche tenía un fondo despectivo y de pura maldad que lo incomodaba profundamente. Pero también era genial encontrando las mejores faenas. Como la de esa noche. Un trabajo no demasiado complicado, con una buena recompensa en juego. Bordelés no le reveló todos los detalles, pero sabía lo esencial. Un tipo estaba dispuesto a pagar una buena suma si conseguían capturar a un viejo maricón al que le gustaban los chiquillos. Bordelés se encargó de encontrar y poner un cebo a su objetivo. ¿Cómo lo hizo? Un misterio. Por este tipo de proezas lo valoraba. Olía los buenos negocios y nadie como él preparaba una trampa o tramaba un golpe. Aun así, Tocasse seguía desconfiando de él. Puede que pasara por un zoquete, que solo servía para partir caras, pero tenía intuición. En el fondo, sabía que tarde o temprano tendría que apretar con sus grandes zarpas el cuello raquítico de su malvado cómplice…, justo antes de que intentara apuñalarlo por la espalda. Pero ese momento aún no había llegado.

Refunfuñando para sus adentros, siguió a la frágil figura que ya empezaba a caminar alrededor de la rotonda.

Según las indicaciones, la cabaña de madera estaba detrás de ella, en la parte del jardín que lindaba con las plantaciones de la escuela botánica. Un refugio, por cierto, más que una cabaña, con paredes de adobe, sin ventanas, y el tejado de paja. Más adelante, entre los árboles, las cristaleras de un invernadero reflejaban el cielo atormentado y parecían jugar al escondite con el astro nocturno.

—Aquí es —susurró Bordelés mientras se ponía de puntillas para llegar al oído de su compañero y que pudiera escucharlo a pesar del rugido del viento, que se había levantado de nuevo—. A partir de ahora, ni una palabra. Déjamelo todo a mí. Pero si ves que las cosas se ponen feas, no lo dudes: te abalanzas sobre el tipo con todas tus fuerzas.

Tocasse asintió forzando una sonrisa. En cuanto se hablaba de peleas y fuerza bruta, se sentía en su elemento.

Sin más preámbulos, uno tras otro, los dos maleantes cruzaron el umbral de la cabaña. Inmediatamente los asaltó el olor: pesado, almizclado, salvaje. Impregnaba todo el espacio y era tan penetrante que parecía casi palpable. Los recién llegados se sorprendieron tanto que tardaron unos segundos en acostumbrarse y empezar a examinar el lugar.

Estaban en una habitación estrecha, sin más muebles que una mesita desvencijada en un rincón. Cubos, escobas y rastrillos se amontonaban en desorden contra una pared, y entre estas cosas normales, había un objeto singular: un palo largo con alambre enrollado en el extremo. Parecía una especie de lazo, pero de tamaño desmesurado. Al otro lado de ese revoltijo, se abría una trampilla en el suelo, y el tablón levantado dejaba ver el comienzo de una escalera. Un quinqué colgaba de un gancho. Su llama bailaba y tiznaba la corriente de aire que entraba por la puerta entreabierta.

Bordelés desenganchó la lámpara, se arrodilló y metió el brazo por el agujero para iluminar los recovecos oscuros. La escalinata desembocaba en una puerta de madera maciza, reforzada con barras metálicas. Un candado sólido impediría el acceso si no estuviera abierto, colgado de una argolla en la pared.

El hombrecillo del redingote se incorporó con una mueca maligna en la comisura de los labios. Se llevó el dedo índice a la boca y volvió a hacer un gesto a su compinche para que lo siguiera. Los dos hombres entraron por la estrecha abertura y descendieron con cuidado los escalones de piedra. El olor los acompañó bajo tierra. Estaba aún más presente, era casi sofocante. Un hedor bestial que recordaba al aliento de un perro después de roer carroña. Incapaz de reprimir un escalofrío de asco, Bordelés empujó la pesada puerta y se sorprendió al encontrarse al aire libre.

Su primera impresión fue casi agradable. El hedor se diluía. Se mezclaba con el aroma primaveral de la hierba húmeda y los árboles con hojas incipientes. Con Tocasse a su lado, avanzó unos pasos por un suelo de tierra y se dio la vuelta para orientarse. El tándem estaba en el centro de una zona rodeada de muros altos, de unos diez metros de largo por cuatro de ancho. Y en el centro había unas cuantas rocas y un árbol muerto. Nada más. Aparte de los recién llegados, no se veía ni un alma.

—Qué extraño —dijo Bordelés con los dientes apretados—. Ya tendría que estar aquí.

—¿Dónde estamos exactamente? —preguntó su compañero en voz baja. Lo invadió una especie de malestar al verse rodeado de murallas por todas partes. Parece... sí, parece una especie de foso.

Bordelés no contestó. Sus pequeños ojos escrutadores acababan de fijarse en una abertura en la parte baja de la pared opuesta a la entrada. Parecía el comienzo de un túnel. Un orificio tenebroso, extraño y un poco inquietante.

Estaba a punto de acercarse para verlo mejor cuando un fuerte portazo hizo que ambos se dieran la vuelta al mismo tiempo. La pesada puerta, reforzada con metal, acababa de cerrarse de golpe. Bordelés reaccionó con más rapidez. Soltó un improperio y se precipitó hacia la puerta a toda velocidad para intentar girar de nuevo el pomo. Fue en vano. Ya no tenían acceso a la escalera. Evidentemente, alguien acababa de cerrar el candado del otro lado.

Tocasse tardó un poco más en darse cuenta de lo que ocurría. Sin embargo, cuando comprendió que estaban atrapados en medio de ese foso inhóspito, corrió a ayudar a su colega. Con sus manazas de leñador tiró de la puerta con todas sus fuerzas y luego trató de sacudirla en todas direcciones para sacarla de los goznes. Pero sus esfuerzos fueron inútiles. El aparato seguía en su sitio y parecía especialmente diseñado para resistir una fuerza aún más colosal.

Mientras el bruto forcejeaba en vano, Bordelés se dio la vuelta. El sudor le caía por la frente, que tenía una arruga de preocupación de lado a lado, y su mente retorcida daba vueltas a toda velocidad. Una vez más, su penetrante mirada se centró en el agujero negro del otro lado del foso. Se sintió irresistiblemente atraído hacia él y, al mismo tiempo, una sorda angustia nacía en su interior. Ya no era solo una sensación de miedo irracional. Entonces, ese agujero le parecía la boca enorme de una fantasma, ávida y monstruosa, dispuesta a devorarlos.

Y, de repente, lo comprendió.

Un escalofrío helado le recorrió la espalda. Tuvo la horrible sensación de que todos sus huesos se licuaban. En un instante, todo cobró sentido: el inusual lugar de encuentro, la ausencia del hombre con el que estaban citados y el olor carnívoro que le agredía los orificios nasales.

—¡Puto tuerto! —gritó con voz de falsete distorsionada por el miedo—. ¡Olvídate de la maldita puerta, Tocasse! Vuelve a la pared, ¡rápido!

El grandullón con manos de estrangulador se dio la vuelta, sorprendido. Ni siquiera tuvo tiempo de preguntarse qué mosca había picado a su compañero. La mera visión de sus facciones distorsionadas por el miedo bastó para ponerlo en movimiento. Se unió a él en unas pocas zancadas.

—Ponte contra la pared y hazme de escalera —ordenó Bordelés con brusquedad—. Tenemos que salir de esta ratonera lo antes posible.

Tocasse estaba a punto de obedecer sin hacer preguntas cuando un impresionante rugido resonó a espaldas de los dos hombres. El foso estaba demasiado oscuro y solo distinguían unas sombras confusas a pocos pasos. Sin embargo, en el mismo momento en el que Bordelés puso el pie en las manos entrelazadas del coloso, no pudo resistir la tentación de echar una rápida mirada por encima del hombro. Tuvo la clara sensación de que el agujero oscuro acababa de escupirles algo. Una masa imprecisa, más densa que la noche, avanzaba directa hacia ellos rugiendo.

A Bordelés se le heló la sangre en las venas. Con el aliento bloqueado, dejó de respirar, oprimido por un terror desconocido.

Con la fuerza de la desesperación, se alzó apoyándose en los hombros de su compañero y lanzó las manos a ciegas hacia arriba. Sus dedos engancharon el reborde del muro al mismo tiempo que un golpe brutal rebotaba en sus piernas. Su punto de apoyo desapareció de repente y él se balanceó en el vacío, empleando toda su energía para no soltarse. Una espantosa cacofonía subió desde el suelo: gruñidos, gemidos, golpes, desgarros. Luego, dominando todos los demás sonidos, un horrible aullido de agonía.

Al cabo de unos segundos, Bordelés consiguió estabilizarse, su cuerpo dejó de balancearse y pudo inclinar la cabeza para mirar lo que ocurría a sus pies. La lámpara se había volcado, pero la mecha seguía encendida, y ante sus ojos apareció una horrenda visión.

El cuerpo dislocado de Tocasse yacía en un charco de color escarlata, con el garrote destrozado a su lado. Su rostro conservaba la expresión de un espanto abominable y sus ojos inyectados en sangre parecían a punto de salirse de sus órbitas. La lengua, azulada e hinchada, le asomaba por la boca. Tenía una impresionante herida en el bajo vientre y los intestinos esparcidos por la tierra.

Un oso pardo de complexión monstruosa daba vueltas a su alrededor lentamente. De vez en cuando, el animal golpeaba el cadáver con sus garras, como si quisiera asegurarse de que su presa estaba muerta. Su hocico, erizado de enormes dientes amarillos, embadurnado de sangre, aún dejaba escapar gruñidos ahogados.

A pesar de su delicada situación, Bordelés suspiró de alivio. Se había librado por poco. Por unos segundos podía haber corrido la misma suerte que el gran bulto que yacía muerto. ¡Pensar que ese idiota se creía invulnerable, con sus grandes músculos y esa cabecita! ¡Ahora ya no era más que una miserable marioneta desarticulada! Probablemente, ni siquiera tuvo tiempo de saber lo que ocurría.

El pequeño canalla soltó una risita nerviosa. Gracias a Dios podía contar con su estrella de la suerte. Solo tenía que levantarse a pulso. Nada sobrehumano para un peso ligero como él. En un momento estaría fuera de peligro.

—¡Una situación de lo más incómoda! No pasará mucho tiempo antes de que los músculos empiecen a agotarse. Sí, desde luego, ¡una situación muy desafortunada! —La voz melodiosa y falsamente compasiva precedió a la aparición del hombre al borde del foso.

Desde su posición inferior, Bordelés solo podía distinguir una silueta ciega. Apenas un torso y un cráneo que sobresalían del parapeto y destacaban sobre el cielo rasgado. A pesar de todo, no tenía la menor duda de la identidad del hombre que estaba ahí, tan tranquilo, fingiendo una indiferencia teñida de ironía. La ira se mezcló casi instantáneamente con el terror.

—¡Hijo de la grandísima puta! —maldijo, con la mandíbula crispada—. ¡Eres el peor bastardo que he conocido!

—¡Shhh, shhh! —continuó hablando el hombre de voz melodiosa—. ¿Nunca te han enseñado, hijo mío, que es impropio decir palabrotas? No creo que Nuestro Señor te perdone por utilizar en vano el nombre de su madre en tus ridículos desplantes. De hecho, estoy bastante seguro de lo contrario. Y resulta que soy su más humilde y obediente servidor…, el dócil ejecutor de su santa voluntad.

Mientras hablaba, la aparición levantó las manos por detrás del cuello y desató la cruz dorada que llevaba en el pecho. Entonces empezó a entonar una oración en latín, agarró el crucifijo con la mano derecha y lo utilizó como un mazo para martillear los dedos del desgraciado que colgaba sobre el foso.

1

Una pareja singular

—¡Tiernas! ¡Verduras frescas!

Una alegre campesina empujaba su carretilla por el Quai des Orfèvres. El carro estaba lleno hasta los topes de lechugas, puerros, coles y nabos dulces, que la muchacha se disponía a vender en su puesto habitual de la plaza Dauphine.

—¡Tiernas! ¡Verdura fresca! ¡Mis verduras son buenísimas! ¡Tiernas! Verd…

La vendedora dejó de gritar de repente y se apartó para mover su voluminosa carga junto a las fachadas. Sus ojos pardos parecían dos canicas de porcelana engarzadas en su rostro, enrojecido por el trabajo al aire libre, y acababan de fijarse en la agradable figura de un joven que subía por la acera en dirección contraria. La campesina se retiró para dejarlo pasar, lo cual no era muy habitual en ella. Normalmente, sobre todo cuando llovía, sentía un malicioso placer al rozar su carro contra los burgueses barrigones, solo para salpicarles los bajos de los pantalones y ensuciar sus relucientes zapatos. Pero esa mañana, el sol brillaba con fuerza y el individuo que iba a cruzarse con ella no tenía aspecto de ser un advenedizo panzudo.

Al contrario, era un elegante dandi, cuya levita bien cortada resaltaba sus anchos hombros y su cintura delgada. Llevaba un sombrero de copa de Bandoni, un chaleco de seda bordada, guantes de cuero color gris perla y un bastón con puño de plata de casa Thomassin para completar este refinado atuendo. Pero más que su elegancia, lo que atraía irresistiblemente la atención hacia el desconocido era su rostro rebosante de nobleza, cuya cautivadora belleza, casi demasiado perfecta, estaba teñida de una conmovedora melancolía. Y luego, también tenía una mirada ardiente, que cambiaba de gris a verde según la luz, desmentía la suavidad angelical de sus rasgos y dejaba entrever un alma templada como el acero de las espadas más temibles.

La verdulera estaba tan embelesada que no pensó en apartar la mirada cuando el hombre se acercó rápidamente. Como fascinada por una aparición celestial, lo contempló mientras se acercaba, boquiabierta, con los ojos como platos, antes de darse cuenta de repente de lo ridículo de su actitud extasiada. Roja de vergüenza, empezó a rebuscar entre las verduras para disimular, pero se sintió todavía más tonta cuando se percató de que el desconocido ni siquiera la había visto. Con cara de preocupación, pasó a su lado sin aminorar el paso y sin dedicarle siquiera la limosna de una breve mirada.

Se quedó quieta un buen rato, confusa, observando cómo se alejaba con paso decidido, y se sintió un poco desconcertada al verlo girar hacia la calle Jerusalén y entrar en el porche del antiguo palacete de los presidentes del Parlamento de París. El edificio albergaba las oficinas de la Prefectura de Policía, y la mera idea de que su apuesto e indiferente hombre tuviera que vérselas con las fuerzas del orden la entristeció. Era una idiotez, pero mientras se ponía de nuevo manos a la obra, no pudo evitar rezar una oración para que aquel apuesto joven no estuviera metido en un lío policial.

Ni por un momento se le ocurrió pensar que el distinguido joven pudiera ser un empleado de la prefectura, un simple funcionario que obedecía órdenes. Sin embargo, nada más entrar en las dependencias oficiales, dos vigilantes, con uniforme de sargento municipal, de guardia en recepción saludaron con el impecable gesto reglamentario al apuesto misterioso.

Él, sumido en sus oscuros pensamientos, estuvo a punto de ignorarlos también. Sin embargo, rectificó justo al pasar por delante de ellos y les respondió con indiferencia, limitándose a levantar el puño del bastón hasta el ala del sombrero. Los dos guardias intercambiaron una mirada cómplice que expresaba muy bien lo que pensaban. El más rencoroso de los dos no pudo evitar murmurar en voz baja:

—¡Va vestido como un príncipe y se cree mejor que el resto de nosotros!

Pero no era probable que el recién llegado lo oyera, porque ya había empezado a subir las escaleras de cuatro en cuatro para llegar al último rellano.

En esa planta, algunas de las habitaciones abuhardilladas, que antiguamente se utilizaban para el servicio, se habían reconvertido en salas de archivo. A diferencia de los pisos inferiores, rebosantes de actividad, este era el reino del polvo y las telarañas. A excepción de las dos primeras habitaciones, transformadas recientemente en oficinas. En cada una de las puertas, que merecían una buena mano de pintura, colgaba un letrero con la misma inscripción críptica: «Brigada de los Misterios Ocultos».

El recién llegado entró en la segunda habitación sin llamar. Una claraboya con cristales oscurecidos la sumergía en una luz como de acuario. El olor a tabaco con aroma a especias y miel flotaba en el aire y contrastaba, por su lujo embriagador, con la estrechez del sitio y el mobiliario más básico.

El joven dejó su sombrero y su levita en un perchero desvencijado y se deslizó tras un escritorio por el que ni el más astuto vendedor de segunda mano habría podido sacar diez liardos.* Sobre el escritorio lo esperaba una copia del informe diario elaborado por los estrechos colaboradores del prefecto. En él se daba cuenta del estado de la capital y del balance de las actividades diarias de los distintos departamentos de Policía: detenciones, pasaportes expedidos, vigilancia del estado de ánimo público, abastecimiento de las lonjas y mercados, listado de precios de los principales productos alimenticios…

El joven hojeó la prosa administrativa antes de prestar más atención a los periódicos que también recibía. Empezó por *Le National,* publicación favorable a las ideas republicanas, cu-

---

* Moneda de cobre que valía un cuarto de sueldo.

yos redactores criticaban, página tras página, la inercia de las autoridades. Ocho meses después de la revolución del 1 de julio* y de la subida al trono de Luis Felipe, se quejaban de que el presidente del Consejo, el banquero Laffitte, a pesar de su apoyo al desarrollo democrático del régimen, no había logrado imponer las reformas necesarias. «Tergiversaciones» y «debilidades» eran las dos palabras más utilizadas para descalificar la política del Gobierno.

La Gazette de France, por su parte, era aún más franca en su hostilidad hacia el nuevo rey de los franceses. Este diario, punta de lanza de la prensa legitimista, leal a la rama más antigua de los Borbones, informaba sobre los disturbios anticlericales que arrasaron la capital un mes antes. A mediados de febrero, un oficio celebrado con motivo del aniversario de la muerte del duque de Berry† desató la furia de algunos parisinos. La agitación desembocó en el saqueo de Saint-Germain-l'Auxerrois, el palacio arzobispal y el tesoro de la iglesia metropolitana. Los periodistas de *La Gazette* seguían denunciando actos claramente hostiles a la religión y querían ver en estos estallidos la prueba de que la nueva dinastía era incapaz de traer la paz y la prosperidad al reino. Sobre todo, criticaban a Luis Felipe por haber cedido demasiado fácilmente a la violencia popular al aceptar, tras los desastrosos acontecimientos y en un vano tentativo de apaciguar al pueblo, retirar la flor de lis del escudo real y del sello del Estado.

El tercer diario con el que el ocupante de la oficina terminó el repaso a la prensa fue el *Journal des débats* de los hermanos Bertin. Esta vez, se limitó a hojear los titulares. Mencionaban las tensiones que provocaban en el extranjero las repercusiones de las Tres Gloriosas. La independencia belga y el levantamiento de Varsovia contra el zar seguían despertando pasiones y dividiendo a la opinión. Los nostálgicos de 1792 y de la cruzada

* Las famosas Tres Gloriosas Jornadas de julio de 1830, que obligaron al rey Carlos X a abdicar y a exiliarse.

† Charles-Ferdinand d'Artois, hijo menor de Carlos X, considerado el miembro más prometedor de la familia real, fue apuñalado por un obrero bonapartista el 13 de febrero de 1820.

emancipadora de los ejércitos revolucionarios abogaban por la ayuda a las naciones amigas, mientras que sus oponentes denunciaban el riesgo de una guerra generalizada en Europa si se rompían los equilibrios establecidos tras la caída de Napoleón. Pero el tema de la mayoría de los artículos se centraba en la situación interna y el clima de insurrección que reinaba en París. Los autores especulaban sobre las posibilidades de que Luis Felipe disolviera pronto la Cámara u obligara a dimitir a su principal ministro, Laffitte. Uno de ellos recordaba los recientes ataques del diputado Guizot en la tribuna y reproducía el final de su discurso para constatar el fracaso: «Francia pide ser gobernada y siente que no lo es». Todo proyectaba una desafortunada imagen de confusión y nerviosismo, y parecía un mal presagio para el futuro.

Con un suspiro cansado, el hombre con cara de dios griego echó hacia atrás su sillón, estiró las piernas y se frotó los párpados durante largo rato. A sus casi veinticuatro años, Valentin Verne, inspector de Policía de profesión, ocupaba un puesto cuando menos original dentro de la prefectura. Era jefe de la Brigada de los Misterios Ocultos, un servicio de la Policía sin auténtica existencia oficial, creada en noviembre de 1830 para desentrañar los crímenes imposibles o aparentemente de tinte sobrenatural, y perseguir a un nuevo tipo de rufianes que se aprovechaban de la credulidad de la gente y de los progresos aún desconocidos de la ciencia para perpetrar sus crímenes. Con ese cargo, el joven investigador solo respondía ante el propio prefecto de Policía, de quien dependía de forma directa. Era una posición privilegiada, pero también terriblemente precaria: tenían los recursos limitados y la propia existencia de la brigada pendía de un hilo. Dependiendo de la agitación política, podía suprimirse de un plumazo.

En varias ocasiones, Valentin le había visto las orejas al lobo. De hecho, sucedía en cuanto un nuevo jefe se instalaba en la calle Jerusalén, lo que ocurría a menudo en épocas de gran inestabilidad política. En los cuatro meses transcurridos desde que había tomado posesión de su cargo, el inspector ya se las había visto con tres prefectos de Policía diferentes. Cada recién llegado se sorprendía al descubrir ese departamento que, al fin y al cabo, no era realmente eso, porque se reducía a una única persona, el inspector Verne. Sin embargo, sus éxitos siempre vencieron las reticencias iniciales de sus superiores. Sacar de la calle al estrangulador autómata y resolver el misterio de la araña cantante impulsaron al nuevo prefecto, Alexandre-François Vivien, a duplicar el personal de la oficina. A principios de marzo, premió a Valentin con un ayudante de veinte años que lo secundaba en sus investigaciones.

Tras dejar atrás su Picardía natal, Isidore Lebrac llegó a la capital justo después de las jornadas revolucionarias de julio, armado únicamente con su entusiasmo juvenil. Resuelto a no seguir mucho tiempo al margen de la historia que se fraguaba, decidió alistarse en la Guardia Nacional de París, impresionado por la personalidad de su jefe, el carismático La Fayette. Desgraciadamente para él, se topó con la implacable inercia de una administración en plena reestructuración. Obligado a esperar y a caer, día tras día, por la escala que lleva de los hoteles respetables a las peores habitaciones del barrio de Sainte-Avoye, Lebrac aprendió a aminorar la marcha mientras veía cómo se esfumaban sus escasos ahorros.

Para cuando rechazaron su solicitud por carecer de domicilio fijo, La Fayette ya se había visto obligado a dimitir y las esperanzas suscitadas por el gran levantamiento del verano se habían esfumado con las primeras nieblas del otoño. En lugar del fino uniforme con el que había soñado, al ingenuo provinciano le ofrecieron unos manguitos y un puesto de oficinista en la calle Jerusalén.

«A falta de pan, buenas son tortas», intentó consolarse, solo antes de volver a decepcionarse. Pelirrojo, poco atractivo y bastante enclenque, Lebrac no tardó mucho en convertirse en el blanco de las bromas de la fauna de soplones y policías que rondaba por los pasillos. Sin embargo, Valentin se fijó en él precisamente por su exquisita fealdad y su condición de cabeza de turco. Cuando el prefecto le dio carta blanca para elegir a su futuro colega, el inspector no dudó ni un segundo y echó el ojo al insignificante chupatintas. Esta sorprendente decisión obedecía a dos razones principales. En primer lugar, Valentin supo apreciar la mente despierta bajo la aparente placidez del blanco de las burlas. Y, en segundo lugar, prefería un subordinado dócil e inexperto; él tendría mucho tiempo para formarlo desde su punto de vista.

En las otras brigadas, la creación de un departamento especial dedicado a resolver casos oscuros o esotéricos ya había causado bastante revuelo, pero la formación de esta absurda pareja de investigadores transformó la desconfianza inicial en una hostilidad sorda. Verne era un solitario receloso cuya belleza angelical y fortuna personal lo diferenciaban de sus compañeros. En cuanto a Lebrac, su ascenso había disgustado a todos —¡y eran muchos!— los que se planteaban con quién iban a descargarse a partir de ahora. En consecuencia, estos dos jóvenes tan diferentes focalizaban el rencor y la envidia de sus colegas.

Valentin rumiaba todo esto cuando llamaron a la puerta.

2

Una mujer en apuros y un anillo de sello

El inspector se incorporó, con el corazón latiéndole de repente más deprisa, y se reajustó el chaleco. Era raro que lo molestaran a una hora tan temprana. Lebrac se dio cuenta enseguida de que, cuando su jefe llegaba a la oficina, necesitaba un periodo de calma para ordenar las ideas y asumir el carácter de policía que le resultaba muy poco natural. Como un buen perro guardián, defendía su puerta de cualquier intrusión inoportuna y siempre dejaba pasar una hora como mínimo antes de asomar la nariz.

¿Por qué hoy era diferente? ¿Tenía que ver con el caso que tanto preocupaba a Valentin en secreto? ¿Recibiría por fin la noticia que esperaba con impaciencia desde el día anterior? Rezó para que así fuera. La persecución ya duraba demasiado. Había que finalizarla.

Cuando lo permitió, Isidore Lebrac entró en el despacho con la greñas enmarañadas. Parecía incómodo. Tras saludar a su jefe, le entregó con gesto forzado una tarjeta impresa.

Señora de Ferdinand d'Orval
Finca de Hêtraie
Saint-Cloud

El «Señora de» estaba escrito a mano.

—Me ofrecí a recibirla yo —explicó Lebrac—, pero ella insistió en hablar con usted personalmente. Dice que no abusará de su tiempo, pero no sabe a quién más recurrir. Usted es, según ella, su única esperanza

—¿Qué aspecto tiene?

—Es una mujer distinguida, con una especie de vulnerabilidad en su aspecto. Pero resulta completamente encantadora.

Valentin le hizo señas para que la dejara entrar en la habitación. En efecto, era la joven más fascinante que se pudiera imaginar, pálida y menuda, con el rostro finamente dibujado bajo unos rizos caoba, grandes ojeras y unos gestos lentos que le daban el aire de una convaleciente que se atreve a salir por primera vez tras una larga y dolorosa enfermedad.

Valentin se levantó para saludarla y ofrecerle asiento. Ella se sentó con elegancia e inclinó a la perfección la cabeza para mirarlo mejor. Esbozó una sonrisa dulce y un tanto triste.

—Le agradezco que me dedique un poco de su tiempo. —Su voz era tranquila y sorprendentemente firme, aunque algo ronca—. Por supuesto, usted no me conoce, pero yo sé quién es usted. He seguido el desarrollo de sus recientes investigaciones en los periódicos.

—¿Así que lee la prensa?

—Le sorprende, ¿verdad? Se supone que una mujer de la alta sociedad no se dedica a esas actividades. Más bien, debe entregarse a la caridad, a su hogar, a velar por el bienestar de su familia y, ante todo, de su marido. Eso es precisamente lo que me ha traído hoy hasta usted.

Valentin intentaba no pensar para concentrarse mejor. Sin embargo, le resultaba difícil alejar de su mente los pensamientos ansiosos que lo asaltaban desde el día anterior. Cuando volvió a hablar, lo hizo mecánicamente.

—La escucho.

—Me llamo Mélanie d'Orval. No creo que mi nombre le diga nada. Hace unos tres años que mi marido se retiró de los negocios y se trasladó de su palacete parisino a una pequeña finca familiar a la altura de Saint-Cloud. El pobre hombre acababa de pasar una dura prueba con la muerte de su primera esposa. Cuando nos conocimos, precisamente en esa época, había perdido las ganas de vivir. Solo su única hija, Blanche, aún adolescente, le impidió cometer algo irreparable. Estoy del todo convencida. Esa profunda tristeza fue lo primero que me atrajo de él. Lo único que quería era devolver un poco de alegría a su mirada apagada, arrancar a un hombre bueno y adorable del abismo de la nada. Y creo que puedo decir que lo conseguí. Al menos, hasta aquella espantosa tragedia del año pasado…

«Su única hija… aún adolescente…». Valentin observó con más atención a la joven sentada frente a él. La ropa oscura y el sombrero, de una elegancia distinguida, la envejecían. Pero, mirándola bien, no le echaba más de treinta años. Esto significaba que su marido debía tener al menos entre diez o quince años más que ella. La idea de que recurriera a él por un vulgar asunto pasional le cruzó por la mente y lo disgustó. Si fuera el caso, tendría que despedirla. Pero su frágil belleza, combinada con sus ojos tristes, le daban más bien ganas de cuidarla. Cualquier hombre normal querría protegerla.

—¿Una tragedia? —preguntó, para disipar el silencio que amenazaba con volverse incómodo—. ¿Qué ocurrió exactamente?

—Una tragedia, sí. Por desgracia, esa es la única palabra para describirlo. Hace seis meses, la pobre Blanche sufrió un violento ataque convulsivo. Ya había tenido otro la semana anterior, pero nuestro médico de cabecera no pudo determinar la causa. La reincidencia resultó fatal. La encontramos muerta a los pies de su cama al amanecer. ¡Mi pobre Ferdinand! Ese golpe del destino rompió definitivamente algo en su interior. Ningún padre debería pasar por un calvario así.

Valentin frunció el ceño.

—Dice que esta repentina muerte ocurrió hace seis meses. ¿Por qué ha esperado tanto para acudir a la Policía?

La mirada de la visita vaciló. Luego, sus pupilas se dilataron y se llevó la mano al pecho antes de sacudir la cabeza con vehemencia. Sin embargo, cuando volvió a hablar, lo hizo con la misma voz dominada que intentaba captar toda la atención de su interlocutor.

—Creo que se equivoca, inspector, no ha sido la muerte de mi hijastra lo que me ha traído aquí. O al menos no directamente. Aunque trágica, su muerte solo fue por causas naturales. Pero como ya le he dicho, mi marido se ha tomado muy mal esta nueva prueba.

»Su negativa a aceptar la pérdida de su hija lo incitó a consultar con una especie de médium. Un individuo de comportamiento más que dudoso que, en unas semanas, se ha convertido en un rostro familiar en nuestra casa. Este lamentable caballero, llamado Paul Oblanoff, convenció al pobre Ferdinand de que era capaz de entrar en contacto con el espíritu de la muerta. Me temo que tan solo intenta aprovecharse de la angustia de mi marido para abusar de su confianza.

—¿Qué le hace pensar eso?

—A decir verdad, hasta la semana pasada no estaba realmente preocupada. Me decía a mí misma que el capricho de Ferdinand acabaría pasando. Tarde o temprano, se daría cuenta de que ese eslavo no tenía ningún poder especial. Luego, dos incidentes despertaron mis sospechas y temores. Desde entonces, he perdido el apetito y el sueño…

—Cuéntemelos.

—El primer acontecimiento tuvo lugar hace exactamente siete días. Hay que puntualizar que recibimos al tal Oblanoff a cenar varias veces por semana y que se aloja en la finca los sábados y domingos. Supongo que no hace falta que le diga que mi marido no se molestó en consultarme antes de establecer estas invitaciones.

»Como le decía, el sábado pasado sorprendí a este detestable personaje en el despacho de Ferdinand. Fingió que buscaba a mi marido, pero su confusión era evidente. Estoy completamente segura de que mentía y buscaba la caja fuerte en la que guardo mis joyas y una importante cantidad de dinero en monedas de oro. Además, desde entonces he preguntado a los criados, y me han confirmado que este estafador intentó en varias ocasiones sonsacarles información sobre nuestro nivel de vida y nuestra fortuna.

»Pasemos al segundo incidente. Es la razón principal por la que he decidido pedirle ayuda. Ocurrió el miércoles por la noche, hace tres días. Oblanoff convenció a Ferdinand para que se prestara a un experimento espiritista* con el fin de comunicarse con Blanche. Después de cenar, nos sentamos alrededor de una mesa en penumbra. Recalco: una mesa, apoyada sobre cuatro sólidas patas, no un simple velador. Había allí cinco personas: Oblanoff, Ferdinand, yo misma y un par de viejos amigos, el barón de Launay junto con su mujer. Formamos un círculo y nuestras manos se tocaron justo encima de la mesa. Oblanoff murmuró algunos conjuros vagos; luego, su voz se alzó para invocar a Blanche. Pasaron varios minutos sin respuesta. Entonces, de repente, un golpe muy fuerte hizo temblar la mesa. No fue solo una sacudida, ¡no! Un auténtico golpe que prácticamente levantó el mueble. Entonces establecieron una conversación. Oblanoff preguntaba y el «espíritu» de Blanche respondía, un golpe significaba sí, y dos, no. Duró unos diez minutos largos.

—¿Es posible que Oblanoff moviera la mesa con las rodillas?

—¡Imposible! Estaba sentado entre mi marido y yo, y yo lo tenía vigilado. Si hubiera movido las piernas, me habría dado cuenta. Es más, dudo que fuera capaz de impulsar así la mesa. Sin embargo, estoy segura de que nos engañó, y si nadie le pone freno, esta historia acabará mal.

No lo decía con dramatismo. Al contrario, conservaba su conmovedora sonrisa, como si pudiera suavizar un poco la perversidad de sus premoniciones.

—¿Ha compartido sus temores con su marido?

—¡Ni lo piense! Desde que sucumbió a los venenosos encantos de ese supuesto mago, un velo le cubre los ojos. No accederá a despedirlo a menos que alguien pueda demostrar que todo es una farsa, que es el juguete de un miserable cuyo único objetivo es aprovecharse de su dolor para robarle su fortuna. ¡Se lo ruego, usted es mi única solución!

* A mediados del siglo XIX se hablaba de «espiritualismo moderno» o de «fenómenos magnéticos» para designar la práctica del espiritismo; este término lo inventó, en 1857, Allan Kardec.

—¿Qué quiere exactamente de mí?

—Ya se lo he dicho: he leído lo que los periodistas han escrito sobre usted. Estoy segura de que le bastaría con asistir a una de sus vergonzosas sesiones espiritistas para descubrir la impostura. Podría venir a cenar a mi casa el próximo miércoles, por ejemplo. Lo presentaré como un primo lejano. Los Launay quedaron tan impresionados por lo que vieron la última vez que insistieron en que lo repitiéramos en su próxima visita.

Como siempre que estaba molesto, Valentin sintió un hormigueo detrás de la oreja izquierda. Se abstuvo de rascarse y sacudió la cabeza con pesar.

—Por desgracia, me resulta imposible. Actualmente estoy ocupado con otro caso, cuyo resultado requiere todo mi tiempo y atención.

Al oír estas palabras, una mueca desgarradora deformó el rostro impenetrable de Mélanie d'Orval. Daba pena ver su decepción. El inspector, más conmovido de lo que hubiera creído posible, bajó inmediatamente la mirada y señaló al pequeño Lebrac, que se mantenía en un segundo plano, atento, de pie junto a la puerta.

—Sin embargo, mi ayudante puede sustituirme con creces. Sus dotes de observación son tan agudas como las mías, no se le escapará ningún detalle y me hará un informe completo cuando regrese. Basándome en eso, decidiré qué medidas tomar.

Una sonrisa radiante recibió estas últimas palabras. La visitante parecía a punto de aplaudir de alivio. De pronto, parecía mucho más joven que cuando llegó.

—¡Maravilloso! —exclamó—. ¡Tenía tanto miedo de que pensara que estaba loca! Pero ahora estoy completamente tranquila. Una vez que haya desenmascarado a ese charlatán, no me cabe duda de que Ferdinand lo ahuyentará sin el menor reparo.

Valentin extendió las manos con las palmas hacia delante, como para contener la espontánea expresión de alegría. Entonces se levantó para indicar que la reunión había terminado, y luego fingió recordar un detalle sin importancia.

—Una última cosa antes de que se vaya —añadió con el mismo tono—. ¿Podría describirme el sello del anillo del misterioso médium?

Mélanie d'Orval abrió los ojos asombrada y titubeó un instante. El inspector notó que estaba a punto de expresar verbalmente su sorpresa, pero se dominó y su rostro volvió a ser plano e impenetrable.

—Ahora que lo dice —respondió, con el ceño un tanto fruncido—, es cierto que es una joya extraordinaria. Un anillo grueso que lleva en el dedo corazón de la mano izquierda, con extraños signos grabados. Siete círculos entrelazados, formando tres pares alrededor de un único rosetón central.

—No me cabe duda de que son símbolos alquímicos —comentó Valentin, con conocimiento de causa—. Si no me equivoco, los círculos y la roseta representan los siete metales planetarios. En el centro está el Sol, que simboliza el oro. Alrededor, el azogue de Mercurio, en el que se transmuta fácilmente el estaño de Júpiter. En lo más alto, Saturno de plomo se opone a la Luna de la plata, pero también le corresponde muy bien. Igual que se corresponden Marte de hierro y Venus de bronce.

—Me impresiona usted —murmuró la joven, cuyos rasgos mostraban de nuevo una forma de indecisión—. Pero todo esto supera mi comprensión. ¿Es realmente tan importante?

Valentin no respondió de inmediato. Rodeó despacio el escritorio para acompañar a su visitante hasta la puerta. Mientras ponía la mano en el pomo, dijo, marcando con claridad cada sílaba:

—Estoy casi seguro de que este anillo de sello es la clave de todo. ¡Vamos! Puede marcharse tranquila. Si he acertado, este asunto debería resolverse con rapidez a su entera satisfacción. Le doy mi palabra.

3

El Panier des Princes

—¿Cómo lo ha hecho, señor?

—¿El qué, Isidore?

—¡Hablo del anillo, por supuesto! ¿Cómo ha podido adivinarlo?

El eco de los pasos de Mélanie d'Orval aún no se había apagado en la escalera cuando el joven Lebrac expresó su entusiasmo y presionó a su superior con preguntas. Valentin se encogió de hombros con falsa modestia.

—No veo qué tiene de extraordinario —dijo.

—¿No lo ve? ¿De verdad? —insistió el joven ayudante con ironía—. ¡Venga ya! ¡Estará de broma, inspector! ¿Cómo? Viene una mujer que le cuenta sus sospechas sobre un completo desconocido del cual solo le da el nombre, y usted le habla inmediatamente de su anillo de sello. Ella le da la descripción más sucinta del objeto y usted descifra enseguida su simbolismo. Y para colmo, afirma con tranquilidad que esta joya es el instrumento que le permitirá resolver su problema. En su lugar, sin conocerlo, pensaría que se burlaba de mí.

Valentin puso una mano amistosa sobre el hombro del pelirrojo.

—Y te habrías equivocado mucho, querido Isidore. Al escuchar la historia de la encantadora señora D'Orval, simplemente me arriesgué con una hipótesis que resultó ser correcta.

—¡Espere! —intervino Lebrac excitado—. No diga nada, ¡déjeme adivinar! Usted conocía este anillo o había visto uno igual antes. Veamos, veamos… Podría ser un signo de reconocimiento, la marca de Paul Oblanoff pertenece a una banda de maleantes con la que usted ya se las ha visto. Sea generoso, jefe: ¡dígame si me estoy acercando a la verdad!

El inspector no contestó enseguida. Cogió de su escritorio una caja de nácar bellamente incrustada, la abrió y se la enseñó a su compañero. Tenía dentro unos puros finos y caros, cuya delicada fragancia a pimienta cosquilleaba las fosas nasales.

—Toma uno, Isidore. Te hará mucho bien. Algunas personas creen que fumar multiplica por diez la actividad de las células cerebrales y estimula la imaginación. La afirmación me parece que se basa en fundamentos fisiológicos un tanto inciertos, pero ¿quién sabe? Ante la duda…

—Vaya, dicho de otra manera, no he dado pie con bola.

Valentin encendió los dos cigarros; luego, volvió a su silla desde donde contempló con interés una voluta de humo que se elevaba hacia el techo.

—Yo no lo habría planteado en términos tan triviales, pero tengo que admitir que estás muy equivocado.

—Así que volvemos a mi primera pregunta —insistió Lebrac, conteniendo la tos tras dar una torpe calada a su puro—: ¿Cómo lo ha sabido?

—Te lo acabo de decir, una simple suposición que ha dado en el clavo. Sigue mi razonamiento. No hace falta ser un gran experto en medicina para saber que los muertos no se levantan de sus tumbas ni charlan con los vivos. El espiritismo, tan de moda estos días entre los anglosajones, es una burla. En consecuencia, nuestro Oblanoff es necesariamente un charlatán como todos sus congéneres. La sesión que tanto impresionó a nuestra visitante fue un truco, sin duda.

—Pero ella misma nos aseguró que estaba vigilándolo —comentó Lebrac con ingenuidad—. Afirma que no le quitó la vista de encima a Oblanoff.

—Pero no se fijó en lo que debía. Es un truco utilizado por ciertos iniciados en América, un método infalible para hacer que los espíritus «hablen» y las mesas se muevan. Mucho más eficaz e impresionante que el común y corriente rodillazo por debajo. Todo lo que hay que hacer es fijar un pequeño tornillo doblado en ángulo recto en la madera del tablero de la mesa. Siempre que el agujero se taladre con antelación, puede hacerse en cuestión de segundos y pasar completamente desapercibido en la penumbra impuesta por el supuesto mago para favorecer su concentración. Cuando el público coloca las manos planas sobre la mesa, basta con introducir la parte horizontal del tornillo en el anillo del dedo. Esto asegura un agarre discreto y excelente. El resto es simple actuación. El médium finge que intenta dominar los movimientos de la mesa cuando en realidad los está provocando.

Una sonrisa embobada se dibujó en el rostro de Lebrac.

—¡Increíble! Así que cuando mencionó un anillo de sello…

—Lo único que hice fue soltar un anzuelo al azar. Y la respuesta de Mélanie d'Orval confirmó que probablemente había acertado.

—¿Pero cómo fue capaz de descifrar con tanta rapidez el significado del sello?

—Simple lógica, Isidore. Cualquiera que afirme tener poderes sobrenaturales está obligado a interesarse por las ciencias ocultas. Y en primer lugar, por la astrología y la alquimia, que están estrechamente relacionadas. Yo mismo conozco algunos rudimentos de esos campos. La figura de los siete círculos que simbolizan metales y planetas no es nada excepcional. Hay una famosa representación a pocos pasos de aquí, en el portal de la Virgen de la catedral de Notre-Dame. Los círculos están en un sarcófago a la altura de la cornisa mediana.

Isidore asintió, claramente impresionado por la capacidad de deducción y los conocimientos de su jefe. Sin embargo, había un detalle que aún le preocupaba.

—Hay algo que no entiendo —dijo—. De nosotros dos, como acaba de demostrar tan brillantemente, usted es el que está en mejor posición para revelar el engaño de Oblanoff. Entonces, ¿por qué me envía a mí a casa de los D'Orval? ¿Por qué inventar un caso que no existe y no recoger los laureles que solo usted merece?

Por un momento, la mirada de Valentin se nubló y se le crispó la mandíbula imperceptiblemente. Pensó en la búsqueda secreta que centraba todos sus pensamientos en los últimos días. Por supuesto, no había dicho nada al respecto a su subordinado. Era un asunto personal que pretendía resolver a su manera, sin tener que seguir las normas. Para lograr su objetivo, estaba dispuesto a salirse de los caminos trillados, e incluso a actuar al margen de la legalidad. Todo eso eran cosas que un chico bueno y sencillo como Lebrac no podría entender.

—Tienes que curtirte, Isidore —respondió al fin—. Cuando estés allí, podrás aguzar tu sentido de la observación. Esa velada con la buena sociedad promete estar aderezada con una pizca de misterio y, ¿quién sabe?, una pizca de peligro. Será la oportunidad para callar de una vez por todas a los necios que aseguran que no tienes la talla de un verdadero policía. —Hizo una breve pausa y sonrió con ironía—. Además, he creído adivinar que no eras insensible al frágil encanto de la joven señora D'Orval. ¡Resultarás absolutamente perfecto para el cometido del caballero que vuela al rescate de la bella dama en apuros!

Lebrac se sonrojó hasta la raíz del pelo y se apresuró a marcharse, balbuceando algunas palabras confusas. Valentin, que solo quería provocarlo, no pudo evitar sonreír. Sin embargo, pronto recuperó su humor preocupado y miró su reloj de bolsillo. Las manecillas aún no marcaban las diez. Se lo acercó a la oreja como para asegurarse de que no se había parado. Si no recibía pronto las noticias que esperaba, las próximas horas podrían ser muy duras.

Por desgracia, así sucedió.

Cuando, tras un rápido almuerzo, el inspector decidió abandonar la Prefectura de Policía, había agotado sus últimas reservas de paciencia. ¡Al diablo con la discreción! No podía seguir con la incertidumbre, preguntándose qué podría haberles pasado a Tocasse y Bordelés. Llevaba ya dos noches y un día entero torturándose, pensando por qué esos dos detestables no habían dado señales de vida. Seguro que había surgido algún imprevisto. Tenía que averiguar qué. ¡Y debía hacerlo inmediatamente! ¡La cautela ya no era una opción!

Sumido en sus pensamientos, cruzó el Pont-Neuf sin prestar atención a los transeúntes y se dirigió hacia la orilla izquierda con la intención de hacer una parada rápida en su casa para recoger un arma. Vivía en un lujoso piso de la tercera planta de un edificio burgués de la calle Cherche-Midi. Una casa a la que por lo general no puede aspirar un agente de policía normal y corriente. Sin embargo, desde la repentina muerte de su padre adoptivo cinco años antes, Valentin gestionaba una fortuna nada despreciable. Sabias inversiones en bolsa le aseguraban una jugosa renta anual que, de haberlo querido, le permitiría vivir sin trabajar. Pero su compromiso con el cuerpo de Policía respondía a una necesidad totalmente distinta.

Si interrumpió sus estudios científicos y renunció a su proyecto de ingresar en la Escuela Politécnica para estudiar derecho y convertirse en inspector fue para continuar el trabajo de su benefactor. Valentin aún recordaba emocionado su asombro cuando, al archivar los papeles del difunto, descubrió que Hyacinthe Verne había dedicado los últimos años de su vida a una persecución. Toda una parte de su propio pasado emergió de las brumas del olvido brutalmente.

Ese pasado coincidía con un lugar muy concreto. Un pabellón aislado en el París andrajoso de los suburbios. Un sótano sórdido con paredes gruesas de mampuesto, un tragaluz tapado con tablones y una puerta maciza reforzada con herrajes. Había allí una vulgar tabla de madera a modo de catre y una jaula remachada al suelo de tierra. Una jaula apenas mayor que una caseta de perro con anchos barrotes de acero. Todo envuelto siempre en la penumbra y con un horrible hedor a podredumbre y moho. Olor húmedo a sepulcro. Un lugar donde uno podía seguir perdido para siempre, disolverse en la espera y el terror, al margen de la humanidad.

Este pasado también tenía un rostro: el del Vicario. Un criminal abyecto al que su padre siguió la pista durante siete largos años por los barrios más infames de la capital. Un monstruo que sembraba cadáveres de niños a su paso, como el ogro de los cuentos. Un ser perverso y cruel que marcó a Hyacinthe Verne y a su hijo con hierro candente y los obligó a mirar al Mal directamente a los ojos para combatirlo con más eficacia.

El Vicario… De largas manos blancas con venas como serpientes, un rostro como el filo de un cuchillo, que aún atormentaba las noches del joven inspector, con su cráneo brillante y ojos viciosos hundidos profundamente en sus órbitas. Valentin se embarcó en la carrera de policía para acabar con ese demonio con sotana. Y su determinación se reforzó el otoño anterior, cuando descubrió que ese canalla ordenó el asesinato de su padre, una muerte que hasta entonces todo el mundo había creído accidental.[*]

Aquel otoño, gracias a la información de Vidocq, el antiguo jefe de la Sûreté, Valentin estuvo muy cerca de echarle el guante por fin a su enemigo. Entró en su último escondite conocido, al final de una pútrida callejuela del barrio de Saint-Merri. Por desgracia, una vez más, el pájaro había volado justo a tiempo, y en la jaula solo encontró el cadáver profanado de otra víctima inocente.

Tras este doloroso episodio, el Vicario se sumergió de nuevo en la oscuridad: engullido en el París de los necesitados como una rata en el fango de las alcantarillas. Valentin siempre supo que acabaría saliendo a la superficie. Sus impulsos y apetitos depredadores se impondrían tarde o temprano a la prudencia. Por eso, el inspector hizo correr la voz entre todos sus informadores y prometió una jugosa recompensa, de su propio dinero, a quien pudiera entregarle al desgraciado o, al menos, contribuir decisivamente a su detención. Cuatro días antes, creyó alcanzar por fin su objetivo, cuando el tal Bordelés fue a verlo para decirle que él y su cómplice, Tocasse, capturarían al Vicario. Pero, desde entonces, ¡nada! Los dos rufianes en los que confió le dieron esquinazo y seguía sin noticias de ellos.

* Ver del mismo autor: *La Brigada de los Misterios Ocultos*, Barcelona: Principal de los Libros, 2023.

Al salir de sus pensamientos, Valentin se dio cuenta de que ya había llegado al cruce de la Cruz Roja. A esa hora tardía del sábado, el lugar era un hervidero de gente. Los carruajes de una nobleza refugiada en sus palacetes del Faubourg Saint-Germain desde la revolución convergían aquí de camino al Campo de Marte, los jardines de las Tullerías o los Campos Elíseos. En la calle resonaba el estrépito de los cascos de los caballos y de las ruedas guarnecidas de hierro sobre los adoquines. Un poco más allá, un afilador añadía al barullo ambiental el chirrido de su rueda y sus gritos estridentes. Mientras continuaba su camino, el inspector lo observaba afilar un hacha con destreza cuando una voz familiar lo llamó:

—¡Eh, Jerusalén! ¿Un poco de lustre a sus botines?

Valentin volvió la cabeza. Un limpiabotas, con la gorra demasiado grande ladeada en la cabeza, agitaba la mano en señal de invitación explícita. El policía sonrió y se acercó, buscando calderilla en sus bolsillos.

—¿Cómo va el negocio, Foutriquet? ¿Aún no eres millonario?

El joven policía de carácter retraído y poco predispuesto a relacionarse con sus semejantes no tenía esos prejuicios con los niños. Al contrario. Disfrutaba de su compañía y siempre encontraba espontáneamente las palabras adecuadas para ganarse su simpatía. Así que se ocupaba de ese crío desaliñado que deambulaba con los cepillos y el betún por los alrededores de su casa. El huérfano de diez años era bastante tímido, y Valentin necesitó mucha paciencia para ganar su amistad. Al final, para ayudarlo y al mismo tiempo respetar su dignidad, lo reclutó de soplón, y el mocoso se enorgullecía bastante de su oficio.

—¡Con la pasta que me da no voy a cumplir mis sueños! ¡Ya se sabe: los ricachones tienen erizos en los bolsillos!

—Te bastaría con abrir bien los oídos y los ojos. He conocido muchos soplones que cuchichean un poco mejor que tú.

El crío se encogió de hombros.

—¿Y qué quiere que haga si ese maldito Vicario se ha desvanecido en el aire? Mientras tanto, siempre puedo sacar brillo a sus zapatos.

—En otra ocasión, Foutriquet —dijo Valentin, deslizando una moneda en la palma de la mano del muchacho—. Tengo cosas que hacer en otra parte.

—¡Bienvenido a casa, entonces, Jerusalén! Y no sea demasiado duro con la gentuza. Cuando los de arriba se llenan los bolsillos, los de abajo tienen que hacer juegos de manos para aligerarlos un poco. ¡Mientras no haya hombre muerto!

El limpiabotas le guiñó un ojo con picardía y se marchó silbando. Valentin se alegró bastante de haberse cruzado con él. El buen humor del chico lo había distraído de sus preocupaciones. Pasó rápidamente por su casa, donde cambió su bastón pomposo por otro mucho más temible, que servía de vaina para una hoja de acero. Luego se metió en el bolsillo una pistola corta, Marietta, de tambor giratorio con cinco balas, el tipo de arma que resulta muy eficaz a corta distancia y contra varios adversarios en un espacio cerrado. Así, preparado para cualquier eventualidad, salió de nuevo, paró a un carruaje en la calle Grenelle y pidió que lo llevara frente a la iglesia real de la Madeleine, aún en construcción. Desde allí, llegó al bulevar y siguió por la calle Duphot, que, junto con la calle Neuve-de-Luxembourg, marcaba los límites de un territorio propicio para los encuentros masculinos.

Al atardecer aún no había mucha gente, pero por la noche, en cuanto las sombras empezaban a deslizarse por las fachadas, comenzaba un *ballet* sincronizado a la perfección. Siluetas lascivas y ondulantes se apoderaban de la acera. Los chaperos miraban fijamente, iban de farola en farola como polillas, en busca de clientes. Aquí, en esta meca de la prostitución masculina de París, trabajaban los dos truhanes con los que Valentin se había juntado.

El inspector se fijó en el modesto cartel de uno de los edificios de la calle. Un sencillo panel de madera en el que una mano torpe había pintado una cesta de flores rematada con una corona. Aparte de este detalle, el Panier des Princes era discreto y no se diferenciaba en nada de otros locales. Al contrario de los burdeles de mujeres, que estaban sujetos a control y obligados a mantener sus interiores iluminados desde el anochecer hasta el amanecer, no había ninguna normativa para los masculinos. Estos establecimientos, aunque fueran locales clandestinos de los barrios sórdidos, que se beneficiaban de una culpable indulgencia porque, como ocurría en el Panier, los frecuentaba lo más granado de la sociedad, no estaban reconocidos oficialmente. Las autoridades civiles preferían ocultar su existencia al público y negar su realidad, mientras que la Policía, aun sabiendo dónde estaban y vigilándolos con discreción, se cuidaba mucho de redactar el más mínimo informe sobre ellos.

Al primer sonido de la campanilla, un criado silencioso abrió la doble puerta acolchada y condujo a Valentin a un vestíbulo revestido de terciopelo carmesí. En toda la casa reinaba un ambiente silencioso creado por las mullidas alfombras, las pesadas cortinas y las numerosas puertas ocultas. Tras identificarse como policía, el guía lo condujo por una serie de saloncitos aún desiertos. Las estatuas de efebos, las imponentes arañas de cristal, el embriagador perfume de las flores que había por todas partes y los abundantes espejos que le devolvían su propio reflejo en una vertiginosa estructura en abismo le produjeron náuseas al inspector. Pero esto no era nada comparado con la sonrisa dulcemente hipócrita que recibió del dueño de la casa, un hombre bigotudo de ojos ahumados que vestía una carísima bata de seda.

Cuando aún estaba en la Brigada Antivicio, Valentin había tratado una o dos veces con el hombre que en su partida de nacimiento figuraba como Joachim Ferrand, pero la mayoría de los habituales del Panier llamaban Tata Belle-Cuisse. No le caía muy bien. Su actitud, maliciosa y esquiva a la vez, le recordaba a una anguila. Era imposible interrogarlo sin tener la desagradable sensación de estar removiendo el barro con las manos desnudas.

También esta vez el individuo se mostró detestable. Accedió a responder a sus preguntas a regañadientes. ¿Sabía dónde encontrar a Bordelés y Tocasse? No, no tenía la menor idea.

¿Tocasse trabajaba en la casa? Efectivamente, Tocasse era el hombre para todo y también se aseguraba de que la reputación del establecimiento no se viera empañada por ningún escándalo. Pero llevaba dos días sin aparecer. Y sin la menor explicación. ¿Lo hacía a menudo? ¡Imposible! El personal del Panier des Princes se elegía muy puntillosamente. Por cierto, si ese zoquete no aparecía pronto, Tata Belle-Cuisse se reservaba el derecho de tirar sus trastos a la calle. Entonces, ¿el tipo vivía aquí? ¿Sería posible echar un vistazo a su habitación?

Las dos últimas preguntas irritaron a Ferrand; su rostro se cerró y su capa de barniz de untuosa cortesía se resquebrajó.

—¡De ninguna manera! —zanjó tajantemente—. A menos que tenga una orden oficial que lo autorice a registrar la casa, pero dudo que sea el caso. Todo el mundo sabe que usted ya no pertenece a la Brigada Antivicio. Y la reputación de nuestro establecimiento nos exige impedir que cualquier recién llegado se pasee por aquí a su antojo.

En circunstancias normales, Valentin no habría tolerado este tono despectivo sin reaccionar. Nada lo irritaba tanto como un canalla que se pasaba de la raya. No obstante, se dejó acompañar a la puerta sin protestar. La breve visita había bastado para confirmar sus peores temores. Las cosas salieron mal y, sin duda, Tocasse y Bordelés pagaron el pato. La suerte de esos dos le era completamente indiferente. Pero si habían desaparecido de escena, solo podía significar una cosa: la bestia inmunda se le había escapado de las manos otra vez.

Solo con pensarlo, le subía un regusto a ceniza por la garganta.

4

Cuando se trata de las mujeres y de sus aspiraciones

Si hubiera tenido esa posibilidad, Valentin habría empezado a investigar la misteriosa desaparición de Tocasse y Bordelés a la mañana siguiente. Sin embargo, prometió dedicar parte del domingo a Aglaé Marceau.

Desde que se enfrentaron juntos a los peores peligros y Valentin reveló su pasado de niño maltratado a la guapa actriz,[*] mantenían una relación ambigua, entre el amor y la amistad, y evitaban cualquier gesto que pudiera interpretarse como una insinuación demasiado evidente por miedo a herir al otro. La joven seguía desarrollando su talento de actriz en el teatro de madame Saqui, en el bulevar del Crimen, donde destacaba en los melodramas sangrientos tan en boga en aquella época. Valentin acudía regularmente a aplaudirla y luego la invitaba a cenar en alguno de los mejores restaurantes de la capital. Pero todo se limitaba a eso, y pese a su evidente atracción mutua, procuraban no compartir momentos demasiado íntimos, confiando vagamente en que el tiempo disiparía el malestar que cada uno creía percibir en el otro.

En especial, Aglaé temía presionar a Valentin y estropear la imagen que él le había dejado entrever: la de un hombre atractivo al que podría entregarse si él fuera capaz de amar a una mujer; un hombre atormentado por su infancia robada, presa de

---

* Ver del mismo autor: *La Brigada de los Misterios Ocultos*, Barcelona, Principal de los Libros, 2023.

sus demonios interiores, un hombre lleno de culpa e ira, a veces capaz de arrebatos violentos, pero también sensible y dispuesto a dar su vida para luchar contra el mal y proteger a los débiles. Aglaé no sabía si Valentin conseguiría algún día una especie de sosiego, pero si eso ocurría, ella quería estar a su lado. Quizá entonces podría convencerlo de que ella era la única persona capaz de ayudarlo a curar sus heridas definitivamente.

Aglaé insistió mucho en que Valentin la acompañara ese domingo a una sala de la calle Taitbout, para asistir a una conferencia de varias personalidades identificadas con el sansimonismo.* El inspector no se mostró muy entusiasmado. La propuesta le parecía demasiado seria para pasar una mañana de primavera, y en su lugar sugirió coger la barcaza de pasajeros sirgada por caballos a Auteuil, para disfrutar de sus paisajes rurales. Pero Aglaé se mantuvo firme. Quería presentarle a varias de sus nuevas amigas: «¡Mujeres fascinantes! Ya lo verá, ¡seguro que le conquista su lucha por revitalizar el espíritu de la Ilustración y liberar a las mujeres de los grilletes que impone la sociedad!».

Cuando fue a buscarla a media mañana, Valentin no pareció darse cuenta de que Aglaé se había arreglado para él. Llevaba un flamante vestido confeccionado por una modista que aceptó cobrar, material incluido, con entradas del teatro para ella y su novio. El vestido, hecho a medida en un ligero tejido estampado, animado con linón en el escote, resaltaba sus curvas encantadoras de un modo agradable. Se había recogido su hermosa melena morena en bucles que bailaban con gracia en la nuca.

Sin embargo, para gran disgusto de la joven actriz, Valentin ni siquiera pensó en hacerle el menor cumplido, e incluso la animó a cubrirse los hombros desnudos con un chal de crepé de China para protegerse del frío matutino.

Cuando ella lo tomó de la mano para subir al carruaje que él había contratado, Aglaé no pudo evitar expresar su decepción en voz baja:

* Corriente de pensamiento entonces en apogeo que defendía la industrialización moral y una sociedad fraternal, cuyo fundador, Claude-Henri de Rouvroy de Saint-Simon, falleció en 1825.

—¿Sabe, querido amigo, que ya es hora de que una mujer se ocupe un poco de usted? De lo contrario, se convertirá en un ser intratable como esos solterones viejos avinagrados por la soledad.

—Es curioso que diga eso —respondió Valentin, sin al parecer darse cuenta del tono enfurruñado de su pareja—, porque, precisamente, hace poco decidí contratar a un ama de llaves para que se ocupe de mi casa.

—¡Un ama de llaves!, ¿de verdad? —repitió Aglaé con aire un poco molesto.

—¡En efecto! Debería haberlo pensado mucho antes. Necesito alguien que me haga la colada, las tareas domésticas y me obligue a respetar un horario regular de comidas. En resumen, me puse en contacto con la agencia de empleo y mañana por la mañana me enviarán algunas candidatas. He pensado que, quizá, podría ayudarme. A decir verdad, no tengo la menor idea de las preguntas ni de los criterios que hay que utilizar para estar seguro de encontrar al empleado ideal.

Aglaé suspiró entre decepcionada y resignada:

—¡Claro que sí! Si eso es todo lo que hace falta para complacerlo…

—Querida, realmente me quita un peso de encima. En este momento tengo demasiadas cosas en la cabeza como para molestarme con preocupaciones domésticas.

Y como para confirmar lo dicho, Valentin se enfrascó en sus pensamientos y no pronunció ni una palabra durante todo el trayecto.

Aglaé lo observaba por el rabillo del ojo. No pudo evitar fijarse en la arruga de preocupación de su frente y en el tinte gris de sus ojos, que, en él, solía ser presagio de una tormenta.

Cuando el coche los dejó en la calle Taitbout, la sala de conferencias ya estaba llena. Llamaba la atención la mezcla social del público —obreros con jerséis codeándose con burgueses vistiendo levitas— y el gran número de mujeres que habían acudido solas o en grupo para escuchar los discursos. Aglaé cogió de la mano a Valentin y se abrió paso entre la heterogénea y alegremente ruidosa multitud hacia los oradores. Le señaló a un hombre de unos treinta y cinco años, de pie detrás de un atril, que estaba terminando un discurso exaltado.

—Él es Prosper Enfantin, la máxima autoridad del sansimonismo —susurró la joven actriz, con los ojos brillantes de emoción—. ¡Es una pena que hayamos llegado al final de su intervención! ¡Tiene una mente extraordinaria!

Molesto a su pesar por el tono entusiasta de Aglaé, Valentin examinó con más atención al conferenciante. Es cierto que el hombre tenía su encanto: alto, aire inteligente y un pelo rizado muy bonito. Pero había algo enfebrecido en su mirada que desagradó al inspector.[*]

Pero como no quería chocar de frente con su acompañante, fingió haberse fijado únicamente en el curioso atuendo del orador.

—¡Qué extraña guerrera! —comentó—. Parece una asamblea de banqueros alucinados a los que han puesto una camisa de fuerza para impedir que quemen los billetes de sus clientes.

Es cierto que todos los hombres sentados en el estrado llevaban la misma chaqueta grisácea encima de sus mejores galas de domingo. Aglaé le explicó con una voz rendida, aún vibrante por la emoción del momento:

—Desde que el movimiento se atribuyó un papel religioso impulsado por Enfantin, sus discípulos llevan estas chaquetas abotonadas a la espalda. Es un símbolo de fraternidad, una forma de subrayar que todos dependemos de los demás.

—Hay que reconocerle el mérito de la originalidad. Pero admitirá que es cualquier cosa menos práctica.

Con tanto entusiasmo, Aglaé no se fijó en la ironía del inspector. Al contrario, le señaló una pequeña mujer que acababa de aparecer en el escenario.

—¡Y aquí está Claire Démar! Lo he traído esta mañana ante todo para que la escuche. Ella es... simplemente extraor-

---

* En 1831, Prosper Enfantin, convencido de ser descendiente de san Pablo, inició el cambio místico del sansimonismo. Tras la Revolución de 1830, reclutó a nuevos adeptos y estructuró la orden, imponiendo cada vez más reglas y ritos.

dinaria. Su fuerza de convicción es inigualable. Es más, ya verá cómo consigue encender a la multitud.

Valentin no pudo reprimir un gesto dubitativo. A diferencia de Enfantin, la recién llegada no parecía gran cosa. En torno a los treinta, morena, frágil, con rasgos regulares pero ligeramente duros. También llamaba la atención su excéntrica vestimenta: una boina roja, una falda del mismo color, un grueso cinturón de cuero cruzado por delante y la misma chaqueta gris que sus compañeros, con la diferencia de que su apellido estaba bordado en letras mayúsculas. Parecía una figura cómica escapada de un espectáculo ambulante. Sin embargo, el inspector no se detuvo ante esta desafortunada impresión. Su perspicaz mirada no tardó en detectar una determinación inusual en la oradora. Toda su fisonomía, empezando por la chispa de sus ojos, revelaba un carácter excesivamente apasionado.

Cuando pronunció sus primeras palabras, Valentin lo confirmó de inmediato. Su discurso era áspero y descarnado, pero con un tono sincero que captaba de inmediato la atención. El murmullo de fondo que se oía entre el público numeroso desapareció al instante y la mujercita morena imantó todas las miradas.

—Quiero hablar al pueblo, al pueblo, ¿me oís? Es decir, a las mujeres y a los hombres, porque es bastante habitual que se olvide mencionar a las mujeres incluso cuando se habla del pueblo, del pueblo del que son mayoría, del pueblo de cuyos hijos cuidan y a cuyos ancianos consuelan tras haber servido de juguete y forraje durante su pubertad turbulenta o glacial.*

Sin embargo, de todos los presentes en la calle Taitbout aquella mañana, a la que Valentin escuchó más distraído fue a Claire Démar. Lo desconcertaba el espectáculo que Aglaé ofrecía a su lado. La actriz no se perdía ni una sílaba del encendido discurso de su musa. Todo su cuerpo temblaba al unísono y, en los pasajes más trascendentes, no podía evitar apretar

* Los fragmentos del discurso de Claire Démar se han extraído del panfleto publicado en 1833, titulado *Llamada al pueblo sobre la liberación de la mujer*, donde principalmente reclamaba la aplicación de la Declaración de los Derechos del Hombre y del Ciudadano también a las mujeres.

con fuerza el brazo de su acompañante. A Valentin le llamó la atención sobre todo la inquietante fascinación de sus grandes ojos de color castaño dorado. Lo hizo retroceder varios meses, al momento en el que la joven lo rescató cuando la policía lo perseguía por un delito que no había cometido. Sabía muy bien que cuando Aglaé exhibía esa expresión, estaba dispuesta a cometer la peor de las locuras.

Mientras tanto, Claire Démar continuó su discurso alzando la voz:

—El individuo social no es solo el hombre o solo la mujer. El individuo social completo es el hombre y la mujer. Sin embargo, somos esclavas de los hombres, de los que somos madres, hermanas y esposas, pero no queremos seguir siendo sus humildes servidoras.

Valentin dejó por un momento a Aglaé para volver a centrarse en el escenario. Se dio cuenta de que algunos de los discípulos masculinos que rodeaban a Enfantin discrepaban de sus comentarios más incisivos. Incluso entre el público se oían algunos rumores de desaprobación bajo los atronadores aplausos y vítores, la mayoría de los cuales procedían de las mujeres.

Indiferente, al parecer, a las reacciones del público, Claire Démar siguió su arenga con la misma convicción, hasta su epílogo en forma de clímax:

—Aviso a los verdaderos enemigos de la explotación tiránica ejercida en beneficio de los hombres sobre la mujer. Los verdaderos republicanos son aquellos que no desean la opresión de ningún miembro de la sociedad. Es necesario, indispensable y sagrado que las mujeres colaboren en la redacción de todas las leyes. Es indispensable y sagrado no considerar su debilidad como un obstáculo en este asunto, sino más bien considerarla como la prueba de que cualquier ley relativa a las mujeres que sea elaborada y sopesada por los hombres será siempre o demasiado excesiva, o demasiado abusiva.

Aglaé se puso en pie de un salto y aplaudió a rabiar. Pateaba literalmente el suelo.

—¿No le dije que era formidable? —exclamó, volviéndose hacia Valentin con el rostro enrojecido por la excitación—. Venga, se la presentaré. ¡Por favor, vamos!

Sin dar tiempo a su compañero a replicar, lo agarró del brazo y se dirigió hacia la escalera que conducía al escenario. Al pie de la escalera, dos admiradoras felicitaban calurosamente a Claire Démar. Una era tan rubia como la otra morena, pero ambas tenían en común su ropa sencilla de obreras y su extrema juventud. Valentin calculó que ambas apenas tendrían veinte años. Una sonrisa amplia iluminó el rostro de la chica rubia cuando vio a la pareja que se abría paso a codazos hacia ellos.

—¡Pero bueno! —exclamó, echándoles una mirada impertinente—. ¡Tú también has venido, Aglaé! Y supongo que ese apuesto acompañante que viene contigo es el famoso Valentin, con el que llevas semanas machacándonos los oídos. ¡Ya era hora! Como no paramos de oír hablar de él, pero no lo veíamos nunca, empezábamos a pensar que te lo habías inventado.

Aglaé hizo las presentaciones. La rubia descarada se llamaba Marie-Reine Guindorf y trabajaba de lencera en la plaza Royale. Su compañera, más reservada, que parecía algo mayor, era Désirée Véret, costurera en un taller de la Plaine d'Ivry. Ambas habían decidido recientemente, conquistadas por el carisma de Claire Démar, unirse a su lucha por la emancipación femenina. De vez en cuando iban a casa de Enfantin, en la calle Monsigny, sede del movimiento sansimonista, donde los líderes habían formado una pequeña comunidad cuyo modo de vida suponía un auténtico desafío para la moral burguesa de la época. El lugar era como una colmena abierta a todo el mundo, por donde las ideas iban y venían tan libremente como los individuos. Cuando aún trabajaba en Antivicio, el inspector recordaba haber visto informes de quejas del vecindario. Más que la libertad de pensamiento preconizada por los discípulos de Enfantin, la relajación moral era lo que suscitaba una hostilidad ensordecedora.

Aunque lo había seducido tanto el espíritu rebelde de Aglaé como su belleza, Valentin se sintió molesto al saber que la actriz ya había estado allí varias veces. De hecho, allí conoció a las otras tres mujeres y, según sus propias palabras, las más jóvenes se habían convertido en sus mejores amigas.

—Contamos con el auge del sansimonismo para liberar a las mujeres de su servidumbre doméstica —explicó Aglaé a su acompañante, buscando con la mirada la aprobación de Claire Démar.

—Cuando hayamos unido suficientes personas a nuestra causa —añadió Marie-Reine con más aplomo—, exigiremos la reforma del matrimonio, el restablecimiento del divorcio, la igualdad de los cónyuges y de los padres, y el derecho de las mujeres a recibir una educación acorde con sus facultades intelectuales.

—Y con eso no basta —intervino secamente la mujercita de la boina roja—. El objetivo final es lograr la igualdad civil y política. Tenemos que exigir que se dé acceso a las mujeres a las profesiones liberales y que se permita al sexo supuestamente débil formar parte de jurados y asambleas políticas junto al sexo fuerte.

Muy a su pesar, a Valentin le impresionó la pasión que emanaba de una persona de aspecto tan frágil. Sin embargo, el aguijón de celos que sentía, combinado con su natural desafío a toda forma de rebelión, lo impulsó a hacer de abogado del diablo.

—Les auguro un largo y difícil camino —bromeó—. Al menos, a juzgar por el augusto areópago que domina el escenario. Ahí se ven barbas y bigotes, pero pocas faldas…

Claire Démar volvió la mirada echando chispas hacia el apuesto inspector. Valentin tuvo la desagradable impresión de que lo leía como un libro abierto y que había percibido el verdadero motivo de su ironía.

—Qué quiere, los hombres tienden a desconfiar de las mujeres inteligentes. No las aprecian. Y, por cierto, la mayoría de las mujeres tampoco.

—¡Mira por donde! ¿Y eso por qué?

—En el fondo, hombres y mujeres temen ver socavada una forma de sociedad que les conviene. Siglos de patriarcado han convertido a cada hombre en un tirano en potencia y a muchas mujeres en esclavas voluntarias. —Claire miró a Aglaé mientras hablaba. Luego zanjó bruscamente la conversación—: Ahora, si me disculpan, esta tarde intervengo en otra reunión y necesito preparar las líneas generales de mi discurso.

Como si hubieran captado alguna señal misteriosa, Marie-Reine y Désirée se marcharon una tras otra, dejando a Aglaé y a su acompañante allí plantados. La joven actriz se sonrojó, confusa.

—¡Qué mosca le ha picado! —se sublevó Aglaé, fulminando a Valentin con la mirada—. Le presento a la que probablemente sea la mujer más cautivadora de París y no se le ocurre nada mejor que hacer un comentario despectivo sobre ella.

—Solo he constatado un simple hecho.

—¡No se haga el inocente! Si quisiera desacreditar a mis amigas, no habría actuado de otra manera. No sé qué le pasa desde hace unos días, pero parece que le produce un placer malicioso ser desagradable.

En el fondo, el inspector sabía que Aglaé tenía razón. A la joven le hacía ilusión presentarle a sus nuevas amistades y él había estropeado el momento estúpidamente. Y como estaba enfadado consigo mismo por comportarse mal, utilizó el único modo que tenía para escapar de sus reproches y decidió contarle lo que se había guardado solo para él hasta entonces.

—Ha vuelto.

Por el repentino cambio de expresión de su rostro, por la mano que se llevó de inmediato a la boca, supo que no necesitaba decir nada más. Aglaé lo entendió. La expresión de rabia en su mirada cedió instantáneamente al miedo.

—¿Quiere decir… él? ¿El Vicario?

5

Las amenazas de la calle

Tras intentar, sin mucho éxito, tranquilizar a Aglaé, Valentin la llevó a casa y se dirigió al Quai du Marché-Neuf, en la isla de la Cité, a primera hora de la tarde. Allí, en medio de una infame red de tugurios y garitos de dudosa reputación, estaba uno de los lugares más abominables de la capital. La morgue de París recogía los cadáveres de los que morían en las calles o aparecían flotando en el Sena. Aunque solo hubiera una mínima posibilidad de encontrar allí a Tocasse o Bordelés, merecía la pena intentarlo. Así que el inspector pasó más de una hora en una sala que apestaba a fenol y carne podrida examinando los cadáveres acopiados de los dos días anteriores, que unos empleados desmotivados empujaban hacia él en carritos desvencijados. Pero, por desgracia, fue inútil. Ninguno de los miserables cuerpos coincidía con la descripción de los hombres que buscaba.

En el camino de vuelta a casa, Valentin intentó ordenar las ideas. Cinco días antes, el famoso Bordelés se presentó en la calle Jerusalén. Había oído hablar de la recompensa que ofrecía el inspector por capturar al Vicario. Según sus palabras, la bestia había salido de su guarida para cazar y era posible tenderle una emboscada. Valentin conocía a Bordelés por su reputación, una escoria capaz de lo peor, que se podía comprar con el irresistible poder del dinero. Decidió confiar en él, pero cuando intentó averiguar algo más y expresó algunas dudas sobre su capacidad para enfrentarse al Vicario, su boca se cerró como una ostra. Fue imposible sacarle ninguna información sobre cómo pretendía atraer la presa a su red. Únicamente se limitó a explicar, para tranquilidad del policía, que no actuaría solo: lo ayudaría Tocasse.

Dos días más tarde, Valentin recibió la señal acordada. Para mayor discreción, la entrega se haría en casa del inspector al anochecer, no en la Prefectura de Policía. Valentin pasó toda la noche despierto en balde. Nadie se presentó. Y que desde entonces Tocasse no hubiera aparecido por el Panier des Princes permitía presagiar, por desgracia, lo peor. Los dos canallas debieron de subestimar a su adversario y probablemente las cosas salieron mal. La pregunta que desde entonces atormentaba a Valentin era: ¿cómo encontraría la pista del Vicario cuando ese malvado debía de estar más alerta que nunca? Por primera vez desde que empezó a perseguirlo, el miedo al fracaso lo atenazó. Porque debía castigar a su torturador, pero, sobre todo, al asesino de su padre.

Al pasar por delante de la iglesia de Saint-Germain, la inusual animación de la calle distrajo a Valentin de sus pensamientos oscuros. Había grupos de personas delante de las puertas de los edificios. La gente charlaba, parecía abrumada o aturdida. Las mujeres se asomaban a las ventanas para llamar a sus hijos. En la plaza Saint-Sulpice se cruzó con un pelotón de la Guardia Nacional, con los fusiles colgados al hombro, a paso rápido hacia la Cámara de los Pares. Había tensión en el ambiente y daba la sensación de que el menor incidente podía desencadenar manifestaciones, o incluso una revuelta.

Cuando un grupo de jóvenes pasó corriendo a su lado, Valentin agarró a uno del brazo. El desconocido, un estudiante con la cara picada de viruela, soltó un improperio y le echó una mirada hostil.

—Tranquilo, amigo —ordenó el joven, mostrando su placa de inspector—. Solo dos palabras y te dejo ir. ¿A qué viene todo este alboroto?

—¡Quieren silenciar las calles para siempre! ¡Eso es lo que pasa! ¡Y si ni siquiera ustedes los policías lo saben, es una prueba de que el nuevo poder se burla de las instituciones!

El hombre parecía conmocionado. Tenía hipo y balbucea-ba mientras intentaba en vano recuperar el aliento. Valentin lo sacudió con impaciencia.

—¿Qué ocurre? ¿Qué quieres decir? ¡Habla, hombre!

—El rey acaba de forzar la dimisión del ministro Laffitte y ha convocado a Casimir Perier para formar un nuevo Gobier-no. Nos arrebatan por segunda vez la Revolución de Julio. ¡No podemos permitirlo!

La noticia pilló por sorpresa a Valentin, que soltó al estu-diante y dejó que se uniera a sus camaradas. El banquero Jacques Laffitte encarnaba la corriente del movimiento partidario de las reformas y a favor de una política de apoyo a los pueblos de Eu-ropa en su lucha por recuperar su independencia. Al contrario, su homólogo Casimir Perier, conservador, líder del partido de la Re-sistencia, abogaba por la vuelta al orden y una política pacífica en Europa, respetando los equilibrios establecidos después de la caí-da del imperio. Como dijo el estudiante al que el policía acababa de preguntar, semejante cambio al frente del Gobierno significa-ba que Luis Felipe daba la espalda a los ideales republicanos. Esto reforzaría a los opositores que clamaban constantemente que el nuevo rey de los franceses había llamado al poder a Laffitte solo para hundirlo. En el mejor de los casos, aumentaría el desorden en las calles de París; en el peor, el descontento podría convertirse en insurrección si los liberales conseguían azuzar al pueblo. Pero para Valentin eso significaba, por encima de todo, que probable-mente se abriría un periodo de gran inestabilidad, nada propicio para las investigaciones. Si se producía otro cambio al frente de la Prefectura de Policía, la propia existencia de la Brigada de los Misterios Ocultos volvería a ponerse en tela de juicio.

Preocupado, el joven inspector aceleró el paso y se abrió camino entre los manifestantes que no dejaban de aumentar en las calles. Valentin escuchó por el camino algunas palabras que no presagiaban nada bueno: «traición», «tirano», «manifes-tación», «barricada»…

Ya en casa, estuvo dando vueltas un rato a la idea de si su deber como policía le exigía ir a la prefectura lo antes posible.

Pero algo lo retuvo. Estaba convencido de que su batalla era otra y que no ganaba nada llamando la atención en los tiempos revueltos que se avecinaban. Esperar a ver qué curso tomaban los acontecimientos parecía una opción más sensata.

Para hacer algo mientras esperaba, fue a la estantería e inclinó hacia delante un ejemplar de los *Ensayos* de Montaigne. Toda una sección de la estantería giró con un chirrido y dejó al descubierto la entrada a una habitación secreta. A Valentin le gustaba refugiarse en esa recámara, donde solía ir para apaciguar su tristeza. En las paredes colgaban retratos de su padre adoptivo, Hyacinthe Verne, y de su joven esposa, Clarisse, que murió de parto muy joven, a la que él nunca conoció. También había relegado a esa habitación ciega toda una parte de su vida anterior: objetos que recordaban la época pasada en la que se imaginaba ingresando en la Escuela Politécnica y desarrollando una carrera de investigador bajo la tutela del profesor Pelletier, gran amigo de su padre.

La mirada de Valentin recorrió los vestigios de un tiempo que se había ido para siempre: herbarios, colecciones de insectos y minerales, frascos de cristal con inquietantes formas de color carne o gelatinosas sumergidas en formol, y todo el material químico: cubetas y cazos de cobre, serpentinas de cristal, retortas y tubos de ensayo.

Había abandonado su temprana ambición de hacer avanzar la ciencia, pero de vez en cuando trabajaba en algunos experimentos como parte de sus investigaciones. La toxicología y la química se convirtieron en valiosos aliados para luchar contra el crimen. Además, para él, manejar las probetas y crisoles también era la mejor forma de dejar la mente en blanco. Cuando trabajaba en su laboratorio, Valentin tendía a olvidar todo lo demás. El mundo exterior dejaba de existir.

Entonces, el inspector se instaló en la mesa larga de madera roída de ácidos y puso un recipiente metálico al baño maría. Su amigo Vidocq le había pedido que sometiera el papel infalsificable que acababa de inventar a toda una batería de pruebas para demostrar su eficacia. Calculó que tardaría un par de horas largas si hacía las cosas según las reglas del oficio. Ese era precisamente el tipo de respiro que necesitaba para recuperar algo parecido a la calma interior.

Ese trabajo minucioso, que lo devolvía a sus años despreocupados, cumplió a la perfección su función. Cuando por fin dejó los instrumentos y reactivos, Valentin se sentía mucho mejor. Empezó a garabatear una breve nota a Vidocq para confirmar lo mucho que le había gustado su invento. Definitivamente, a ese maldito hombre no le faltaban recursos. Vidocq era un antiguo convicto que se había fugado varias veces de las penitenciarías de Brest y Tolón, y consiguió volverse indispensable para las autoridades del imperio, primero como soplón y luego como jefe de la Sûreté. Su flamante brigada, formado de forma exclusiva por expresidiarios, había hecho maravillas infiltrándose en los bajos fondos y realizando innumerables detenciones. Protegido por Luis XVIII, Vidocq fue víctima posteriormente de la política de depuración de la Policía. En 1822, le dieron las gracias de mala manera por sus servicios, pero volvió a levantar cabeza: creó una pequeña fábrica de papel y contrató a varios escritores para que lo ayudaran a escribir y publicar sus memorias. El libro, en gran parte ficticio, fue un éxito rotundo. Aunque a Valentin nunca le había gustado el comportamiento cuestionable de Vidocq, le fascinaba su habilidad para caer siempre de pie. Vidocq parecía tener siete vidas como los gatos. Además, el expresidiario conservaba muchos contactos entre los maleantes y en distintos departamentos de la Policía. Era una valiosa fuente de información.

Cuando Valentin salió por fin de su habitación secreta, la biblioteca estaba bañada por una luz dorada. El reloj de bronce y madera preciosa de la repisa de la chimenea daba las seis. El inspector se acercó a la ventana para evaluar la situación en el exterior. Afortunadamente, la agitación parecía haber remitido. Algunos grupos dispersos aún permanecían en la acera, pero nadie daba muestras reales de ira u hostilidad. Eran personas que habían salido a la calle para informarse. Incluso a lo lejos, ya no se oían rumores amenazadores. Probablemente, la mayoría de la gente se había ido a casa. París parecía contener la respiración, a la espera de las primeras decisiones del nuevo Gobierno.

Si hubiera escudriñado la calle con más atención, Valentin podría haber detectado una amenaza, en forma de una figura alta, escondida bajo un porche al otro lado de la calle. Un rostro afilado, una cabeza calva, pero, sobre todo, una mirada maligna fija en las ventanas de su propio casa. Sí, si hubiera sido capaz de atravesar la oscuridad naciente, lo habría estremecido la crueldad de aquellos ojillos brillantes y se le habría helado la sangre en las venas.

Esos ojos aún poblaban cada una de sus pesadillas todas las noches. Pertenecían al Mal absoluto. Y ese Mal tenía un nombre…

El Vicario.

6

Eugénie

—Recibirá nuestra respuesta dentro de unos días a través de la agencia de empleo. Aún tenemos que entrevistar a más candidatas.

Mientras hablaba, Aglaé acompañó a la puerta del despacho a la joven bretona de tez bronceada y pechos opulentos que Valentin y ella acababan de recibir. Luego, en cuanto cerró la puerta, se volvió hacia él:

—¿Y bien? ¿Qué le ha parecido esta?

—Bueno, la verdad es que no lo sé. Creo que podría servir. Al menos, a diferencia de la primera, ya tiene experiencia como empleada de hogar.

—¡Vaya! Por suerte me pidió que le echara una mano. ¿Ha leído sus cartas de recomendación? Hasta ahora solo ha trabajado como ama de cría y niñera. Así que a menos que quiera que lo alimenten con comida para bebés mañana, tarde y noche...

Cuando Valentin se despertó aquella mañana, lo atenazaban dos temores. En primer lugar, que las tensiones del día anterior se hubieran recrudecido durante la noche y degenerado en refriegas. Pero pronto se tranquilizó. Las calles estaban tan concurridas como siempre a principios de semana. Acababa de notar, en un rápido paseo por el distrito, una fuerte presencia de sargentos municipales y guardias nacionales en las principales intersecciones. El segundo temor tenía que ver con el humor de Aglaé. Todavía se reprochaba cómo se había comportado con ella en la conferencia de la calle Taitbout. Sencillamente, no soportaba la idea de que su amiga se acercara demasiado al círculo de ese Enfantin y a sus discípulos, que propugnaban, entre otras cosas, el amor libre y la igualdad carnal entre los sexos. Este absurdo sentimiento de celos lo empujó a ser innecesariamente provocador y a decir palabras de las que se arrepintió de inmediato. Pero, aún peor, su sentimiento de culpa por herirla fue tan fuerte al instante que le lanzó a la cara el nombre del Vicario como una cortina de humo. No previó el miedo que le provocaría. El remedio resultó peor que la enfermedad.

Sin embargo, cuando la actriz llamó a su puerta a la hora acordada, le resultó imposible detectar el menor rastro de su conversación del día anterior. Aglaé era la de siempre, con la misma expresión despierta que tanto agradó a Valentin desde su primer encuentro. En realidad, la joven seguía abrumada por el terrible anuncio de la víspera, pero decidió disimular para no alterar con sus propias angustias al hombre que amaba, sin atreverse a declararlo. Si Valentin estaba a punto de emprender la lucha contra su viejo enemigo y enfrentarse a los demonios del pasado, desde luego era innecesario que se preocupara por ella.

Por su parte, el inspector ni siquiera imaginaba lo que pasaba por la cabeza de su amiga. Solo se sintió aliviado al comprobar que su enfrentamiento parecía olvidado. Confiaba en Aglaé para entrevistar a la media docena de candidatas al puesto de ama de llaves que ya esperaba en su casa.

—¿Digo que entre la siguiente? —preguntó la joven con un gesto divertido por la perplejidad de su amigo al oír su último comentario. Valentin resopló y asintió con la cabeza.

—Si lo considera necesario, yo me pliego a su criterio. Sin embargo, me temo que a este ritmo pasaremos aquí el resto de la mañana.

Aglaé se encogió de hombros. «¡Típico de los hombres! ¡Como si contratar a una criada fuera tan fácil como elegir un par de guantes o un sombrero nuevo!».

Atravesó el vestíbulo y fue al salón, donde habían colocado sillas para que esperasen las candidatas. Ahí se encontró con una gran sorpresa. En lugar de las cinco o seis personas que diez minutos antes estaban sentadas muy formales en fila, solo quedaba una. Era una mujer mayor, corpulenta, de unos sesenta años, enfundada en un vestido de algodón amarillo que le sentaba muy mal. Sus labios finos reflejaban poco su fisonomía general, pues tenía una nariz roma en la punta, la papada de un roedor que había acumulado suficientes reservas para todo el invierno, hombros rollizos y brazos gruesos. El pelo era gris, como deshilachado, y lo llevaba recogido en un increíble montón de moños y trenzas, que hacían pensar en un tarta enorme recién salida de la imaginación de un pastelero alucinado. Por último, sus ojillos, aunque rojos y acuosos, parecían estar constantemente atentos y revelaban una mente más despierta de lo que parecía a primera vista.

—¡Madre mía! —Aglaé se quedó atónita—. Pero ¿adónde han ido todas las demás?

La candidata superviviente interrumpió la delicada labor de bordado que había empezado mientras esperaba y miró brevemente a su alrededor antes de dedicar a Aglaé una sonrisa de falsa ingenuidad.

—Bueno, salta a la vista, ¿no? Se han ido.

Su voz sonaba extraña, nasal y aguda al mismo tiempo, casi demasiado fina para alguien de su tamaño.

—¿Cómo que se han ido?

—Han renunciado al puesto, si lo prefiere.

—¿Todas? Pero ¿cómo es posible?

La mujer, que parecía un mastodonte, se levantó de la silla, lo que permitió a Aglaé comprobar que era al menos tan alta como ancha, y se tomó su tiempo para guardar tranquilamente el bordado, el ovillo de hilo y la aguja en una bolsa deforme que tenía a sus pies. Cuando por fin se dignó a incorporarse con un pesado suspiro, se mordía el labio inferior y exhibía la misma mueca, tan cómica como inesperada, de una niña sorprendida en falta.

—Mentiría si dijera que no lo sé —respondió, traviesa—. Al margen de que mi difunta madre me inculcó un santo horror a la mentira, creo que el rigor de la época y la escasez de buenos empleos justifican los métodos drásticos. Soy la primera en lamentarlo, créame. Pero como dice la sabiduría popular, en muchas ocasiones el fin justifica los medios. En resumen, para decirlo en pocas palabras, he sido yo la que he animado a las demás a largarse.

Por un momento, Aglaé pensó que había oído mal. Su interlocutora inclinaba la cabeza, con los párpados bajos, en una actitud de contrición afectada, que no encajaba bien con su figura paquidérmica. Era tan grotesco y sorprendente al mismo tiempo que la joven dudó entre enfadarse o estallar en carcajadas. Tras varios segundos, que le parecieron una eternidad, por fin consiguió recomponerse y pidió más información:

—Pero ¿cómo demonios se las ha arreglado para echarlas a todas?

Un brillo de picardía se encendió en sus ojillos profundamente hundidos. La mujer se contoneó, los pliegues de grasa ondularon debajo del vestido.

—En la oficina de empleo me dijeron que el hombre que contrataba era joven y de la mejor clase. Así que cuando vi a todas esas jovenzuelas sin garra que habían llegado antes que yo y a las que, como mínimo, les sacaba veinte años, pensé que tenía tantas posibilidades de conseguir este trabajo como de ver algún día a una mujer médico o abogada. A menos, claro está, que consiguiera convertir mi desventaja en una ventaja.

—¿Y cómo lo hizo?

—Fingí entristecerme y les dije a esas pécoras que corrían tiempos terribles para la gente humilde y que debían de estar muy necesitadas para solicitar este empleo, porque de sobra se sabía que el señor se metía en la cama con todas las faldas que pasaban por su casa. Les dije que yo, al menos, no corría peligro de que me hiciera un bebé, como a las dos últimas criadas a las que echó con cajas destempladas después de dejarlas vergonzosamente preñadas. En cuanto oyeron eso, ni una ni dos, se fueron todas sin pensarlo dos veces. Y le aseguro que no me enorgullezco de esto. ¡Me parece más bien lamentable que una mujer tan honesta como yo tenga que llegar a estos extremos, solo para poder trabajar y no morir de hambre en la calle!

Aglaé no podía creer lo que oía. Semejante aplomo no era algo habitual. Al mismo tiempo, no podía librarse de un cierto sentimiento de complicidad con esa desconocida, cuyo carácter era tan inusual como su aspecto.

—¿Cómo se llama? —preguntó.

La voluminosa mujer se inclinó simulando una reverencia.

—Soy Eugénie Poupard. Señorita Poupard —creyó acertado precisar, levantándose el cuello, como si esa condición de solterona, asumida con orgullo, conllevara cierta dignidad. Luego añadió en un tono más modesto—: Pero todos mis anteriores señores solían llamarme simplemente Eugénie.

—Bien, Eugénie —dijo Aglaé, haciendo señas a la señorita Poupard para que la siguiera—, creo que no me adelanto al asegurarle que el puesto es suyo. Pero un consejito: a partir de ahora evite fantasías y engaños. Su nuevo jefe, el señor Verne, trabaja en la Prefectura de Policía. Es un devoto de la verdad. No persigue faldas, pero adora la verdad como otros se entregan en cuerpo y alma a sus amantes.

Una sonrisa maliciosa apareció en el rostro hinchado de la sexagenaria.

—Muchas gracias por el consejo. Tendré cuidado de no olvidarlo. Sin embargo, aprendí de mi difunta madre que una excelente cocinera puede unirse a un hombre durante mucho más tiempo que la más experta de las amantes, y me enorgullezco de ser una maestra de los fogones. ¡Como me llamo Eugénie que el señor Verne solo podrá alabar mis servicios!

7

Grondin a punto de estallar

Más tarde, cuando el inspector Verne intentó recomponer la secuencia de los acontecimientos y determinar el momento preciso en el que comenzó la pesadilla, sus cavilaciones lo llevaron inevitablemente a aquella tarde del lunes 14 de marzo. Y eso que el día había empezado con los mejores auspicios. Aglaé no le echó en cara su comportamiento de la víspera. Incluso gracias a ella contrató a la flor y nata de los criados, la fantasiosa y colosal Eugénie Poupard. En cuanto se puso a trabajar, les preparó un almuerzo suculento. ¡Pura maravilla! Así que Valentin, con el estómago lleno y de muy buen humor, pidió un carruaje para Aglaé y él se dirigió a la Prefectura de Policía.

Por la mañana se habían acumulado muchas nubes, y una lluvia primaveral acompañó al policía todo el trayecto. No era una llovizna molesta; ligera como un velo, impregnaba la atmósfera con el aroma del campo. A orillas del Sena, el olor de los tilos en flor se mezclaba agradablemente con el del estiércol húmedo. En el corazón de la capital casi reinaba la tranquilidad provinciana; la agitación repentina que se había apoderado de los parisinos la tarde anterior parecía un recuerdo lejano.

En la calle Jerusalén, en cambio, las oficinas de la Prefectura de Policía bullían con una actividad inusitada. Corrían las conversaciones entre despachos y se formaban pequeños grupos en el patio. No hacía falta ser un genio para adivinar que todo el mundo especulaba sobre las posibles consecuencias que el reciente cambio de Gobierno tendría para la Policía. Probablemente, algunos incluso apostaban por cuánto duraría el prefecto Vivien antes de que lo destituyeran. Al fin y al cabo, el hombre era el quinto jurista o consejero de Estado que ocupaba el puesto desde la llegada de Luis Felipe, ocho meses antes, y todo permitía suponer que el desfile de funcionarios no iba a terminar.

El enclenque Isidore Lebrac esperaba a su superior en el porche, sin ocultar su impaciencia. Pero su excitación no tenía nada que ver con los últimos sobresaltos políticos. Lebrac, muy orgulloso de que Valentin le encomendara el caso D'Orval, pasó el domingo reuniendo la máxima información sobre sus distintos protagonistas y estaba ansioso por transmitir a Valentin los resultados de su investigación. En realidad, el inspector ya ni se acordaba de la visita del sábado, pero fingió prestar toda su atención al informe de su subordinado para no desanimarlo.

—Lo más fácil —comenzó Isidore, hojeando sus notas— ha sido recabar información sobre la propia familia D'Orval. Es una antigua familia de Berry que adquirió la nobleza de toga bajo el reinado de Luis XV. El marido, Ferdinand, tiene cuarenta y seis años y una excelente reputación. Heredó la fortuna que su padre ganó con el comercio de harinas. Era dueño de dos molinerías, que estaban cerca de Bourges, y de un palacete en París, en el Faubourg Saint-Germain. Pero lo vendió todo en el otoño de 1827, tras la muerte de su primera esposa, llamada Hortense. Una prima lejana, según tengo entendido.

—¿Causa de la muerte?

—Una neumonía, contraída el invierno anterior, de la que la pobre mujer nunca se recuperó. Viudo y sin duda profundamente afectado, Ferdinand d'Orval prefirió retirarse de los negocios y aislarse en su finca de Hêtraie, en Saint-Cloud, que heredó de su madre. Ayer estuve allí. Los habitantes de la zona que tuvieron la amabilidad de confiarme sus impresiones me contaron que en aquella época daba pena ver al desdichado. Solitario y abrumado por el dolor, solo vivía para mimar a su única hija, Blanche. Entonces ella era el rayo de sol capaz de consolar su maltrecho corazón. Al menos, hasta que apareció la nueva señora D'Orval.

—La deliciosa joven que nos honró con su visita anteayer, ¿verdad? Si no me equivoco, su frágil belleza no te dejó indiferente.

Valentin acompañó estas palabras con un guiño provocador y sonrió para sus adentros al ver cómo el rubor subía por las mejillas de su ayudante.

—Efectivamente, ella —asintió Isidore, rebuscando entre sus papeles para ocultar su confusión—. Mélanie d'Orval, nacida Passegrain, hace veintiocho años, en Angers. Su abuelo se enriqueció comerciando con esclavos con América y tenía acciones de una factoría en África. Pero la familia lo perdió todo durante la Revolución. Mélanie se trasladó a París y entró al servicio de su futuro marido poco después de que este se instalara en Hêtraie. Se dice que Ferdinand la contrató como institutriz de su hija. Sin duda, también para que actuara como su dama de compañía. La niña tenía entonces catorce años, y su padre debió de darse cuenta de que no podía obligarla a vivir enclaustrada, como él, en el recuerdo de su difunta madre.

—Pero no solo Blanche se benefició de la nueva presencia femenina. El encanto de Mélanie no tardó en hacer efecto también en nuestro afligido viudo. Y, la verdad, es bastante comprensible.

—En efecto, así fue. Alrededor de un año después de su llegada a Saint-Cloud, Mélanie se convirtió en la nueva señora D'Orval. Los vecinos describen a la pareja como perfectamente compenetrada, a pesar de su diferencia de edad. También parece que Blanche estaba encantada por ver de nuevo feliz a su padre. Ella y su joven madrastra congeniaron enseguida, y el nuevo estado de Mélanie no cambió su complicidad. Todo parecía ir bien de nuevo e incluso pensaban en volver a París. La repentina muerte de la adolescente, en septiembre del año pasado, hizo que la familia D'Orval volviera a sumirse en la desgracia.

Valentin asintió pensativo y cogió una pluma de su escritorio para rodarla entre los dedos.

—Mélanie d'Orval mencionó crisis y convulsiones. ¿Has podido averiguar algo más al respecto?

—El médico de cabecera vive en Sèvres. Al principio, me propuso citarme en su consulta esta semana, entre dos visitas. Pero cuando insistí, me recibió en su casa. Conoce muy bien a la familia D'Orval. Su propio padre era el médico de cabecera del padre y del abuelo de Ferdinand. Creí entender que vivió la repentina muerte de Blanche como un fracaso personal. Los síntomas que observó en su paciente, sobre todo después del primer ataque, y lo repentino de esos síntomas, cuando la niña nunca presentó el menor signo de enfermedad grave, lo llevaron a sugerir un episodio de la enfermedad de las convulsiones.* En su opinión, no es extraño que esta enfermedad se manifieste repentinamente en la adolescencia. En cualquier caso, al parecer, la muerte inesperada de su hija alteró de forma considerable el carácter de Ferdinand d'Orval.

Valentin no pudo evitar recordar lo abatido que se sintió cuando perdió tanto a su padre adoptivo, Hyacinthe Verne, como a Ernestine, la criada de su padre que, en parte, lo había criado.

—De lo más normal —dijo, soltando la pluma que tenía en la mano—. Perder a dos seres queridos en pocos años basta para derrotar al hombre más fuerte.

Isidore asintió con la cabeza.

—El médico confirmó que, sin el apoyo y el amor inquebrantable de su joven esposa, probablemente Ferdinand d'Orval no habría superado el sufrimiento y ya no estaría vivo.

Valentin sacudió la cabeza para apartar de su mente las imágenes del pasado. Luego se levantó y se plantó bajo la claraboya por la que entraba la escasa luz del despacho. La lluvia se deslizaba por el cristal oscurecido y dibujaba sombras cambiantes y verdosas en las paredes. Más que nunca, el despacho parecía un acuario abandonado.

—Bien, resumiendo —dijo el inspector, aún mirando al techo—, la información que has reunido confirma en todos los aspectos el relato de Mélanie d'Orval. A decir verdad, lo contrario habría sido sorprendente. ¿Y qué hay de Paul Oblanoff?

* El nombre de la epilepsia en aquella época.

¿Has conseguido descubrir algo interesante sobre el famoso médium?

El joven Lebrac arrugó la nariz avergonzado y se rascó nervioso la mata de pelo rojiza.

—Necesitaré un poco más de tiempo, jefe. De todas formas, lo he comprobado: no hay constancia de ese nombre en la prefectura. Tendría que recorrer las posadas y guaridas de la capital para encontrarlo. En otras palabras, si solo somos dos, sería como buscar una aguja en un pajar.

—Además, probablemente no será su verdadera identidad. Mélanie d'Orval parecía dudar de sus orígenes eslavos. La mejor manera de identificarlo sería seguirlo con discreción después de una de sus estancias en Hêtraie.

El comentario de Valentin pareció animar a Isidore. Un brillo de emoción se iluminó en los ojos del pelirrojo.

—Así que no se le pasó por alto cuando lo llamó eslavo de pacotilla. Lo recordé mientras deambulaba por Saint-Cloud y se me ocurrió algo. La mayoría de la gente, cuando tiene que utilizar un seudónimo, prefiere conservar sus iniciales. Reduce el riesgo de equivocarse.

—No vas mal encaminado —comentó Valentin, divertido al ver hasta qué punto el antiguo chupatintas se tomaba a pecho su nuevo papel de investigador.

—También pensé que, si ese zorro era un estafador, debió de alojarse en la zona para observar a su objetivo antes de ponerse en contacto con la familia. Así que fui al relevo de postas de Saint-Cloud y consulté las listas de pasajeros procedentes de París.

—¿Y averiguaste algo interesante?

—Imagine que un tal Pierre Ouvrard, supuestamente artista ambulante, hizo cuatro viajes a Saint-Cloud durante el mes siguiente a la muerte de la hija de D'Orval. En la última ocasión, incluso se quedó tres días en la posada.

Gratamente sorprendido por la iniciativa de su colega, Valentin estaba a punto de felicitarlo de forma calurosa, pero no tuvo tiempo. Se oyeron unos pasos pesados en el pasillo y la puerta del despacho se abrió de golpe. El batiente protestó ruidosamente cuando chocó contra la pared.

El autor de esta repentina e inoportuna entrada era un individuo corpulento y sanguinario. Unas gruesas patillas en forma de chuleta enmarcaban su rostro manchado, que parecía, a falta de cuello, estar unido directamente a sus hombros anchos. El hombre vestía una levita arrugada y un chaleco cubierto de manchas sospechosas. Los botones del chaleco, bajo la presión de una barriga prominente, parecían a punto de estallar.

—¿Qué está haciendo, Verne? —exclamó el intruso, lanzando improperios—. ¡Se ha tomado la libertad de invadir mi terreno! ¡Quién se cree que es? ¡Sepa que no tiene carta blanca! ¡En esta casa hay reglas, y tenga por seguro que voy a recordárselas!

Sorprendido por el tono vehemente y la masa de aire que desplazó el recién llegado, Isidore Lebrac retrocedió dos pasos y se encogió. Si hubiera podido hundirse bajo el suelo, sin duda lo habría hecho de buena gana. Apiadándose de él, Valentin le hizo señas para que se escabullera discretamente. Por su parte, a Verne no le impresionó en absoluto la muestra de hostilidad de su visitante. Lo conocía bien y sabía que era famoso por ese tipo de arrebatos.

—¡Comisario Grondin! —dijo abriendo los brazos, con una amplia sonrisa—. Buenos días. ¿Qué necesidad imperiosa lo ha incitado a alzar su augusta figura hasta nuestra modesta buhardilla?

Grondin dirigía la Segunda Oficina de la Primera División de la Prefectura de Policía. En otras palabras, la Brigada Antivicio. Cuando Valentin se incorporó a la Policía, trabajó a sus órdenes casi trece meses. El tiempo suficiente para formarse una mala opinión de su jefe. Grondin era un funcionario mediocre que intimidaba a sus subordinados y se dejaba untar por la mayoría de los que debía vigilar. Los numerosos sobornos de las dueñas de los burdeles y proxenetas le aseguraban ingresos muy suculentos. En la calle Jerusalén todo el mundo lo sabía, pero, sorprendentemente, mientras los prefectos salían volando, Grondin seguía indiscutible al frente de su departamento.

—La Brigada de los Misterios Ocultos, ¡pffff! ¡Menuda broma! —espetó despectivamente el comisario, lanzando una mirada desdeñosa a su alrededor. ¡Un departamento de títeres, sí! Pero ¡cuidado, Verne! El hecho de que, por un tiempo, se haya beneficiado del favor de sus superiores no significa que no puedan cambiar las tornas.

Sin perder la sonrisa fingida, Valentin se sentó e inclinó la silla hacia atrás con indiferencia, hasta apoyar el respaldo en la pared. Cuando volvió a hablar, lo hizo en un tono distante, como si el otro le estuviera haciendo una simple visita de cortesía.

—No hay necesidad de ser hiriente, comisario. Mejor diga exactamente qué tiene contra mí.

Desconcertado por la aparente desfachatez de su interlocutor, Grondin también bajó el tono. Pero su cara de rasgos frustrados seguía roja de rabia.

—Lo sabe muy bien, ¡no se haga el inocente! Se ha permitido entrar sin que lo inviten en el Panier des Princes y amenazar al encargado, el señor Joachim Ferrand. ¡Esto es totalmente inaceptable! Hablamos de un establecimiento muy respetable y, por si eso fuera poco, está bajo mi jurisdicción, y usted no tiene autoridad para llevar a cabo allí ninguna operación policial.

—¡Su jurisdicción! ¿No querrá decir su protección? Imagino que Tata Belle-Cuisse habrá venido a lloriquear en sus brazos.

La acusación de transigencia, aunque implícita, no era menos evidente. Grondin casi se ahogó de la indignación.

—Yo... ¡No se lo permito, Verne! Sus insinuaciones son indignas. Pero lo lamentará. Tengo los medios para doblegarlo, ¡créame!

—Me pone los pelos de punta —se burló Valentin, fingiendo remangarse la chaqueta.

Grondin mostró una expresión malvada.

—¡Se equivoca al utilizar ese tono conmigo, Verne! —retó a Valentin—. He oído que mantiene una estrecha relación con una joven actriz que, a su vez, tiene amistades, digamos…, algo sospechosas. Parece que frecuenta cierta casa de la calle Monsigny, donde una camarilla de librepensadores supuestamente vive en una intimidad y con una libertad de costumbres que la moral desaprueba. Si sigue metiendo las narices donde no lo llaman, podría pedir a mis inspectores que se encarguen de esa joven. ¡Qué poco se necesita para empañar la reputación de una persona!

La mejilla derecha de Valentin se crispó imperceptiblemente. El inspector endureció la expresión y entrecerró los ojos, que pasaron del verde al gris. Cada vez que se enfrentaba al mal en cualquiera de sus formas, lo invadía una furia fría que se difundía por su interior como un ácido, que inundaba sus terminaciones nerviosas. Cerró los puños hasta que los nudillos se le pusieron blancos. Y cuando por fin se decidió a responder, lo hizo con un tono casi metálico, mucho más escalofriante que los vituperios de su colega.

—Grondin, le desaconsejo con insistencia que arremeta contra ella. Y si no sale de mi despacho de inmediato, puedo asegurarle que bajará las escaleras a patadas en el trasero.

El comisario se tambaleó como si acabara de recibir un golpe e inconscientemente dio unos pasos hacia atrás, llevándose la mano a la cara.

—Usted… usted no se atrevería de ninguna manera.

—¿Eso cree? —amenazó Valentin, apretando los dientes y apoyándose en la mesa con ambas manos para semiincorporarse—. Si insiste, puedo demostrárselo ahora mismo.

Grondin vio la determinación de su enemigo y empezó a descomponerse. Balbuceó unos gruñidos incomprensibles y retrocedió hacia la puerta, sin apartar los ojos de Valentin, como si temiera que este aprovechara la menor oportunidad para abalanzarse sobre él. Al llegar al umbral de la habitación, murmuró un vago insulto, giró su voluminosa masa y desapareció sin pensarlo dos veces.

Isidore Lebrac volvió a entrar al instante, con cara de satisfacción y de asombro a la vez.

—¡Madre mía! ¿Cómo lo ha conseguido, señor? Me topé con el inspector Grondin en las escaleras. Estaba encogido y corría como un conejo. Parecía como si acabara de ver al mismísimo diablo.

—Es posible que por una vez el pobre haya demostrado lucidez —dijo Valentin, que sintió que la sangre volvía a correr por sus venas—. ¿Querías algo?

El pequeño pelirrojo asintió.

—El comisario del distrito doce acaba de enviar un sargento municipal. Como estaba ocupado con Grondin, recibí el mensaje. Me han dicho que acaban de descubrir dos cadáveres desfigurados en el Jardin des Plantes.

—¿Dos fiambres, dices? ¿Y eso qué tiene que ver con nosotros?

Isidore parecía avergonzado. Hizo una breve pausa y se rascó la cabeza antes de responder.

—Puede que conozca al menos a una de las víctimas. Lo que es seguro, en cualquier caso, es que uno llevaba en el bolsillo una carta sellada con su nombre.

8

Un mensaje para Valentin

La tarde estaba ya muy avanzada cuando Valentin, acompañado por el fiel Lebrac, llegó al Jardin des Plantes. El inspector conocía bien el lugar. Solía ir cuando estudiaba química extractiva con el profesor Pelletier. Se ocupaba en especial de los especímenes de flora tropical plantados en los invernaderos calefactados que Vaillant y Buffon habían instalado. Aún recordaba su admiración cuando vio por primera vez el famoso herbario oriental, conservado en la biblioteca del Museo de Historia Natural. En aquella época, aún entregado al progreso de la ciencia, la obra de Tournefort, el botánico de Luis XIV, un catálogo de más de mil cuatrocientas especies, entre ellas muchas plantas medicinales, lo dejó fascinado.

Pero todo eso quedaba ya muy lejos. Y cuando Valentin llegó con su ayudante a las verjas de la plaza Valhubert, solo podía pensar en los dos cadáveres y en la misteriosa carta que le habían escrito. Dos hombres, lo más diferente posible, recibieron a los policías en cuanto entraron en el jardín. El primero era Georges Cuvier, el anatomista director del museo. El científico, un hombre de aspecto enclenque, vestía una chaqueta de cuello cerrado con doble botonadura, tenía unos sesenta años y parecía asustado y desorientado. No paraba de revolverse el pelo blanco rizado, que formaba una especie de casco alrededor de su cabeza. Detrás de unas gafas de montura gruesa, sus ojos saltones parecían dar vueltas como grandes canicas. A su lado, pero un poco más atrás, estaba un hombre alto y taciturno, vestido con un delantal que le daba un cierto aspecto de jardinero. Cuvier lo presentó como el encargado de los animales carnívoros, sin especificar su nombre.

—Es absolutamente espantoso —repetía el frágil director mientras conducía al grupo hacia los primeros edificios—. Absolutamente espantoso. Un acontecimiento único en los anales de nuestra institución, ¡a Dios gracias!

Los cuatro hombres recorrieron el edificio de los animales salvajes, pasaron la rotonda y entraron en el foso de los osos. Allí, junto a una choza de barro con tejado de paja, encontraron al comisario del distrito doce esperándolos, con unos cuantos sargentos municipales. El oficial de paz llevaba sombrero de copa, el redingote gris reglamentario y tenía un bigote engominado, y para combatir el frío y la humedad, que aumentaban a medida que avanzaba la tarde, cambiaba el peso de un pie a otro y daba palmas. Se llamaba Colas o Colin. Esperaba no haber molestado a su joven colega inútilmente, pero cuando le entregaron la carta que habían encontrado en uno de los cadáveres, consideró adecuado enviar a uno de sus hombres. Y entonces, sin dar tiempo a Valentin a hacer ninguna pregunta, abordó un informe con todo lujo de detalles, hinchando el pecho y luciendo esa expresión de superioridad del hombre que llegó primero y ya sabe todo lo que hay que saber.

Las primeras averiguaciones sugerían que las víctimas debieron de entrar ilegalmente en el jardín. Con toda probabilidad la noche del jueves al viernes, porque un guardia de seguridad observó el viernes por la mañana que el candado de la puerta de Constantino estaba forzado. Desconocía el motivo y la identidad de los intrusos, pero, sobre todo, ignoraba qué locura los impulsó a irrumpir poco después en uno de los fosos de los osos. Pero el asunto se convirtió en una carnicería.

—Un espectáculo del todo espantoso —Cuvier creyó oportuno subrayar una vez más, con una voz desagradablemente quejumbrosa.

Valentin aprovechó para cortar las explicaciones de Colas o Colin y preguntó dónde estaban los cadáveres. El funcionario señaló con la barbilla desdeñosa la choza con tejado de paja.

—Allí es donde los cuidadores guardan el material. Hemos dejado las camillas dentro, para evacuarlos cuando el jardín esté cerrado al público. Nunca se sabe. No merece la pena arriesgarse a que alguien se desmaye o cunda el pánico.

—¿Y el famoso mensaje? ¿Puedo verlo? —preguntó secamente el inspector, agitando los dedos con impaciencia.

Su interlocutor hundió la mano en el interior de su chaqueta y rebuscó un momento antes de entregarle la carta, no sin cierta reticencia. Era una sola hoja de papel, doblada y sellada con lacre negro. Tenía grabada una cruz. Bajo sus dedos, Valentin notó un objeto duro en su interior. Lo palpó. Parecía una llave pequeña. Entonces dio la vuelta a la carta. A pesar de las sombras que se extendían por el jardín, creyó distinguir su nombre, escrito a pluma. La letra parecía elegante, pero no identificaba la caligrafía.

Desde que el comisario de distrito mencionó la noche del jueves al viernes, una oscura premonición se había apoderado de Valentin, unida a un cierto nerviosismo. Guardó el sobre en el bolsillo y se dirigió con paso decidido hacia la cabaña. Isidore Lebrac y el grandullón del delantal lo siguieron, mientras que Colas-Colin se quedó atrás con Cuvier, probablemente ofendido porque no vio valorada en su justa medida su iniciativa.

Dos faroles con el cristal oscurecido por el fuego iluminaban el interior. Un hedor a animal salvaje, casi asfixiante, impregnaba la atmósfera. Dos camillas, cada una cubierta con una sábana, descansaban sobre los pobres listones del suelo.

Valentin cogió uno de los faroles, se arrodilló junto a las formas que se adivinaban bajo la tela y la apartó para examinar el cadáver más cercano. Lebrac, que se había inclinado sobre su jefe para verlo también, no pudo reprimir una arcada y se volvió apresuradamente para vomitar. Lo que yacía allí, bajo la sábana manchada de inmundicias, no merecía el nombre de cadáver. *Eso* no tenía casi nada de humano. Era solo una masa de carne ensangrentada y huesos medio roídos, con colgajos de piel por todas partes, algunos mechones de pelo y trozos de intestino nacarado asomando entre los desgarrones de la ropa.

Sobreponiéndose a sus propias náuseas, Valentin pasó a la segunda camilla. El mismo cuadro repugnante. Solo que el cuerpo debía de ser el de un auténtico coloso, porque lo que quedaba de él tenía el doble de volumen que el cadáver anterior. La cabeza, en cambio, parecía menos dañada. Cuando la manipuló para exponerla a la luz, el inspector ya sabía quién era. La cara estaba difuminada, como tras una niebla. Debido a los profundos arañazos y a la sangre coagulada, lo único que podía distinguir eran los contornos de la mandíbula, la forma de la frente y el puente de la nariz, que estaba claramente desviado hacia un lado. Sin embargo, no había duda: Valentin tenía delante la jeta de Tocasse.

—¿Dónde los encontraron exactamente? —preguntó al hombre del delantal, enderezándose.

El empleado señaló una trampilla en el suelo.

—Desde aquí se accede al foso mayor. Los osos duermen ahí abajo, en un refugio parecido a una cueva. Lo limpiamos una vez a la semana. Lo he hecho esta tarde, y entonces he descubierto los cadáveres.

Valentin se aseguró de que Lebrac se había recuperado, pero le aconsejó que saliera a tomar el aire. Luego siguió a su guía, que ya casi había desaparecido por el agujero del suelo. La escalera, con sus peldaños irregulares, se hundía profundamente en la tierra y la luz de las lámparas proyectaba sombras inquietantes sobre las paredes terrosas. Un fétido olor a muerte se mezclaba con el hedor animal. Entonces le tocó a Valentin sentirse mal. Como cada vez que estaba en un ambiente subterráneo y cerrado, una especie de vértigo lo hizo vacilar. El calvario que soportó en el sótano del Vicario, años atrás, volvió a atormentarlo. Una ráfaga de ansiedad le oprimió la garganta y, de repente, le impidió respirar con normalidad. Tuvo que hacer una pausa, apoyarse en la pared y aflojarse la corbata. El hombre alto del delantal confundió el motivo de su malestar.

—No se preocupe —dijo, intentando tranquilizarlo—. Hemos trasladado los osos a otro foso. De hecho, el director está hablando de sacrificarlos mañana. ¿No es una lástima? ¡Magníficos animales, señor! Y nada agresivos cuando se sabe cómo manejarlos.

—Entonces, ¿cómo se explica que destrozaran a esos dos desgraciados? —preguntó Valentin, con un dedo todavía metido en el cuello de la camisa.

El hombre se encogió de hombros, un poco fatalista.

—Tampoco hay que bajar como si nada al foso. Es como meterse en la boca del lobo.

—¿La cabaña no se cierra con llave? Sería una forma sencilla de evitar accidentes.

—Solo hay un cartel que prohíbe la entrada a los visitantes. Pero con el debido respeto, señor, esta masacre fue cualquier cosa menos un accidente.

—¿Qué quiere decir? —preguntó Valentin, frunciendo el ceño.

—¡Madre mía! Ya he intentado explicárselo a su colega. Al del bigote que huele a pomada de benjuí. Pero tenía pinta de creer que me estaba quitando de encima la responsabilidad. No quiso escucharme o, a lo mejor, yo me he explicado mal, que todo puede ser.

—¡Pues vamos a eso, amigo! ¿Por qué está tan seguro de que no fue un accidente?

—Porque los dos fiambres de ahí arriba no eran los únicos que merodeaban por el parque esa noche. Había al menos otro tunante con ellos.

—¿Cómo lo sabe?

—¿Ve esa puerta al final de la escalera? Tiene un candado. Estaba cerrado cuando bajé antes a limpiar el foso. Como esos dos que se han comido los osos no pudieron encerrarse ellos mismos desde dentro, tuvo que haber un payaso con ellos. ¿Quiere que le diga algo? Yo creo que fue una broma de mal gusto que salió mal.

Valentin asintió pensativo. Sin embargo, se abstuvo de hacer comentarios y dio media vuelta para volver a subir.

—¿No quiere ver el foso y el refugio de los osos?

—No hace falta. Ya me ha dicho todo lo que necesitaba saber.

De vuelta en la modesta choza, Valentin dejó el farol en la única mesa que había, cogió un cubo y le dio la vuelta para sentarse encima. Luego sacó del bolsillo la misteriosa carta que apareció en uno de los cadáveres y la abrió. Como había adivinado, contenía una llavecita de latón. El mensaje en sí tenía unas veinte líneas. Cuando lo leyó, a Valentin se le heló la sangre.

Mi querido niño:

Ya he perdido la esperanza de encontrarte. ¡Y no será por no haberte buscado! Cuando te marchaste, removí cielo y tierra para que pudiéramos estar juntos de nuevo. Fue inútil… Era como si te hubieras volatilizado en el aire, como un ángel que regresa al cielo. Pero no podía tomar la decisión de olvidarte. ¡Cuánto te he echado de menos todos estos años! Años en los que yo también tuve que huir y aprender a esconderme. Porque apareció ese hombre de la nada y desde entonces me persiguió constantemente. Tuve que utilizar toda mi imaginación para escapar de él, y también para identificarlo. Pero tú eres el más indicado para saber cuántos recursos de paciencia y determinación soy capaz de movilizar para lograr mis objetivos. Por fin supe su nombre: Hyacinthe Verne. Me informé de dónde vivía y cuáles eran sus costumbres. Siempre hay que deslizarse tras la sombra del enemigo antes de atacar.

Y eso fue lo que hice.

Pero otro ocupó su lugar. Su hijo. No entendía el porqué de ese ensañamiento hasta que te vi con mis propios ojos. Porque de inmediato, a pesar de todos los años que se han esfumado y perdido para siempre, te reconocí. Así que tú tampoco me habías olvidado. Te marqué tan profundamente que seguíamos unidos, más allá del tiempo y del espacio, y tú tampoco podías dejar de buscarme. Tranquilo, querido niño, pronto estaremos juntos. Pero, por supuesto, como supondrás, no puedo borrar de un plumazo lo que has hecho: tu huida imperdonable y esos perros que has lanzado tras de mí. Tendré que castigarte por eso. Quien bien te quiere te hará llorar. ¡Y Dios sabe cuantísimo te quiero!

Hasta pronto, mi niño.

El Vicario

9

Una dura caída

El golpe mandó al hombre al suelo, patas arriba. Antes de que pudiera reponerse, Valentin terminó de abrir la puerta, se abalanzó al interior del Panier des Princes y lo agarró por el cuello.

—No me gusta repetirme —masculló—, pero estás de suerte. Esta noche voy a hacer una excepción contigo. ¡Llévame inmediatamente a la habitación de Tocasse!

El portero del burdel de la calle Duphot gimoteó con la mano en la boca magullada. Le había roto dos incisivos con el puño del bastón y el labio inferior chorreaba sangre.

Desde que leyó la carta del Vicario, Valentin se internó en un largo túnel oscuro y tortuoso. Un túnel en el que danzaban llamas devoradoras y gesticulaban los fantasmas del pasado. Dejó a su ayudante al salir del Jardin des Plantes, eludiendo sus preguntas sobre el contenido del mensaje.

—Nada importante. La nota de un soplón que me pide protección contra las artimañas de una banda rival. Pero quizá nos ayude a identificar a una de las víctimas. Voy a escribir un breve informe. Tú concéntrate en el asunto D'Orval y sigue averiguando todo lo que puedas sobre ese Oblanoff Ouvrard.

El pobre Lebrac no se dio cuenta de la mirada fija de su jefe, de una dureza obsidiana, y se despidió deseándole buenas noches. Valentin le dio las gracias con un rápido movimiento de cabeza, sabiendo muy bien que no pegaría ojo en toda la noche.

Luego, el inspector, con los nervios a flor de piel y obsesionado por la terrible amenaza de las palabras del Vicario, se precipitó por la oscuridad en busca de un carruaje. Tenía la sensación de que el bolsillo interior, donde había guardado la carta sellada en negro, le quemaba el pecho. Por las buenas o a la fuerza, Tata Belle-Cuisse le dejaría registrar las cosas de Tocasse.

—¡Levanta y enséñame el camino!

El portero que intentó impedirle la entrada al Panier des Princes fue víctima de su nuevo estado de ánimo, entre furioso y confundido. Valentin no perdió el tiempo con palabras inútiles. La rabia contenida que se apoderaba de él cada vez que un obstáculo se interponía en su sed de justicia barrió todos los escrúpulos que tenía normalmente. Lo golpeó con todas sus fuerzas, sin importarle el daño que causaba. Su víctima yacía postrada en el suelo, con la parte inferior de la cara muy magullada.

—Imp… imposible —gimió entre sollozos—. El jefe… el jefe nunca me lo perdonará. Él… él mismo me ordenó que no lo dejara entrar.

Valentin se inclinó y le retorció el brazo hacia atrás sin miramientos, para obligarlo a levantarse.

—Y ya ves lo que te ha costado obedecerlo. Ahora, si no quieres que te rompa los huesos, será mejor que no vuelvas a contrariarme.

Ahogando un gemido, el hombre se puso en marcha, seguido de cerca por Valentin, que le sujetaba con fuerza la muñeca a la espalda. Atravesaron el vestíbulo revestido de terciopelo y llegaron a la hilera de salones de la planta baja con sus luces tenues. A primera hora de la noche, el burdel estaba al completo. Abrazados en los divanes de seda o compartiendo copas de champán y caricias, numerosos sodomitas coqueteaban con distinguidos caballeros mientras esperaban una habitación disponible para poder llevarlos a la planta superior.

La repentina e inesperada llegada de Valentin y su guía cayó como un trueno en el silencioso lugar, que basaba su reputación en la discreción y el buen gusto. Al ver al portero cubierto de sangre, varios clientes pusieron el grito en el cielo y se inició una carrera de pánico hacia la salida. Dos o tres asalariados de Tata Belle-Cuisse, menos asustados que los demás, hicieron ademán de interponerse o intervenir para liberar al portero. Pero ninguno se atrevió a actuar, porque el aire furioso de Valentin y el bastón con el puño enorme que blandía en la mano libre bastaron para disuadirlos.

El joven policía estaba decidido a no salir del burdel sin conseguir lo que quería. Sin aflojar la presión en el brazo, empujó a su prisionero hacia las escaleras, alerta, listo para bloquear cualquier amenaza.

En la planta de arriba, la decoración era aún más exagerada y explícita que abajo. En los muchísimos espejos, estratégicamente colocados, se reflejaban el techo pintado con escenas libidinosas y las litografías de las paredes que, por sí solas, habrían bastado para enviar al dueño a prisión por atentado contra las buenas costumbres. Una docena de puertas se abrían a las habitaciones del establecimiento a ambos lados de un pasillo, y en el extremo opuesto nacía una segunda escalera de caracol, que llevaba a las buhardillas, donde se alojaba el personal. Los dos hombres fueron hacia allí.

En el primer piso nadie parecía haberse dado cuenta de la agitación que se había apoderado de los asiduos de la planta baja. El crujido de los somieres y un coro de gemidos ahogados y jadeos se filtraban por todas las puertas y acompañaban a Valentin y al portero mientras avanzaban.

Casi habían llegado a la escalera que subía a la buhardilla cuando una puerta se abrió. Un tipo en calzoncillos, con el pecho desnudo, pelo castaño y hombros anchos, se quedó inmóvil en el umbral. Sostenía una especie de látigo en la mano. Detrás de él, a través de la rendija de la puerta, se veía una cama enorme con un baldaquino recargado de dorados. Un hombre de pelo rubio platino estaba tumbado boca abajo, con los brazos y las piernas en cruz, atados a los postes de la cama con cuerdecillas de seda. Heridas sangrientas surcaban sus nalgas flácidas.

—¿Qué significa esta estupidez? —exclamó el del látigo, abriendo los ojos como platos cuando vio la cara machacada del portero.

—¡Ayúdame, Guillaume! ¡El poli me ha jodido la mandíbula!

Al ver que el hombre se plantaba sobre sus robustas piernas y marcaba los músculos del pecho, Valentin se dio cuenta de que no iba a evitar un enfrentamiento. Pero no podía pelear con un tipo tan corpulento con las manos ocupadas. Sin la menor vacilación, intensificó la llave del brazo y la forzó hasta que un crujido indicó que la articulación del codo acababa de ceder. El portero soltó un grito desgarrador y cayó de rodillas sobre la alfombra.

Al mismo tiempo, el hombre del látigo se abalanzó sobre Valentin e intentó azotarlo en la cara. El inspector lo esquivó con el bastón en horizontal por encima de su cabeza. Las correas de cuero silbaron y se enredaron en la madera. Un veloz movimiento de muñeca y su agresor quedó rápidamente desarmado, pero no admitió la derrota. Con un salto hacia atrás, se hizo a un lado para ganar impulso y luego, con el rugido de un animal salvaje, se abalanzó de nuevo con los brazos abiertos, para rodear el cuerpo de Valentin y utilizar su masa para neutralizarlo. Por segunda vez, el policía fue más rápido. Giró sobre sí mismo, esquivó la furiosa embestida y asestó un terrible codazo en la nuca del toro en calzoncillos. Noqueado, el toro se desplomó en el suelo al lado de su desafortunado camarada.

A pesar de su brevedad, la reyerta no pasó desapercibida. Varias puertas se abrieron y se asomaron cabezas asustadas. Sin esperar a que todos los sodomitas del piso y sus puteros invadieran el pasillo y le gritaran «asesino», Valentin se arrodilló junto al portero, que seguía gimiendo de dolor sujetándose la articulación dislocada. Lo agarró por la solapa y lo sacudió sin piedad.

—Supongo que el cuarto de Tocasse está arriba. ¿Cuál es?

No necesitó recurrir de nuevo a la violencia. El otro había comprendido a qué clase de animal de sangre fría se enfrentaba. Ya no intentó engañarlo.

—La... tercera puerta... a la izquierda.

—Gracias, amigo. Si hubieras cooperado desde el principio, te habrías ahorrado mucho sufrimiento. Intenta pensar en eso la próxima vez que Tata Belle-Cuisse te encargue el trabajo sucio.

Sin perder más tiempo, el inspector se lanzó a la escalera de caracol y subió los peldaños de cuatro en cuatro. Como había previsto, la puerta de la habitación de Tocasse estaba cerrada, pero el batiente de madera mala no resistió el primer empujón con el hombro. La habitación era de tamaño modesto y estaba escasamente amueblada. No había armario ni cómoda para guardar la ropa, solo un baúl similar al que suelen utilizar los marinos, cerrado con un candado.

Valentin sacó la carta del Vicario y cogió la llavecita. Encajaba perfectamente y la cerradura cedió sin la menor dificultad.

El inspector no necesitó registrar el baúl. Una segunda carta, con el mismo sello de lacre negro, lo esperaba, a la vista, sobre la ropa del difunto.

Mi querido niño:

Si estás leyendo esta carta, significa que no me equivoqué y que fuiste tú quien envió a esas dos desdichadas criaturas a capturarme. Sospechaba que cuando encontraras lo que quedó de sus cadáveres, vendrías derecho hacia aquí. ¿Tengo que reconocerlo? Me decepcionó profundamente que pudieras imaginar por un momento que esos dos mediocres engañarían a un hombre como yo. Su trampa era burda y me di cuenta enseguida de que iban a por mí.

Sí, de verdad, me molestó que subestimaras hasta ese punto mis habilidades. Llevamos tanto tiempo jugando al gato y al ratón, tu padre, tú y yo, que tenía derecho a esperar más consideración por tu parte. Pero quiero que sepas que no te guardo rencor. Simplemente he decidido que, a partir de ahora, seguiremos mis propias reglas. Puedes creerme, serán punzantes. Veremos si los periódicos han exagerado al hablar de tus recientes éxitos. Un policía, incluso uno brillante, quizá no sea la persona más indicada para resolver los misterios ocultos. Después de todo, nadie mejor que tú lo sabe: zapatero a tus zapatos.

Así que todo depende de ti. Tendrás que ser astuto; si lo eres, tus esfuerzos se verán recompensados. Porque si superas todas las pruebas, te prometo que volveremos a estar juntos. Sé que en el fondo siempre lo has deseado.

Hasta pronto, pequeño. Permíteme desearte buena suerte. Porque, créeme, vas a necesitarla...

El Vicario

Valentin dobló la hoja de papel mirando al vacío. Estaba muy pálido. ¿A cuento de qué venía esta iniquidad? ¿Qué pretendía exactamente dirigiéndose a él? ¿Creía que podía manipularlo como a una marioneta de la que tira los hilos? Si era así, cometía un grave error. Valentin ya no era un niño indefenso y fácil de dominar. Aquellos días habían quedado atrás definitivamente. Si el otro quería reanudar sus juegos sádicos con él, pues mucho mejor. Su orgullo lo perdería. Tarde o temprano cometería un error y por fin llegaría el momento de hacer justicia.

Al mismo tiempo, a pesar de su firme resolución, el inspector no podía evitar que los recuerdos lo asaltaran en oleadas sofocantes. La oscuridad, el sótano, la tierra húmeda, el frío, el comedero de perro, la jaula, el miedo que lo consumía, las manos del Vicario sobre él, la noche interminable... Todas esas imágenes y sensaciones lo hacían vacilar. Se sentía al borde del colapso.

—¡No te muevas! —ordenó de repente una voz chirriante a sus espaldas—. Al menor movimiento, disparo.

La cabeza le daba vueltas, pero se centró de inmediato. Las imágenes desaparecieron. Valentin giró lentamente sobre sus talones. Joachim Ferrand, conocido como Tata Belle-Cuisse, estaba de pie en el umbral de la habitación, apuntándole con una pistola. Su bata de seda estampada, con volantes de encaje, contrastaba terriblemente con su actitud marcial.

Detrás de él, en el marco de la puerta, había varios hombres más o menos vestidos con el cuello levantado para no perderse el espectáculo. Se oían susurros y risitas.

—¡Inspector Verne! —El dueño del burdel fingió sorprenderse—. ¡Vaya, vaya, vaya! ¡Esto sí que no lo esperaba! Me han dicho que había un loco furioso empeñado en destrozarlo todo. ¿Cómo se le ocurre forzar la puerta de mi establecimiento y golpear a mis empleados? ¿Se da cuenta de que podría dispararle como a un vulgar ladrón?

Valentin no prestó atención a la amenaza. Su mirada cáustica se clavó en Tata Belle-Cuisse. Cuando abrió la boca, su tono de voz tenía esa calma especial que anuncia las tormentas más espantosas.

—¿Quién ha tenido acceso a esta habitación en los últimos tres días?

La pregunta desconcertó por completo al proxeneta. Sus rasgos reflejaron una expresión confundida.

—¿Cómo? ¿Qué dice?

—Le pregunto si tiene alguna idea de las personas que han accedido al baúl de Tocasse en los últimos días.

Volviendo a sus cabales, el otro agitó el cañón de su pistola.

—¿Y yo qué sé? —gruñó, endureciendo el tono—. Me importa un bledo lo que pasa en las buhardillas. ¡Pero ese no es el asunto! Usted ha irrumpido en una propiedad privada. Policía o no, podría costarle caro. Veremos si sigue menospreciándome cuando sus colegas vengan a buscarlo. He pedido que los llamen, ¡imagine usted!

Valentin se encogió de hombros con indiferencia e, ignorando la pistola que le apuntaba, caminó hacia la puerta.

—¡No dé ni un paso más! —ordenó Tata Belle-Cuisse, amartillando la pistola—. Le advierto que no dudaré en disparar.

Pero el inspector parecía ignorar el peligro. Siguió caminando con confianza hacia el dueño del burdel. Cuando llegó a su altura, apartó con desdén el brazo armado y, con la otra mano, le administró un par de bofetadas al tipo, sin pestañear.

Luego, mientras el proxeneta chillaba como un cerdo al que estuvieran sacrificando, siguió caminando y salió de la habitación.

Los curiosos que los miraban dejaron de cacarear de inmediato y se apartaron rápidamente para dejarlo pasar.

10

La resaca de un hombre sobrio

A la mañana siguiente, Valentin se despertó tarde, con una desagradable sensación de náuseas. Era como si un torno le aplastara el cráneo, como si hubiera bebido demasiado. Se sentó en la cama, se frotó la cara con ambas manos y se quedó quieto un momento, repasando los acontecimientos de la noche anterior. Solo el aroma del café y las tostadas, tan agradable como inesperado, lo sacó de sus pensamientos y lo devolvió al presente.

Eugénie Poupard se había adueñado de la cocina como de terreno conquistado y ya reinaba allí igual que una soberana competente y bonachona. Valentin lo comprobó, en su provecho, cuando por fin decidió reunirse con su nueva ama de llaves. Al verlo entrar con la cara arrugada y la mirada sombría, la corpulenta mujer levantó los brazos al cielo y asumió la obligación de devolverle el aplomo preparándole un ponche de huevo con su receta.

—El secreto está en calentar la leche con la canela y evitar que hierva. Sin olvidar un buen chorrito de ron. Un primo mío me lo envía todos los años desde Santo Domingo. Cuando haya tomado este néctar, se sentirá revitalizado, ¡palabra de Eugénie!

Valentin se dejó mimar como un convaleciente rodeado de mil precauciones. Desde luego, Aglaé no se equivocó al insistir en que contratara a esa sesentona de carácter fuerte. Bajo sus pliegues de grasa y su familiaridad a veces excesiva, la buena mujer parecía esconder un corazón de oro y tesoros de devoción.

El inspector siguió sentado un buen rato al calor de la cocina, dando sorbos a la bebida tonificante, que le calentaba las manos, y observando al mastodonte en enaguas afanándose en los fogones. No estaba acostumbrado a esa calma doméstica, que contrastaba agradablemente con su estado de ánimo. Porque su cerebro era un lugar confuso, enmarañado, un jardín de malas hierbas invadido de hiedra y zarzas.

Llegó a su casa a altas horas de la noche y no pudo conciliar el sueño. Releyó varias veces las dos cartas del Vicario. Algunas frases no dejaban de darle vueltas en la cabeza, como aves de rapiña sobrevolando la carroña. Su padre persiguió sin descanso a ese monstruo, de cuyas garras logró escapar a los doce años, durante casi siete años. El propio Valentin se incorporó a la Policía únicamente para continuar por su cuenta con esa búsqueda de justicia y venganza. ¡Y ahora, de repente, el equilibrio de fuerzas se invertía de nuevo! De cazador a cazado. El Vicario lo había reconocido y renunciaba a esconderse. Se revolvía y se enfrentaba a él, enseñándole los colmillos, como un animal salvaje cercado en su refugio. Valentin había esperado muy a menudo ese cara a cara. ¡Pero cuando lo pensaba, las cosas se presentaban muy diferentes! En su cabeza, él llevaba la voz cantante y el monstruo solo era un fugitivo acorralado. Ahora se daba cuenta de lo equivocado que estaba. El Vicario no había renunciado a ejercer su siniestra influencia sobre él. Estaba convencido de que podría dominarlo como en el pasado, llegando hasta el punto de desafiarlo. La batalla que librarían sería a muerte. Y, por primera vez desde que había tomado el testigo de su padre, Valentin ya no estaba tan seguro de ser el vencedor.

Cuando se decidió a salir de casa, al final de la mañana, lo primero que hizo fue ir en busca de Foutriquet. Acabó encontrando al limpiabotas en el tribunal de las Vieilles-Thuilleries, frente a la fuente de Neptuno. El lugar no podía ser más estratégico. Desde las primeras horas de la mañana, con el tránsito incesante de aguadores y las amas de casa con sus cubos, el espacio adoquinado y la calle se convertían rápidamente en un inmenso lodazal, y muchos burgueses pagaban encantados unos céntimos para que sus zapatos embarrados volvieran a tener un aspecto respetable.

Cuando Valentin entró en el antiguo tribunal, donde había varios puestos de artesanos, el joven acababa de terminar con las botas de un vendedor ambulante y, encaramado a un bolardo de piedra, observaba burlonamente la pelea entre un transportista de barriles* y dos hombres que alquilaban bañeras. Una carrera para ver quién utilizaba primero el vaso de la fuente, y los insultos llovían a raudales. Foutriquet, encantado con el espectáculo, animaba a los rivales con su descarada voz, con la esperanza de que la disputa degenerara en una reyerta callejera.

—¡Buenos días, Jerusalén! Mire a esos tipos, es un verdadero espectáculo gratis.

—Lo siento, Foutriquet, pero no tengo tiempo. Solo quiero pedirte algo, pero te pagaré, eso no hace falta decirlo.

—Bueno, bueno, ¡mucho mejor si lo dice! —se regocijó el chico, que bajó de un salto del bolardo con una amplia sonrisa—. ¿Sigue buscando a su maldito Vicario?

—Digamos que por fin me ha encontrado él a mí. Pero sigue a la fuga...

—¿No le puso las empulgueras† cuando lo tuvo en sus garras? ¡Pensé que se moría de ganas de meterlo en chirona!

—Te he dicho que me ha encontrado, no que le he echado el guante. Precisamente por eso necesito tu ayuda. Ese canalla podría empezar a merodear por aquí. Me gustaría que vigilaras de cerca los alrededores de mi casa durante los próximos días...

—¿Y cómo reconoceré al cliente? ¡Nunca lo he visto!

Los rasgos de Valentin se crisparon a su pesar.

—Es un hombre de unos cincuenta años. Alto, delgado, calvo. La cara afilada como un cuchillo, ojos pequeños y hun-

---

* El único transportista de agua sometido a control oficial; el barril iba en un carro de dos ruedas y, por lo general, tiraba de él el propio transportista, aunque, con mucha menos frecuencia, podía hacerlo un caballo.

† Instrumento anterior a las esposas, un objeto metálico que inmovilizaba los dos dedos pulgares del delincuente.

didos. Créeme, cuando uno se encuentra con su mirada cruel una vez, ¡nunca la olvida!

—Y si veo a un tipo así, ¿qué se supone que debo hacer?

—Tendrás que seguirlo discretamente para averiguar dónde se hospeda. Pero no te arriesgues. La misión es peligrosa. Si crees que te ha descubierto, lárgate de inmediato y corre como si te persiguiera el diablo. Porque será justo eso… ¡Te enfrentarás con el mismísimo diablo!

Cuando llegó a la Prefectura de Policía, alrededor de una hora más tarde, Valentin tenía previsto hablar del caso D'Orval con Isidore. El objetivo principal era preparar la visita de su adjunto a la finca de Hêtraie, en Saint-Cloud, al día siguiente. Pero los planes del inspector se truncaron en cuanto entró en el antiguo palacete de los presidentes del Parlamento. Al cruzar el rellano del segundo piso, una voz autoritaria lo detuvo en seco:

—¡Inspector Verne! ¿Puede entrar un momento, por favor? Tengo que decirle unas palabritas.

El nuevo prefecto de Policía, Alexandre-François Vivien, nombrado el 26 de febrero, estaba en la puerta de su despacho. Para haberlo interceptado de ese modo, debía de estar acechando su llegada por la ventana, y esa impaciencia por hablar con él no presagiaba nada bueno. Hundiendo la cabeza entre los hombros, el inspector miró a regañadientes a su superior:

—Imagino que tendrá alguna idea del motivo de esta reunión —comenzó el prefecto cuando los dos hombres se sentaron a ambos lados de un imponente escritorio de caoba, con las patas recargadas de dorados—. ¡Me llegan quejas de usted, inspector! En primer lugar, su colega Grondin lo acusa de interferir en las actividades de su departamento.

Aunque sabía que se equivocaba y se arriesgaba a pagar caro hablar con libertad, Valentin fue incapaz de callarse:

—Con todos mis respetos, señor prefecto, Grondin es un hombre incapaz y envidioso.

—¡Ya basta, inspector! —ordenó Vivien, irguiéndose en su sillón y golpeando con la mano la superficie del escritorio—.

¡Aprenda a medir sus palabras! El inspector Grondin es el jefe de la Brigada Antivicio y, mientras así sea, debe respetar sus prerrogativas. En cualquier caso, no es el único que se queja.

Valentin arrugó la frente y se oscureció su mirada. Intuyó que lo que estaba por venir era mucho más preocupante que los lloriqueos de Grondin. Instintivamente, agachó la cabeza y preguntó:

—¿Quién más?

—El diputado Jacques Lemarchand me ha enviado una nota esta mañana. Le reprocha actos de violencia gratuita cometidos esta noche en un respetable establecimiento parisino.

—Respetable, ¿de verdad? —dijo con ironía Valentin, con un gesto de amargura en la boca—. Si me lo permite, señor, ¿le explicó su contacto dónde se produjeron exactamente los hechos?

Su superior suspiró con pesadez en señal de irritación.

—No, y no veo qué diferencia habría.

—¡Por supuesto! Sospechaba que el diputado habría eludido ese punto. Sus electores se sentirían algo decepcionados si supieran que su representante frecuenta un burdel para hombres en la calle Duphot. Un establecimiento con sodomitas muy jóvenes y cuya supuesta honorabilidad solo se debe a la protección interesada de su querido comisario Grondin.

Por segunda vez durante la reunión, el prefecto de Policía mostró con claridad su desaprobación. Sus pómulos se contrajeron. Las aletas de la nariz se volvieron blancas.

—¡Ni una palabra más, Verne! —lo amonestó con dureza—. Realmente sobrepasa los límites.

Pero casi de inmediato pareció ablandarse. Sujetó un abrecartas con mango de carey, hizo brillar la hoja y se quedó absorto contemplando los reflejos, como si buscara ahí la solución a un delicado dilema. Cuando por fin volvió a hablar, su tono era mucho más conciliador:

—Escuche, Verne, contrariamente a lo que usted parece creer, no estoy del lado de sus detractores. He leído los informes de mis predecesores sobre usted. Según ellos, aunque no encaja del todo en la idea de un policía modelo, tiene cualidades innegables para seguir la pista de los delincuentes más astutos. A la vista de los resultados de su departamento, no puedo más que estar de acuerdo con ellos. Por eso quería hablar con usted hoy. No tanto para reprenderlo como para ponerlo sobre aviso.

Valentin se quedó atónito:

—¿Qué quiere decir «ponerme sobre aviso»? ¿De quién? ¿De qué?

—Bueno, en primer lugar, de usted mismo y su carácter receloso, que acabará jugándole una mala pasada. El diputado Lemarchand está en el círculo del ministro. Y con el reciente cambio de la cabeza del Gobierno, la situación no es la misma. Casimir Perier tiene un temple completamente diferente del de Laffitte. Es un hombre íntegro, pero también autoritario, y exige respeto de todos los funcionarios a sus órdenes. ¿Sabe que lo primero que hizo al asumir la presidencia del Consejo fue presionar para tener preeminencia sobre los demás ministros y la posibilidad de convocar reuniones de Gabinete para tomar decisiones sin la presencia del rey? Y aún más: exigió que apartaran del Consejo de Ministros al príncipe real,[*] cuyas ideas son demasiado liberales para su gusto, y Luis Felipe lo aceptó.

—¿Y qué tiene que ver eso conmigo?

—Es muy sencillo. Si sus enemigos consiguen que llegue al Ministerio del Interior[†] que usted se toma libertades con el reglamento, se replantearía la existencia de su departamento y a usted podrían suspenderlo, o incluso despedirlo fulminantemente. Y no me gustaría que eso ocurriera, porque creo que usted tiene talento.

Vivien acompañó la última frase con un atisbo de sonrisa. Valentin sintió menos presión en el pecho, aunque todos sus temores aún no se habían disipado completamente.

---

* El duque de Orleans, hijo mayor del rey, quien no ocultaba sus ideas progresistas.

† Casimir Perier asumió ese ministerio hasta abril de 1832, cuando cedió el puesto a Montalivet para dedicarse únicamente a la presidencia del Consejo.

—Le agradezco su confianza, señor prefecto. Pero si tengo enemigos en esta misma casa y quieren perjudicarme, ¿cómo podré defenderme?

—En primer lugar, con un perfil bajo. Ponerse a gente como Grondin en contra solo puede acarrearle problemas. En segundo lugar, conviene demostrar al nuevo Gobierno que la Brigada de los Misterios Ocultos no es solo un capricho. Un éxito rotundo sería la mejor forma de acallar, al menos por un tiempo, las críticas contra usted. ¿Tiene algún caso interesante entre manos?

El joven policía resumió al prefecto el caso D'Orval y los pasos que había dado para intentar descubrir el probable fraude del falso médium.

—Parece prometedor —aprobó Vivien, levantándose para acompañar a su subordinado a la puerta—. Conozco a Ferdinand d'Orval de oídas. Un hombre de reputación intachable, cercano al mundo de las altas finanzas. Tiene mucha amistad con Casimir Perier.* Si lo libra de un sinvergüenza, podría apaciguar los ataques contra usted.

—Haré todo lo que pueda, señor prefecto.

Vivien tendió la mano al inspector. Pero cuando Valentin la cogió, el jefe la bloqueó con su otra palma y clavó la mirada en la de su interlocutor.

—Me ha malinterpretado, inspector —dijo con gravedad—. No le pido que lo haga lo mejor posible, sino que tenga éxito, cueste lo que cueste. Créame, ¡la supervivencia de su Brigada de los Misterios Ocultos depende de ello!

---

* Como su predecesor, Jacques Laffitte, Casimir Perier era banquero.

·11·

De los bajos fondos a la ópera

Confuso con las advertencias de su superior inmediato, Valentin no se entretuvo en la calle Jerusalén. Tras recordar a Isidore Lebrac la importancia de su próxima visita a la familia D'Orval y la necesidad de anotar cualquier cosa que le pareciera sospechosa o incluso simplemente incongruente, abandonó raudo las oficinas de la Prefectura de Policía.

Durante toda la tarde, recorrió la ciudad a paso ligero, con la mente agitada. Intentaba cansar el cuerpo para deshacerse de los oscuros pensamientos. Odiaba esa sensación de haber perdido el dominio de los acontecimientos. Desde la noche anterior, todo parecía escapársele de las manos. El Vicario, al que unos días antes aún creía poder capturar, había desbaratado sus planes y recuperado ventaja en la batalla mortal que los enfrentaba desde hacía muchos años. Ahora era él quien repartía el juego, e intentaba atraerlo, como había hecho en el pasado, al centro de su tela de araña.

Y en el preciso momento en el que se manifestaba el peligro, la propia existencia de la Brigada de los Misterios Ocultos se veía amenazada y el caso D'Orval, al que hasta entonces solo había prestado escasa atención, se convertía en una cuestión crucial. Todo eso le producía una confusión que paralizaba su mente. Por primera vez desde que decidió ingresar en la Policía, él, que vivía con un único objetivo, una idea fija, dudaba sobre qué hacer. ¿Debía continuar su persecución solitaria y, para ello, aceptar, al menos por el momento, seguir el juego perverso del malvado que había destrozado su infancia y planeado el asesinato de su padre? O ¿debía rendirse y acudir en ayuda del matrimonio D'Orval, y de paso tranquilizar al prefecto de Policía?

Valentin intentaba dejar la mente en blanco para resolver ese dilema. Le parecía que tenía que callar lo que interfería en su pensamiento para recuperar su capacidad de discernir: toda la escoria de su cerebro, los recuerdos, los miedos, los remordimientos. Esa limpieza exigía cansancio físico. Por eso caminaba sin rumbo por las calles, con la cabeza gacha, como un fugitivo que solo ve pies y piernas, y no presta la menor atención al murmullo de las conversaciones.

Así llegó a los bulliciosos porches del Palais-Royal, abarrotados de gente, y necesitó unos segundos, paralizado entre los curiosos y vendedores ambulantes, para disipar las sombras del pasado por las que vagaban el vergonzoso rostro del Vicario y la frágil figura del niño que fue. Cuando al fin se situó en el presente, estaba ante el expositor de una perfumería. En el cristal del escaparate, vio su propio reflejo superpuesto a los frascos carísimos y la ropa elegante de los clientes del interior. Su rostro lívido, de rasgos atormentados, le produjo un desagradable escalofrío. Se acercó para verlo mejor. Entonces se fijó en un hombre vestido de gris, inmóvil entre la multitud parlanchina, que parecía observarlo desde la distancia.

Intrigado, Valentin fingió continuar su camino, pero esta vez como cualquier paseante despreocupado. Se detenía cada poco delante de una tienda y, mientras simulaba examinar la mercancía, vigilaba sus espaldas. El jueguecito duró media hora larga y confirmó que su instinto no lo había engañado. El desconocido lo seguía de cerca.

Era un individuo fornido, vestido de burgués, de treinta años como mucho. Aunque estuviera disfrazado, no podía ser el Vicario. Eso lo tranquilizó y, al mismo tiempo, le molestó el alivio que sentía. Lo veía como la prueba de que la mala bestia se había apoderado de nuevo de él, de que había logrado infundir en su alma el veneno de la duda y el miedo.

Decidido a averiguar quién era el hombre de gris y qué quería de él, el inspector abandonó los soportales y se dirigió hacia el laberinto de callejuelas que bordean el lado oeste del Palais-Royal. En esas calles estrechas y malolientes, a tiro de piedra de la residencia real y de las tiendas de lujo, acechaban las rameras más miserables de la capital. Eran chicas pobres que habían abandonado el taller o el trabajo por horas en su domicilio, creyendo que así se aseguraban mejor la subsistencia y esperando conseguir una libertad ilusoria. Con los labios pintados y maquillaje negro en los ojos, llamaban a los transeúntes con una voz falsamente dulce y se levantaban las enaguas en el umbral de sucios burdeles.

Valentin, cuya distinción y atractivo destacaban en ese sórdido barrio, se dejó abordar por algunas chicas, solo para engañar al que lo seguía. Su verdadero objetivo era atraerlo a un rincón tranquilo donde pudieran «charlar» sin que los molestaran.

Tras asegurarse de que el desconocido seguía pisándole los talones, el policía aceleró bruscamente el paso y se metió en un estrecho pasadizo entre dos casas, que estaba al principio de un callejón sin salida. Se escondió en ese rincón oscuro. Mientras recuperaba el aliento, oyó el eco de unos pasos apresurados. El hombre debía de tener miedo de perderle la pista, y solo pensó en doblar la esquina lo más rápidamente posible para volver a verlo, sin ninguna precaución.

Justo cuando pasaba por delante de su escondite sin verlo, Valentin se abalanzó sobre él, lo agarró del cuello y lo empujó violentamente contra la pared. El hombre de gris, desprevenido, no intentó defenderse. Para cuando se dio cuenta de la situación, su agresor ya casi lo había estrangulado, tirando de la parte de atrás de la chaqueta en la garganta.

El desconocido, con los ojos desorbitados y la cara morada, solo tuvo aliento para balbucear en un tono sollozante:

—¡Cuidado! No… no seas gilipollas… Soy… soy de la prefectura, como… ¡como tú!

—¿Se supone que tú eres policía? —le preguntó Valentin sin aflojar el puño—. ¿De qué departamento?

—Antivicio... Yo es... estoy a las órdenes... del comisario... Grondin.

Al oír ese nombre odioso, Valentin sintió que la bilis le subía por el esófago.

—Grondin, ¿ese bastardo? ¿Él te ordenó que me siguieras? ¿Para qué?

Pero el inspector de la Segunda Oficina ya no era capaz de pronunciar una sola sílaba. Jadeaba en busca de oxígeno, con la boca abierta como un pez fuera del agua. Un desagradable silbido acompañaba cada una de sus respiraciones.

—Aire... Aire... Me... me estoy asfixiando...

Valentin sintió lástima. Lo soltó lo suficiente como para permitir que recuperara el aliento y respondiera a su pregunta.

—¡Ahora escupe! ¿Qué pretexto te dio Grondin para convencerte de que siguieras a un colega?

—Solo me dijo que las altas esferas te tenían en el punto de mira y que debía informarlo de hasta tus mínimos movimientos. Eso es todo lo que sé, ¡lo juro!

La mirada de Valentin se iluminó. Fingió recomponer el cuello de la chaqueta de su compañero y lo sujetó de los hombros para ayudarlo a ponerse en pie.

—Tienes suerte —dijo con una sonrisa gélida—. Voy a creer que no sabes nada más. Así que escucha con atención. A partir de ahora, no quiero verte detrás de mí. Pero, a pesar de eso, todas las noches presentarás tu informe al comisario Grondin como si no hubiera pasado nada. Depende de ti demostrar tu imaginación. ¡Pero ten cuidado! Nunca olvido una cara. Si Grondin se entera de nuestro arreglillo o si alguien viene a buscarme las cosquillas, te encontraré. Y entonces, créeme, lamentarás haber sobrevivido a nuestro primer encuentro.

El policía asintió con la cabeza, con la mirada perdida y la frente sudorosa. Luego, en cuanto Valentin lo soltó, salió pitando y se esfumó sin pensárselo dos veces.

—¡Ha olvidado por completo nuestra velada en la ópera! ¿Qué le dije, Eugénie? Me lo temía. ¡Ese hombre es sencillamente insoportable! ¡Y pensar que pasé más de una hora convenciendo a madame Saqui para que me prestara el vestido más bonito del teatro!

Al regresar de sus andanzas por la ciudad, a Valentin le sorprendió encontrar a su nueva ama de llaves en el vestíbulo con Aglaé Marceau, temblando de impaciencia y ataviada como para ir a un baile en la corte. La actriz se había recogido sus rizos castaños en un moño ingenioso que resaltaba su cuello delicado. Llevaba un vestido de tafetán con volantes y amplio escote, con bullones de seda falsa que velaban sin ocultar realmente un adorable pecho que se sostenía sin el menor apoyo. Una media capa que imitaba la cachemira india cubría sus hombros redondeados y completaba con elegancia el vestido prestado, de auténtica fantasía. La joven estaba, sin duda, deslumbrante. Y la expresión falsamente enfurruñada de su rostro mientras confesaba su decepción a la enorme ama de llaves aumentaba su encanto.

—Aglaé, ¡está soberbia! —exclamó Valentin—. ¡Apenas la reconocí cuando entré!

—Como puede ver, mi querida Eugénie, su señor destaca en el arte de hacer cumplidos. —Luego, volviéndose hacia su amigo y fingiendo estar ofendida, añadió—: ¡Vamos, diga sin miedo que a diario parezco una puerca!

El inspector, poco familiarizado con las picardías femeninas y avergonzado por olvidar que había invitado a Aglaé al espectáculo para compensar su torpeza durante la reunión de los sansimonianos, balbuceó una retahíla de excusas confusas antes de apresurarse a cambiarse de ropa. Si no perdían ni un minuto más, aún podrían llegar a la Ópera Le Peletier antes de que se levantara el telón.

Esa noche, la flor y nata de París asistiría al estreno de *La muda de Portici,* la famosa ópera en cinco actos de Auber, Scribe y Delavigne. Desde su estreno, en febrero de 1828, esta obra, que ensalzaba la libertad y el amor a la patria, se había convertido en una especie de símbolo para los patriotas, y en particular para los republicanos. Estos no olvidaban que los disturbios que desembocaron en la independencia de Bélgica un año antes estallaron tras una representación de *La muda* en Bruselas. El gran dúo del acto segundo, escena segunda, se había erigido como himno de liberación:

¡Mejor morir que seguir siendo miserable!
¿Existe algún peligro para un esclavo?
Caiga el yugo que nos somete
¡y bajo nuestros golpes perezca el extranjero!
Sagrado amor a la patria,
devuélvenos la audacia y el orgullo;
a mi país debo la vida;
a mí me deberá su libertad.

Cuando llegaron a los alrededores de la ópera, Aglaé y Valentin quedaron impresionados por la multitud de gente reunida frente a la fachada, bajo los toldos de color carmesí. Las berlinas blasonadas, los lujosos cabriolés y los coches de alquiler tenían grandes dificultades para maniobrar, y un cordón de sargentos municipales contenía a la multitud de curiosos para permitir que los últimos rezagados entraran en el edificio.

En el gran salón suntuosamente decorado, bajo las molduras doradas y las arañas de cristal realzadas por la iluminación de gas, el ambiente era aún más agitado. Las conversaciones animadas corrían entre las filas de butacas y la mayoría de las miradas convergían hacia el mismo palco, situado en el centro de la platea. Un hombre de rasgos severos, frente ancha, inteligente y precozmente calvo, con la medalla de la Legión de Honor colgada en la solapa de su traje, acababa de ocuparlo, y saludaba con sobriedad a las demás personalidades sentadas en el paraíso.

—¿Quién puede ser? —preguntó Valentin a media voz mientras ocupaba su asiento.

Aglaé, que pisaba por primera vez el emporio de la vida social parisina, pero le interesaba mucho la política desde que frecuentaba a Claire Démar y sus seguidores, no pudo evitar soltar una risita:

—¡Es increíble, Valentin! ¿De verdad no sabe quién es? ¡Vaya! Probablemente será el único policía de la capital que no reconoce a su ministro. Desde el domingo, su retrato ocupa la portada de todas las gacetas. Está usted ante el ministro de Interior y nuevo jefe del Gobierno, Casimir Perier.

Mientras Valentin se dedicaba a examinar al personaje del que quizá dependiera la existencia de su servicio, se produjo un movimiento en el proscenio. Varios espectadores masculinos se pusieron en pie ante la aparición del nuevo hombre fuerte del régimen y se disponían a abandonar el auditorio, no sin antes mostrar con ostentación cierto grado de ira. Cuando subían por las filas de butacas hacia las puertas, todos miraban fijamente al palco del presidente del Consejo, con una expresión feroz en el rostro y un brillo de desafío en los ojos. Unos cuantos abucheos acompañaron a esa muestra de hostilidad, rápidamente cubiertos por una salva de aplausos efusivos. En cuanto a Casimir Perier, fingía indiferencia, inmerso en la lectura del programa de la noche.

—Me pregunto a qué viene tanto alboroto —murmuró Valentin, girándose en su asiento para seguir el avance de los desconocidos hacia la salida.

Aglaé encogió sus encantadores hombros.

—Confieso que esta vez sé tan poco como usted. Pero, después de todo, ¡qué más da! —Acababa de concentrar su atención en los músicos de la orquesta, que por fin habían decidido ocupar su lugar—. Parece que el telón está a punto de levantarse.

Finalmente, su vecino de la derecha, un caballero barbudo con un frac de tres piezas que había estado observando a la joven desde que se había sentado a su lado, respondió a la pregunta de Valentin:

—Si me permite que se lo diga, la señorita tiene mucha razón al no dar demasiada importancia a los impulsos de esos energúmenos. Son nobles polacos que se han refugiado en nuestro suelo, invitados por antiguos jefes de la oposición republicana, como Guinard y Trélat.* Alentados por toda la ca-

* Jefe de la oposición republicana.

103

marilla republicana, los insurgentes esperaban que nuestro país los apoyara en su revuelta contra el zar.[*]

—Parece que usted no lo aprueba —observó un Valentin engañosamente ingenuo.

El corpulento burgués pareció olvidar por un momento a su deliciosa vecina y se volvió hacia el inspector, con el rostro congestionado por el exceso de buena comida y vinos exquisitos.

—¡No, de ninguna manera! —exclamó con aplomo—. Afortunadamente, eso queda descartado ahora que Casimir Perier está al frente del Gobierno. ¡Es el hombre fuerte que Francia necesitaba! Ese loco de Laffitte habría sido capaz de arrastrarnos a todos a la guerra. ¡Y qué guerra! Un conflicto continental donde la nueva monarquía apoyaría a los partidos revolucionarios y todas las viejas potencias de Europa se aliarían contra ella. ¡Pura locura! ¡Ya vimos adónde nos condujo en 1815! Ahora bien, la historia no es, a menudo, más que un eterno retorno.

Valentin se estremeció. Su rostro palideció.

—¿Qué ha dicho? —dijo bruscamente—. ¡Repítalo para entenderlo!

El burgués, desconcertado por la inesperada reacción de su interlocutor —un joven cuyo elegante atuendo le había parecido que garantizaba una unidad de puntos de vista con sus propias opiniones políticas—, temió inmediatamente haber hablado demasiado. Su triple mentón se crispó mientras buscaba en vano una escapatoria.

—Bueno —exhaló con una voz mucho menos segura—, decía que la guerra es una locura. Cualquier hombre sensato estaría de acuerdo con eso.

—¡No, señor! ¡Sus últimas palabras! ¿Puede repetirlas exactamente?

* En noviembre de 1830, Varsovia se sublevó contra la ocupación rusa, lo que impidió al zar intervenir en Bélgica, por lo tanto, benefició, indirectamente, la independencia belga. Entonces había muchos republicanos franceses que deseaban que Francia interviniera en favor de Polonia, en nombre de la antigua amistad entre los dos pueblos y del ideal girondino de 1792.

Por la expresión de asombro del hombre, se notaba que empezaba a preguntarse si Valentin estaba en sus cabales. Tartamudeó:

—Pero... pero yo... yo no sé nada. Hablaba por hablar, solo para pasar el rato. ¡Estas malditas óperas nunca empiezan a la hora!

Valentin, que casi había saltado de la silla por la repentina tensión, se dejó caer hacia atrás. Sin prestar la menor atención al desconcertado viejete, murmuró para sí:

—Dijo que la historia a menudo no es más que un eterno retorno.

Aglaé puso la mano en el brazo de su compañero y se inclinó para susurrarle al oído:

—¿Qué le pasa, amigo mío? ¡De repente está tan pálido!

Valentin no respondió, demasiado aturdido por la súbita revelación que había estallado en su cerebro para prestar atención a su entorno inmediato. Acababa de comprender el significado oculto de la última carta del Vicario.

Su enemigo había concertado una cita, y ahora Valentin sabía con certeza dónde tenía que ir para enfrentarse a él.

12

Una aparición

El día siguiente era miércoles. Tal y como había acordado con Mélanie d'Orval, el joven Isidore Lebrac, vestido con su ropa más elegante, llegó a la finca de Hêtraie, en Saint-Cloud, hacia media tarde.

La vasta finca se encontraba al oeste de la ciudad, invadiendo las primeras laderas de la colina de Montretout. Tenía un jardín frondoso con árboles centenarios, un estanque de aguas verdes, estatuas de ninfas cubiertas de musgo, un cenador con el techo de cristal hundido por la hiedra y una hermosa casa solariega de tres plantas, con numerosos frontones y cuatro torres parcialmente empotradas en el cuerpo del edificio. Toda la propiedad desprendía una atmósfera de sombría melancolía, de esas que impregnan las fantasías a las que uno se abandona, adormilado, cuando, de regreso de un viaje demasiado largo en silla de posta, vislumbra fugazmente las torres de una antigua casa solariega en la brumosa lejanía.

La propia señora de la casa acudió a recibir a su invitado al vestíbulo enorme, que ya estaba muy iluminado a pesar de que aún era pleno día. De hecho, el derroche de velas en todas las habitaciones principales era una de las características de la casa, como si importara alejar las sombras y la procesión de preocupaciones sordas que estas pueden engendrar en un hogar demasiado vacío y en las almas demasiado sensibles.

A Isidore le llamó la atención la palidez de la dulce Mélanie. Los rasgos de la joven estaban tan marcados como durante su visita a la calle Jerusalén unos días antes. Pero el policía creyó entrever también un temor confuso, extremadamente conmovedor, oculto bajo la máscara de afabilidad y la voluntad de poner buena cara. En contraste con su piel diáfana, su pelo rizado, con hermosos reflejos cobrizos, cautivaba la mirada y daba unas ganas irresistibles de acariciarlo. Era una de esas criaturas etéreas, mal preparadas para afrontar las vicisitudes de la vida y los golpes inevitables del destino. Cualquier hombre normal, al contemplar su fragilidad combinada con su tez de porcelana, solo podía sentir el furioso deseo de envolverla entre sus brazos y protegerla.

Como pensaba en eso mientras la escuchaba darle la bienvenida, Isidore sintió que se ruborizaba desde la raíz del cabello. Le parecía imposible que su anfitriona no intuyera el efecto que causaba en él. Creyó que su jefe tal vez había sobrestimado su capacidad de disimulo. Si no mostraba más compostura, tendría problemas para completar su delicada tarea.

Afortunadamente, Mélanie parecía no haberse dado cuenta de nada. Mientras lo guiaba hacia el cenador, le explicó que debía representar el papel de un primo lejano de paso por París antes de ir a Plombières a tomar las aguas. Para tranquilizarlo, añadió que podía aprovechar y ensayar rápidamente para meterse en la piel del personaje. Su marido había ido a esperar a Paul Oblanoff a la estación de la barcaza de pasajeros sirgada por caballos. En ese momento, solo los Launay estaban en el jardín de invierno. Por lo que contaba la joven, el barón era una persona adorable, pero terriblemente distraída, que sin duda se ocuparía de monopolizar la conversación.

Isidore comprendió muy pronto lo que Mélanie quería decir. Launay era un hombre regordete, más bien bajo, que parecía querer compensar su escaso atractivo físico con su prodigiosa elocuencia. En cuanto se hicieron las presentaciones, se lanzó a un largo panegírico personal, salpicado de rancias anécdotas que se remontaban a la época en principio gloriosa en la que había compartido el exilio de Luis XVIII en Gante. Curiosamente, sin duda debido a su aspecto bonachón, sus poses afectadas de forma ridícula atraían más la indulgencia divertida que la irritación. Escuchándolo regodearse, Isidore no podía evitar pensar en la rana de la fábula que se hincha hasta reventar.

Por el contrario, su mujer daba la impresión de ser transparente. Una señora alta y huesuda, con el pelo gris, peinado con un estilo anticuado, y un rostro inexpresivo. Apenas salía una palabra de sus finos labios y sus ojos flotaban en una bruma constante, como si estuviera condenada a vagar en una especie de niebla interior. De hecho, parecía más una aparición espectral que un ser real de carne y hueso.

En esta angustiosa compañía, el pobre Isidore tuvo que compartir un ligero tentempié y tragarse dos tazas llenas de té —bebida por la que sentía un santo horror— mientras rezaba en silencio para que su cometido de observación no se convirtiera en un vía crucis. Sin la cortesía de Mélanie, los minutos le habrían parecido muy largos. Pero las encantadoras sonrisas de la joven lo ayudaron a poner buena cara al mal tiempo y a soportar con estoicismo las interminables divagaciones del barón.

Finalmente, justo después de que un reloj en algún lugar de las profundidades de la casa diera las seis, la aparición de una calesa por la alameda central del jardín puso fin a la heroica espera del neófito investigador. El elegante carruaje se detuvo frente a la escalinata principal y se apearon dos hombres.

El que llevaba las riendas del coche vestía un abrigo de doble cuello de excelente corte y un sombrero muy caro. Un hombre maduro, aunque podía presumir de la figura de un joven, y de porte elegante. Sin embargo, su rostro delataba el cansancio físico y moral que resulta del sufrimiento excesivo. Alguien que se aferraba a la vida por costumbre o por deber, más que por vivirla. Uno de esos seres destrozados por el destino y que ya no dispone de recursos suficientes para salir del pozo sin fondo en el que ha empezado a hundirse. Por supuesto, se trataba de Ferdinand d'Orval, el desdichado señor de la casa.

El pasajero parecía de un talante muy distinto. Rondaba la treintena, era delgado y esbelto, tenía una melena por los hombros y negra como un cuervo, y unos rasgos demacrados.

Cada gesto mostraba una fría determinación. Nada más bajarse del coche, mientras el conductor lo precedía hacia el porche, hizo una pausa y se entretuvo quitándose los guantes mientras observaba todo a su alrededor. Era la mirada de un propietario que regresa de un largo viaje o de un comprador que valora una propiedad codiciada.

Entonces, en la penumbra azulada, Isidore vio que el hombre se paralizaba de repente. Tenía la cabeza vuelta hacia el cenador. Los velos de hiedra y las sombras vespertinas que iban ganando terreno deberían haberle impedido distinguir a sus ocupantes, pero algo allí había atraído su atención. De repente, se lo notaba crispado, casi al acecho. Un ave rapaz nocturna que había percibido, entre los mil inocentes rumores de la naturaleza, un ruido inusual, una amenaza potencial. Isidore no pudo evitar estremecerse. ¿Acaso ese inquietante ser, que solo podía ser el misterioso Paul Oblanoff, tenía algo así como un sexto sentido? ¿La presencia de Isidore le provocaba ese comportamiento? Pero, lo más importante, ¿había adivinado sus intenciones antes de conocerlo?

Afortunadamente, el momento de tensión no duró mucho. Ferdinand d'Orval invitó a su compañero a entrar y este accedió, no sin lanzar una última mirada al cenador.

Isidore resopló como si despertara de un mal sueño. Tenía que recuperar a toda costa el pleno dominio de todos sus recursos antes de verse las caras con el médium. Sin embargo, a pesar de sus intentos de razonar consigo mismo, su malestar persistía. Una vacilación mental le impedía pensar con lucidez y calmar el temor injustificado que la mera visión de su adversario le había provocado. En definitiva, lo que sentía era bastante parecido al balanceo que continúa cuando uno desembarca en el muelle y lo entorpece al andar durante un rato.

El joven buscó entonces consuelo en la contemplación de la adorable Mélanie. Pero fue en vano. En el mismo momento en que el carruaje de su marido hizo crujir la grava del camino de entrada, su anfitriona cambió de actitud. Sus párpados empezaron a aletear, como polillas chocando contra una lámpara.

Su frente se arrugó; le temblaban los labios. Sacó un pañuelo de la manga y jugueteaba con él nerviosamente, sin darse cuenta. Saltaba a la vista que la vaga ansiedad que Isidore percibió en ella desde el momento de su llegada se había convertido en verdadera angustia.

Cuando el barón de Launay se dio cuenta de que la señora de la casa no se decidía a moverse de la silla, interrumpió su monólogo para sugerirle que se unieran a los recién llegados. Mélanie aceptó, a regañadientes, se levantó y se sujetó del brazo de Isidore. El joven se estremeció cuando ella le tocó la muñeca con la mano. Tenía la mano ardiendo, como si a la pobre mujer le hubiera subido la fiebre repentinamente.

Los minutos que siguieron fueron sin duda los más duros de la corta vida del joven Lebrac. Mientras Ferdinand d'Orval se mostraba un anfitrión retraído pero cortés, esforzándose por dar la bienvenido al primo recién caído del cielo, la actitud de Paul Oblanoff era muy diferente. Evidentemente, al eslavo —o supuesto eslavo— no le gustaba encontrarse frente a un extraño. Escrutó a Isidore con unos ojos inquisitivos y lo sometió a un aluvión de preguntas sobre su vida, su relación con la anfitriona y su próximo tratamiento en el balneario de los Vosgos. El desafortunado Isidore tuvo la clara y desagradable impresión de que lo sometían a un interrogatorio en toda regla, disfrazado de curiosidad con tono de broma.

Cuando Mélanie invitó a todos a pasar al comedor, el policía ya estaba nervioso, agotado y con miedo a contradecirse. La cena le ofreció un bienvenido respiro. Los platos, cada uno más refinado que el anterior, eran suculentos, y los vinos que los acompañaban, divinos. En cuanto a la conversación, protagonizada principalmente por Launay y Oblanoff, se limitó a las consecuencias del reciente cambio de Gobierno. También comentaron la absolución, dictada la víspera, de los jóvenes republicanos, oficiales de la Guardia Nacional, detenidos en diciembre durante los disturbios que acompañaron al juicio de los antiguos ministros de Carlos X. Al hablar del segundo asunto, el barón renunció a su amabilidad y se mostró del todo intransigente. Tal y como él lo veía, la escoria liberal no merecía compasión. Por encima de todo, era necesario evitar la vuelta a las andadas.

Isidore prestó una atención distraída a la conversación. Se centraba alternativamente en los rostros atormentados de sus dos anfitriones y en la mano izquierda del médium, con el famoso anillo de sello en el dedo corazón, que su superior adivinó de forma magistral.

Cuando, al fin, se abordó el tema que todos esperaban, la criada ya empezaba a servir los postres. Inesperadamente, fue la baronesa de Launay quien tomó la iniciativa. Saliendo de su extraño letargo, volvió a la vida como un muerto viviente al que los primeros rayos de la luna sacan de su sueño. Con los ojos encendidos y la voz vibrando de emoción mal contenida, se volvió hacia Oblanoff y le preguntó si creía poder invocar al alma de la desdichada Blanche, como había hecho la semana anterior.

El eslavo no respondió de inmediato, sino que se volvió hacia Ferdinand d'Orval, fingiendo buscar su aprobación. Como toda respuesta, el señor de la casa se limitó a asentir. Entonces, Oblanoff, con una expresión teñida de seriedad, dijo:

—Nuestro anfitrión y yo hemos hablado largo y tendido sobre este tema. La experiencia que vivimos juntos el pasado miércoles resultó demasiado prometedora para no animarnos a repetirla. Incluso trataremos de mejorarla, de ampliar aún más los límites de lo posible. No hablamos solo de comunicarnos esta noche con el espíritu de Blanche, sino de intentar arrancar del limbo una proyección física de la querida difunta.

—¿Se refiere a una aparición? —preguntó Isidore dejando entrever una pizca de escepticismo.

Oblanoff asestó una mirada afilada con sus ojos negros como el azabache al joven. Su mandíbula se tensó y una sonrisa horriblemente falsa apareció en sus labios.

—Parece dudar, joven. ¿Me equivoco?

—Tengo que admitir que las historias de fantasmas siempre me han parecido cuentos absurdos que solo sirven para asustar a los niños o entretener a los espectadores de un teatro.

La idea de que los muertos puedan volver a la vida va en contra de todo lo que la medicina y la ciencia nos han enseñado sobre la naturaleza humana.

Mientras hablaba, Isidore miró de reojo a Ferdinand d'Orval. El anfitrión acompañó cada una de sus palabras con un tic nervioso que le levantaba el pómulo y la ceja izquierdos. Se notaba que aquel hombre estaba torturado por dentro, atormentado por una pena terrible e inclinado a aferrarse a la menor y más insensata esperanza.

—Entiendo lo que dice, querido señor —continuó Oblanoff—, pero permítame que lo corrija. Aquí no hablamos de apariciones o de un retorno a la vida, sino más bien de dos espíritus que se comunican, de un ser que influye sobre otro. ¿Nunca ha experimentado una complicidad secreta con uno de sus semejantes? ¿No es eso lo que comúnmente llamamos «encontrar el alma gemela»? ¿Y quién no ha tenido un sueño premonitorio o ha experimentado despierto un presentimiento que más tarde resultó real? Existen líneas de fuerza en este mundo, mecanismos invisibles de los que aún no sabemos casi nada.

—¡Cuánta razón tiene! —intervino la baronesa, deslizando una mirada deslumbrada sobre el enigmático eslavo—. Yo misma viví esa experiencia en el pasado. Una noche, se me apareció una visión de mi madre. La pobre mujer yacía en la oscuridad, en un lecho cubierto de rosas blancas, y cánticos angelicales surgían de ninguna y de todas partes al mismo tiempo. Y esa misma mañana, la noticia de su muerte me llegó de forma bastante inesperada. Había ido a verla apenas dos días antes y se encontraba tan bien como cabía esperar.

—Los sueños son puertas hacia un lugar inalcanzable de otro modo —declaró pomposamente Oblanoff—. Hay otros umbrales que solo unos pocos privilegiados son capaces de cruzar. Exigen un poder muy particular que no está al alcance de todos.

La prudencia exigía a Isidore no insistir. Pero creyó detectar una súplica silenciosa en los ojos de Mélanie. La joven contaba con él para rebatir a Oblanoff. No tuvo más remedio que responder de nuevo:

—Aun así, hay un abismo entre admitir una posible coincidencia de pensamiento entre dos personas y pretender comunicarse con las almas de los muertos.

Oblanoff dejó escapar un pequeño suspiro irritado, bastante parecido al que puede provocar la respuesta equivocada de un alumno obtuso en su preceptor.

—La diferencia no es tan grande como usted cree —contestó—. Ya que reconoce la posibilidad de un vínculo invisible entre seres a través del espacio, ¿por qué duda de que puedan existir vínculos similares a través del tiempo? Solo son más tenues. El hombre corriente no tiene acceso a ellos. Únicamente la intervención de un iniciado puede revelarlos.

—El señor Oblanoff es demasiado modesto —arrulló la baronesa de Launay—. Es un verdadero benefactor de la humanidad. La semana pasada tuvimos el privilegio de presenciar la manifestación de sus extraordinarios poderes. Y una vez que haya visto lo que nosotros vimos, señor Lebrac, dejará de dudar.

En ese momento Ferdinand d'Orval salió de su mutismo. Isidore creyó oír algo parecido a un crujido en el sonido de su voz:

—Basta de cháčharas —dijo, colocando la servilleta junto al plato y echando la silla hacia atrás—. Ya es completamente de noche. Ha llegado la hora de ver si Blanche se digna a darnos de nuevo una señal del más allá.

—Tiene toda la razón, señor —asintió Oblanoff—. ¿Han dejado mis maletas en la habitación de siempre?

—Así es.

—¡Muy bien! Si le parece bien, propongo que lleve a los invitados al salón donde estuvimos la semana pasada. La combinación de flujo magnético y fuerzas celestes es particularmente favorable ahí. Yo iré a buscar el material que necesito y luego me reuniré con ustedes.

Todos salieron del comedor en fila india detrás de su anfitrión. Mélanie iba la última, justo detrás de Isidore. Mientras cruzaban el salón en diagonal, le susurró a la espalda:

—Por favor, cuento con usted para desenmascarar a este embustero. De lo contrario, ¡acabará por volvernos locos a todos!

El salón era una habitación de tamaño medio, cómodamente amueblada. Pesadas cortinas de terciopelo ocultaban la puertaventana que daba a la parte trasera de la casa. Unos apliques en las paredes y un fuego mortecino en la chimenea difundían una suave luz que hacía palpitar los marcos dorados de los cuadros y los reflejos color miel de la *boiserie*.

El grupo se distribuyó en torno a la mesa central, sobre la que se había colocado un candelabro de cuatro brazos. Mientras todos se sentaban, Isidore aprovechó la buena iluminación para examinar discretamente el tablero de la mesa. Esperaba encontrar un agujero que apoyara la teoría del inspector Verne sobre el uso de un tornillo y el famoso anillo de sello para simular una aparición. Pero por mucho que buscó en la superficie encerada, no encontró el más mínimo agujero. Eso lo disgustó. De momento, aunque el personaje lo irritaba y deseaba ardientemente satisfacer a Mélanie, no había ningún detalle concreto que le permitiera desmontar el pequeño y perfeccionado espectáculo de Oblanoff.

Al cabo de diez minutos, el médium se reunió con ellos en el salón. Se sentó en la última silla libre, entre Mélanie y su marido, frente al joven policía, y colocó varios objetos sobre la mesa. Había una lámpara de aceite tosca y de aspecto algo inusual, una especie de campana de cristal en forma de gran ventosa, con un agujero en la parte superior del ancho de una moneda de franco, y lo que al principio Isidore tomó por un espejo de bolsillo redondo.

Oblanoff cogió el espejo y lo presentó a cada uno de los presentes.

—Como pueden ver, tengo aquí en la mano un disco de metal perfectamente pulido. Es una placa de cobre recubierta con una capa de plata. Dos metales nobles cuyas asombrosas propiedades ya imaginaron los alquimistas de antaño. La plata, sobre todo cuando es pura como esta, puede captar fluidos del más allá.

Mientras hablaba, el eslavo colocó el reluciente disco en el centro de la mesa. Luego se dispuso a encender la lámpara que había traído, ajustando la altura de la mecha con sumo cuidado.

Una vez hecho esto, colocó la luminaria junto a la pieza metálica y lo cubrió todo con la campana de cristal.

—Estamos listos —declaró con solemnidad—. La barrera de cristal impedirá que cualquier influencia nociva perturbe la experiencia. —Mientras lo decía, miró fijamente a los ojos a Isidore, y este creyó captar un destello de desafío en el fondo de sus pupilas encendidas—. Debo pedirle ahora a mi querido anfitrión que llame a un criado para que apague todas las velas. La lámpara y las brasas serán suficientes. Demasiada luz podría espantar al espíritu de su difunta hija.

Cuando la habitación quedó sumida en la penumbra, todas las miradas se volvieron hacia la superficie pulida que brillaba con un resplandor que parecía sobrenatural. Oblanoff movió lentamente las manos sobre la mesa, con las palmas abiertas hacia abajo. Con una indicación del médium, todos hicieron lo mismo y entraron en contacto unos con otros, formando un círculo ritual alrededor de la campana de cristal. La atmósfera era especialmente opresiva y parecía que cada uno podía oír los latidos del corazón de los que se sentaban a su lado.

Entonces, la voz de Paul Oblanoff resonó en el silencio, una voz muy grave, como de ultratumba:

—Blanche, ¿estás ahí?… Nos hemos reunido esta noche por ti… Tu padre te echa mucho de menos desde que te fuiste… Blanche, si puedes oírme, ven a nosotros… —Pasaron varios minutos sin ninguna señal especial. Con calma olímpica, Oblanoff repitió su invitación—: Blanche, ten compasión del alma en pena de tu pobre padre… Permítele volver a verte en toda la radiante belleza de tu eterna juventud…

Esta vez, la llamada no quedó sin respuesta. En los segundos que siguieron, la superficie del disco de plata comenzó a enturbiarse.

—¡Miren! —susurró la baronesa de Launay—. Es… es extraordinario. Parece que se está formando una imagen.

Todos abrieron los ojos como platos, obligados a rendirse ante la evidencia. Poco a poco, el metal pulido pareció empañarse. Entonces, de la nada, surgieron unos contornos. Una forma ovalada empezó a dibujarse. Pronto, el rostro sonriente de una joven, con rizos de color claro, apareció de forma nítida ante los atónitos presentes. No era un simple esbozo, ni siquiera el retrato de un artista. Era un rostro con apariencia real, tan preciso y fiel como el reflejo de un espejo. Solo le faltaba el color de la vida, porque el rostro parecía como formado por cenizas grises.

Ferdinand d'Orval rompió el círculo y se llevó la mano al pecho, una especie de estertor le subió por la garganta y exhaló unas palabras lastimeras:

—¡Blanche! ¡Es ella! ¡Es ella de verdad!

Isidore se sentía más angustiado que nunca. Luchando por no ceder a la emoción y mantener la cordura, solo había apartado los ojos del disco de plata para observar la actitud y los movimientos de Paul Oblanoff. Por lo tanto, estaba seguro de que no había tocado la campana de cristal ni metido nada debajo desde el momento en que comenzó su invocación. Por muy descabellado que pareciera, tenía que admitir que la imagen apareció en la superficie lisa por sí sola, como salida de la nada. ¿Podía ser un fraude? Dado el caso, el policía era absolutamente incapaz de explicar cómo aquel demonio de hombre había conseguido engañar a todo el mundo.

Pero Isidore aún no había terminado de sorprenderse. Alterado al ver el rostro intacto de su hija, Ferdinand d'Orval se levantó, alzó la campana y colocó el disco de metal en la palma de sus manos. Luego, se acercó tambaleándose a la chimenea, cayó de rodillas y expuso el objeto a la luz de las llamas, para ver con más detalle la misteriosa aparición.

Un susurro, entrecortado de sollozos, escapó de sus labios:

—Sí, eres tú. Eres tú, mi pequeña, mi Blanche…

Mientras tanto, Mélanie se acercó a Paul Oblanoff; en su cara se transparentaba el miedo, pero también una rabia difícil de contener.

—¿Qué ha hecho? —preguntó, con las mandíbulas apretadas y los puños en tensión—. ¿Cómo lo ha conseguido?

Isidore pensó que lo mejor era intervenir antes de que las cosas degeneraran, pero los Launay no le dieron la oportunidad. Sin comprender lo que realmente ocurría, se unieron a su amiga para añadir sus propias palabras de elogio a lo que pensaban que era una expresión de agradecimiento emocionado al fabuloso médium. Oblanoff parecía tan triunfante que Isidore temió por un momento que la dulce Mélanie se transformara en una tigresa y le desgarrara la cara a arañazos. Pero un hilillo de voz que expresaba toda la angustia del mundo hizo que los cinco volvieran la cabeza hacia la chimenea.

—¿Qué pasa? Paul… Paul, se lo ruego, ¡haga algo! Se va… Blanche… ¡Está desapareciendo!

Aún arrodillado ante la chimenea, Ferdinand d'Orval los miraba desesperado, mientras su mano sostenía el disco de metal, ya sin la imagen.

13

Donde se verifica que el asesino siempre vuelve al lugar del crimen

«La historia no es, a menudo, más que un eterno retorno».

La frase que pronunció el vecino de Aglaé en la ópera fue el detonante de Valentin Verne. Le recordó las últimas líneas de la carta del Vicario que había encontrado en el baúl de Tocasse. Esas enrevesadas frases en las que el monstruo parecía cuestionar su capacidad para resolver misterios ocultos, y que aludían, de forma un tanto forzada, al dicho «zapatero a tus zapatos». Entonces, el inspector lo relacionó con la última dirección conocida del criminal, la cabaña abandonada de un zapatero, en el barrio de Saint-Merri. Cuando, el otoño pasado, Valentin entró en ese refugio,* pensó que por fin había echado el guante a su antiguo torturador. ¿Sería posible que la historia volviera a sus primeros pasos y que el Vicario quisiera atraerlo a ese lugar? ¿Sería una cuestión de orgullo para el Vicario enfrentarse a él y derrotarlo donde Valentin creyó entonces atraparlo?

Cuanto más pensaba en eso, más convencido estaba el joven policía de que era posible. Ese tipo de razonamiento encajaba muy bien con la mente perversa de su viejo enemigo. Al mismo tiempo, pensaba que sencillamente el Vicario podía haber vuelto a ocupar la cabaña. Debió de calcular que nadie lo buscaría en su antiguo escondite, que era un secreto a voces. Eso también era propio de él. Porque aquel hombre no solo

* Ver del mismo autor: *La Brigada de los Misterios Ocultos*, Barcelona, Principal de los Libros, 2023.

era un depredador despiadado, sino también un ser astuto e inteligente… Diabólicamente inteligente.

Por eso, aquel miércoles, Valentin, tras escribir a Vidocq para pedir que investigara al tal Pierre Ouvrard, artista ambulante de profesión, salió de su casa más o menos a la misma hora que Isidore llegaba a la finca de Hêtraie. Tras un corto trayecto en carruaje, entró en la cloaca de Saint-Merri.

Por el día, el lugar era casi tan siniestro como de noche: una maraña de callejones sucios y malolientes atestados de tugurios infames. Muchos de los indigentes y réprobos de París rondaban ese barrio medieval. Unos pocos artesanos aún tenían allí sus talleres, pero apenas les permitían subsistir, y vivían en condiciones cercanas a la miseria. Los demás se dedicaban a la mendicidad, la rapiña o se veían obligados a vender por unos céntimos lo único que les quedaba: sus pobres cuerpos demacrados.

A diferencia de su anterior incursión en ese lugar dejado de la mano de Dios y los gobernantes, Valentin no se molestó en disfrazarse. Le daba igual no pasar desapercibido. En cualquier caso, el Vicario esperaba verlo aparecer, porque él mismo lo había puesto sobre esa pista, así que no tenía sentido andarse con sutilezas. Lo único que tenía que hacer era golpear rápido y fuerte.

En cuanto puso un pie en el maloliente laberinto, Valentin se dio cuenta de que su presencia alteraba el orden establecido, y de que la mayoría de las personas con las que se cruzaba la consideraban indeseable. A su paso, las conversaciones se interrumpían, las miradas se apartaban o, al contrario, lo seguían con evidente hostilidad. Su aspecto bien cuidado y su ropa de los mejores sastres de la capital lo señalaban como un burgués perdido en los bajos fondos. Incluso las chicas escondidas en las entradas de los edificios se bajaban las faldas y se colocaban las blusas al verlo acercarse. El instinto arponero les decía que esa presa estaba fuera de su alcance, que sus pobres cebos podridos no lograrían despertar el más mínimo deseo en el dandi de belleza casi irreal.

Solo unos pocos niños interrumpieron sus juegos cuando lo vieron y lo siguieron unas decenas de metros. Con los mocos en la nariz y los ojos vidriosos, intentaban darle lástima y sacarle unos céntimos. Los más atrevidos se arriesgaban a ofrecerle los favores de una hermana o de una buena amiga, supuestamente aún intacta. Valentin, que nunca se mostraba indiferente ante la angustia de la infancia maltratada, tuvo que contenerse para no aflojar su bolsa con los pequeños. Pero sabía que si les daba unas monedas, pronto lo escoltaría una horda de mendigos. Ante su aparente frialdad, los chicos acabaron por hartarse y lo dejaron marchar, no sin antes soltarle una sarta de insultos que harían sonrojar a un soldado en campaña.

Después de caminar un cuarto de hora, llegó a una zona aún más miserable. En la tierra seca, las gallinas hambrientas picoteaban el barro y competían con los perros callejeros por las migas más pequeñas. Todo estaba cubierto de mugre. Las casas parecían abandonadas, roídas por la lepra del tiempo, que derribaba los postigos, destrozaba las ventanas y arrancaba el adobe de las paredes. Los habitantes no aparecían por ninguna parte, como si las fauces sombrías de las entradas de los edificios se los hubieran tragado y digerido pacientemente.

Valentin acababa de entrar en un estrecho callejón sin salida entre dos edificios, donde los trapos que se secaban en decenas de tendederos que colgaban sobre su cabeza reforzaban la penumbra. El suelo sin pavimentar era blando, los rayos del sol no debían alcanzarlo. Unos tablones medio podridos impedían que se destrozara los zapatos al patear por un barro marrón que apestaba a limo.

—El lugar perfecto para que te rebanen el cuello —musitó el policía mientras hacía equilibrios sobre la improvisada pasarela.

Como para darle la razón, oyó un silbido al final del estrecho pasadizo. Dos notas moduladas respondieron a espaldas de Valentin. Con la segunda, una silueta inquietante bloqueó el paso del inspector. Un tipo alto en camisa, con unos músculos en los hombros y brazos que sobresalían bajo la fina tela, el careto ladeado y picado de viruela. Valentin echó un vistazo hacia atrás. Otro tipo del mismo perfil avanzaba poco a poco hacia él, cortándole la retirada. Un objeto metálico brillaba en su puño, probablemente la hoja de un cuchillo.

Sin perder la compostura, y con un gesto deliberadamente lento, Valentin se abrió la chaqueta del traje para enseñar el par de pistolas de policía que llevaba en el cinturón. Se oyó un breve gruñido de despecho. Luego, en perfecta armonía, como pobres actores que regresan a los bastidores, los dos villanos desaparecieron tan pronto como habían aparecido.

—Dos que se han dado cuenta rápidamente de con quién se jugaban los cuartos. ¡Dispuestos a atacar a un cordero solitario, pero no tan locos como para sacar las navajas contra dos buenas pistolas!

Sin embargo, irritado por este desagradable encuentro y con pocas ganas de que otros matones de refuerzo le cayeran por la espalda, el policía no perdió tiempo. Aceleró el paso y encontró rápidamente la zapatería que buscaba. El lugar no había cambiado desde el otoño anterior. Tenía una fachada decrépita y las ventanas y el escaparate tapiados con tablones clavados. No había ni la menor señal de ocupación reciente.

Decidido a ceñirse a su plan original, Valentin no se molestó en buscar una posible trampa. Caminó directamente hacia la puerta, arrancó las tablas haciendo palanca con el bastón y luego, con una pistola en cada mano, derribó la puerta, que ya estaba tres cuartas partes podrida, con una violenta patada.

Un sofocante olor a moho y a excrementos de rata lo asaltó al entrar en el pasillo que conectaba las cuatro habitaciones de la planta baja. Con las piernas ligeramente flexionadas, las pistolas amartilladas y listas para disparar, hizo una pausa para dejar que sus ojos se acostumbraran a la penumbra antes de seguir adelante. Ni el menor ruido ni ninguna amenaza aparente. Sin hacerse preguntas, pero muy decidido a contrarrestar cualquier adversidad, se dirigió a una puerta a su izquierda que sabía que daba al antiguo taller. Desde allí, una trampilla conducía a un antiguo sótano abovedado, donde, cuatro meses antes, había descubierto a una de las últimas víctimas del Vicario.

Anticipándose al habitual malestar que lo embargaba cada vez que se metía bajo tierra, Valentin consiguió esta vez limitar su duración y sus efectos. Si de verdad la bestia inmunda le había tendido una trampa atrayéndolo hasta allí, probablemente el peligro lo acechaba en ese sótano. Así que bajó la escalera hacia las sombrías entrañas de la casa con gran precaución.

Al pie de los escalones sintió que los latidos de su corazón se aceleraban de repente. En la oscuridad, un fino hilo de luz atravesaba el marco de una puerta.

¡El sótano estaba iluminado por dentro!

A pesar de la tremenda tensión que sentía en su interior, Valentin saboreó el descubrimiento con un punto de orgullo. Tenía razón. Efectivamente, el Vicario había regresado al lugar del crimen y lo esperaba allí para un enfrentamiento final, cuyo desenlace solo podía ser fatal para uno de los dos.

Conteniendo la respiración, el joven intentó vaciar su cerebro, apartar todas las emociones que amenazaban con desbordarlo en el momento de desafiar a su antiguo verdugo. Tiró del pestillo y empujó suavemente la puerta con el pie.

Las bisagras oxidadas emitieron un horrible gemido, pero nada más.

No había nadie en el sótano. O, mejor dicho, sí, había alguien, ¡pero no era el Vicario!

La silueta de un niño yacía sobre un camastro contra la pared del fondo, iluminado por un quinqué colocado en el suelo de tierra. No se le veía la cara, porque miraba hacia la pared de mampostería. Solo unas greñas rubias que emergían de una chaqueta completamente remendada.

Tras comprobar que no había nadie escondido en el sótano, Valentin se acercó al catre, puso la mano en el hombro del niño y lo movió despacio. Para su sorpresa, el cuerpo asombrosamente ligero giró sobre la espalda y la cabeza —que era una calabaza enorme con una desagradable peluca— se desprendió y rodó por el suelo.

En el pecho del muñeco había clavada una nota. Valentin la arrancó con una mano frenética y se acercó a la lámpara para descifrar la letra, que reconoció al primer vistazo.

Mi querido niño:

Imagino la sorpresa cuando te diste cuenta del lugar donde sugerí que nos encontráramos en mi última carta, pero ¿qué mejor refugio que un escondite ya descubierto y registrado de arriba abajo? Volví a instalarme tres días después de tu visita, en noviembre, y he vivido ahí con total seguridad hasta los últimos días. Solo salía al anochecer, para no llamar la atención de los vecinos como la última vez. Probablemente te preguntarás a qué se debe este juego de pistas y el burdo maniquí. Quizá sea hora de que te dé algunas explicaciones. En primer lugar, ¿puedes imaginar el dolor que me causó tu pérdida hace casi doce años? ¿Sabes cómo ha sido mi vida desde entonces? Acosado sin tregua por un enemigo desconocido al principio, sin poder encontrar apoyo, ni siquiera entre la fauna de canallas, me convertí en una sombra del hombre que fui. Un paria, un animal acorralado. Pero esos días han terminado para siempre.

Hoy, ha llegado el momento de ajustar cuentas. Quiero tomarme mi tiempo, saborear cada pedacito del sufrimiento que estoy a punto de infligirte. He diseñado un juego especialmente para ti. Pues bien, el juego empezará cuando termines de leer esta carta. Tú, que quisiste huir de mí, tendrás que recorrer un largo camino para ganarte el derecho a enfrentarte de nuevo a mí. Y, créeme, a partir de ahora no me limitaré a dejar tras de mí un monigote de paja. Como Pulgarcito en el cuento, sembraré guijarros valiosos y me aseguraré de que los encuentres en el momento adecuado.

No me lo eches en cara, pero, a estas alturas, me resulta difícil decir algo más. No quiero estropearte la sorpresa. Solo debes saber que tu ruta será un largo camino, lleno de dolor y lágrimas, porque debes expiar tu huida —tu culpa, debería decir— y todo el sufrimiento que me has causado. Sí, tú, mientras que yo solo te he demostrado la intensidad de mi amor...

Te beso donde sé que prefieres, querido mío.

El Vicario

P. S.: Piensa detenidamente y no cometas errores. Así conseguirás la clave de AHDFIZTCRYAHPG EHDI OSTGNMUFPG LIAM OSNMRYOSTCEHRY.

En cuanto leyó las últimas palabras, un violento espasmo partió a Valentin en dos. Con unas náuseas repentinas, soltó la hoja, cayó de rodillas y empezó a vomitar todo lo que tenía en el estómago.

14

¿Verdadero o falso espiritista?

El chico no sabe cuánto tiempo lleva vagando por el subterráneo. Al principio, solo tenía una cosa en mente: correr. Huir. Escapar. Poner la mayor distancia posible entre el monstruo y él. Pero a medida que se adentraba en las galerías que se ramifican, la oscuridad se hizo más densa. Tuvo que aminorar el paso. Caminar, incluso, para no tropezar o hacerse daño en la oscuridad.

Ahora ya no sabe qué dirección seguir. Ha acabado por perder la orientación y se pregunta angustiado si estará simplemente dando vueltas en círculo. Los túneles forman un inmenso laberinto y duda encontrar la salida en algún momento. Pierde la calma como un pájaro enjaulado. Su corazón late con fuerza contra sus costillas. Se agacha, con las manos en las rodillas. Jadea. Un sudor malsano le recorre la frente y las axilas. Tose. Intenta recuperar el aliento, callar la vocecilla desgarradora en su cerebro que no deja de decir que no lo logrará. Que no tiene sentido luchar. Que su verdugo es demasiado fuerte para él. Que tarde o temprano lo encontrará.

¡De repente, oye un ruido tras él!

Es parecido al pisoteo de un insecto de múltiples patas. Pero es un pisoteo tremendo, amplificado por el eco de las galerías. Con el miedo en el estómago, el chico vuelve a salir disparado, estirando los brazos hacia delante, con la absurda esperanza de evitar las trampas en la oscuridad.

Es inútil.

A los pocos metros, choca con una especie de red viscosa. Es imposible salir de ahí. Cuanto más intenta liberarse, más se estrecha la malla, le aprisiona las muñecas y los tobillos. Sigue luchando, pero en vano. Pronto se encuentra al límite de sus fuerzas.

Justo cuando renuncia a luchar, surge una extraña fosforescencia. Un difuso resplandor verde parece emanar de las húmedas paredes. El fugitivo observa con temor cómo el fenómeno crece en intensidad. Ahora ve lo suficientemente bien como para darse cuenta de que está atrapado en una inmensa telaraña que se extiende por todo lo ancho del paso. A su izquierda, una masa blanquecina y sedosa se mantiene en suspensión, igual que él. En cuanto la ve, el chico no puede apartar los ojos de ella. Es como si la liberación solo pudiera venir de ahí. Finalmente, comprende lo que es. Es un capullo. Un vulgar capullo. Pero ¿qué significa? ¿En qué trampa ha caído?

De repente, a fuerza de darle vueltas en la cabeza a esas preguntas, se impone la insoportable verdad. En un destello de lucidez, el niño comprende por fin todo el horror de la situación.

¡Está atrapado en el centro de una monstruosa tela de araña!

Enloquecido de terror, empieza a gritar y a forcejear frenéticamente. Las vibraciones se propagan por toda la telaraña, alcanzando las grietas de la roca. De las profundidades de una de estas cavidades emerge poco a poco una gigantesca tarántula con patas negras y peludas, tan grandes como el propio cautivo.

En cuanto la ve, el arácnido se acerca inexorablemente a su futura presa. Está a solo unos centímetros cuando su asquerosa boca se abre de par en par. Es demasiado para el pobre chico, que se queda petrificado de miedo. Cierra los ojos para no ver al monstruo abalanzarse sobre él. Pero en lugar del temido mordisco, lo envuelve un aliento fétido. Una voz cavernosa le susurra al oído: «Déjame besarte donde sé que prefieres, querido mío».

Valentin se despertó sobresaltado. Sus ojos se abrieron de par en par y se quedó estupefacto al encontrarse de nuevo en su habitación de la calle Cherche-Midi. ¡Una pesadilla! La espantosa carrera subterránea y esa araña eran —¡gracias a Dios!— fruto de un sueño desagradable, y también la voz de ultratumba que reproducía las abyectas palabras del Vicario.

Unos golpes sonaron en la puerta. La voz nasal de Eugénie les hizo eco:

—¿Va todo bien, señor? Lo he oído llamar.

—Ahora voy, Eugénie.

Valentin se levantó, se mojó la cara en la palangana de agua clara que tenía junto a la cama y se frotó vigorosamente el rostro. Cuando estuvo seguro de haber recuperado la cordura, se puso una bata de seda china y abrió la puerta al ama de llaves.

Eugénie estaba en el umbral. Disimulaba mal su preocupación tras su doble mentón y una sonrisa nada tranquila.

—Estaba preocupada por usted, señor. Por sus gritos, parecía que acababa de ver al mismísimo diablo.

—No ocurre nada en absoluto —la tranquilizó el joven—. Solo un mal sueño. Dígame, Eugénie, ese famoso ponche de huevo cuyo secreto domina…

—¿Quiere que le prepare una taza?

—Me encantaría, pero puede olvidarse de la leche, la yema de huevo y la canela. Con el ron de su primo bastará. Creo que necesito un revigorizante de categoría.

Dos horas más tarde, en la calle Jerusalén, mientras escuchaba a Isidore relatar su aventura en casa de los D'Orval, el inspector aún se resentía de la noche agitada y seguía bajo la influencia de las intensas emociones que la última carta del Vicario le habían suscitado. Sin embargo, cuanto más avanzaba su ayudante en su informe, más receptivo se volvía, hasta que quedó literalmente cautivado por el relato de la misteriosa aparición de Blanche.

Al final del informe, se frotó la barbilla con aire dubitativo.

—¿Y según tú, Oblanoff no pudo manipularlo de ninguna manera? Un juego de manos, por ejemplo. ¿No distrajo la atención de todos vosotros ni un instante para sustituir el disco por otro?

—Imposible. No le quité los ojos de encima durante toda la sesión, y la campana de cristal impedía cualquier subterfugio de ese tipo. Y no olvide que vi, con mis propios ojos, la imagen aparecer poco a poco sobre el metal.

—Por no hablar de que eso no explicaría cómo desapareció el rostro de Blanche tan espontáneamente como apareció —añadió Valentin pensativo—. Sobre todo, porque ocurrió mientras el óvalo de plata estaba en manos de Ferdinand d'Orval.

Isidore extendió los brazos en un gesto de impotencia.

—¡Ya ve! Esperaba que se me hubiera escapado algo y que usted pudiera poner el dedo en la llaga.

—Por el momento, al menos, no lo entiendo.

—Desde ayer, he estado reproduciendo la escena una y otra vez en mi cabeza, y siempre llego a la misma conclusión: no hay ninguna explicación lógica o natural para lo que ocurrió en el salón de los D'Orval. Reconozca que es algo perturbador.

—¿No me digas que te has convencido de los poderes sobrenaturales del supuesto médium?

—A ver… No, claro que no… —balbuceó el joven pelirrojo con la mirada poco convencida—. Solo pienso que es bastante inquietante. Si únicamente fuera la aparición, ¡no sería tan increíble! Pero no se puede hacer caso omiso de los mensajes que transmitió el intermediario de la mesa la semana anterior…

—Creía que ya te había dado una explicación más bien convincente. Además, ¿no acabas de confirmarme que Oblanoff lleva un anillo de sello grande en la mano izquierda?

—Así es. Admito que el anillo es efectivamente como usted imaginaba. Pero eso no es en absoluto decisivo. Durante mi estancia, me las arreglé para examinar con detenimiento la mesa del salón. Puedo asegurarle que la superficie está del todo intacta. No había ningún tornillo. Así que, con anillo de sello o sin él, parece que su teoría se cae por los suelos definitivamente.

Valentin frunció el ceño, pero no hizo ningún comentario. Pareció absorto en sus pensamientos durante un rato. Por primera vez desde que lo conocía, Isidore tuvo la clara impresión de que su superior se enfrentaba a un problema que lo superaba. Se sintió casi avergonzado por él y, respetando su silencio contemplativo, no se atrevió a preguntar ni a salir del despacho.

El inspector se tomó su tiempo para encender un puro fino y darle unas profundas caladas. Entonces, a través de una espesa nube de humo, su voz preocupada sacó a Isidore del aprieto.

—Y Mélanie d'Orval, ¿cómo reaccionó ante la nueva peripecia?

—Muy mal. Al principio pensé que iba a lanzarse al cuello de Oblanoff. Pero afortunadamente la consternación de su marido cuando la cara de Blanche se evaporó la distrajo de su ira.

—¡Mejor así! Verás, tengo la sensación de que algo dramático se está gestando en la casa D'Orval. Si no conseguimos demostrar rápidamente que Oblanoff es un vulgar impostor, me temo que sucederá lo peor.

Tras esta sombría predicción, Valentin dejó que su ayudante regresara a su despacho. Al quedarse solo, intentó imaginar la escena de la aparición tal y como Isidore acababa de describirla. ¿Quién sabe si algún detalle le llamaría la atención? Sin embargo, al cabo de unos minutos, se vio obligado a desistir. Las amenazas del Vicario le impedían concentrarse. Como un obstinado abejorro que no deja de chocar contra una ventana, su mente volvía una y otra vez al siniestro desafío que su enemigo le había lanzado.

No aguantó más, sacó la última carta de su bolsillo y la releyó por enésima vez desde el día anterior. ¿Qué quería decir el Vicario con «los guijarros sembrados para él», y qué significaba ese enigmático *post scriptum*? «Piensa detenidamente y no cometas errores. Así conseguirás la clave de AHDFIZTCRYAHPG EHDI OSTGNMUFPG LIAM OSNMRYOSTCEHRY». Parecía un mensaje codificado. Pero ¿cómo desencriptarlo? Cogió una pluma y una hoja de papel y lo intentó varias veces. Al no ser un especialista en la materia, se limitó a las soluciones elementales. Cambió las letras del alfabeto, sustituyó una letra por otra. Nada encajaba.

Llevaba ya una hora larga esforzándose en vano, y el asunto D'Orval había pasado por completo a un segundo plano en sus pensamientos, cuando unos vigorosos golpes en su puerta lo sacaron de su laborioso tanteo. Ante su invitación, la puerta se abrió de par en par para dejar paso a una robusta figura de unos cincuenta años, de aspecto imponente, pelo rubio rizado, magníficas patillas y un rostro voluntarioso, marcado por unos ojos traviesos y una nariz un poco prominente. Tenía una cicatriz viril en el labio superior y un aro de oro en una de las orejas agujereadas.

—¡Eugène-François! —exclamó Valentin, levantándose para saludarlo con una sonrisa—. ¿Tú por aquí? ¡Esto es poco frecuente! No es uno de tus hábitos.

Sin que lo invitase, el hombre del pendiente de oro dejó el sombrero y el carric en el perchero. Luego se paseó por el despacho, lanzando una mirada entre intrigada y divertida a su alrededor. Exhibía la tranquila seguridad de alguien que se encuentra en todas partes como en su casa y que no se anda con remilgos. Valentin no pudo evitar pensar al verlo comportarse así: «Tosco como un oso, astuto como un zorro y feroz como un lobo».

—Palabra de Vidocq —dijo el visitante. Se sentó en la silla del otro lado del escritorio y estiró las piernas para ponerse cómodo—. Me prometí a mí mismo no volver a pisar esta casa desde que me pidieron amablemente que me largara en 1827.[*] Pero la Brigada de los Misterios Ocultos… Sentía demasiada curiosidad. Ardía en deseos de saber quién se ocultaba detrás de un nombre tan singular.

Volvió a echar un vistazo a la habitación y se detuvo en el tragaluz musgoso por donde se colaba la luz verdosa.

---

[*] Vidocq dimitió oficialmente de sus funciones como jefe de la Sûreté ese año. Su salida fue todo menos voluntaria. Más bien el alto mando lo marginó.

—Enhorabuena por tu ascenso. Aunque el nombre es rimbombante, tengo que decir que no te han mimado mucho con las instalaciones. He estado en lugares mucho más agradables.

—Para vivir felices, mejor vivir escondidos. No me importa estar relegado a la buhardilla de la prefectura. Me evita despertar envidias y disuade a los curiosos o a los pedigüeños. Por cierto, conociéndote como te conozco, me sorprendería que hubieras venido solo para una visita de cortesía o para satisfacer tu curiosidad. ¿Qué te ha traído hasta aquí exactamente?

—¿Estás de broma? —exclamó el antiguo jefe de la Policía, dándose palmadas en los muslos con ambas manos—. ¿Has olvidado ya la nota que me enviaste ayer? Querías información sobre un charlatán ambulante llamado Pierre Ouvrard. ¿Es cierto o no?

Valentin abrió mucho los ojos.

—¡No me digas que ya has rebuscado información sobre él! Sé que eres la encarnación del genio de la Policía y que tienes al mundo de los canallas y los malhechores en tus manos, pero la cacería de la información lleva su tiempo. No esperaba tener noticias tuyas hasta dentro de dos o tres días por lo menos…

—¡Bueno, amigo, eso es porque, a pesar de todos tus halagos, me subestimas! —exclamó Vidocq, riéndose—. ¡Venga! Confieso que en esta ocasión he tenido suerte. Como sabes, cuando dejé la Policía, consideré oportuno guardar mis notitas personales.

El inspector asintió. Según los rumores que circulaban por la Prefectura de Policía, Vidocq se llevó tres baúles llenos de archivos cuando abandonó su puesto. Una mina de información que había reunido pacientemente desde la época del imperio y que le permitía conocer la mitad de los secretos mejor guardados de la capital: de alcoba y de los gabinetes ministeriales.

—Para quedarme con la conciencia tranquila —continuó su interlocutor—, consulté mis fichas. Y resulta que una la encabezaba el nombre «Ouvrard, Pierre».

—¿Y puede conocerse el contenido?

—¡Demonio! Sabes muy bien que soy incapaz negarte nada. Pero antes, me dejaría tentar con uno de esos puros que veo en esa cajita. Creo que, en esa materia, tu gusto es exquisitamente delicado.

¡Era más fuerte que él! Incluso cuando hacía un favor, aquel demonio quería que pareciera un *quid pro quo*. Valentin recordó otra anécdota que se contaba sobre Vidocq en la Sûreté. Algunos de sus miembros más antiguos afirmaban que pidieron a un frenólogo que no conocía a Vidocq que le estudiara el cráneo durante una velada social. El eminente especialista declaró que ese hombre tenía tres seres distintos en uno: un león, un diplomático y una monja de la caridad. En los días siguientes, la anécdota se extendió por todo París y el personaje llevó mucho tiempo esa etiqueta.[*]

Valentin cogió un puñado de puros y se los ofreció a Vidocq; luego juntó las manos como rogando.

—¡Y ahora habla! No tengo tiempo de explicarte todo con detalle, pero este caso podría resultar crucial para la supervivencia de este servicio.

En pocas palabras, el antiguo policía le explicó que Pierre Ouvrard se había labrado una cierta reputación en el mundo del espectáculo como artista ambulante, con un número de adivinación especialmente bien perfeccionado. Durante varios años, recorrió las ferias de Touraine y Anjou, incluso consiguió que lo contrataran en algunos teatros de provincias. Pero no eran sus proezas sobre el escenario las que le valieron el honor de estar en los «archivos» Vidocq. Siete años antes, la Sûreté lo detuvo por su talento como ladrón a la «ramestic».[†]

—¿Ladrón a la ramestic? —exclamó Valentin—. ¿Qué es eso?

—Una especie de estafador que trabaja en tándem en la calle… El timo es muy sencillo, pero da resultados. Con algún pretexto, dos personas abordan a un fulano, cuyo aspecto indica cierta holgura económica. Congenian con él y lo llevan al cabaret más cercano. Por el camino, el tipo que va delante deja

[*] Varios autores mencionan la anécdota como auténtica.

[†] Es el nombre que da Vidocq a este timo en sus novelas. *(N. de la C.)*

caer con disimulo una caja al suelo, que la víctima ve necesariamente. «¡A medias!», dice el timador. Cuando abren la caja, encuentran un anillo o un alfiler de factura muy cara. El bribón señala que sería arriesgado intentar venderlo demasiado rápido, porque se informará de su desaparición. Entonces, ofrece a la víctima dejárselo en depósito a cambio de unos cientos de francos y su dirección. El incauto, feliz con la ganga, pretende conseguir un buen beneficio en la reventa, entrega la suma solicitada y una dirección falsa. Y no se da cuenta de nada hasta que lleva su «afortunado hallazgo» a un joyero para que lo tase y descubre que la joya vale como mucho diez o quince francos… El tal Ouvrard era un maestro de este timo.[*] Pero, al parecer, su detención lo desalentó un poco. Tras cumplir una condena de dos años, nunca más se supo de él.

Valentin hizo una mueca.

—No creo que nuestro hombre se haya retirado de los negocios. Algo me dice que ha reaparecido y, ahora, su número es mucho más sofisticado.

[*] El robo a la «ramastic» forma parte de la galería de estafas que Vidocq presenta en su obra titulada *Les Voleurs.*

15

La redada

El día siguiente fue sorprendentemente agradable. El sol casi primaveral invitaba a pasear sin preocupaciones. En la plaza del Trône, el tiempo parecía haberse detenido y los habitantes presentaban una imagen de tranquilidad casi provinciana. Los niños jugaban a la *pigoche** o a los bolos, en medio de curiosos que se entretenían escuchando las peroratas de los vendedores ambulantes. Delante de los cafés o de las bodegas, los hombres reían, hablaban en voz alta y miraban con lascivia a cualquiera que llevara enaguas, e incluso silbaban a las mujeres guapas que paseaban. Un aroma a camelia y jacinto flotaba en el aire, un agradable contraste con el habitual olor a excrementos de caballo que emanaba de los adoquines desordenados.

Caminando de un lado a otro por la calle Faubourg-Saint-Antoine el centenar de metros que separan la plaza del cruce con la calle Picus, Aglaé Marceau aprovechaba al máximo la soleada mañana y pensaba que a veces no hace falta mucho para alegrar la vida cotidiana. Con Marie-Reine Guindorf, su amiga lencera, que era una de las más fervientes admiradoras de Claire Démar, como ella, abordaban a los transeúntes y les ofrecían folletos a favor de la causa feminista. En ellos se reiteraban las principales reivindicaciones de la musa del sansimonismo: acceso de las niñas a la misma educación que los niños, revisión del Código Civil para establecer la igualdad entre los cónyuges y mejora de la situación de las trabajadoras. El obje-

---

* Juego de habilidad que los niños practicaban con monedas.

tivo era atraer al mayor número posible de personas para que asistieran a una conferencia sobre la emancipación de la mujer que Claire iba a pronunciar al día siguiente, sábado, en un taller de costura prestado para la ocasión por una persona cercana al movimiento. Querían activar a posibles simpatizantes de todas las clases sociales para que la lucha se extendiera poco a poco a todos los estratos de la sociedad.

Sin embargo, a pesar del entusiasmo y la fuerza de convicción de la pareja, estaban lejos de ganar la apuesta. Entre las mujeres de clase media, que les dirigían miradas indiferentes o de reproche, y las criadas, que no se atrevían a tocar la hoja de papel que les tendían por miedo a quemarse los dedos, Aglaé y Marie-Reine se encontraron con diez negativas frente a una sola aceptación. Así que la distribución podría haber sido decepcionante. Pero el tiempo esa mañana era tan agradable y la alegría de vivir de Marie-Reine tan contagiosa que Aglaé se contentó con saborear el momento, lo que hizo que todas sus preocupaciones pasaran a un segundo plano. Sin embargo, últimamente estaba cada vez más angustiada por el anuncio de Valentin de que el Vicario había regresado, sobre todo porque el hombre al que amaba también parecía oscurecerse día a día. El martes por la noche, en la ópera, Aglaé percibió que su compañero estaba ausente, casi distante, y que su sombrío semblante delataba una profunda inquietud. Aunque durante toda la representación tuvo ganas de preguntarle qué le preocupaba tanto, no se atrevió a hacerlo y volvió a casa de la velada entristecida y decepcionada.

Pero por el momento, el buen humor de la joven lencera le permitió olvidar todas sus preocupaciones. Consideraba a Marie-Reine una hermana pequeña adoptiva, aún más descarada e independiente que ella. Verla moverse con ligereza por el bulevar, saltando de una mujer a otra, burlándose de los hombres guapos que intentaban retenerla o robarle un beso, le hacía mucho bien. Con sus rizos rebeldes bailando por su espalda, su tez clara y sus rasgos juveniles, Marie-Reine era la imagen del sol primaveral, que parecía impulsarlas por la espalda. Ardiente y alegre, traviesa y cómplice; a su lado, era fácil dejarse llevar por la esperanza, atreverse a creer que un día serían capaces de derribar servidumbres y prejuicios. No eran solo luchadoras como Claire Démar, sino también corazones generosos como el de Marie-Reine los que acabarían abriendo los ojos a sus contemporáneos y ofreciendo a las mujeres un futuro mejor que una sociedad patriarcal, forjada durante siglos, negaba hasta entonces a la mayoría de ellas.

—¿En qué piensas? —preguntó Marie-Reine, volviéndose hacia su amiga, a la que ahora llevaba unos pasos de ventaja—. Si pierdes el tiempo, distraída, ¡ya podemos provocar para terminar de distribuir los folletos antes del mediodía!

No era ningún reproche, sino ironía y diversión.

Aglaé resopló y se unió a su compañera, a la que abrazó por la cintura.

—¡Tú tienes prisa para ir a reunirte con tu pretendiente! ¿O me equivoco?

Marie-Reine torció el rostro en un adorable mohín. Luego despeinó su abundante cabello y lo alborotó con un consumado arte de seducción que contrastaba con su juventud.

—¿Cómo lo has adivinado? —dijo, coqueta—. Conocí a alguien hace tres días. Un guapo moreno con ojos de ciervo, grandes pestañas y una sonrisa que hace bajar la luna. Nos conocimos en un bar, el Moulin jansenista, en la puerta de Maine. Nos caímos bien enseguida. Luego, unas contradanzas a galope endiablado, y no nos separamos en toda la velada.

—¿Y a qué se dedica el incansable bailarín?

—Trabaja de oficinista en Herbault, la peletería más importante de París.

Aglaé dio un codazo a su compañera y se echó a reír:

—¡Vaya! Frecuentas a la flor y nata, ¿verdad?

—¡Puedes reírte todo lo que quieras! No todo el mundo tiene la suerte de ir del brazo de alguien tan guapo como un modelo.

—Si te refieres a Valentin —respondió Aglaé, susceptible— no es más que un buen amigo. Nunca nos hemos dado ni un beso. De hecho, por lo que lo conozco, es probable que la idea ni siquiera se le haya pasado por la cabeza.

—Pero tú te mueres de ganas —replicó Marie-Reine con una sonrisa cómplice.

Aglaé puso los ojos en blanco.

—¿Cómo puedes decir eso? Si queremos acabar con las representaciones anticuadas, tenemos que empezar por admitir que un hombre y una mujer pueden apreciarse y pasar tiempo juntos sin querer acostarse necesariamente bajo las mismas sábanas.

Marie-Reine soltó una carcajada espontánea.

—¡Vamos, Aglaé! ¡Se ve tan claro como el agua que estás enamorada de él! El otro día, en el teatro de la calle Taitbout, no dejabas de mirarlo. E incluso cuando intentó ser un aguafiestas, tú te enfurruñaste. Era tan evidente que la propia Claire nos expresó su preocupación a Désirée y a mí.

Al oír estas palabras, la actriz abrió mucho los ojos, asustada.

—¿Claire Démar cree que estoy enamorada de Valentin?

—¡Y qué importa lo que piense! —exclamó Marie-Reine mientras volvía a blandir de nuevo los folletos—. ¡Luchar por la liberación de la mujer no significa rechazar a los hombres ni convertirse en monja! Si Valentin te gusta, créeme, te equivocarás si no haces lo que te venga en gana.

Aglaé siguió los pasos de la preciosa lencera. La conversación había disipado un poco la serenidad que sentía antes. ¿Era tan evidente que estaba enamorada de Valentin? Pero entonces, ¿por qué el único que no parecía darse cuenta era él? ¿Tan indiferente le era? A menos que simplemente fuera incapaz de mantener una relación amorosa normal...

Hacia las diez, las dos mujeres decidieron cambiar de táctica. Llegaba la hora de la pausa en todos los talleres de la zona. Las aprendizas y las obreras iban a recorrer los bulevares y a disfrutar del primer día soleado del año. Para asegurarse de llegar al mayor número posible de ellas, Aglaé y Marie-Reine se apostaron a ambos lados de la calle, bajo los castaños que bordeaban la zona de la plaza del Trône. La ubicación era estratégica. Los vendedores de coco* y ambulantes se congregaban allí y actuaban como imanes sobre la población femenina de trabajadoras. En pocos minutos, la plaza estaría literalmente abarrotada.

Mientras esperaban el momento de entrar en acción, Aglaé se apoyó en el tronco de un árbol y pensó en Valentin, bañada por la luz dorada que llovía del follaje. Un mirlo silbó entre las hojas. Desde los tejados, resonaba el alegre canto de un techador. A pocos pasos, un ómnibus de la compañía de las Damas Blancas vaciaba su carga de pasajeros: gente de provincias que viajaba a la gran ciudad, miembros de la clase media y soldados de permiso. Los tres animales del carruaje, caballos de las Ardenas, enganchados delante del imponente coche de dos pisos, coceaban, resoplaban con fuerza por las fosas nasales y se daban ligeros cabezazos en el cuello mutuamente.

Aglaé los observó un momento, impresionada por sus poderosos músculos y su juguetón nerviosismo. La imagen de un triángulo amoroso atormentado por las tensiones se abrió paso extrañamente en su mente. Y dos preguntas empezaron a acuciarla. ¿Qué fantasma o recuerdo se interponía entre Valentin y ella? ¿Conseguiría ella liberarlo algún día?

Por el momento, era incapaz de dar una respuesta definitiva a esas preguntas. Y como no tenía sentido atormentarse con eso, decidió dejar las dudas a un lado y ponerse de nuevo en campaña. Vio a una niñera que llevaba a un niño con un aro hacia un vendedor de dulces e intentó abordarla, decidida a no dejarla ir hasta que hubiera aceptado uno de sus folletos.

Estaba a punto de enfrentarse a la corpulenta niñera pelirroja cuando una mano firme la sujetó del hombro. Al mismo tiempo, una voz severa la amonestó:

—¡Sí que tienes agallas, muchacha! Captar furcias entre gente honrada, ¡ya no falta nada por ver!

Aglaé se dio la vuelta sorprendida. Había dos hombres mirándola fijamente con una mezcla de arrogancia y hostilidad. Eran gemelos. Llevaban los mismos sombreros afelpados, los

* Bebida a base de regaliz y limón con agua.

141

mismos bigotes retorcidos, los mismos redingotes grisáceos y hasta la misma porra, que sujetaban bajo el codo izquierdo, de la que solo sobresalía el imponente puño de plomo. Obviamente, eran policías.

—Se equivocan —dijo—. Estoy distribuyendo folletos para una reunión de mujeres que tendrá lugar mañana, a un tiro de piedra de aquí.

—¡Cuéntale eso a otro! —soltó uno de los dos funcionarios—. ¡Ese tipo de tonterías con nosotros no cuela! Tendrás que venir a la comisaría para que comprobemos tu identidad.

La joven no daba crédito a lo que oía.

—Pero eso es absurdo —protestó, blandiendo sus hojas impresas—. Lean esto y verán que no les estoy tomando el pelo.

El policía que aún no había abierto la boca apartó el brazo con un gesto violento. A Aglaé le cogió por sorpresa y se le cayeron todos los folletos, que se esparcieron por la acera, volando por entre los desperdicios.

—¿Qué quieres que leamos? —dijo, guiñando irónicamente el ojo a su colega—. ¡No pretenderás que nos rebajemos a buscar en las alcantarillas!

A Aglaé le hervía la sangre, pero procuró no mostrar su enfado. Los dos policías debían de estar muertos de aburrimiento y habían decidido divertirse a su costa. Lo último que necesitaba era dejarse arrastrar a su juego.

—Les aseguro que se equivocan, caballeros. No soy ninguna ramera. Soy actriz en el bulevar del Crimen, y pertenezco a la *troupe* de madame Saqui. Mi amiga podrá confirmarlo. Debe de andar por aquí cerca, estábamos repartiendo folletos juntas.

Mientras hablaba, Aglaé buscó entre la multitud de la plaza, desesperada por ver la melena rubia de Marie-Reine. «¿Dónde demonios se ha metido? ¡No puede estar lejos!». Por desgracia, la corriente de curiosos parecía haber engullido a su compañera. No aparecía por ninguna parte.

El policía que había tirado los manifiestos feministas al suelo carraspeó y escupió a los pies de la actriz. Una fea mueca torció su rostro.

—Mi colega dice que te ha visto ofreciéndote a un hombre en la parada del ómnibus. ¿Te atreves a llamarlo mentiroso?

—Escuche —respondió Aglaé, incapaz de ocultar por más tiempo su enfado—, no sé a qué vienen estas tonterías, pero no pienso dejar que siga insultándome. Soy una mujer honrada y debería darles vergüenza proferir tales falsedades sobre mí. ¡Si no me dejan en paz, me quejaré a su superior!

El compañero se volvió hacia el primer hombre que se le había acercado para tomarlo como testigo:

—¿Has oído eso, Léon? ¡Nos está amenazando! Desde luego, esta zorra se cree que se le permite todo. ¡Increíble!

—Vas a seguirnos amablemente hasta la comisaría —dijo el «gemelo», señalando un cabriolé—. Y no causes más problemas, ¡o te obsequiaré con un bonito brazalete!*

Al mismo tiempo, su compañero se había deslizado por detrás de la actriz y volvía a agarrarla por el hombro. Ejerció una firme presión para obligarla a dirigirse hacia un coche de punto camuflado, aparcado en el extremo más cercano de la plaza. Sin embargo, Aglaé no tenía intención de obedecer. Con un brusco tirón, intentó liberarse.

—¡Suélteme! —gritó—. ¡No tiene derecho! ¡Esto es un abuso de poder!

Pero al hombre le traían sin cuidado sus protestas. Al contrario, le apretó con más fuerza el brazo, mientras el tal Léon se acercaba con la evidente intención de sujetarle la muñeca con la cadenilla. Esta vez, Aglaé se puso furiosa. De ninguna manera iba a dejarse detener por esos dos granujas. ¿Acaso eran policías? Después de todo, no tenía pruebas de ello.

Justo cuando el hombre que tenía delante se acercaba a ella para inmovilizarle los antebrazos, Aglaé le dio un rodillazo en el bajo vientre. El hombre se dobló con un gruñido porcino. Por desgracia para la joven, su colega no se inmutó ante la inesperada resistencia. Se puso detrás de Aglaé y le inmovilizó los brazos a los costados. Por mucho que pataleara y forcejease, su

---

* Antiguas esposas con una cadena de eslabones unidos por un muelle que permitía sujetar las manos del malhechor.

143

oponente era demasiado fuerte. La había reducido a la impotencia. Al ver que el hombre al que había golpeado se sobreponía a su dolor y la miraba con malvada sorna, se puso a gritar:

—¡Socorro! ¡Ayúdenme! ¡Socorro!

Marie-Reine se había alejado para llevar su mensaje a la salida de una sombrerería. Se sobresaltó al reconocer la voz angustiada de su amiga, cortó en seco el sermón, se lanzó entre la multitud y se abrió paso a codazos hasta el lugar de donde procedían los gritos de socorro. Cuando llegó al comienzo de la calle Faubourg-Saint-Antoine, se quedó atónita al ver a dos hombres intentando sujetar a Aglaé, que se debatía como una furia. Se le heló la sangre. Empujando las filas de curiosos atraídos por el altercado, que no se atrevían a intervenir porque los redingotes grises* los intimidaban, acudió a ayudar a su desafortunada compañera.

Pero no tuvo la oportunidad. Otros dos hombres con redingote gris saltaron del carruaje al que los primeros policías intentaban arrastrar a Aglaé, se interpusieron y la agredieron. A pesar de su tenaz resistencia, las dos jóvenes tuvieron que ceder por el número de agresores y rendirse ante su determinación y brutalidad.

Conmocionadas y magulladas, se vieron obligadas a subir al coche, que se dirigió inmediatamente a la comisaría del distrito.

---

* En esa época, el redingote gris se convirtió en el uniforme semioficial de los policías vestidos de civil.

16

Mélanie tiene miedo

Exactamente una semana después de su primera reunión, Mélanie d'Orval pidió que Valentin la recibiera de nuevo. El inspector había pasado buena parte de la mañana intentando descifrar el misterioso *post scriptum* del Vicario. Para eso, utilizó varias obras de la biblioteca de su difunto padre: *Notas sobre la literatura furtiva*, de Giovanni Battista Della Porta; *Tratado de los cifrados*, de Vigenère; *Nuevos y singulares modos de codificación*, de Giovan Battista Bellaso; y las *Poligrafías*, de Jean Trithème.

Las eruditas lecturas lo ayudaron a refrescar sus conocimientos de criptografía. Había dos técnicas principales para ocultar el contenido de un mensaje: la transposición y la sustitución. La primera consistía en mezclar las letras del texto para crear un anagrama. La segunda, más sutil, consistía en sustituir cada letra del mensaje limpio por un símbolo de algún tipo. Este símbolo podía ser otra letra, un número o cualquier otro signo gráfico.

«AHDFIZTCRYAHPG EHDI OSTGNMUFPG LIAM OSNMRYOSTCEHRY». La posición de las vocales parecía descartar cualquier transposición. Incluso colocadas en otro orden, era difícil ver qué significado podían tener esas letras. Solo quedaba probar los principales métodos de sustitución mediante cambios de letras.

Valentin empezó con un clásico, el famoso código de Julio César, descrito por Suetonio en sus *Vidas de los doce césares*. Consistía simplemente en desplazar las letras del mensaje original un cierto número de rangos en el alfabeto. Tras varios intentos fallidos, el inspector pasó a técnicas más avanzadas: sustitución monoalfabética con una palabra clave, sustitución homofónica, cifrado polialfabético… Pero nada funcionó. El código secreto del Vicario resultaba mucho más difícil de descifrar de lo que había imaginado en un principio.

Abatido por sus sucesivos fracasos, Valentin acogió la llegada de Mélanie como una grata diversión. Colocó un papel secante sobre las hojas que acababa de emborronar inútilmente y se levantó para recibir a su visitante.

La joven llevaba un sobrio vestido de color malva y un chal de seda negro que resaltaba su tez de alabastro. Como en la primera ocasión, el inspector creyó detectar la fragilidad del cristal tras una fachada de firme resolución. Pero también había algo nuevo. Tal vez fuera el brillo de sus ojos, o el pequeño tic de sus manos en su sombrilla, cuyo cierre no dejaba de manipular nerviosamente.

La mujer empezó preguntándole qué opinaba de la última sesión de Paul Oblanoff. Sin duda, su ayudante le habría hecho un relato detallado de su velada en Hêtraie. ¿Tenía la menor idea de cómo se las había arreglado ese canalla para engañar de nuevo a todo el mundo?

Muy a su pesar, el inspector tuvo que admitir que era incapaz, de momento, de dar una explicación racional al fenómeno que Isidore le había descrito. Por supuesto, Oblanoff no tuvo ninguna posibilidad de manipular la placa metálica una vez colocada bajo la campana de cristal. Por lo tanto, el rostro de Blanche apareció espontáneamente. Pero había algo aún más inquietante: la desaparición misteriosa de la imagen, mientras Ferdinand d'Orval tenía el disco en sus manos y Oblanoff estaba de pie en el otro extremo de la habitación.

La delicada Mélanie pareció tomarse mal la confesión de impotencia del policía. Sus hombros se desplomaron y sus ojos se nublaron.

—Es terrible —murmuró como si hablara consigo misma—. Confiaba tanto en usted para que me ayudara y frustrara los planes de ese canalla… ¡Mi pobre Ferdinand! No puedo ver cómo un miserable sin Dios ni ley explota el dolor de mi marido de esa manera vergonzosa.

—Pero puede que tengamos una pista —dijo Valentin con cautela, como si no pudiera soportar ver a su bonita y frágil suplicante ceder al abatimiento—. Tenemos razones para creer que el verdadero nombre de nuestro hombre es Pierre Ouvrard. Un antiguo artista de feria especializado en la adivinación. Hace siete años fue condenado a dos años de prisión por un pequeño fraude.

Mélanie se incorporó de golpe. Vibraba de una excitación repentina.

—En ese caso, ¡es él! Definitivamente es él, ¡no hay duda!

—No nos adelantemos —templó Valentin, ofreciéndole asiento—. Por el momento, no tenemos ninguna prueba de que Oblanoff sea Ouvrard. Es solo una suposición. Pero si podemos demostrarlo, debería ser más que suficiente para abrirle los ojos a su marido.

—¿Cuánto tiempo llevará eso?

—Eso es pedir demasiado. Tenemos que reunir toda la información posible sobre Ouvrard, intentar localizar su dirección actual, cotejar muchas cosas… Todo eso requiere recursos y tiempo.

La joven se retorció las manos y una expresión casi de dolor apareció en su rostro. Valentin comprendió entonces lo que había creído percibir cuando Mélanie entró en su despacho.

No solo estaba preocupada por su marido e indignada por las maniobras del embaucador que lo tenía dominado, ejerciendo su hechizo sobre él. Ahora parecía consumida por el miedo, un miedo terrible que no podía dominar.

Como para confirmar su intuición, la deliciosa criatura volvió hacia él sus ojos almendrados, en los que brotaban lágrimas de angustia.

—Le ruego que se dé prisa —suplicó con una voz estrangulada—. ¡En una semana puede que sea demasiado tarde!

—¿Qué quiere decir?

—Desde la sesión del miércoles pasado, mi marido ya no puede negar nada a Oblanoff, y este lo ha convencido para intentar algo aún más extremo. Se trataría nada menos que de traer de vuelta a la vida a Blanche.

—¡Pura locura! ¿Pero dice que ya está decidido?

—¡Desgraciadamente sí! Ferdinand dio su consentimiento sin molestarse siquiera en consultarme. El experimento tendrá lugar dentro de ocho días, el domingo por la tarde, como siempre en Saint-Cloud.

—Bien, en ese caso —dijo Valentin en un tono que pretendía ser tranquilizador—, iré yo mismo a Hêtraie y veremos si este siniestro individuo logra salirse con la suya, después de todo.

Mélanie se esforzó por esbozar algo parecido a una sonrisa.

—No me atrevía a pedírselo, inspector, pero se lo agradezco de todo corazón. Porque, verá, tengo el terrible presentimiento de que este desafío antinatural será una provocación más. Quizá la definitiva. Si este Oblanoff consigue poner en práctica su promesa, cualquiera que sea el subterfugio que utilice, estoy convencida de que atraerá una gran desgracia sobre todos nosotros.

Tras pronunciar estas palabras con gravedad, la joven se persignó con mano temblorosa.

17

Golpe de fuerza

¡Clang!

La pesada cerradura metálica se cerró de golpe y la puerta emitió un chirrido lastimero al girar hacia fuera. Dos sargentos se enmarcaron en el rectángulo de luz. Sus rojizos semblantes delataban a bebedores empedernidos, y sus desaliñados atuendos habrían avergonzado a una cuadrilla de deshollinadores. Entre todos sostenían a la pobre Marie-Reine, que apenas podía tenerse en pie. El vestido de la joven estaba desgarrado; su pelo, enmarañado y sucio. Tenía una costra de sangre seca en la sien izquierda y el párpado anormalmente hinchado.

El más corpulento de los agentes de la ley, con la nariz abollada y la mejilla llena de cicatrices, como señal de su temperamento beligerante, se inclinó sobre ella y le sopló en la cara con un aliento a vino y dientes podridos.

—¡Maldita zorra! ¡Ni siquiera sabe poner un pie delante del otro!

Con esa desagradable burla, los dos hombres dejaron caer su carga al suelo como un fardo de ropa sucia. Una carcajada desmedida y el perentorio portazo al cerrar la puerta con doble llave acompañó su salida.

Aglaé, que dormitaba tras una noche en vela, acurrucada en el suelo en un rincón de la celda, se sobresaltó por el repentino ruido. Se esforzó por abrir los ojos y dejó escapar el gemido de un animal herido al reconocer a su amiga, medio desmayada, tendida en el suelo.

Haciendo acopio de las pocas fuerzas que le quedaban, consiguió ponerse en pie, se dirigió hacia la puerta y la golpeó con ambos puños.

—¡Panda de animales! Exijo ver al comisario, ¿me oís? ¡No tenéis derecho a tratarnos así!

Dos horas antes, cuando se despertó, Marie-Reine había causado casi el mismo alboroto. Salvo que cuando un guardia apareció tras la mirilla y le ordenó que mantuviera la boca cerrada, ella lo saludó con una retahíla de palabrotas que haría sonrojar a una camarera de cantina de regimiento. Al otro no le gustó y, unos minutos después, cuatro sargentos sacaron por la fuerza a la recalcitrante prisionera. Esta vez, sin embargo, los golpetazos de Aglaé no parecieron molestarles en exceso. No apareció ningún guardia. Una voz amenazadora se limitó a gritar a través de la puerta:

—¡Cierra la boca! ¡Si no lo haces, no te la lavaremos con jabón!

Aunque se moría de ganas, Aglaé no contestó. ¿Cómo iba a proteger a Marie-Reine si también le daban una paliza a ella?

Tragándose su orgullo, se alejó de la puerta y se inclinó sobre su compañera. Los desgarros de su vestido revelaban una piel jaspeada por los golpes y numerosas marcas de arañazos. Una baba blanquecina espumaba en las comisuras de su boca. Aglaé la limpió con el borde de la manga y deslizó el brazo alrededor de la espalda de la lencera, agarrándola por debajo de la axila para ayudarla a levantarse. Con los ojos, buscó en la penumbra un lugar donde colocarla.

La celda de la comisaría del octavo distrito consistía en una habitación irregular de cinco toesas de largo por la mitad de ancho. Se accedía a través de una puerta blindada y cerrada a cal y canto. El mobiliario y las comodidades se reducían al mínimo: dos bancos de madera, remachados al suelo y ennegrecidos por el tiempo y la mugre, una letrina en un rincón y un tosco lavabo de piedra en otro. La luz del exterior luchaba por colarse por la única ventana, defendida por barrotes de acero y parcialmente oscurecida por un toldo cubierto con una valla enrejada. El suelo irregular apestaba a vómito. Las paredes leprosas, cubiertas de pintadas obscenas, rezumaban en todo momento una humedad malsana.

En este miserable lugar se hacinaban no menos de veinte prostitutas. Unas insumisas* que compartían una sórdida promiscuidad mientras esperaban a que las trasladasen al calabozo de la Prefectura de Policía y, las más desafortunadas, a que las encerrasen en la prisión de Saint-Lazare. Eran una amplia muestra de lo que las calles de París podían ofrecer a cualquiera dispuesto a desembolsar unas monedas por la ilusión del amor. Había para todos los gustos, siempre que el cliente no fuera demasiado quisquilloso con la higiene. Morenas, rubias, pelirrojas. Jóvenes y mayores. Delgadas y gordas que harían que las modelos de Rubens parecieran sílfides. Pero todas estaban humilladas, como destruidas, y con la misma mirada lasciva, ojerosa y suplicante. Ya estuvieran cubiertas con harapos o con ropas más reveladoras, la brutalidad policial las había dejado a todas semidesnudas. Pero eso no parecía herir su pudor, ninguna intentaba volver a cubrirse. De hecho, parecían indiferentes a su destino. Y era esta resignación de bestias derrotadas, la exhibición de carne descolorida o triunfante lo que quizá resultaba más penoso de ver.

Aglaé vio un pequeño espacio vacío en la cama de tablas de la derecha, entre una chica muy joven de piel morena, casi todavía adolescente, y una jorobada de unos sesenta años que mantenía obstinadamente la mirada fija en el suelo. Cuando la actriz se colocó frente a las dos prostitutas con la clara intención de poner a Marie-Reine entre ellas, la anciana levantó la cabeza, arrugó la nariz y soltó un sonoro eructo.

—¡Fuera de aquí! —gritó con voz ronca—. ¿No ves que ya estamos apiñadas como arenques? ¿Por qué no la dejas en el suelo? Tal y como ha quedado, no notará la diferencia, ¡créeme!

El rostro de la mujer era aterrador. Sus gruesos labios parecían dos salchichas masticadas; sus dientes, teclas de un viejo

---

* «Insumisas» eran las mujeres que comerciaban con su cuerpo en la calle, no en los burdeles, donde quedaban registradas y vigiladas, lo que suponía la violación del decreto del 15 de abril de 1830, que ordenaba «ejercer la prostitución únicamente en las casas de tolerancia».

piano maltrecho. Una enorme verruga tachonada de gruesos pelos negros le deformaba la nariz, los vasos sanguíneos de sus mejillas manchadas se agolpaban bajo la piel como nidos de serpientes. Una gran ubre blanca y flácida colgaba lastimosamente de la abertura desgarrada de su corpiño.

—Está claro que le han dado una paliza —intentó ablandarla Aglaé—. Necesita descansar. Apelo a su caridad cristiana...

—¡Caridad, una mierda! ¿Dónde has visto, niña, que el maldito Dios se preocupe por el resto de nosotras? Aquí cada una lucha por sí misma, y por lo que a mí respecta, tu querida lesbiana puede planchar la oreja en el suelo como la perra que es, ¡porque me importa un bledo!

A Aglaé se le heló la sangre. Si solo se hubiera tratado de ella, probablemente no habría encontrado energía para protestar, pero no podía soportar dejar a Marie-Reine tirada en el suelo inmundo.

—Si no mueves tu enorme trasero de esos tablones —gritó—, ¡te juro que te lo arranco con las uñas y te lo haré tragar!

La vieja jorobada no dio señas de impresionarse lo más mínimo. Soltó una risotada, que borboteó como el aceite en el fondo de una sartén caliente. Tirando de sus dedos para crujirse los nudillos, miró a su interlocutora.

—Venga, acércate —la desafió con una mueca amenazadora—. No serás la primera fulana a la que enseño lo que vale un peine. Aprenderás a respetar a tus mayores a patadas en el estómago.

La riña estaba a punto de ir a más. Algunas de las chicas ya salían de su modorra aturdida para disfrutar del espectáculo. En ese momento, la adolescente morena optó, sin pronunciar una sola palabra, por apartarse y dejar sitio a Aglaé.

Era una pequeña salvaje, delgada y nerviosa, con unas greñas de espesos rizos negros que le caían sobre la cara y, bien protegida tras este baluarte, una mirada siempre al acecho. Parecía un animalillo furtivo, al que se imaginaba más a gusto en lo profundo de un bosque que en las calles de una gran ciudad.

—Gracias —susurró Aglaé, cuyo hombro empezaba a sentir la tensión del peso muerto de Marie-Reine.

La jorobada perdió interés por ella al desaparecer la amenaza de invasión de su territorio, así que la actriz acomodó a su amiga en el banco lo mejor que pudo y dedicó una sonrisa de agradecimiento a la mujer que acababa de ahorrarle una desagradable pelea.

—¿Cómo te llamas?

La adolescente se encogió de hombros, como diciendo: «¿Para qué?». Luego se volvió contra la pared y fingió intentar dormir. Aglaé no insistió. Se arrodilló y acarició la frente de Marie-Reine, susurrándole palabras de consuelo al oído. Valentin las sacaría de allí. Solo necesitaban un poco de paciencia y confianza. La joven lencera no reaccionó, pero poco a poco se calmó y dejó de sollozar.

Cediendo a su cansancio, Aglaé se dejó hundir a los pies del banco y apoyó la cabeza entre los brazos doblados. Le habría gustado sentirse tan serena como intentaba hacer creer a su compañera. Pero la realidad era muy distinta. Seguía preocupada por lo que iba a sucederles y, a medida que pasaba el tiempo, su inquietud aumentaba.

Era cierto que Valentin probablemente podría sacarlas del brete. Pero para eso, tendría que estar informado de su detención. ¿Quién podía avisarlo? En principio, nadie. La única posibilidad de salvación era que las llevaran a la Prefectura de Policía. Pero si eso no ocurría, Marie-Reine y ella estarían entre rejas durante muchos meses. Este tipo de cosas ocurrían con regularidad, sin la menor preocupación por parte de las autoridades. Aunque el Código Penal* no prohibía la prostitución en sí misma, los biempensantes consideraban a las que la ejercían marginadas de la sociedad. No podían reclamar derechos. El resultado era una plétora de multas y penas de prisión dictadas de forma totalmente arbitraria e ilegal.

---

* El artículo 334 del Código solo reprimía el ultraje y el atentado contra las buenas costumbres.

Lo más penoso era que las mujeres honradas tampoco se libraban de ese maltrato. Los funcionarios con redingote gris que habían detenido a las dos amigas en la plaza del Trône no eran del distrito octavo. Aglaé los había oído hablar con sus colegas el día anterior, cuando las encerraron. Eran policías de la Brigada Antivicio, culpables de las peores fechorías y de las formas más bajas de vileza. Encargados de perseguir a las insumisas y niñas que no se presentaban al preceptivo control sanitario, recibían, además de su salario mensual, una parte de beneficios proporcional a su actividad. Esta detestable práctica convertía a la mayoría de ellos en auténticos cazarrecompensas. Cualquier mujer que estuviera sola era susceptible de ser detenida, y si no tenía un marido o un patrón que exigiera su liberación, corría la misma suerte que las prostitutas. Los periódicos informaban regularmente de estas detenciones injustificadas y de la excesiva brutalidad que acarreaban. También era de dominio público que las redadas se intensificaban cuando se necesitaban trabajadoras en el hospital-prisión de Saint-Lazare.

Aglaé, pensando en eso, estaba a punto de ceder a la desesperación cuando, de repente, una sucesión de ruidos confusos llegó desde detrás de la puerta. Ráfagas de voces, juramentos ahogados, el estrépito de muebles… En una fracción de segundo, pasó de la más oscura desesperación a la más salvaje esperanza y se precipitó hacia la puerta. Tuvo que abrirse paso a codazos hasta la mirilla, porque varias chicas reaccionaron igual que ella.

El espectáculo que les esperaba en la sala principal de la comisaría era realmente asombroso. El mobiliario estaba desordenado: mesas y sillas revueltas, archivadores volcados, expedientes y papeles esparcidos por el suelo. Tres hombres vestidos de obreros, con los rostros embadurnados de hollín, ocultando la cara con un pañuelo que les cubría la boca, y una pistola en cada mano, tenían en jaque a media docena de sargentos de guardia. Los sargentos estaban alineados de cara a la pared, con las manos en la cabeza, y ninguno de ellos se atrevía a pronunciar palabra.

Justo cuando Aglaé descubría esta increíble escena, un cuarto «carbonero» con gorra de cuero salió del despacho del comisario apuntándole con una pistola. El comisario, un hombre corpulento de clase media con las mejillas picadas, lo estaba pasando mal. Temblando, sudaba la gota gorda y miraba aterrado la impresionante pistola de oficial que su agresor agitaba ante sus narices.

Las prostitutas que rodeaban a Aglaé empezaron inmediatamente a proferir burlas obscenas contra el policía. Sus insultos se convirtieron en gritos de júbilo a los que se añadieron pataleos histéricos cuando vieron al asustado comisario, aún bajo la presión del cañón octogonal, agarrar un manojo de llaves que colgaba de un gancho en la pared.

Aglaé no compartía la euforia de sus compañeras de celda. Su esperanza había durado poco. Que las detuviera y apaleara la policía no era una suerte envidiable, pero ¿qué se podía esperar de gente enmascarada y armada hasta los dientes? Las cosas iban de mal en peor. Y, pensándolo bien, le pareció probable que los desconocidos fueran tras ella y Marie-Reine. Las otras eran simples «chicas de vida alegre», como las docenas que atrapaban cada semana en París. ¿Quién se arriesgaría a atacar una comisaría a plena luz del día para llegar hasta ellas?

Temiéndose de repente lo peor, la actriz se deslizó hasta la parte trasera del grupo de prostitutas y sacudió el hombro de su amiga.

—¿Marie-Reine? —susurró con urgencia—. Marie-Reine, ¿me oyes? ¿Te sientes capaz de caminar?

Pero la lencera no respondió. Vencida por la fatiga y el dolor, estaba semiinconsciente. Aglaé, que esperaba colarse con ella entre las demás mujeres y pasar desapercibida, tuvo que desistir. Poseída por un mal presentimiento, miró a su alrededor en busca de algo que pudiera utilizar para defenderse si surgía la necesidad. Pero no había nada en la austera celda que sirviera de arma improvisada.

En la puerta, la situación cambió rápidamente. Obligado contra su voluntad a llevar a cabo una liberación inesperada, el comisario abrió la jaula a la vociferante horda de prostitutas. Sin pensárselo dos veces, estas salieron corriendo. La última apenas había cruzado el umbral cuando el desconocido de la gorra se plantó en la puerta, con la pistola en ristre.

Al ver a las dos amigas acurrucadas, bajó su arma y corrió en su ayuda.

—¡Gracias a Dios que está aquí, Aglaé! —exclamó, abrazando a la actriz—. ¡Tenía tanto miedo de que llegáramos demasiado tarde!

La voz familiar hizo olvidar al instante a la joven el rostro ennegrecido y el aspecto feroz de su salvador, y con cierta voluptuosidad se entregó a los brazos protectores de Valentin.

18

Aglaé pasa al ataque

Tres horas más tarde, en la casa de la calle Cherche-Midi, Aglaé se recuperaba de sus emociones disfrutando de un baño caliente. La bañera alquilada, forrada con una fina sábana de lino holandés, se había instalado en la habitación de invitados, detrás de un biombo decorado con motivos florales. Valentin, por su parte, estaba en la antesala, donde, a pesar del suave tiempo primaveral, se afanaba en mantener encendido el fuego. Los jóvenes estaban solos en el piso, porque el inspector había confiado a Marie-Reine al cuidado de Eugénie, con instrucciones de llevar a la lencera a su casa y no dejarla hasta que se hubiera recuperado por completo.

Sin duda aún conmocionada por su arresto y la espantosa noche entre rejas, Aglaé no deseaba quedarse sola. Le había pedido a su liberador que dejara entreabierta la puerta de las dos habitaciones. Así, Valentin podía oír claramente el menor chapoteo y los suspiros de consuelo que escapaban de vez en cuando de los labios de su amiga. Le resultaba casi imposible no imaginar cada uno de sus gestos, no pensar en la caricia del agua sobre su piel desnuda… Aquella intimidad sin precedentes lo sobrecogió y derribó todas las barreras mentales que había erigido para reprimir lo que sentía por la guapa actriz. No sabía si era posible algo entre ellos ni si su cuerpo sería capaz de aceptar caricias, después de haber tenido que soportar los abrazos despreciables del Vicario. Por eso, Valentin había preferido hasta ahora reprimir su amor y sofocar su atracción por ella. Pero los acontecimientos de aquel día enloquecedor parecían arrasar con su decisión.

Cuando supo que habían detenido a Aglaé, se asustó y por un momento temió no volver a verla. Pero ahora que la había recuperado, ahora que estaba allí en la habitación contigua, vestida de Eva, tan bella y a la vez tan frágil, sus sentimientos lo abrumaban y no sabía qué hacer. Su mente estaba agitada. La puerta atraía su mirada como un imán. Tuvo que hacer un esfuerzo increíble para apartar los ojos de ella e intentar borrar de su cerebro las encantadoras visiones que lo asaltaban.

Para escapar del delicioso tormento que la ambigüedad de la situación despertaba en él, empezó a hacer cosas sin verdadera necesidad, como si el hecho de tener las manos ocupadas pudiera distraer sus pensamientos de la sugerente escena que se desarrollaba a pocos pasos de distancia. Así que empezó a pasearse nerviosamente por la antecámara: dio cuerda a un reloj, enderezó el marco de un cuadro, atizó el fuego, echó más leños, corrió las cortinas para protegerse del sol, las abrió de nuevo al momento, y repitió incansablemente los mismos gestos, dos, tres, diez veces…

Pero por más que hiciera, su imaginación le ganaba la mano. Seguía conjurando imágenes del cuerpo desnudo de Aglaé mientras ella se acicalaba, coreografiando sus gráciles movimientos en el espacio, haciendo que su inocente abandono pareciera voluptuoso. Era como un hechizo que no podía romper. Y él se sentía a la vez feliz y despreciable, indeciso y terriblemente vulnerable.

Al cabo de un rato, no pudo soportarlo más y pensó que quizá la mejor manera de superar el hechizo y disipar su vergüenza era entablar conversación con la joven. Hablar evitaría que su mente divagara demasiado.

—¿Sabe que estamos en deuda con nuestro amigo Vidocq? —preguntó carraspeando para atraer la atención de la joven—. Sin él, no me habría enterado de su detención.

El chapoteo cesó y la voz de Aglaé llegó amortiguada:
—¿Me habla a mí?

—Decía que debe su liberación sobre todo a Vidocq. La suerte quiso que uno de sus antiguos secuaces merodeara por los pasillos de la prefectura cuando alguien fue a decirle al comisario Grondin que la habían detenido. Nuestro hombre oyó a Grondin regocijarse por la jugada que me había hecho, y como sabía que yo era amigo de Vidocq, lo alertó inmediatamente.

—Pero ¿por qué ese comisario Grondin, del que no sé nada, ordenó que me arrestaran?

—Es una larga historia, y no muy interesante, por cierto. Digamos simplemente que estamos enfrentados por un desacuerdo, y que al atacarla a usted, en realidad me apuntaba a mí. En cuanto me informaron de los hechos, hice mis averiguaciones, y así fue como me enteré de que Grondin había firmado su orden de traslado a Saint-Lazare. Me quedé horrorizado. Podían haberla trasladado ya y sería demasiado tarde para actuar por los cauces oficiales. Fue Vidocq, de nuevo, quien me convenció para dar un golpe rápido en la comisaría del octavo distrito.

—Le aseguro que me dieron un susto de muerte cuando aparecieron con sus pistolas y sus caras ennegrecidas de carbón.

—No teníamos elección. Había que acabar inmediatamente con cualquier atisbo de resistencia. Por eso Eugène-François me envió a tres antiguos miembros de su brigada, tipos duros que no se inmutan ante la perspectiva de hacer cosquillas a unos cuantos sargentos. De hecho, me atrevería a decir que la perspectiva les parecía más bien divertida.

Se oyó un fuerte ruido de agua agitándose, seguido de un roce sedoso contra la madera del biombo. Durante un segundo, Valentin visualizó una masa de pelo suelto y piel húmeda contra la blancura de una toalla. Tragó saliva con dificultad e intentó, sin mucho éxito, centrar su atención en la luz del sol que se filtraba a través de las cortinas.

Afortunadamente, la voz preocupada de Aglaé lo sacó de su ensueño:

—Pero si ese inspector Grondin quiere hacerle daño, ¿quién le asegura que no volverá a intentarlo? Podría ir otra vez a por mí, o incluso atacarlo a usted directamente.

—Ya no. Le hemos puesto un bozal para que deje de morder. Resulta que Vidocq tiene un extenso expediente sobre ese triste individuo. Documentos comprometedores que revelan las malversaciones que Grondin ha acumulado desde su nombramiento como jefe de la Brigada Antivicio. En este mismo momento, el comisario examina una serie de pruebas que ha recibido, junto con una carta de advertencia anónima pero explícita. Si comete el más mínimo error, los documentos acabarán sobre la mesa del prefecto de Policía.

—Está claro que su Vidocq no solo es el hombre mejor informado de la capital. ¡También es un auténtico ángel de la guarda!

—Hay algo de verdad en lo que dice. Desde que se conocieron en el subterráneo de Concorde,[*] tengo la impresión de que el viejo granuja siente debilidad por usted. Probablemente sea una de las pocas personas de París por las que estaría dispuesto a desprenderse de uno de sus preciados archivos.

—Espero que no sea el único susceptible a mis encantos. Sería una lástima, ¿no cree?

El joven policía se sobresaltó. La voz de Aglaé estaba de repente mucho más cerca. También sonaba diferente, suave y dulcemente ronca. El policía apartó los ojos de la ventana y volvió la cabeza hacia la puerta de la habitación.

La actriz estaba de pie en el umbral, apoyada de forma descuidada con ambas manos en el marco de la puerta, con su largo cabello recogido en una sola trenza a un lado de la cara. Se había puesto una de sus batas, que él le había dejado sobre la cama. Los laterales de la bata, imperfectamente sujetos por el cinturón atado a la cintura, se abrían para revelar un tesoro de humedad. La seda mojada resaltaba más que enmascaraba la plenitud de sus pechos y la generosa redondez de sus caderas.

La inesperada aparición afectó a Valentin como un terremoto cuyas ondas eran de calor y vértigo. Se le secó la boca, le ardían las entrañas, la cabeza le daba vueltas y las piernas le

---

[*] Ver del mismo autor: *La Brigada de los Misterios Ocultos,* Barcelona: Principal de los Libros, 2023.

flaqueaban. Le hubiera gustado encontrar las palabras adecuadas para disipar su malestar, o bien tener la audacia de unirse a ella, pero era incapaz de hacer el menor gesto o pronunciar ni una palabra. Algo del viejo terror de su atormentada infancia le anudó la garganta, convirtiéndolo en una estatua de sal.

Por su parte, Aglaé se tomó su tiempo para contemplarlo, como si lo descubriera por primera vez. Recorrió con los ojos su esbelta figura, amortiguada por el contraluz, sus anchos hombros y ese rostro casi demasiado perfecto que, desde el primer día, despertaba en ella una suave violencia, un deseo de morder, como si tuviera que dejar su huella en esa cera virgen. De hundir en ella sus voraces dientes.

Durante mucho tiempo, se había resistido a esta ferocidad codiciosa, había reprimido sus sentimientos para no precipitarse. El tiempo estaba de su parte, pensó. Tarde o temprano lo domaría. Pero el reciente altercado le demostró que nada estaba seguro de antemano, que podía perderlo todo por esperar. Así que se decidió, de repente y por capricho. En el mismo momento en que lo oyó hablar cuando estaba en la bañera, le contestó con un tono de voz natural, mordiéndose los labios para no gemir de frustración y de expectativas no cumplidas.

Sí, para no alimentar remordimientos inútiles, había optado al fin por ignorar su miedo a asustarlo. Tenía que dar una oportunidad a su amor. Improvisando su desvergüenza, se ató deliberadamente el cinturón demasiado flojo sobre el estómago y dio los primeros pasos hacia él. Ahora estaba allí de pie, ofreciéndose y a la vez dominándose, esperando verlo llenar el espacio que aún los separaba. Conteniendo la respiración. Casi ahogándose.

«¿Se decidirá por fin? ¿Por qué no se mueve?».

Sus plegarias silenciosas no surtían efecto. No le dejaba otra opción. Armándose de valor, Aglaé se apartó lentamente del marco de la puerta. La parte inferior de la bata, demasiado grande para ella, hizo un ligero sonido de fricción al deslizarse por el suelo de parqué. Ahora estaba tan cerca que él podía oler el aroma violeta de las sales de baño en su piel.

—Creo que estoy muy necesitada de consuelo —susurró, mirándolo con sus grandes ojos dorados—. ¿A qué espera para tomarme en sus brazos?

—No estoy seguro de que sea una buena idea.

—En cambio, yo estoy convencida de lo contrario —insistió con una voz tan cálida y envolvente como una caricia.

—Por favor, compréndalo, Aglaé. No quiero que piense que soy insensible a sus encantos, pero aún está en estado de *shock* y sería el más odioso de los caballeros si me atreviera a aprovecharme de la situación.

Aglaé se puso de puntillas y levantó la barbilla desafiante.

—No, Valentin. No puedes huir siempre así. ¿Te atreves a decirme que no te mueres de ganas tú también?

Acusó el golpe. Era la primera vez que lo tuteaba, y la novedad lo desconcertó más de lo que creía posible. Se quedó allí, frente a ella, rígido como una tabla, con las manos como pesos muertos al final de sus brazos inertes.

—Puesto que nos amamos —continuó ella—, nada feo o desagradable puede ocurrir entre nosotros. Yo te guiaré. Ya verás, solo tienes que dejarte llevar.

Desde que se convirtió en actriz, muchos hombres cortejaron a Aglaé, pero ella siempre se negó a ceder a las insinuaciones de galanes sin dinero o de admiradores ricos lo bastante mayores como para ser su padre. Sus conocimientos sobre el asunto se limitaban a las confidencias de sus colegas más lanzadas y lo que había leído en las novelas románticas de cuatro céntimos, que se vendían en el bulevar. Pero su instinto compensaba con creces su falta de experiencia. Sin apartar los ojos de Valentin, se desabrochó el cinturón y deslizó suavemente una manga de la bata por su brazo.

—¡No haga eso! —intentó protestar de nuevo Valentin—. Yo… no sé si seré capaz de…

Ella no lo dejó terminar. Con un hábil movimiento de hombros, liberó su pecho de la fina tela y tomó su mano para guiarla hacia su pecho izquierdo.

—¿Sientes mi corazón? ¿Sientes lo fuerte que late por ti?

Él ya no podía hablar. En la palma de su mano, sintió con emoción el suave peso de aquel globo de carne que palpitaba suavemente. Un ardor exquisito le atravesó el bajo vientre y sintió que su sexo se endurecía y se elevaba.

De repente, un sollozo brotó de sus labios. Desde lo más profundo de su ser, un viejo temor se apoderó de él, haciéndole recuperar su voz infantil y soltar un gemido doloroso:

—Perdóneme, pero no puedo. ¡No puedo!

Apartándose de la mujer que amaba con toda su alma, Valentin giró bruscamente sobre sus talones y salió de la habitación, cerrando la puerta tras de sí.

19

La clave de AHDFIZTCRYAHPG

Con las contraventanas cerradas y las cortinas de terciopelo echadas, el dormitorio de Valentin estaba bañado en una espesa oscuridad. Incluso los ruidos del exterior —desde luego menos numerosos los domingos por la mañana que otros días de la semana— apenas llegaban a la habitación. Lo único que se oía, de vez en cuando, era la llamada amortiguada de un hojalatero o el eco espasmódico de un carruaje por el empedrado. Calafateada, aislada del mundo, la habitación parecía una tumba. Desde que Aglaé se marchó el día anterior, después de que él hubiera rechazado sus insinuaciones, el inspector se encerró y no se movió de la cama.

Cuando Eugénie llamó a su puerta a primera hora de la noche para decirle que había dejado a Marie-Reine repuesta, sana y salva, y que le estaba preparando la cena, Valentin fingió no tener hambre. El ama de llaves insistió, pero él se mostró inflexible. Ni siquiera se dignó a dar la cara; se limitó a decirle, por detrás de la puerta, que se fuera a su habitación y no se preocupara por él. La misma escena se repitió hacia las diez de la mañana, y esta vez Valentin tuvo que hacer gala de una autoridad casi tajante para vencer la atención insistente de la criada.

Hacía tiempo que no se sentía tan mal. Se encontraba en el mismo estado de postración mórbida que cuando su padre adoptivo y la difunta Ernestine murieron cinco años antes. Solo que esta vez, él era el único responsable de lo que ocurría. Incapaz de conciliar el sueño, no durmió en toda la noche y repitió diez veces en su cabeza la escena con Aglaé. Se despreciaba por haberla sometido a semejante humillación y se reprochaba no haber previsto las cosas, no haber tomado precauciones para que no se produjera una situación así. Era imperdonable por su parte. La joven actriz debía de odiarlo.

Para evitar pensar demasiado en la vergüenza y el sufrimiento que ella tenía que soportar por su culpa, pasó horas intentando descifrar el código del Vicario. Al menos eso le mantenía la mente ocupada y le evitaba tener que enfrentarse a una realidad intolerable, que acababa de sacar a la luz su lamentable comportamiento con Aglaé: el Vicario lo había convertido en una especie de monstruo, un animal de sangre fría, que, como él, solo servía para cazar en solitario, y era incapaz de amar de verdad. Se sentía como un lisiado, cuyo miembro amputado nunca dejaría de doler.

Fue el aroma de un plato de carne con setas lo que lo sacó de su depresión, recordándole que llevaba casi veinticuatro horas sin comer nada. Su estómago se encogió y un rugido prolongado surgió de debajo de las sábanas. En ese momento, una serie de golpes sacudieron la puerta y volvió a oírse la voz aguda de Eugénie:

—Soy yo otra vez, señor Valentin. ¿Qué le ocurre? ¿Se encuentra mal?

El joven se irguió y apoyó la espalda en las almohadas.

—Le aseguro que todo va bien, Eugénie. Es solo que anoche trabajé demasiado y necesito descansar.

—¡Pero no ha comido nada desde ayer! ¡Eso es completamente irrazonable! Un cuerpo grande como el suyo necesita fortalecerse. He preparado liebre en salsa, una receta deliciosa que pasa de madres a hijas en mi familia. Ya verá, le va a encantar. Y siempre puede echarse una siesta esta tarde, si necesita dormir más.

Valentin estuvo tentado de resistirse de nuevo, pero la llamada de su estómago resultó más fuerte. En cualquier caso, estaba convencido de que la decidida Eugénie no cedería por tercera vez.

Probablemente su corazonada era cierta, porque en cuanto le permitió entrar en la habitación, la sirvienta se convirtió en un auténtico torbellino. Desplazando su enorme cuerpo con asombrosa rapidez, se precipitó hacia la ventana, proclamando que había que estar mal de la cabeza para permanecer postrado en la oscuridad cuando fuera hacía un día tan hermoso. Luego, ignorando las débiles protestas de Valentin, descorrió las cortinas, las abrió de par en par y empujó los postigos con ambas manos para dejar entrar el sol del mediodía. Recogió los zapatos y la chaqueta, que estaban tirados por el suelo, cambió el agua de la palangana y recuperó el orinal de debajo de la cama.

Cuando Valentin, aterrado con tanta luz y movimiento, volvió a echarse en la cama completamente vestido, tapándose la cara con el brazo, Eugénie le lanzó una mirada recriminatoria y señaló con la barbilla los libros y hojas de papel amontonados en su mesilla de noche.

—Realmente no está bien lo que hace, señor Valentin. Permítame que le hable como si fuera el hijo que podría haber tenido, si el buen Dios me hubiera concedido la dicha de agradar a un hombre. A su edad, tiene que hacer ejercicio. Si se vuelca demasiado en el trabajo mental, se le va a inflamar el cerebro.

—Le agradezco su preocupación, Eugénie, pero dudo que la Facultad esté de acuerdo con usted sobre los efectos nocivos del trabajo intelectual.

Impertérrito, el asombroso paquidermo con faldas dejó el orinal y, con autoridad, recogió todo lo que había junto a la cama y lo colocó en una consola al otro extremo de la habitación.

—¡Tatatatata! Facultad o no, da igual —contestó el ama de llaves con el aplomo que parecía ser su segunda naturaleza—. Le prohíbo que vuelva a meter las narices en este montón de papeles hasta que haya hecho justicia a mí liebre guisada. —Mientras hablaba, dejó vagar su mirada sobre la hoja de papel que había en lo alto del montón—. Y, además, esto es un galimatías incomprensible. ¡Ay, sí! Aquí, al menos, se entiende algo: «Piensa detenidamente y no cometas errores. Así conseguirás la clave de AHDFIZTCRYAHPG». Bueno, quizá he hablado demasiado rápido. ¿Y dice que se ha pasado parte de la noche escribiendo todo esto, que no tiene ningún sentido? Por la cruz de Cristo, mi difunta madre, ¡que el Señor la tenga en su gloria!, estaba en lo cierto cuando decía que, de todo lo que refleja en este bajo mundo, solo los espejos son útiles de verdad.

Tras esta perentoria declaración, se giró y salió por la puerta, añadiendo a guisa de ultimátum:

—Tengo el honor de informarle de que su almuerzo estará servido en el comedor en menos de un cuarto de hora.

Valentin tardó unos segundos en recuperarse de la intrusión. Para acabar de poner las ideas en orden, se desabrochó el cuello de la camisa y sumergió la cabeza en la palangana de agua clara. Y fue allí, mientras aún tenía la cabeza metida en agua, cuando le asaltó un destello de lucidez. Abrió la boca de par en par, tragó agua y estuvo a punto de atragantarse.

Goteando, escupiendo y tosiendo, se acercó al mueble donde Eugénie acababa de colocar las hojas de papel que había estado garabateando para distraerse de su insomnio. ¿Y si por casualidad...? No, imposible, confundía su deseo con la realidad. De ser así, sería la segunda vez que una frase inofensiva lo había puesto en el buen camino. ¡Esas cosas nunca pasan! Sin embargo, una vocecita obstinada en su cabeza decía lo contrario.

Temblando de excitación, cogió la hoja de papel que Eugénie había mirado. Valentin había copiado el *post scriptum* de la última carta del Vicario y anotado algunos intentos inútiles de descifrado. «Piensa detenidamente y no cometas errores. Así conseguirás la clave de AHDFIZTCRYAHPG... Piensa...». ¡Claro que sí, por supuesto! ¡Había que tomar la invitación en el sentido que sugirió la maravillosa Eugénie, sin darse cuenta, por cierto, de la relevancia de sus palabras! Inmediatamente pensó en algunas de sus lecturas recientes. El propio Leonardo da Vinci se interesó por la criptografía. Muchos autores contaban que se acostumbraron a redactar las descripciones de sus inventos con escritura invertida. Y eso consistía simplemente en escribir las palabras al revés, ¡como si el texto se reflejara en un espejo!

Con una energía febril que apenas podía dominar, Valentin cogió una hoja de papel en blanco y hundió la pluma en el tintero, que seguía en la mesilla de noche. AHDFIZTCRYAHPG en escritura invertida resultaba GPHAYRCTZIFDHA. No era exactamente nada deslumbrante, la verdad. Pero el Vicario le había dejado otra pista y, también en este caso, jugaba con las palabras. «No cometas errores…»,* dicho de otro modo, presta atención a los pares.

¿Cómo quedaría la palabra «GPHAYRCTZIFDHA» si la descompusiera en pares de letras?

Rápidamente, Valentin las emparejó en el papel: G → P, H → A, Y → R, C → T, Z → I… ¿Era esa la misteriosa clave de la que hablaba el Vicario? ¿Qué conseguiría si en el resto del mensaje cambiaba la primera letra de cada par por la segunda: G por P, H por A y así sucesivamente?

No tardaron en aparecer dos nuevas líneas:

YRHECTSOYRMNSO MAIL GPFUMNGTSO IDHE GPHAYRCTZIFDHA

RETORNO AL PUNTO DE PARTIDA

Una sonrisa sin alegría iluminó el rostro frío y apuesto del policía. ¡Ya tenía una pista para seguir los pasos de la bestia!

---

* Aquí hay un juego de palabras intraducible; en francés, «impair» significa 'error' e 'impar'. (N. de la C.)

20

Donde todo empezó

Valentin aceleró el paso del caballo. Sostenía las riendas sin fuerza, con los hombros y la cabeza caídos. Según lo que dijeron en el último pueblo por el que pasó, no estaba lejos de su destino. Tras el largo viaje, esta perspectiva lo reconfortó. Más de dos días y medio a caballo manteniendo un ritmo constante, limitando el número y la duración de las paradas de descanso, para llegar cuanto antes al corazón de Morvan.

A Isidore Lebrac le intrigaba ese viaje un tanto precipitado. Le sorprendía que su jefe lo dejara solo con la investigación de Paul Oblanoff, cuando la próxima sesión del médium estaba prevista para el domingo siguiente. Valentin consideró que había llegado el momento de informarlo sobre el Vicario. No mencionó que él también había sido víctima del terrible depredador, pero le habló de la cacería a la que su padre y él se habían dedicado en cuerpo y alma. Luego relató brevemente la historia de Damien, el crío de ocho años que el monstruo arrebató a su madre adoptiva en 1815 de su cabaña en Morvan. Isidore no intentó ocultar su preocupación cuando, al final, Valentin mencionó las cartas del Vicario. Este perverso juego del gato y el ratón no le gustaba nada. ¿No consideraba demasiado arriesgado viajar solo a Morvan? ¿Y qué garantía tenía el inspector de haber acertado con la clave? A lo mejor hacía ese largo viaje para nada.

Valentin no prestó mucha atención a las objeciones de su ayudante. Estaba seguro de que tenía razón. «El punto de partida» tenía que ser la casa del guardabosque, donde el Vicario conoció a su primera víctima. Y, además —no se lo dijo a Isidore, por supuesto—, tenía otra buena razón para alejarse de París durante un tiempo. Necesitaba distanciarse de Aglaé, darse un respiro y pensar en lo que podría pasar con su relación a partir de ahora. La joven estaba sinceramente enamorada de él, y él sentía un amor por ella que no dejaba de crecer en los últimos meses. Pero ¿qué clase de historia podrían tener juntos si él se sentía incapaz del más mínimo contacto carnal? ¿Bastaría con detener al Vicario, como siempre creyó, para aliviarlo y borrar todos los traumas heredados del pasado? ¿Y Aglaé? ¿Estaría dispuesta a esperar hasta entonces? Después de cómo la había ofendido, sin querer hacerlo, tenía todo el derecho a estar enfadada con él. Quizá sus sentimientos habían cambiado radicalmente. Aunque odiaba planteárselo, tal vez todo había terminado ya entre ellos.

Tan cansado como su amo, el semental de Valentin tropezó en las roderas del sendero y relinchó, irritado por las moscas y las raíces ocultas bajo el musgo. El jinete se sacudió los sombríos pensamientos para concentrarse en las trampas del sotobosque. Bajo la frondosidad, el sol estriaba el espacio alternando largas bandas inclinadas de luz y sombra. Los pájaros trinaban alegremente en las alturas. El aire olía a savia y saúco. Era un magnífico día de primavera y, poco a poco, el policía olvidó sus preocupaciones y la dulzura reconfortante de la naturaleza lo fue ganando. El verde tierno de las hojas y los aromas ácidos eran una promesa de renovación a la que, después de todo, estaba tentado a rendirse.

Continuó camino un rato más, saboreando la beneficiosa caricia del sol en la nuca y dejándose arrullar por los pasos del caballo. Pero a medida que se acercaba a su destino, lo asaltaron oleadas de vagos recuerdos. Eran simples sensaciones que creía haber olvidado y que tenían que ver con una cierta cualidad de la luz, el susurro familiar del follaje y de los animales invisibles que huían por la espesura a medida que se acercaba. Era tan intenso y tan inquietante que casi esperaba ver, de repente, a un crío emergiendo de entre la maleza. Un muchacho enfermizo y desaliñado con aspecto de niño salvaje, surgido como por arte de magia de un pasado lejano. Pero, por supuesto, no ocurrió nada de eso, y Valentin no hubiera sabido decir si se sintió aliviado o triste.

Por primera vez desde que emprendió el viaje, se preguntó si *ella* seguiría viva y en la aldea del bosque. Si era así, ¿qué le diría? ¿Lo reconocería? Probablemente no. Había llovido mucho desde entonces, y aunque pensó en la tentación de renovar viejos lazos, en el fondo, sabía que nunca se puede volver atrás.

Otra pregunta lo atormentaba, pero más difícil de responder. Por mucho que intentara apartarla de su mente, volvía una y otra vez, como un estribillo que no podía quitarse de la cabeza. ¿Por qué demonios lo había obligado el Vicario a retroceder en el tiempo? La respuesta se le escapaba, pero de una cosa podía estar seguro: su enemigo acérrimo no había cedido a los anticuados encantos de la nostalgia. Lo empujaba hacia ese lugar para debilitarlo y alcanzarlo en el corazón. Su enfrentamiento era una lucha a muerte en la que todos los golpes estaban permitidos.

Tras atravesar un valle aún envuelto en sombras, Valentin subió por un terraplén, en cuya cima un Cristo demacrado parecía lamentarse sobre su cruz devastada por la lluvia. No podía jurarlo, pero le pareció reconocer el calvario que se levantaba allí dieciséis años antes. Si no se equivocaba, la aldea, con media docena de familias, estaba justo detrás, en un claro aislado. Todos los hombres se ganaban la vida cortando leña. Eran leñadores o carboneros. Gente insatisfecha, pero siempre recibían bien a los pocos viajeros.

Las casas estaban justo donde él pensaba. O al menos lo que quedaba de ellas. El lugar parecía abandonado desde hacía años. La naturaleza había recuperado sus derechos por todas partes: muros en ruinas cubiertos de vegetación, tejados agujereados, aleros derruidos, boquetes que escupían maleza. Era una vista desoladora.

Valentin bajó de la silla y, con el caballo del bocado, emprendió lentamente el camino por el único sendero cubierto de zarzas.

Avanzó con cautela, escudriñando las ruinas en busca de cualquier amenaza potencial. Pero nada. Ni un movimiento. Ni un sonido. Los pájaros habían enmudecido y la brisa parecía haber renunciado a entrar tan lejos en el corazón del bosque. Ni siquiera un susurro de hojas animaba la implacable soledad del lugar.

Siempre al acecho, el policía pasó junto a un pozo musgoso cuya polea, inservible, colgaba lastimosamente abandonada. Recordó que la casa de los guardabosques que acogieron a Damien estaba un poco alejada de la aldea. En un repliegue del terreno, cerca de un arroyo donde antaño el jabón de las coladas espumaba como la leche al salir de las ubres de las cabras. El edificio, al menos, parecía haber resistido el paso del tiempo. El tejado de paja y las paredes estaban, al parecer, intactos. A la puerta y los postigos no les vendría mal una mano de pintura, pero seguían firmes en sus goznes.

Valentin sintió una punzada de tristeza al acercarse a la casucha. Había macetas con flores en el porche y unos zuecos secándose junto al umbral. Era evidente que alguien seguía viviendo allí. Antes de llamar a la puerta, el inspector quiso atar la brida del caballo a la valla que rodeaba un viejo cobertizo con tablones sueltos. Pero el animal relinchó de repente y coceó el suelo para mostrar su disgusto, con claros signos de nerviosismo. Sus ojos se entornaron y sus fosas nasales aletearon. Era como si algo lo inquietara.

Valentin volvió a mirar a su alrededor, pero no vio nada sospechoso. Entonces se acercó al caballo y le habló con suavidad, acariciándole el hocico para engatusarlo. Al fin, el animal se calmó y accedió a que lo atara, pero los músculos de sus flancos seguían temblando.

Cuando Valentin golpeó la puerta con el puño, nadie respondió. Esperó unos instantes antes de volver a llamar, gritando: «¡Eh! ¿Hay alguien ahí?». Nada. Podía haber intentado abrir directamente el picaporte. Sin embargo, una oscura reticencia lo retuvo. Un miedo a cometer un acto irreparable, como si estuviera a punto de violar un santuario. Era ridículo, pero tenía que asumirlo para superarlo.

Al fin, entró en la casucha empuñando una de sus pistolas por precaución. Las contraventanas estaban cerradas, por lo que tuvo que detenerse un momento, sorprendido por la penumbra. La única zona habitable tenía varias alcobas y muchos rincones sombríos. Pero cuando empezó a vislumbrar el espacio con más claridad, su atención se fijó inmediatamente en la mesa puesta para una sola persona. Un plato aún con restos de comida congelada en la grasa sucia, y el vaso medio lleno de vino. Parecía como si alguien hubiera interrumpido a quienquiera que estuviera allí en plena comida. También había una pequeña olla de hierro sobre una antigua estufa de leña. Valentin se inclinó sobre ella y no pudo reprimir una mueca. Una gruesa capa de moho cubría los restos quemados de lo que debía de ser un guiso de carne y nabos.

El joven estaba a punto de registrar a fondo la habitación cuando un relincho seguido del ruido de unas maderas al romperse lo obligaron a salir. El semental daba coces y tiraba furiosamente de la brida, hasta el punto de que ya había roto uno de los postes de la valla. No era solo nerviosismo, sino auténtico miedo. Esta vez, Valentin no pudo calmar al caballo con una simple caricia. Tuvo que desatarlo y llevarlo de nuevo a la parte delantera de la casa para que dejara de cocear.

¿Qué podía asustarlo tanto?

Valentin volvió lentamente la mirada en dirección al viejo cobertizo. Allí Damien vivió su último día de inocencia, aquella famosa tarde de verano en la que el Vicario irrumpió en su existencia. Escribió sobre ello en su diario. Allí se acurrucaba cada vez que la vida era demasiado dura con él, y allí iba a secar sus lágrimas rodeado del aroma a heno y a manzanas podridas.

Al llegar no se fijó, pero había varios cuervos andando lentamente y aleteando frente al cobertizo. Se lanzaron al vuelo con pesadez, graznando, cuando entró en el cercado. La puerta, un tosco ensamblaje de tablones sujetos con arcos metálicos, cedió al primer empujón de Valentin. Y entonces el olor le golpeó en la cara. Violento. Sofocante. No era el aroma de hierbas secas y frutas, sino el horrible hedor de la carroña.

El policía retrocedió dos pasos y aspiró una profunda bocanada de aire fresco; luego, se tapó la boca con el brazo para tratar de limitar el efecto del pestilente hedor y entró en el cobertizo como si se lanzara al agua…

… Sabiendo de antemano lo que iba a encontrar allí.

Lo primero que oyó fue el ruido. Un zumbido mareante. El estruendo de cientos de diminutas alas agitándose en la oscuridad. Luego vio el cuerpo tendido en el suelo. Al principio pensó que aún se movía, pero solo era por los parásitos e insectos que se arremolinaban sobre él. Se acercó y, venciendo la repugnancia, se arrodilló junto al cadáver, cuya carne estaba hinchada y ennegrecida. El rostro, muy dañado, era imposible de identificar, pero se sobresaltó cuando reconoció la pequeña cruz de plata que anidaba en los pliegues del cuello. Luego buscó el mensaje, porque tenía que haber uno. Solo tardó unos segundos. El Vicario había colocado la hoja de papel sellada en negro en la mano derecha de la mujer muerta.

Mi querido niño:

Si quisiera aliviar tu dolor, te diría con gusto que su muerte fue probablemente una liberación para ella. Vivía sola en esa aldea desierta que nunca quiso abandonar. Debe de ser porque, a pesar de todo el tiempo que ha pasado, seguía esperando el regreso de su hijo. O que no estaba completamente cuerda.

Sí, la muerte fue una especie de liberación, pero no iría tan lejos como para decir que no sufrió en el tránsito. Antes de estrangularla, le dije que su pequeño Damien seguía vivo y le expliqué cómo lo cuide durante años. Si hubieras visto la expresión de su cara cuando se dio cuenta de a quién entregó a su hijo, ¡era una máscara de dolor! ¡Un horror indescriptible!

Saber que dejó esta tierra atormentada es parte de su justo castigo. Porque está escrito en la Epístola a los hebreos: «El Señor castiga al que ama. Y golpea con la vara a todos los que reconoce como hijos suyos. Soportad el castigo: Dios os trata como a hijos; pues ¿qué hijo hay a quien un padre no castigue?».

Así que, como padre amoroso, me dispongo hoy a corregirte. A ti, el hijo ingrato que huyó de mí para arrojarse a los brazos de otro. Como te conozco bien, sé que hace falta más para domarte. Por eso, aunque estés desesperado por volver a verme, tendrás que esperar. Aún no ha llegado el momento de la confrontación. Antes de eso, deberás someterte a mi placer. Como antes…

Pronto recibirás noticias mías en el cartel con una corona de espinas, frente a la iglesia de Saint-Sulpice. Hasta entonces, recibe mi bendición.

El Vicario

Valentin terminó de leer la carta con un sabor a ceniza en la boca y se frotó las sienes. El asesinato de la mujer que acogió y cuidó al pequeño Damien hasta los ocho años lo conmocionó. El Vicario no se equivocaba. Sabía lo que hacía al obligarlo a enfrentarse a este calvario. Como en el pasado, aquel hombre repugnante pretendía esclavizarlo, pero ahora ya no quería meterlo en una jaula de metal, sino en el laberinto de su propio cerebro enloquecido.

El policía guardó la nota del Vicario en un bolsillo de la chaqueta y volvió a mirar el cuerpo parcialmente putrefacto. ¿Era esta la primera de las piedrecitas que ese demente mencionaba en su carta anterior? ¿Era ese su plan? ¿Hacerle recorrer un camino sembrado de cadáveres? Las náuseas se apoderaron de repente de Valentin y sintió la necesidad de respirar aire fresco. Guardó la pistola en el cinturón, giró y se agachó para pasar por la puerta baja.

El golpe en la sien lo cogió completamente por sorpresa. Un destello blanco lo cegó, mientras que la intensidad del dolor hizo que sintiera que le estallaba el cráneo.

21

El idiota

Valentin rodó por el suelo e instintivamente adoptó una postura defensiva, con los brazos y las piernas cubriendo sus puntos vitales. Y menos mal que lo hizo, porque de repente cayó sobre él una lluvia de patadas. Por fortuna, a pesar de su violencia, las asestaron de forma desordenada. Esa imprecisión dio al policía la oportunidad de recuperar un poco la lucidez. Entre los dedos abiertos que le protegían la cara, distinguió una figura fornida, el rostro de un leñador. Una expresión de locura asesina distorsionaba los rasgos del desconocido, que gruñía como un animal.

«¡Si se lo permito, este energúmeno me hará papilla!».

Antes de poder contraatacar, el inspector tenía que ganar tiempo y recuperarse del golpe en la cabeza. Así que continuó aguantando la paliza. Retorciéndose en el suelo como un gusano, trató de esquivar los golpes más peligrosos y consiguió amortiguar los demás levantando sus extremidades como si fueran escudos.

Poco a poco, la punta de fuego que le había atravesado el cráneo se suavizó levemente. Al mismo tiempo, su agresor empezaba a cansarse: su respiración sonaba entrecortada, sus estertores irregulares eran cada vez menos frecuentes y, en un momento dado, tuvo que hacer una pausa para recuperar el aliento. Esa era la oportunidad que Valentin esperaba. Rodó sobre sí mismo para acortar la distancia y lanzó la pierna derecha en un amplio movimiento de siega. A su oponente lo pilló completamente desprevenido. Sin comprender lo que ocurría, se vio patas arriba, en el suelo. Valentin aprovechó para levantarse y ponerse en posición de combate, con ambos puños hacia delante. El bestia soltó un improperio y se puso en pie rápidamente. Era menos torpe de lo que parecía. Durante unos segundos, los dos oponentes se midieron, desafiándose con la mirada, y giraron uno en torno al otro.

El policía aprovechó la oportunidad para estudiar con detenimiento a su rival. Iba vestido como un campesino, pero sus ropas sucias y arrugadas demostraban que había pasado muchas noches al raso. Mechones de paja se enredaban en su pelo revuelto, y sus rasgos toscos reflejaban ese aturdimiento tan común en los idiotas del pueblo. Sus músculos nudosos y las abrasiones de sus manos, gruesas como palas, demostraban que su cuerpo estaba acostumbrado al trabajo duro. Si Valentin quería salir ileso de este enfrentamiento, tendría que confiar en la velocidad y la flexibilidad. Porque no tendría la menor posibilidad en un combate cuerpo a cuerpo.

Con un rugido salvaje, el otro se abalanzó de repente hacia delante. Valentin no se dejó sorprender por segunda vez. Con una ágil pirueta, esquivó la imponente mole y, de paso, asestó un terrible codazo en las costillas de su adversario. Este soltó un grito de dolor y cayó sobre una rodilla jadeando. Valentin saltó por encima de él y corrió hacia la valla que el semental había coceado unos momentos antes. Allí había una tosca bolsa de lona abandonada, donde asomaban las patas traseras de una liebre y unos cepos. El policía agarró un trozo de la tabla rota y se dio la vuelta justo a tiempo para rechazar otro ataque del desconocido. Valentin ya estaba más seguro empuñando el arma improvisada como si fuera un bastón. Rápidamente, el enfrentamiento se volvió a su favor. Jugaba con las torpes maniobras del hombre de manos pesadas: era como un bailarín ágil y escurridizo al que el otro intentaba agarrar en vano. Cada tentativa fallida se traducía en un punzante golpe en las piernas, en los riñones o en el estómago.

A ese ritmo, el hombre fornido perdió enseguida el equilibrio. Jadeante, con los ojos llorosos por el dolor, se negaba a ceder, pero sus ataques carecían de vigor y convicción. Parecía un oso torpe acosado por un enjambre de avispas y sus zarpazos se habían vuelto inofensivos. No obstante, Valentin seguía golpeándolo. El reciente y macabro descubrimiento aumentó la violencia que lo embargaba siempre que se enfrentaba a la negrura del mundo. Sus ojos se habían oscurecido y ya no podía ver realmente al pobre desgraciado, que entonces se arrastraba a sus pies y al que le tocaba el turno de retorcerse bajo los golpes. En realidad, golpeaba al Vicario, el asesino de su padre, el tormento de sus años de niñez y adolescencia.

—¡Deténgase ahora mismo o le vuelo los sesos!

Valentin se quedó helado. Su brazo, armado con la estaca, cayó hacia atrás y se dio la vuelta. Un anciano, vestido con un bicornio negro de fieltro y un guardapolvo, con una placa metálica en el pecho, le apuntaba con un rifle. Babeando y gimiendo, su adversario vencido se arrastró hasta el recién llegado y fue a acurrucarse contra su pierna.

—¿Quién es usted? —preguntó el hombre del rifle, cuyo atuendo lo identificaba como el alcaide del pueblo—. ¿Por qué la emprende a golpes con Chouard?

Valentin sintió que la rabia lo abandonaba de repente y que la sangre volvía a correr por sus venas. Se tomó el tiempo necesario para sacudirse el polvo del pecho y señaló con la barbilla a su atacante, que lo miraba con una expresión a la vez temerosa y malévola.

—¿Por qué no se lo pregunta a él? Ese loco que me atacó sin motivo.

—¿Chouard? —dijo su interlocutor con un atisbo de duda—. No está en sus cabales, eso es un hecho. Pero no haría daño ni a una mosca. En cuanto a usted, no lo conozco y le he preguntado su identidad.

—Soy el inspector Valentin Verne, de la Prefectura de Policía de París. Si me deja sacar mi placa del bolsillo interior de mi chaqueta, podrá comprobarlo usted mismo.

El guardia de las sienes plateadas —con probabilidad un antiguo soldado— se relajó imperceptiblemente. Su rostro se volvió menos severo y el cañón de su fusil bajó unos centímetros. Con un movimiento de cabeza, indicó a Valentin que podía moverse. Cuando Valentin le enseñó la placa oficial, bajó el arma e inclinó el bicornio hacia la frente.

—Es incomprensible —dijo, volviendo a centrar su atención en el simplón, que dejó escapar el gemido de un niño pequeño—. Conozco a Chouard desde que era un niño. Puede que sea fuerte como un toro, pero nunca se ha metido con nadie. ¿Y afirma que lo atacó así, sin más, sin ningún motivo?

Valentin explicó en pocas palabras las circunstancias de la reyerta. El guardia se quedó estupefacto al enterarse de la presencia del cadáver en el cobertizo. Sus facciones se ensombrecieron y parpadeó varias veces.

—¿Está diciendo que Jeanne ha sido asesinada? No me extraña entonces que Chouard se le echara encima, porque debió de confundirlo con el asesino. Ella era una de las pocas personas que lo aceptaban. Le tomó cariño al chico y lo acogió bajo su techo. Lo cuidó como a un polluelo que se hubiera caído del nido. Él, por su parte, solía llevarle de vez en cuando los trofeos de su caza furtiva… ¡Caramba! ¡Jeanne, asesinada! Es de lo más inesperado.

Valentin asintió. Le resultaba muy extraño oír que se referían a la muerta por su nombre de pila. Saber que protegía a aquel grandullón con cerebro de chorlito le recordó su propio pasado. Ráfagas de ternura se mezclaron con la rabia de saber que el Vicario estaba libre, dispuesto a cometer más atrocidades. Tenía que hacer todo lo posible para detenerlo. Nunca descansaría hasta evitar que la infame bestia causara más daño.

—¿Cree que se quedará tranquilo? —dijo, señalando al idiota con la barbilla—. Me gustaría volver a ver el cuerpo.

—Con la paliza que le ha dado, no hay ninguna posibilidad de que mueva una oreja. ¿Todos los policías parisinos son así de feroces?

Había un atisbo de reproche en la pregunta. Valentin se encogió de hombros y, sin añadir palabra, giró sobre sus talones para volver al cobertizo. El guardia lo siguió de mala gana, con un suspiro resignado.

En la penumbra apestosa, las larvas y los insectos habían reanudado su festín, interrumpido por un momento. El inspector apartó la nube de moscas con un gesto de la mano y se arrodilló junto al cadáver. Haciendo caso omiso de sus emociones, examinó cuidadosamente los globos oculares, echó un largo vistazo a las marcas de estrangulamiento e intentó evaluar el estado de descomposición de la carne.

—A primera vista, diría que lleva muerta al menos diez días.

Se volvió hacia el guardia que acababa de unirse a él y seguía de pie en el umbral. El hombre contempló el cadáver con expresión horrorizada y manos temblorosas.

—¿Le parece posible? —preguntó Valentin.

El guardia tragó saliva con dificultad y asintió:

—Hace más de dos semanas que no la vemos en el pueblo. Por eso he venido hasta aquí esta mañana. Aunque a Jeanne le gustaba vivir apartada, rara vez pasaba tanto tiempo sin dar señales de vida. Aunque solo fuera para comprar provisiones…

—Debo volver inmediatamente a París —dijo Valentin poniéndose en pie. Sacó varias monedas de oro de su bolsa y se las entregó al atónito guardia—. Cuento con usted para organizarle un funeral digno y darle sepultura en la mejor parcela de su cementerio. Era un alma hermosa. Tenía la debilidad de creer en la bondad humana y en el amor de Dios.

El anciano del bicornio asintió y miró el cadáver por encima del hombro del inspector.

—¿Quién piensa usted que está implicado? ¿Quién la atacaría? ¿Un merodeador?

—Más bien una bestia rabiosa, de esas que hay que abatir sin la menor vacilación —respondió Valentin con una voz apagada.

El guardia lo miró con cara de extrañeza y pensó para sus adentros: «¡Madre mía, estos parisinos! ¡Una bestia rabiosa! ¡Realmente, mejor no saber mucho de ellos!».

22

De los sueños de Foutriquet
al alojamiento de Pierre Ouvrard

La tarde del sábado, llegó a París un Valentin moralmente debilitado y molido por los cinco días cabalgando. El caballo, tan agotado como él, sufría sobre los adoquines, a los que las herraduras de los cascos arrancaban chispas. Apiadándose de él, el policía desmontó y lo llevó de la brida hasta la posta de enfrente de la iglesia de Saint-Germain-des-Prés.

Aprovechó la ocasión para intercambiar unas palabras con el maestro de postas. Los dos hombres se tenían confianza. Se habían conocido varios años antes, cuando Valentin fue a negociar la cuadra de su semental. Desde entonces, el hombre había sido una valiosa fuente de información. Como veía entrar y salir a muchos viajeros a lo largo del día, ayudaba al inspector a tomar el pulso a la población. En este caso, el policía quería saber si, en su ausencia, la tensión política se había calmado o, al contrario, las primeras decisiones del Gobierno de Casimir Perier habían exacerbado los ánimos.

La respuesta no fue la que esperaba. Su interlocutor dijo que, el 14 de marzo, los periódicos de la oposición lanzaron una suscripción a favor de una asociación nacional para combatir el regreso de los Borbones y los riesgos de invasión extranjera. El Gobierno respondió inmediatamente que condenaba esa iniciativa y deploraba que un pequeño grupúsculo privado pretendiera erigirse en rival del Estado. Cuatro días más tarde, el presidente del Consejo, con motivo de la presentación de su política general, insistió y resumió su postura firme en una frase: «En el interior, queremos orden, sin sacrificio por la libertad; en el exterior, queremos paz, sin coste alguno para el honor».

Según el maestro de posta, el cambio de tono en la cúpula del Gobierno, que contrastaba con la laxitud de Laffitte, inquietaba a mucha gente. Los opositores estaban mucho más agitados, porque en los últimos días se rumoreaba que Perier esperaba que se aprobara rápidamente una ley para combatir los disturbios.*

Este clima envenenado no ayudaba a Valentin. Las advertencias del prefecto Vivien de la semana anterior adquirían mayor peso, si cabe. Era probable que Casimir Perier, que tenía autoridad sobre la Policía, recuperara el control del cuerpo con severidad. Un inspector tan inconformista como el jefe de la Brigada de los Misterios Ocultos era susceptible de atraer su atención. Para desalentar cualquier intento de desmantelar el departamento, era esencial una deslumbrante demostración de eficacia. No tenía elección: su lucha contra el Vicario tendría que pasar a un segundo plano.

Preocupado, Valentin se despidió del maestro de posta y estuvo tentado de ir directamente a la calle Jerusalén para anunciar su regreso a Isidore. En vísperas de ir a casa de los D'Orval, estaba ansioso por saber si había alguna novedad en ese caso que ya no podía permitirse ignorar. Sin embargo, al ver su reflejo en el escaparate de un librero, decidió no hacerlo. En última instancia, la ropa llena de polvo y las botas manchadas de barro podrían pasar. Su bien ganada fama de elegante no se habría resentido. Pero su cara, con los rasgos marcados, era francamente espantosa. De arcángel luminoso había pasado a espectro pálido. La fatiga del camino no tenía nada que ver con esa metamorfosis. Las arrugas más amargas se debían a la rabia que anidaba en su interior.

Había tenido mucho tiempo para pensar durante el viaje de regreso. El asesinato en Morvan fue anterior al doble ho-

---

* Efectivamente, la ley se aprobó el 10 de abril de 1831 y autorizaba a las fuerzas del orden a abrir fuego, después de tres advertencias, para disolver las manifestaciones y atajar las tentativas de revueltas.

micidio en el Jardin des Plantes. Es decir, el Vicario no actuaba como un fugitivo desesperado. Llevaba mucho tiempo planeando con frialdad su venganza, probablemente desde que supo que la policía le seguía la pista, que era lo mismo que decir que Valentin iba tras él. La certeza de que su enemigo no había dejado nada al azar heló el alma del joven inspector. Odiaba la idea de que el Vicario fuera el único amo del juego y de que, por el momento, él se viera obligado a dedicar sus energías a una batalla completamente distinta.

¿Sería consecuencia de su humor huraño? De camino a casa, a Valentin le llamó la atención toda la miseria que rondaba por las calles de París y que, por lo general, le resultaba tan fácil ignorar. A veces era un tullido que vendía billetes de lotería en plena corriente de aire o una anciana que agitaba trapos en un gancho; otras, los parados que se congregaban en las plazas o las niñas que ofrecían fruta en mal estado a los transeúntes. Prostitutas, mendigos, vendedores ambulantes… La escoria de una sociedad en la que solo unos pocos privilegiados se beneficiaban del trabajo de todo un pueblo. Eran como la espuma que la ola deja en la orilla en su movimiento de eterno retorno.

—¡Buenos días, Jerusalén! Caramba, cuánto me alegro de verlo, la verdad. Empezaba a preocuparme por usted.

La voz descarada sacó a Valentin de sus sombríos pensamientos. Giró la cabeza en su dirección y sonrió al reconocer a Foutriquet.

—¿Tú? ¿Preocupado por un poli? ¡Es el mundo al revés!

El limpiabotas que estaba delante del porche de un carretero en la calle Cherche-Midi ignoró el tono irónico del inspector y frunció el ceño.

—¿Dónde ha estado? ¡Desapareció de escena hace cuatro o cinco días!

—¿Nadie te ha dicho nunca que la curiosidad mató al gato?

—¡Maldita sea! ¡Menuda salida! ¿No fue usted mismo quien me pidió que husmeara por el barrio? Así que la curiosidad mató al gato, ¿eh? Bueno, pues tengo noticias para usted, y por eso estoy preocupado. Pero por la recompensa que me prometió la última vez.

Valentin no estaba lo bastante entero como para iniciar una conversación en la calle. Necesitaba un baño, ropa limpia y un buen tentempié lo antes posible.

—Recoge tus cosas, mocoso —le dijo, dándole una palmadita cariñosa en la nuca—. Puedes contármelo todo de camino a mi casa. Tengo un hambre canina y tampoco me vendría nada mal lavarme.

No tuvo que repetirlo dos veces. Echándose al hombro la correa de la pesada caja donde guardaba los cepillos y el betún, el chico siguió los pasos del inspector y empezó a silbar con el aire de superioridad de quien acaba de obtener un insigne privilegio.

Cuando Valentin entró en casa, Eugénie lo saludó con una amplia sonrisa, pero su rostro se ensombreció al ver a Foutriquet. Lo inspeccionó de arriba abajo, arrugando la nariz.

—¿Quién es este pordiosero? —refunfuñó—. Este mocoso me va a poner toda la casa perdida, está sucio de pies a cabeza. Voy a tener que encerar todos los suelos otra vez.

A Valentin le hizo gracia su comentario, porque él apenas estaba más presentable que el niño de la calle. Empujando al muchacho por la espalda, lo animó a entrar sin preocuparse demasiado por la desalentadora bienvenida del ama de llaves.

—Este pordiosero, como usted dice, mi buena Eugénie, es mi invitado —la provocó con dulzura—. Y tiene tanta hambre como yo. Prepárenos algo abundante y encárguese de que suban dos bañeras. Y por favor, bríndenos su lado más adorable.

Eugénie fingió refunfuñar por principio. Probablemente habría desaprobado la presencia de Foutriquet con más fuerza si hubiera podido ver cómo el travieso muchacho le hacía burla en cuanto la mujer se dio la vuelta.

—¡Madre mía! —exclamó el limpiabotas al entrar en el salón—. ¡Pues sí que vive a todo tren un inspector de policía! Casi como el nuevo rey.

Abrió mucho los ojos, maravillado ante los preciosos muebles, las gruesas alfombras, los cuadros, las estatuillas, la cubertería de plata y las cortinas bordadas. Pero fue el calefactor, del que emanaba un suave calor, lo que llamó especialmente su atención.

—Foutriquet, ¿no me digas que sabes cómo son las estancias del rey?

—Por supuesto. El verano pasado, después de la locura de las barricadas, ¡cualquiera entraba en el Palais-Royal como Pedro por su casa! Hasta conozco algunos tipos que aprovecharon para robar una caja de rapé o un palillero. —El chico se señaló la frente con el dedo índice—. Tengo todo aquí metido. Por eso fui, para inventarme sueños. Los sueños son importantes, te ayudan a levantarte cada mañana.

—Y para colmo filósofo —bromeó cariñosamente Valentin—. ¡Sin duda tienes muchos talentos ocultos!

El inspector adelantó un sillón para el chico y no pudo evitar sonreír al notar la vacilación del muchacho antes de sentarse en el asiento tapizado en una tela de color dorado. A pesar de su fanfarronería, el chico estaba claramente impresionado ante el lujo de la casa de Valentin.

—¿Decías que tenías novedades? —preguntó Valentin de inmediato, para que no se creara ninguna distancia entre el niño y él.

Foutriquet pareció olvidar el entorno. Sus ojos traviesos relucieron con malicia.

—Es ese tipo suyo, el malvado al que llaman Vicario. Me dijo que lo avisara si lo veía merodear por aquí.

Valentin se estremeció.

—¿Lo has visto?

—¡Como lo veo a usted ahora mismo! Hace cuatro días. Al anochecer. Lo descubrí enseguida, aunque intentaba esconderse bajo su abrigo. Es un tipo alto y delgado con cara de guadaña.

—¿Qué hacía exactamente?

—Enseguida pensé que estaba tramando algo, porque iba pegado a las paredes. El tipo de hombre que no quiere llamar la atención. Entonces lo vi entrar en su edificio.

—¿Aquí, en el número 21? ¿Estás seguro?

—¡Me aseguré bien de mirar una y dos veces!

—¿Y dices que eso fue el martes? ¿A qué hora?

—Un poco después de las ocho. Recuerdo haber oído las campanadas justo antes de que ese tipo apareciera.

Valentin se frotó la barbilla, pensativo. A esa hora, Eugénie ya debía estar en su habitación de la buhardilla. No había nadie en la casa.

—¿Tienes idea de cuánto tiempo estuvo aquí? Y, sobre todo, ¿pudiste seguirlo cuando se marchó?

Foutriquet puso cara de fastidio.

—No, no pude seguirlo, porque el Vicario no se fue. Al menos, no esa noche.

—¿Qué quieres decir? —preguntó Valentin, tan intrigado como desconfiado.

—¡Lo que oye! Estuve escondido toda la noche, pero el tipo no volvió a asomar. Por la mañana, había tanta humedad que acabé largándome para no morirme de frío. Ahora entenderá por qué me alegré tanto de verlo. Empezaba a imaginarme cosas. ¡Y no muy bonitas!

El policía trató de ocultar su preocupación. El relato del chico lo dejó profundamente preocupado y le planteaba muchas preguntas. ¿Había conseguido el Vicario entrar en su casa? ¿Por eso lo había alejado de París? Y, sobre todo, ¿qué lo había retenido allí toda la noche? Se prometió a sí mismo preguntar a Eugénie al respecto, para saber si había notado algo inusual. También tendría que inspeccionar inmediatamente el apartamento, por si detectaba alguna anomalía o amenaza.

—Bueno —dijo con ligereza forzada—. Como puedes ver, ¡no tenías de qué preocuparte! No me ha ocurrido nada. Pero volvamos a ti. Tengo una nueva misión que encomendarte: vigilar una tienda en la plaza Saint-Sulpice. El cartel tiene una corona de espinas. Supongo que venden todo tipo de objetos devocionales.

—Puedo hacerlo —concedió Foutriquet—, pero usted habló de una recompensa justa.

Valentin no pudo evitar sonreír. Sacó dos brillantes monedas de plata del bolsillo de su chaleco.

—Veo que no has perdido tu olfato para los negocios. Aquí tienes diez francos. Debes admitir que no es mala recompensa por lo poco que me has dicho.

Foutriquet cogió las monedas y, antes de embolsárselas, movido por un reflejo adquirido a fuerza de lustrar botas y zapatos por unos peniques, mordió una para comprobar que no era falsa.

—Me honra tu confianza —exclamó irónicamente Valentin.

—No se lo tome a mal, Jerusalén. No se imagina la cantidad de burgueses que intentan colarme monedas falsas. Los ricos son los peores. Así que, si quiero poder permitirme algún día mis sueños, tengo que velar por mis propios intereses.

Justo en ese momento, Eugénie apareció con una bandeja que contenía una sopera y un plato de pastel de carne. El olor a carne gratinada y cebolla flotaba por la habitación. Valentin le hizo señas a su joven invitado, cuyo estómago ya rugía, para que acercara su silla a la mesa.

—Olvidémonos de las finanzas y concentrémonos en la comida —dijo alegremente, feliz de ofrecer este consuelo a su joven protegido—. ¡Soñarás más y mejor cuando tengas la barriga llena!

Un par de horas más tarde, después de que Foutriquet se fuera fresco, en forma y revitalizado, Valentin fue a hablar con Eugénie para asegurarse de que no había visto nada sospechoso durante su ausencia. También recorrió las habitaciones, inspeccionando sobre todo las ventanas y las cerraduras, pero no encontró el menor rastro de allanamiento. Se quedó un poco más tranquilo, aunque seguía planteándose qué había hecho el Vicario bajo su techo. Luego, a última hora de la tarde, una vez recuperado su aspecto, decidió por fin regresar a las oficinas de la calle Jerusalén.

Isidore Lebrac lo esperaba con excelentes noticias. Los días anteriores se dedicó a visitar todos los hoteles y alojamientos de la capital y, por fin, descubrió la dirección actual de Pierre Ouvrard. El antiguo charlatán se alojaba en una pensión de la calle de l'Épée-de-Bois, en uno de los barrios más pobres y siniestros del viejo París. Lebrac fue allí y habló discretamente con la propietaria. Era la viuda de un cabo de policía y no tuvo el menor reparo en contribuir a su investigación. Le explicó que su inquilino se alojaba allí desde octubre de 1830. Lo describió como un solitario, de esos que apenas hablan y nunca reciben visitas. Por otra parte, se ausentaba a menudo, sin dar la menor explicación. Lebrac había confirmado que todas las escapadas correspondían a las visitas regulares de Paul Oblanoff a la familia D'Orval. Esto parecía establecer de una vez por todas la verdadera identidad del misterioso espiritista.

Valentin felicitó calurosamente a su ayudante por ese progreso decisivo y propuso ir cuanto antes allí. Como todos los sábados, Oblanoff debía haber ido a Saint-Cloud. Era la ocasión ideal para llevar a cabo un registro minucioso de su domicilio.

Los dos hombres se subieron a un coche de alquiler para ir a la calle de l'Épée-de-Bois antes del anochecer. En esa parte del distrito doce, las calles eran tan estrechas que los adoquines estaban constantemente húmedos. Los desagües no se limpiaban nunca y desprendían un olor repugnante a cualquier hora del día y en invierno y verano. El musgo crecía a lo largo de las paredes. Las fachadas de los edificios de tres plantas, pintadas de un marrón apagado o de un amarillo descolorido, rezumaban miseria o abandono. Se trataba de uno de esos pozos negros donde nadie elige vivir. Simplemente acabas allí, tras muchas desgracias y tribulaciones.

Como era de esperar, la casa donde se refugiaba Pierre Ouvrard no parecía gran cosa. No había nada que la distinguiera de sus vecinas, aparte de un letrero que rezaba con pomposidad: «Pensión burguesa». Lebrac volvió a saludar a la dueña, que enseguida quedó conquistada por el aspecto de Valentin. Mientras hablaba con ellos, no pudo evitar acariciar con los ojos el apuesto rostro del inspector, y solo apartó la vista para admirar su chaleco de color verdoso con reflejos moaré y la cadena de oro de su reloj. Aceptó de buen grado darles las llaves de repuesto de la habitación de Ouvrard e incluso dejó escapar un suspiro decepcionado cuando declinaron su oferta de precederlos por la estrecha escalera.

La habitación de Ouvrard estaba en el último piso. Era una habitación abuhardillada con el suelo carcomido y una única ventana, cuyos cristales rotos habían sido remendados con palos y trozos de tablas. Por las rendijas se colaban largas corrientes de aire. Sin embargo, no conseguían disipar el olor rancio y a humedad que persistía en cada rincón. El mobiliario se limitaba a lo estrictamente necesario: una cama, una mesa cuadrada, un armario de madera barata teñida de nogalina, una silla de paja, una palangana y una jarra esmaltadas, y una estufa de hierro fundido en la chimenea.

Lebrac lanzó una mirada inquieta a su alrededor.

—¡Santo cielo! Lo menos que podemos decir es que nuestro gran médium se contenta con las comodidades más rudimentarias. Lo bueno es que acabaremos el registro muy rápido. ¿Qué buscamos exactamente?

—No lo sé —respondió Valentin con un gesto evasivo de la mano—, pero algo me dice que lo averiguaremos de inmediato en cuanto lo veamos. No olvidemos que mañana es el día en que nuestro hombre ha prometido dar un golpe definitivo, traerá a la vida a Blanche d'Orval. Si podemos anticipar cómo va a hacerlo, debería ser más fácil denunciar el engaño. Esto aumentará nuestras posibilidades de desenmascararlo en público.

Como dijo el pelirrojo, no tardaron en registrar toda la habitación a la luz vacilante de un quinqué. Lo que encontraron fue más bien escaso al principio: mucha ropa blanca de calidad mediocre, tinte para el pelo, una pipa de brezo, una petaca de ron escondida detrás de la estufa y unos cuantos papeles sin interés. Acabaron haciendo el hallazgo más interesante en el armario, bajo un montón de sábanas. Era una extraña caja de madera con una solapa retráctil. Contenía una bolsita de gránulos grisáceos y un pequeño frasco de azogue.

—Interesante —juzgó Valentin, moviendo el contenido del vial a la luz de la lámpara. Y bastante inesperado fuera de un laboratorio de química.

Isidore se acercó para verlo mejor.

—¿Qué es?

—Es mercurio líquido, y no creo equivocarme al decir que la bolsita contiene cristales de yodo. Lo que no sé es para qué lo tiene Ouvrard.

Sin embargo, los dos hombres no habían llegado al final de sus descubrimientos. Tras examinar concienzudamente un par de botas metidas debajo de la cama, Lebrac sacó varios folletos que había enrollados en una bola en su interior, para evitar que el cuero se deformara. Eran folletos de más de un año de antigüedad, que anunciaban las atracciones de un desfile de feria. Los retratos de los principales artistas aparecían en las cuatro esquinas del programa. El joven policía señaló el rostro de un hombre de pelo oscuro con una mirada sorprendentemente penetrante. La leyenda decía: «El gran Ouvrard, transmisión de pensamientos y adivinación».

—¡Es él! —exclamó—. ¡Sin la menor duda! ¡Es el hombre que conocí en casa de los D'Orval y que se hace llamar Oblanoff!

23

Donde se habla de nigromancia y de espiritualismo…

La tarde siguiente, mientras el sol declinaba poco a poco sobre el horizonte, la casa solariega de los D'Orval parecía una fruta demasiado bella que el cielo era reacio a engullir en su garganta tenebrosa. Los faroles de aceite de la fachada estaban todos encendidos, y las altas ventanas de la planta baja resplandecían con el chorro de luz de las arañas de cristal y los apliques de bronce dorado. La llamarada proyectaba en la gravilla de la terraza vívidos destellos de fuego y unía grandes sombras en movimiento a los coches de caballos que se cruzaban en el camino de entrada y a las numerosas siluetas que se apresuraban en la escalinata. Era como un extraño *ballet,* dirigido por un espíritu caprichoso, bajo la influencia del genio del fuego.

—¿Qué es todo esto? ¿De dónde ha salido esta gente? —dijo Valentin mientras atravesaba la verja con el «primo Isidore», con el que se suponía que había hecho amistad recientemente.

—¡Es cierto! —exclamó Lebrac, dándose una palmada en la frente—. Me olvidé por completo de informarle. Hace tres días, Mélanie d'Orval nos advirtió que su marido había cursado numerosas invitaciones. Está convencido de que a Oblanoff le saldrá bien su absurda apuesta y resucitará a su amada hija. Así que ha invitado a personas cercanas y a casi todos los parisinos interesados en las ciencias ocultas. A juzgar por el número de personas que se agolpan en el interior, la curiosidad ha ganado al escepticismo.

—Pues no nos va a ayudar tanto gentío. En este ambiente de fiesta, va a ser más difícil vigilar de cerca los movimientos de Oblanoff. Por no hablar de la falta de discreción. Cualquiera que sea el resultado de la velada, a partir de mañana, se hablará de esto en la mayoría de los salones y en las gacetas parisinas.

Mélanie d'Orval salió al encuentro de los dos policías cuando aparecieron en el umbral del vestíbulo. El morado oscuro de su vestido de satén resaltaba la palidez de su tez y su expresión era molesta.

—Intenté disuadir a Ferdinand —dijo, haciendo un gesto de impotencia con la mano hacia la multitud de invitados—, pero no me escuchó. Es como si Oblanoff hubiera conseguido meterse en su cerebro y eliminar toda su capacidad de juicio. Ese estafador no solo amenaza con expoliarnos, sino que además pone en riesgo a mi marido de convertirse en el hazmerreír de la capital.

Valentin intentó tranquilizarla, pero él también tenía la desagradable sensación de que la velada empezaba de la peor manera posible. No obstante, adoptó una expresión convenientemente decidida y aseguró que su ayudante y él no perderían de vista al falso médium. Era imposible que escapara a su estrecha vigilancia y poco probable que consiguiera engañarlos de nuevo.

Para entonces, ya habían llegado casi todos los invitados, que eran al menos cuarenta. Se habían distribuido en los tres salones contiguos de la planta baja, cuyas puertaventanas daban a una elegante terraza, bordeada por una balaustrada de hierro forjado. Un poco más abajo, en la penumbra crepuscular, se veía el resplandor de un estanque en forma de media luna, enclavado en una cuna de verdor y dominado por el alto follaje del jardín, que se extendía por detrás.

Isidore atrajo la atención de Valentin hacia el salón central, donde dos hombres se disponían a abrir el bufé principal. Señaló con discreción al más alto de los dos.

—Ese es Oblanoff —susurró—. El otro es nuestro anfitrión. Reconocerá que, *a priori,* no salta a la vista.

El inspector comprendió de inmediato a qué se refería su ayudante. Vestido enteramente de negro, con un rostro huesudo y porte altivo, Pierre Ouvrard encajaba a la perfección con el personaje de eslavo turbio y enigmático. Tenía un aire de superioridad y miraba a los invitados con una intensidad casi perturbadora. Era como si sus ardientes pupilas reflejaran la pasión de un alma compleja que no conocía el descanso. A su lado, Ferdinand d'Orval parecía casi difuminado. Su encanto natural era incapaz de borrar los estragos que los recientes duelos habían causado no solo en su físico, sino también, y más profundamente, en su moral. Sus ojos llorosos, los rasgos hundidos y su excesiva delgadez llevaban la marca de un destino fatal. Estaba rodeado de sombras, tan indefenso como un niño pequeño perdido en un bosque desconocido. Y, sin embargo, más allá de las apariencias, podía verse que tras la máscara de tristeza aún había un frágil destello de esperanza.

Rodeando a la disímil pareja, los asistentes se dividían en dos grupos que se resistían a mezclarse. Por un lado, estaban los allegados de los D'Orval. Hombres serios y encanecidos, vestidos con ropa elegante y cara, que exhibían, con el orgullo satisfecho que acompaña a la fortuna, las condecoraciones oficiales en las solapas de su levita y a sus esposas encorsetadas en sus brazos. Esas mujeres, enfundadas en atuendos refinados y peinadas a la última moda, rivalizaban en distinción. Adoptaban poses que las favorecían, hábilmente estudiadas en su intimidad, ocultaban sus rostros tras abanicos que agitaban con elegancia e intercambiaban cotilleos y trivialidades entre ellas, fingiendo concederles una importancia exagerada. En el otro extremo de los salones, un grupo más variopinto de comensales se abalanzaba sobre los aparadores, donde se apilaban carnes frías, paté en hojaldre, postres, repostería y vinos buenos. Había algunos periodistas atraídos por la perspectiva de un artículo original, aficionados al ocultismo y, además, escritores y artistas conocidos por su inconformismo. A estos últimos se los reconocía por un cierto toque bohemio, pero también por su tendencia a quedarse plantados delante de los bufés y por las extraordinarias cantidades de comida que eran capaces de engullir sin respirar.

Valentin quiso llevar a Isidore hacia ese lado, pero el barón de Launay atrapó al ayudante al pasar. El robusto hombrecillo había empezado a relatar la última hazaña de Oblanoff a tres de sus conocidos, todos cincuentones de sienes plateadas y rostros austeros, y contaba con que el «primo de la querida Mélanie» respaldara sus palabras.

—Ha llegado en el momento justo, mi querido señor —declaró, agarrando el brazo de Isidore con su mano regordeta, como si temiera que saliera corriendo—. Mis amigos no quieren creer que la pobre Blanche se manifestó ante nosotros de una forma muy concreta. Hablan de sugestión y de alucinación colectiva. Dígales que su rostro apareció como por arte de magia, ahí, delante de nuestros ojos.

Isidore miró a su jefe para ver qué actitud debía adoptar, pero Valentin permaneció en un segundo plano y fingió perder interés en la conversación.

—Éramos seis alrededor de esa mesa y todos vimos lo mismo —confirmó Isidore finalmente—. Y aunque comprendo que una aparición así sea difícil de aceptar, es aún más improbable que todos fuéramos víctimas a la vez de la misma ilusión.

—Entonces, ¿cree que ese hombre tiene realmente el poder de comunicarse con los espíritus? —preguntó escéptico uno de los tres, un hombre bajo, calvo, con anteojos—. Si así fuera, sería nada menos que brujería.

—No he dicho que Oblanoff lograra entrar en contacto con la hija de la casa, en el más allá —respondió Isidore con cautela—. Todo lo que puedo asegurar es que, efectivamente, su rostro apareció como de la nada… antes, por otra parte, de desaparecer casi de inmediato. Pero soy incapaz de explicar cómo pudo ocurrir ese fenómeno.

—D'Orval, por su parte, parece convencido de las extraordinarias facultades de su protegido. ¡Miren! Nunca se separa de él y lo trata como al invitado de honor. Es como si estuviera completamente seguro de que esta noche vamos a ser testigos de otro prodigio del médium.

Uno de los otros dos hombres decidió entonces intervenir. Era un burgués grueso, cuya papada delataba el abuso de la buena comida. Una impresionante cadena de reloj le cruzaba el chaleco, estirado a la altura del abdomen, y un alfiler con una fina perla le sujetaba el nudo de la corbata.

—De todos modos —intervino, mirando fijamente al dueño de la casa—, me asombra que hombres razonables puedan dar el menor crédito a las artimañas de un individuo que afirma entrar en contacto con las almas de los muertos. De mi amigo D'Orval, a quien siempre he admirado por su astucia en los negocios, me resulta incomprensible.

—Lamentablemente, el dolor y las penas pueden cambiar a un hombre por completo —comentó de forma lacónica el tercer quincuagenario.

Mélanie d'Orval se había acercado con discreción a Valentin. Al oír los comentarios de los invitados de su marido, su encantador rostro se tensó. La mujer susurró al oído del inspector:

—¿Qué le he dicho? ¡Mi pobre Ferdinand! La mitad de estas personas que dicen ser sus amigos solo han venido esta noche para disfrutar de su decepción. A partir de mañana, todo París se mofará de su ingenuidad.

—¿Preferiría que nuestro supuesto médium tuviera éxito? Después de todo, si consigue arrancar a su hijastra de la tumba, tendremos que inclinar la cabeza y quitarnos el sombrero.

Los ojos de la joven se llenaron de ira.

—¡Presenciar el triunfo de ese desgraciado de Oblanoff, jamás! ¡Prefiero perder mi amor propio delante de todos!

Al oír a su anfitriona pronunciar el nombre del médium, el invitado de los anteojos se volvió hacia ella y le preguntó incisivamente:

—Pero, en primer lugar, mi querida Mélanie, ¿sabemos a ciencia cierta de dónde viene este aprendiz de brujo?

El barón de Launay, molesto por el desinterés de su auditorio, se apresuró a responder el primero:

—El otro día, mi esposa habló mucho con él sobre sus orígenes. Es mestizo y no lo oculta. Una mezcla de razas de lo más original, de hecho. Su padre era un soldado ruso, con ascendencia mongola, que luchó contra los ejércitos imperiales en Austerlitz y Friedland, antes de caer en desgracia y tener que exiliarse. En cuanto a su madre, es egipcia y, si creemos lo que dice, procedería de una familia a la que pertenecieron varios sumos sacerdotes de la época de los faraones. En otras palabras, iniciados que tenían acceso a muchos de los secretos ahora enterrados bajo las arenas del desierto.

—¡Ah, los misterios del sur y Oriente! No conozco fuentes más inspiradoras, salvo, quizá, la piel aterciopelada de una amante, los vapores del opio o los sutiles sabores del daguamasca.[*]

Esta afirmación, pronunciada con una voz entusiasmada, procedía de un hombre que parecía que su principal preocupación era no pasar desapercibido. Un hombretón alto, de unos veinte años, con las puntas del bigote hacia arriba como garfios y una larga melena negra, que le llegaba un poco por debajo del hombro. Su atuendo mostraba un marcado gusto por la extravagancia y parecía deliberadamente elegido para ofender a los conservadores: una levita de color violeta de Parma, un chaleco de seda bordado con grandes flores brillantes, una camisa de encaje con puños abullonados y una corbata en rojo sangre. Una sinfonía de tonos chillones rematada con una nota burlona: una trenza de pelo rubio, que llevaba alrededor del cuello, como un trofeo galante.

—Dios mío —suspiró Mélanie—. ¡Solo me faltaba este insufrible pedante!

—¿Quién es? —preguntó Valentin.

—Théophile Gautier, un poeta en busca de la gloria literaria. A mi marido le gustó mucho la colección de versos que publicó recientemente. Su amigo Victor Hugo y él están muy interesados en todo lo relacionado con el ocultismo.

El inspector recordaba haber oído pronunciar ese nombre a principios del año anterior. Gautier era uno de los jóvenes

---

[*] Una especie de mermelada verdosa, elaborada con hachís, miel y pistachos, que consumían muchos artistas de la época, sobre todo los miembros del club Hachichins, entre los que se encontraban Théophile Gautier, Baudelaire, Gérard de Nerval, Daumier y Delacroix.

escritores románticos que habían convertido el Teatro Nacional de Francia en un campo de batalla, para defender a Hugo durante las tempestuosas primeras representaciones de su obra *Hernani*. En ese famoso episodio, el poeta ya había destacado por sus provocaciones y su excéntrica vestimenta, lo que le valió el apodo de «el hombre del chaleco rojo».

Valentin vio en la intervención de este caprichoso personaje una excelente oportunidad para salir de su silencio y participar por fin en la conversación.

—Me parece bastante revelador —comentó— que mencione el efecto de las sustancias alucinógenas cuando habla de la posibilidad de invocar a los espíritus de los muertos. ¿Está sugiriendo que las personas presentes durante las experiencias anteriores de Oblanoff podrían haber sido drogadas sin su conocimiento?

El poeta pareció desconcertado por la pregunta durante un instante. Enarcó las cejas y miró al policía con una curiosidad teñida de una pizca de ironía.

—¡Qué idea tan extraña! Usted, caballero, debe de ser un ferviente lector de folletines por entregas o un asiduo espectador de los melodramas que se representan en el bulevar del Crimen. ¿Envenenamiento colectivo? ¡Vamos, vamos! Yo pensaba más bien en las prácticas de ciertos chamanes africanos o de América, que utilizan plantas sagradas para entrar en trance y comunicarse con el mundo de los muertos. Probablemente, eso ya se hacía en el antiguo Egipto. Allí creían en la existencia del *khâ*, una especie de doble espiritual, que intentaban retener tras la muerte, gracias a las ofrendas que enterraban con el cadáver. La persistencia del *khâ* se consideraba esencial si se quería invocar a los espíritus del difunto y obtener de ellos sueños premonitorios. De hecho, esas creencias no son propias de Egipto. Se encuentran en otras civilizaciones antiguas y se han perpetuado hasta nuestros días, como demuestran las costumbres de los hechiceros que acabo de mencionar.

—Todo esto nos aleja un poco de Oblanoff —intervino Launay, fulminando con la mirada a Valentin.

Saltaba a la vista que el barón echaba humo por dentro. Se preguntaba por qué ese maldito desconocido, cuyo elegante atuendo demostraba que pertenecía a la clase alta, había considerado oportuno desviar la atención de su público hacia un mequetrefe pretencioso y vulgar como Gautier.

—Estoy convencido —continuó Launay— de que sus conocimientos empíricos son más afines al magnetismo animal de Messmer que a las prácticas de los salvajes incultos.

—¡Nada más lejos de la realidad! —lo contradijo Gautier—. Los orígenes orientales y africanos de Oblanoff podrían explicar sin duda esos misteriosos poderes, cuya impactante demostración todos esperamos ver pronto. En cierto modo, es el heredero de un largo saber ancestral.

Valentin no lo habría creído posible cuando llegó, pero disfrutaba mezclándose con apasionados del espiritismo. Era la ocasión ideal para perfeccionar sus conocimientos sobre el tema, y volvió a dirigirse a Théophile Gautier.

—Decía usted —insistió— que otros pueblos antiguos practicaban la adivinación evocando a los muertos.

Su interlocutor asintió con la cabeza.

—Igual que los egipcios, los asirios y babilonios creían en la posibilidad de que los vivos pudieran mezclarse con los muertos. Para estos pueblos antiguos, los muertos debían permanecer en nuestro mundo en estado de aliento y tenían el secreto de nuestros destinos. Así podían transmitir valiosos consejos a quienes supieran interrogarlos.

La viuda de un notario, aún vestida de luto, se persignó enérgicamente.

—Todo esto no me parece muy cristiano —protestó, frunciendo los labios—. Considero que los muertos tienen derecho a descansar en paz. Intentar arrancarlos del sueño eterno es obra del diablo.

—¡Desengáñese, querida señora! —respondió el poeta de la larga melena—. Aunque los primeros Padres de la Iglesia ordenaron la destrucción de los templos de las sibilas y condenaron la nigromancia, muchos eruditos religiosos han estudiado posteriormente estos conocimientos, heredados de los antiguos. Pero, ¡mire! Aquí está mi amigo Musset, que puede contarles sobre esto más que yo.

Atraídos por la voz estentórea de Théophile Gautier, varios invitados de los otros salones se acercaron. Entre ellos había una pareja que destacaba por su juventud y belleza. El hombre sería más o menos de la misma edad que Gautier, pero tenía el aspecto de un dandi, con una cuidada barba castaña clara y un traje bien confeccionado. En cuanto a su compañera, era sencillamente divina. Llevaba un vestido de gasa azul que realzaba su admirable figura. Los adornos de tul y satén de su corpiño, más que velar sus hombros desnudos y su garganta escotada, los ofrecían a la admiración de todos. El resto de mujeres apartaron la mirada al ver pasar a esa venus impúdica y agitaron los abanicos de forma aún más frenética. En cuanto a sus maridos, la mayoría de ellos perdieron su seriedad envarada y la devoraron literalmente con la mirada. Algunos incluso llegaron a lanzar miradas envidiosas al tipo que tenía la suerte de exhibirse en compañía de semejante belleza.

Gautier se dirigió a ese joven para presentarle a Mélanie d'Orval.

—Permítame, querida anfitriona, que le presente a Alfred de Musset, poeta irreprochable, y a su musa, la señorita Despréaux, a la que descubrió el gran Talma en persona y acaba de incorporarse a la ilustre compañía del teatro del Gymnase. Como le decía, mi amigo está especialmente interesado por la relación entre espiritismo y nigromancia.

Alfred de Musset se inclinó con elegancia ante la señora de la casa.

—Si le interesan estas cuestiones, señora, puedo enviarle una obra muy esclarecedora sobre el tema. La escribió un tal Taillepied, doctor en teología, a finales del siglo XVI. Su título podría servir también de programa para esta pintoresca velada a la que ha tenido la amabilidad de invitarnos. Se titula *Tratado de la aparición de los espíritus, a saber, de las almas separadas, los fantasmas, los prodigios y los accidentes maravillosos.*

Era más de lo que la frágil Mélanie podía soportar. Sus mejillas se sonrojaron; sus manos se crisparon, tensas. Y su voz vibró con una ira apenas contenida:

—Yo no he invitado a nadie y, si de mí dependiera, sepa que la puerta de esta casa estaría cerrada para siempre a toda esta especie de buitres que congenian para prosperar con las desgracias de sus semejantes.

Esta inesperada declaración cayó como un jarro de agua fría entre los asistentes. Afortunadamente, el tintineo de una campana procedente del salón principal los distrajo. Por fin había caído la noche por completo. Era el momento que Ferdinand d'Orval y Paul Oblanoff habían acordado para intentar la experiencia definitiva, que debía devolver a la vida a Blanche. La multitud de invitados, susurrando por la excitación, abandonó los diversos bufés y se unió a los dos hombres en el centro de la recepción. El dueño de la casa, visiblemente emocionado, comenzó agradeciendo a todos sus invitados su reconfortante presencia y les pidió que cumplieran a rajatabla las instrucciones que daría la persona a la que le gustaba gratificar con el gran nombre de «benefactor de la humanidad».

—¡Cuidado! —susurró Valentin al oído de Isidore—. Es hora de abrir los ojos y no distraernos. Tenemos que comprender el *modus operandi* de lo que quiera que sea que intente Ouvrard.

Paul Oblanoff se puso las yemas de los dedos en las sienes y cerró los ojos un momento, como si necesitara concentrarse antes de actuar. Instintivamente, se hizo el silencio a su alrededor. Cuando se apagó el último susurro, con un consumado arte de la puesta en escena, el antiguo artista de feria se puso rígido y abrió los párpados de par en par. Su mirada magnética recorrió lentamente a los presentes.

—La experiencia que me dispongo a guiar —declaró con una voz cavernosa— no es peligrosa en sí misma. Sin embargo, requiere una profunda movilización de los fluidos mediúmnicos. No se trata solo de servir de intermediario a un alma del más allá, sino de provocar, sin lugar a dudas, su manifestación tangible. Esta noche, juntos, vamos a intentar materializar el espíritu incorpóreo de Blanche. —Al oír estas palabras, el rostro angustiado de Ferdinand d'Orval se crispó y un brillo revivió en el fondo de sus pupilas apagadas—. Para hacerlo, necesitaré seis voluntarios. Hombre o mujer, da igual. Lo único que importa es que cada uno de ellos crea absolutamente en el poder de las fuerzas del más allá.

Varios brazos se alzaron, entre ellos el de Valentin, que deseaba poder observar lo más cerca posible el desarrollo de los acontecimientos. Oblanoff pidió entonces a los demás invitados que se apartaran y se alinearan contra las paredes, para despejar un espacio en el centro del salón. A continuación, invitó a sus ayudantes de la velada a formar un círculo a su alrededor, uniendo las manos. Además de Valentin, estaban los Launay, Théophile Gautier, Alfred de Musset y la voluptuosa Louise-Rosalie Despréaux.

Cuando todos los protagonistas estuvieron en su sitio, Oblanoff fingió volver a su interior, con la cabeza entre las manos. Reinó el silencio. Pero era un silencio sensiblemente distinto, casi pesado, no solo por la ausencia de ruido, sino también por la intensa expectación de las decenas de invitados. Oblanoff se tomó su tiempo, esperando a que todos asimilaran la solemnidad de la escena. Entonces, con los ojos aún cerrados, comenzó su invocación:

—Blanche, ¿estás ahí? Nos gustaría que te manifestaras ante nosotros.

Silencio. La mano izquierda de la señorita Despréaux temblaba ligeramente de emoción en la palma de Valentin. Él intentó no prestar demasiada atención a eso y escrutó las apretadas filas de invitados para intentar distinguir a Mélanie d'Orval e Isidore. No los vio.

—Blanche, te fuiste demasiado pronto y de repente... Tus seres queridos necesitan volver a verte. Por favor, escucha su súplica.

Silencio aún.

—Blanche, tu padre está abrumado por la pena. Necesita verte una última vez... Escucha mi voz y sus plegarias que te llaman... Déjate guiar hacia nosotros.

Como seguía sin suceder nada, algunos murmullos impacientes comenzaron a surgir entre los asistentes de la alta burguesía. Las protestas de los entusiastas del ocultismo los reprimieron rápidamente. La oposición entre los dos grupos amenazaba con agravarse cuando, de repente, la voz sepulcral de Oblanoff dominó el rumor naciente:

—¡Aquí está! ¡Nos ha oído!… ¡Blanche! ¡Ya llega! ¡Ahí!

Tenía el brazo extendido y señalaba con el índice las puertaventanas que daban al parque, ahogado en sombras.

24

... Antes de constatar los efectos

Hubo un momento de intensa confusión. Cuando todas las miradas se volvieron en la dirección que indicaba Oblanoff, este rompió el círculo de sus compañeros y separó los brazos de la actriz y de Valentin. Luego dio largas zancadas hacia las puertaventanas. Ferdinand d'Orval fue el primero en seguir sus pasos, e inmediatamente lo imitaron algunos de los invitados. En el movimiento casi general que se produjo, el inspector vio por fin a su ayudante, que seguía junto a Mélanie en el umbral de la habitación. Se precipitó hacia él.

—¡Rápido, Isidore! ¡Trae unas lámparas de aceite! Seguro que vamos a necesitarlas.

Sin esperar la reacción de Lebrac, el inspector se precipitó hacia las ventanas del primer salón, evitando la multitud que se había agolpado rápidamente en las salidas del central. Un número reducido de invitados había logrado colarse en la terraza, detrás de Oblanoff y D'Orval, mientras que los demás continuaban bloqueados detrás. El médium se había colocado contra la balaustrada de hierro forjado y escrutaba la oscuridad. Su actitud tensa delataba una profunda concentración. Frente a él, el estanque había desaparecido tras la oscuridad de la noche y los arbustos del parque ya solo dibujaban masas informes, algo más densas.

—¿Dónde está, Paul? —preguntó D'Orval, con una voz estrangulada, cuando llegó al lado de Oblanoff—. ¡No veo nada!

—Está de camino. Tenga fe, su hija no fallará.

Uno a uno, los invitados se reunieron al borde de la terraza. Algunos criados con candelabros se distribuyeron entre ellos. Al principio, sus luces, en la aglomeración que apretujaba a los curiosos, parecían erigirse como símbolos de orden y calma que se enfrentaban a los misterios de la noche. Pero esa reconfortante ilusión no duró mucho. Se levantó una ligera brisa, y los criados pronto se vieron obligados a proteger las vacilantes llamas de las velas para evitar que se apagaran, ocultando parcialmente su tranquilizadora luz. En la oscuridad se oyeron unos suspiros de mujer.

Ajeno a la tensión que iba ganando poco a poco al público, Valentin se abrió paso a codazos hasta situarse justo a la espalda del supuesto médium. Por encima de su hombro, podía vigilar lo que ocurría abajo, al tiempo que se aseguraba de no perderse ninguno de los movimientos de su objetivo.

De repente, por encima de las conversaciones amortiguadas de los demás espectadores, sonó la voz atronadora de Théophile Gautier:

—¡Mirad! A la izquierda, ¡parece una ola extendiéndose!

Cuarenta cabezas giraron al unísono para ver lo que había llamado la atención del poeta. En un primer momento, fue una mera vibración. Tan ínfima que, al principio, a Valentin, como a la mayoría de las personas allí reunidas, como en el patio de butacas de un teatro, le resultó imposible determinar si aquel cambio invisible se debía al movimiento del follaje agitado por el viento nocturno o a una variación de la densidad en las sombras de abajo.

Ese vaivén, esa indecisión, solo duró un brevísimo instante. El tiempo que tardó en nacer una luz suave entre los árboles del jardín y en deslizarse su ondulante reflejo por la superficie del estanque. Se oyeron varias exclamaciones de asombro. La misteriosa luz ya cambiaba. Ganaba en intensidad y arrancaba de la nada un trozo de césped, algunos arbustos y todo un revoltijo de ramas bajas. Delicados tonos verdes y marrones surgían poco a poco de la oscuridad, como en la primera mañana del mundo.

—¿Qué es este milagro? —murmuró la señorita Despréaux, llevándose la mano a la boca—. Es como si amaneciera solo para nosotros.

El increíble fenómeno que tenía lugar en los terrenos de la finca de los D'Orval no podía describirse mejor. Era como si un sol invisible concentrara sus rayos en un pequeño perímetro. Estos rayos pronto se volvieron tan intensos que toda una sección de la orilla opuesta del estanque se iluminó casi como a plena luz del día.

«¿Cómo ha conseguido hacerlo? Sin gas, ningún farol puede emitir una luz tan brillante...».

Valentin se perdía en conjeturas mientras sus ojos iban y venían entre la orilla iluminada y la nuca del médium.

Oblanoff, por su parte, seguía totalmente inmóvil. Imperturbable. Se negaba a responder a las preguntas de las personas que lo rodeaban sobre el origen de esa luz sobrenatural. Entonces, cuando la confusión de todos los reunidos alcanzó su punto álgido, repitió el mismo gesto que antes en el salón. Su dedo índice volvió a señalar hacia delante y su voz gutural impuso silencio a todos los presentes:

—¡Silencio todo el mundo! La asustarán. Porque ¡aquí viene por fin la dulce Blanche!

Como un demiurgo dando órdenes a su criatura o un titiritero manipulando con arte los hilos invisibles de su muñeca, Oblanoff extendió los dos brazos horizontalmente, con las palmas hacia delante. Allí, al otro lado del estanque, un arbusto de espino pareció cobrar vida. Las ramas se separaron para dejar paso a una figura blanca. Era una especie de espectro, envuelto en una túnica inmaculada, con uno de sus lados cubriéndole la cabeza, como un velo antiguo. La aparición se movió lentamente hacia el centro de la zona iluminada, deslizándose más que caminando. Luego, cuando llegó a plena luz, se detuvo, se volvió hacia la terraza y la fachada iluminada de la casa solariega de los D'Orval, y echó hacia atrás el velo, liberando una cascada de cabellos rubios.

—¡Es ella! —exclamó emocionado Ferdinand d'Orval—. ¡Es mi pequeña! ¡Blanche!

Su grito se apagó en un estertor emocionado, sus piernas cedieron. De no haber sido por la rápida intervención de Alfred de Musset, que lo agarró justo a tiempo por los hombros, se habría desplomado en el suelo de grava.

Valentin, asombrado por la extrañeza de toda la escena, sintió la necesidad de reaccionar pellizcándose, como en una pesadilla de la que uno intenta salir. A ambos extremos de la terraza, una escalera conducía al césped, que descendía suavemente hasta el estanque. Empujando con descaro a todo el que encontraba a su paso, se zafó de la multitud de invitados y vio a su ayudante, que llevaba un rato dando saltitos, con un farol en cada mano, desesperado por localizarlo.

—¡Isidore! ¡Ven conmigo! ¡Tenemos que atrapar a esa chica por fuerza antes de que desaparezca!

Los dos policías bajaron los peldaños de la escalera de la derecha de cuatro en cuatro y luego, arriesgándose a romperse el cuello, siguieron por la pendiente de la ladera cubierta de hierba a la misma velocidad. Estaban aún a medio camino de la orilla cuando la aparición se despidió brevemente con la mano. Al instante siguiente, la luz irreal que había bañado el lugar donde se encontraba se desvaneció de repente y la oscuridad volvió a cubrirlo todo. Fue como si una boca invisible hubiera soplado y apagado a la vez todas las luces de una habitación.

—¿Cómo es posible? —preguntó sorprendido Isidore, entre jadeos—. ¡Es diabólico!

—El diablo no tiene nada que ver con esto, ¡créeme! ¡Y tampoco los supuestos poderes de Ouvrard!

Al fin, los dos hombres llegaron al borde del agua. En ese lugar, el estanque no tenía más de treinta metros de ancho. Valentin bajó el farol en busca de un barco amarrado en las proximidades. Habría sido la forma más rápida de llegar al otro lado. Pero no había ninguno.

—Tenemos que rodear el estanque, ¡no podemos hacer otra cosa! —le soltó a Isidore—. Yo iré por la derecha; tú, por la izquierda. Nos encontraremos al otro lado. No debe escapar.

Cada uno tenía por delante casi trescientos metros para completar uno de los lados de la media luna que formaba el agua negra y llegar al punto donde había aparecido la enigmática silueta blanca. Desgraciadamente, solo se cuidaba una parte muy pequeña de la orilla, para despejar la perspectiva entre la casa, la terraza y el estanque. Así que, enseguida, las zarzas, la maleza y las raíces de los olmos y sauces obstaculizaron el avance de los dos hombres.

A pesar de eso, Valentin siguió precipitadamente, sin prestar atención a los numerosos arañazos que le causaba la tupida vegetación en manos y piernas. De vez en cuando, miraba a su izquierda para comprobar la posición de Isidore. En la distancia y con la oscuridad, solo podía distinguir el resplandor saltarín del farol, pero su ayudante parecía avanzar tan rápido como él.

En su fuero interno, el inspector estaba furioso. Tendría que haber previsto que Ouvrard prepararía algo muy distinto a las ocasiones anteriores. Si su mente no hubiera estado tan preocupada por localizar al Vicario, habría previsto mejor los acontecimientos y habría apostado un contingente de policías para que vigilaran el jardín y sus alrededores. En lugar de eso, creyó que controlaría la situación pegándose al vidente. ¡Había sido un error imperdonable por su parte!

Los policías tardaron unos diez minutos en reunirse al otro lado del estanque. Ninguno había visto el menor rastro de la fantasmal Blanche por el camino. Desesperados, intentaron localizar el lugar exacto en el que había aparecido, iluminando el suelo con sus faroles. Después de tantear un poco, por fin encontraron una zona donde la hierba estaba inclinada y las ramas rotas.

—Este debe de ser el lugar —afirmó Isidore, enderezándose para buscar en la espesa oscuridad que lo rodeaba.

—Probablemente —asintió un cabizbajo Valentin—. Pero el ser o la cosa que haya estado aquí ha tenido tiempo de sobra para desaparecer en las profundidades del jardín. No le echaremos el guante esta noche.

Isidore hizo un mohín.

—Lo que no entiendo es cómo Ouvrard ha conseguido crear semejante ilusión. Una variación de luz tan grande, en un espacio tan limitado... ¡Parecía un verdadero amanecer!

—Yo tampoco puedo explicarlo —admitió Valentin—. No veo nada aquí que pudiera haber servido de fuente de luz, ni el menor rastro de una chimenea. En cuanto a utilizar una o varias lámparas, ni pensarlo. La luz sería insuficiente. Mira las nuestras, apenas iluminan más allá de unos pocos metros.

—No puedo creer que ese maldito Ouvrard nos la esté jugando otra vez.

—Desgraciadamente, mucho me temo que tendremos que ponernos de su parte —concluyó Valentin con una mueca—. Por el momento, al menos… Ahora solo nos queda volver a la casa y ver si ese canalla se digna a explicarnos lo que acaba de ocurrir.

—¿Quiere decir que por fin podremos interrogarlo?

—Más bien digamos sutilmente. Ni hablar de revelar todavía que somos policías. Para todos, tú sigues siendo «el querido primo Isidore» y yo solo un colega que has conocido por casualidad. En cualquier caso, aunque nos lo lleváramos detenido, dudo que Ouvrard dijera gran cosa. Le interesa seguir con su jueguecito. ¡Pobre Mélanie! Después de nuestro fracaso de esta noche, el *shock* podría ser terrible para ella. Parece tan convencida de que algo malo está a punto de ocurrirle a su marido… Probablemente sería mejor que te quedaras esta noche en casa de los D'Orval para tranquilizarla. Además, así tendrás la oportunidad de volver aquí a la luz del día y ver si puedes descubrir alguna otra pista.

A regañadientes, los policías decidieron volver sobre sus pasos. Una humedad malsana surgía ahora del agua muerta, empapando sus ropas y trepando por sus músculos helados. Mientras iniciaban el ascenso hacia la casa solariega de los D'Orval, oyendo ya las exclamaciones de los invitados, que los observaban desde la terraza, Valentin se sintió embargado por un extraño malestar. No pudo resistir la tentación de darse la vuelta.

Por un breve instante, creyó ver una figura blanca sobre el estanque, de largos cabellos rubios. Pero no eran más que jirones de niebla meciéndose suavemente en el aire.

25

Los feriantes

Al regresar de Saint-Cloud en plena noche, Valentin se encontró con Eugénie, que se había quedado en casa para esperarlo hasta su regreso. Al descubrir el rostro derrotado de su señor, la abnegada criada sintió el deber de mimarlo y declaró que no podía irse a la cama con hambre. Se ofreció a calentarle un tazón de caldo. Valentin mintió con descaro, diciendo que ya había comido en casa de los D'Orval, y luego la echó con delicadeza. Después, ni siquiera tuvo fuerzas para ir a su habitación y se desplomó completamente vestido en el sofá del salón.

A pesar del cansancio que lo abatía, durmió apenas tres horas. Era muy poco tiempo para recuperar todas sus fuerzas y sobreponerse a sus decepciones, pero su mente estaba agitada. Las imágenes del triunfo de Oblanoff —o más bien de Pierre Ouvrard— desfilaban por su mente. Cuando Isidore y él regresaron a la terraza, ni siquiera pudo acercarse al héroe de la velada. Una multitud de admiradores, entre los que destacaban Gautier y Musset, lo aclamaban, e incluso a la espléndida Louise-Rosalie Despréaux no parecía importarle que hubiera conseguido la proeza de eclipsarla a los ojos de todos. Los asistentes estaban cautivados por los poderes mediúmnicos del eslavo de tres al cuarto.

Sin embargo, el coro de elogios que el inspector tuvo que escuchar mientras apretaba los dientes no bastaba para explicar su extremo nerviosismo. En el coche que lo llevó de vuelta de casa de los D'Orval, intentó recordar todo el asunto con detalle.

Eso lo condujo a considerar ciertos hechos bajo una nueva perspectiva. Aún no tenía certezas, pero su instinto le decía que, por fin, había dado con el principio de una pista y que empezaba a vislumbrar la verdad. Si quería verificar su hipótesis y comprender cómo le había tomado el pelo Pierre Ouvrard, tenía que profundizar en su pasado. Y debía actuar sin demora, porque, si estaba en lo cierto, era muy probable que las oscuras premoniciones de Mélanie d'Orval se hicieran realidad muy pronto.

Por eso Valentin se levantó al amanecer y salió de casa sin siquiera perder tiempo en asearse. Inmediatamente se dirigió a los archivos de la Prefectura de Policía y examinó con detalle la selección de informes sobre el estado de la capital. Solo le interesaba la información sobre ferias y espectáculos ambulantes. En menos de una hora encontró lo que buscaba. La *troupe* de feriantes en la que Pierre Ouvrard trabajó algún tiempo, y cuyos carteles publicitarios Isidore descubrió en su habitación de la calle de l'Épée-de-Bois, nunca dejó las afueras de París. Según un informe redactado el 15 de marzo, los acróbatas se habían instalado en la llanura de Ivry.

Feliz por su descubrimiento, Valentin escribió una nota a Lebrac ordenándole que se quedara con la familia D'Orval y vigilara todo. Luego paró un carruaje, que lo llevó inmediatamente a la puerta de Italia, a cuatrocientos metros de la de Ivry. El cochero lo dejó en un camino que discurría a lo largo del muro sur del cementerio del Sureste. El paisaje no era gran cosa, y el tiempo, que se había vuelto gris, no ayudaba. Era un suburbio triste, con almacenes de paredes ciegas, casuchas y chabolas de tablones, y unos pocos huertos con escasa vegetación. Los mozos de cuerda ya estaban trabajando, agachados bajo pesadas cargas apiladas en carros. El estiércol de los caballos humeaba a la luz de la madrugada. Se oían llamadas aquí y allá. También se oía el golpeteo constante de un herrero trabajando.

El inspector dio la espalda a la agitación laboriosa y caminó a paso ligero hacia una aldea de una docena de viviendas, que aún parecía dormida. A su derecha, unas enormes urracas parloteaban sobre un campo cubierto de maleza. Más adelante, unos perros invisibles tiraban de sus cadenas y gruñían mientras se acercaba. Cuando llegó a las primeras casas, entró en un callejón, donde se estancaba el espeso hedor de la mierda de los orinales que acababan de vaciar. Un cerdo demacrado y cubierto de barro husmeaba entre las heces. El inspector lo rodeó y acabó en una pequeña plaza, donde estaban aparcadas varias caravanas gitanas. Cuatro hombres envueltos en mantas fumaban en pipa junto a una hoguera, acariciando a unos perros de pelo desgreñado y ojos desorbitados. Giraron la cabeza en su dirección cuando se acercó, pero ninguno hizo ademán de levantarse. El olor a madera carbonizada y café se mezclaba con el hedor fuerte del amoníaco de la orina de caballo.

Más cerca de Valentin, una adolescente sacaba agua de una fuente. Tenía la piel oscura y una melena larga y negra como la noche, que le caía hasta la parte baja de la espalda. El lazo suelto de su blusa había dejado al descubierto la curva de un hombro. Vestía también una falda abigarrada, y sus pies descalzos estaban sucios. Cuando vio al inspector con la ropa arrugada pero elegante, con la barba incipiente y su rostro angelical, pensó que se trataba de algún noctámbulo borracho en busca de una aventura salvaje más allá de las puertas. Dejó el cubo en equilibrio sobre la albardilla y se acercó a él con su sonrisa más tentadora.

—Bueno, guapo, ¿te has perdido o te falta cariño? —le preguntó con una voz burlona, inclinando la cabeza sobre su hombro desnudo—. Seguro que puedo ayudarte.

—Digamos que busco información.

—Zinga también sabe hacer eso. ¿Qué te interesa? ¿El amor o la fortuna? ¿El presente o el futuro? Zinga puede revelarte lo que te depara el destino con solo mirar las líneas de tus manos.

Una pequeña sonrisa estiró los labios de Valentin.

—No creo en ese tipo de cosas. Nuestro destino es lo que nosotros hacemos de él. No está escrito en las estrellas ni en la superficie de nuestra piel.

La joven gitana no se dejó desanimar tan fácilmente. No todos los días pasaba por su lado un chico guapo, vestido como un caballero. Se aferró a la manga de su chaqueta, comprobando a la vez la calidad del tejido con mano experta.

—Eso no compromete a nada —insistió ella, un poco remilgada—. Me darás lo que quieras cuando te las haya leído.

Más para librarse de ella que para otra cosa, el policía le permitió girar el brazo izquierdo y examinar el interior de la palma. La adolescente tenía las manos calientes y sorprendentemente suaves. Era de una belleza feroz y sus rizos rebeldes desprendían un agradable olor a humo y especias. Valentin suspiró y se dejó llevar.

Con un aspecto demasiado serio para su edad, la chica pasó las yemas de los dedos por las líneas que recorrían la piel blanca. Sacó la punta de la lengua entre sus afilados dientecillos y tarareó una melodía lenta y melancólica. Al cabo de uno o dos minutos, se calló, levantó la cabeza y miró a Valentin a los ojos. A Valentin le pareció que sus facciones se ensombrecían y que los pensamientos se agolpaban bajo su frente, como sombras en el suelo durante una tormenta. La gitana parecía a punto de hablar, pero se mordió los labios y volvió a inclinarse hacia delante. Sus facciones se torcieron en una mueca dolorosa y rechazó la mano de Valentin con lo que parecía asco o miedo.

—¿Qué pasa? —preguntó Valentin—. ¿Qué has visto?

Pero la adolescente no contestó. Salió pitando, corrió hacia los hombres sentados junto al fuego y soltó algo apresuradamente en un idioma extranjero.

Al instante, uno de los gitanos —un hombre delgado con un pañuelo a modo de sombrero y una gran mancha de vino que le cubría la mitad de la cara— se levantó y dio unos pasos hacia Valentin. Su actitud no era realmente amenazadora —al menos, no todavía—, pero había un brillo receloso en sus ojos. La chica se había acurrucado detrás de los otros tres hombres y acariciaba el lomo de uno de los perros mientras mantenía su mirada preocupada fija en el hombre al que había intentado embaucar.

—¿Qué hace aquí? —preguntó el del pañuelo—. No nos gusta que los extraños ronden las caravanas cuando no hay actuación.

Por el rabillo del ojo, Valentin vio una cuerda de funámbulo entre dos postes y una pequeña plataforma con un baúl rebosante de material de malabarismo. Señaló a la adolescente con la barbilla.

—No quería asustarla.

El gitano sacudió la cabeza con fatalismo.

—Usted no puede hacer nada. Tener el don de la clarividencia te expone a este tipo de disgustos de vez en cuando. ¿Qué quiere?

Las palabras del bohemio provocaron un desagradable escalofrío a Valentin. Se preguntó si lo que había desencadenado la visceral reacción de la adivina era algo de su pasado o algo relacionado con acontecimientos futuros. Sin embargo, no se concentró en eso y decidió dar prioridad a su investigación.

—Busco información sobre un hombre —dijo—. Un hombre llamado Pierre Ouvrard. Sé que trabajó en esta compañía.

—Es posible. En un grupo como el nuestro, la gente llega y se va. No podemos recordarlos a todos.

Mentía. Cuando Valentin pronunció el nombre de Ouvrard, vio cómo el hombre se estremecía. El inspector sacó su identificación oficial y se la puso en las narices al hombre. Sus ojos pasaron del verde al gris y su voz se volvió tajante:

—Soy de la prefectura e investigo un caso de fraude en el que está implicada gente de la alta sociedad. Puede intentar esquivar mis preguntas y negarse a responder, pero si lo hace, volveré esta tarde con un escuadrón de policías municipales y pondremos su campamento patas arriba. O ayúdeme ahora y nos separaremos pacíficamente.

El gitano chasqueó la lengua. No le gustaba que lo amenazaran, y su primer instinto lo habría empujado a mandar a paseo a ese listillo que intentaba imponerle su ley. Pero sabía atávicamente que la gente de su raza no ganaba nada echándose a la Policía a la espalda. Al fin, se encogió de hombros y se dio por vencido.

—Después de todo, no veo por qué debería protegerlo. ¡Ese *gadjo** no nos ha traído nada bueno!

* Persona que no pertenece a la comunidad gitana.

—¿Así que lo conoce?

—No muy bien, de hecho. Solo estuvo con nosotros unos meses a principios del año pasado. Su actuación no era mala, pero acabé dándome cuenta de que rondaba demasiado a la muchacha. —El acróbata giró la cabeza en dirección a Zinga—. Le di a entender que le convenía desaparecer antes de que las cosas acabaran mal. Y así lo hizo. Nos dejó hace poco más de un año, proclamando alto y claro que le importaba un bledo nuestro lamentable grupo, y que había encontrado un trabajo mucho más prestigioso.

—Por casualidad no sabrá cuál era, ¿verdad?

—Presumió de ello lo suficiente como para no olvidarlo. Un ilusionista lo había contratado para entretener al público durante el entreacto de sus espectáculos. La sala estaba en la plaza de Château-d'Eau. Al parecer, la gente acude allí en masa estos últimos meses para admirar lo que llaman un diorama. ¡Quién sabe lo que se les habrá ocurrido allí!

Valentin se llevó dos dedos al ala del sombrero.

—Gracias por la información. Si, llegado el caso, puedo echarle una mano, hágamelo saber. Solo tiene que preguntar por el inspector Verne en la Prefectura de Policía.

El gitano carraspeó, volvió la cabeza y escupió con desdén al suelo.

—No hay peligro —dijo antes de girar sobre sus talones—. El mal de ojo es como una enfermedad contagiosa. Es más fácil de contraer de lo que se cree.

26

El diorama de Château-d'Eau

Valentin examinó largo y tendido la fachada del imponente edificio que se alzaba tras la fuente del Château-d'Eau. La palabra «Diorama» estaba pintada en grandes letras marrones en el frontón. Encima, una bandera tricolor ondeaba alicaída en el extremo de su asta. Como la mayoría de los teatros y atracciones del bulevar, el local no abriría sus puertas al público hasta última hora de la tarde. La cuestión era si ya había algún responsable dentro o, al menos, un vigilante que pudiera darle la dirección del propietario.

El inspector se acercó. Junto a la puerta de entrada, había un cartel recién litografiado que representaba la Gran Pirámide de Giza. El autor del texto que acompañaba al dibujo no se había andado precisamente con medias tintas:

¡Venga a descubrir una atracción única, creada con los procesos más modernos e ingeniosos, para entretenimiento de todos los públicos! Verá imágenes más vivas y coloridas que la propia realidad. Gracias a los avances científicos, podrá admirar los templos de la antigua Grecia, las pirámides de Egipto y el palacio del Gran Turco en pleno corazón de París. ¡El mundo entero es suyo por la módica suma de cincuenta sous!

Por el momento, a juzgar por los golpes de martillo y los crujidos de sierra que resonaban en su interior, ese templo de la modernidad apenas se distinguía de un vulgar taller de carpintería. La pulcra fachada parecía ocultar una auténtica obra en construcción.

Valentin tuvo que llamar tres veces antes de que un hombre de mediana edad con una gorra sobre la cabeza tirara del pestillo y abriera la puerta. Su rostro era hosco, con una tez tan amarilla que parecía un viejo pergamino marchito. El hombre miró al policía de pies a cabeza y torció la nariz.

—Usted no es uno de los empleados de Lefort, ¿verdad? —dijo entre dientes, arisco.

—No sé quién es ese Lefort, pero es usted muy perspicaz.

—¡Al infierno con el maldito comerciante! ¿Cómo voy a cumplir el plazo si no me entrega la madera a tiempo? Y usted, sea quien sea, ¡lárguese de aquí! No tengo tiempo para perder con curiosos.

El hombre malhumorado intentó cerrarle la puerta en las narices, pero Valentin fue más rápido e interpuso el pie en el vano.

—¿Y a usted qué le pasa, maleducado? ¡Si no despeja la puerta inmediatamente, mandaré llamar a un policía municipal!

—No se moleste, buen hombre —ironizó el inspector, mostrando su identificación por segunda vez esa mañana—. La policía ya está aquí. Solo quiero hacerle unas preguntas al propietario.

El hombre abrió más la puerta y se inclinó hacia delante para ver mejor la placa. Cuando se enderezó, su físico ya no era el de un guardia de prisiones, sino el de un viejo conserje malhumorado.

—Policía, ¿eh? ¡El propietario no está aquí! ¡Tendrá que volver más tarde!

Valentin sintió que ya había hecho gala de una paciencia encomiable y, sin previo aviso, empujó la puerta con un violento golpe de hombro. El impacto dejó sin aliento a su interlocutor y estuvo a punto de perder el equilibrio. Retrocedió lo justo para evitar que el picaporte le diera en el estómago. Dado el probable estado lamentable de su hígado, fue sin duda una bendición.

—¿Me permite? —dijo el inspector con un tono amable, como si no hubiera pasado nada—. Esta mañana no hace mucho calor y hablaríamos mejor dentro. Como imagino que sabrá, los asuntos policiales no son de los que pueden posponerse. Pero no se preocupe, intentaré ser breve.

El hombre se tragó su acritud y cambió de tono.

—¿Qué quiere exactamente? —preguntó, subiendo la voz para hacerse oír por encima del estruendo de las herramientas, mucho más fuerte dentro.

—En primer lugar, quiero saber quién es usted. Odio hablar con alguien a quien no me han presentado. La cortesía hace que las relaciones humanas sean mucho más fluidas y tranquilas, ¿no cree?

—Me llamo Frappart. Désiré Frappart. Y soy el regidor. Pero le advierto que si se trata de facturas atrasadas o de quejas de los vecinos, tendrá que hablar con mi jefe. A mí solo me importa el espectáculo.

—Bien, mi querido señor Frappart, quédese tranquilo. Precisamente he venido a hablar sobre el espectáculo y la ilusión. Pero debe de tener un lugar donde podamos charlar de forma amistosa, protegido del maldito ruido. ¿Por qué no el despacho donde guarda el registro del personal?

El regidor lo miró. Era fácil deducir por su expresión intrigada y preocupada que le habían sorprendido los modales poco ortodoxos del policía. El aspecto también debía desconcertarlo. La cara arrugada, las mejillas y la barbilla cubiertas de incipiente vello, la corbata torcida, la levita chafada, todo contrastaba con la lujosa cadena del reloj, el bastón con el pomo de plata y el lenguaje exquisito. Sin duda, se planteaba qué clase de tipo raro tenía delante. Sin embargo, sin hacer más preguntas, condujo a Valentin a un despacho donde se amontonaban numerosos expedientes en las estanterías.

—Sé a ciencia cierta que hace aproximadamente un año —atacó el inspector— contrató a un hombre llamado Pierre Ouvrard para entretener a los espectadores. Necesito reunir toda la información que tenga sobre él. ¿Podría buscarlo en sus archivos?

El hombre llamado Frappart pareció aliviado.

—Si busca a ese tipejo, no hay necesidad de papeleo. Me peleé lo bastante con él como para tenerlo todo grabado aquí arriba. —Se señaló la sien con el dedo índice—. En cuanto apareció, supe que me lo iba a hacer pasar muy mal. Déjeme decirle que nadie lo echó de menos cuando, al fin, se marchó el pasado septiembre.

—¿Qué tenía exactamente contra él?

—Ante todo, que era mala persona. Era de esos que siempre andan quejándose de todo, siempre exigiendo más. De esos pesados que son un dolor de cabeza para un regidor. Además, no me gustaba su comportamiento taimado con el jefe. Todo el tiempo intentando quedar bien. Sospeché que había algo detrás.

—¿A qué se refiere?

—Lo que realmente le interesaba a Ouvrard era el diorama. Estoy convencido de que quería inspirarse en su principio para mejorar su propia actuación y conseguir un trabajo en un teatro de prestigio. Ese era su gran objetivo. Siempre presumía de que iba a actuar en los escenarios más importantes de Europa.

Mientras escuchaba, Valentin reflexionaba. Ouvrard dejó su trabajo en septiembre, es decir, unos días antes de las primeras veces que se alojó en la hospedería de postas de Saint-Cloud y de su aparición en casa de los D'Orval, bajo la falsa identidad de Paul Oblanoff. Probablemente no se trataba de una coincidencia.

—Dice que se fue hace unos seis meses. ¿Hubo alguna razón específica para ello?

El director hinchó el pecho y adoptó el aire jactancioso de quien lo ha visto y comprendido todo antes que nadie.

—Ya lo creo que sí. Descubrí que había hecho en secreto varios bocetos del diorama. Cuando el jefe se enteró, ¡lo despidió de inmediato! El otro incluso gritaba a quien quisiera escucharlo que volvería una noche para prender fuego al lugar. Por supuesto, no hizo nada de eso. De hecho, no me sorprendió. Ouvrard era un bocazas y un pícaro de mucho cuidado, pero no era de los que corren riesgos temerarios.

Valentin se abstuvo de preguntar cómo consiguió el regidor hacerse con los documentos comprometedores. Como mínimo, estaba claro que Ouvrard le caía muy mal. Hurgar en sus pertenencias no debió de suponerle ningún problema. El inspector consideró más útil orientar su interrogatorio en otra dirección.

—¿Qué es exactamente ese famoso diorama?

—Lo mejor será que se lo muestre. No resulta fácil explicarlo solo con palabras. De todos modos, tengo que ir a decirles a los chicos que ya pueden tomarse su descanso. Porque, cuando por fin llegue la madera, no podemos permitirnos relajarnos si queremos que todo esté arreglado para esta noche.

Uno tras otro, los dos hombres recorrieron un largo pasillo tapizado de tela roja. En las paredes, carteles similares a los del exterior mostraban lugares pintorescos del extranjero y amontonaban superlativos sobre la experiencia única que se ofrecía a los espectadores.

Al final de una escalera que bajaba al sótano, el director gritó por encima del martilleo y anunció una pausa; luego, cuando todo quedó en silencio, invitó a Valentin a pasar a una hermosa sala circular. Las paredes y el techo de la rotonda estaban decorados con estuco y pintura dorada. Unas gradas semiesféricas, acondicionadas como galerías para asistir a las representaciones de pie, estaban enfrente de lo que parecía el escenario de un teatro.

—No veo nada del otro mundo aquí —observó Valentin, decepcionado—. Parece un teatro de lo más normal.

—Porque lo esencial está oculto a los ojos de los no iniciados —se jactó Frappart, como si hubiera inventado aquel nuevo tipo de entretenimiento—. La sala en la que nos encontramos es, de hecho, una plataforma giratoria. Descansa sobre un enorme pivote. Un sistema de engranajes y rodillos sobre un plano inclinado, situado en el sótano, le permite girar hacia un segundo escenario. El público puede así disfrutar de varias escenas seguidas sin tener que cambiar de sitio ni esperar detrás de un telón bajado.

—Ingenioso. Había que pensarlo.

—Ingenioso, sí, pero frágil. Es un mecanismo complejo y ayer falló. Por eso tenemos que repararlo necesariamente para esta tarde.

—Diorama… Un nombre muy extraño. ¿En qué consiste la atracción en sí?

—La idea es llevar a los espectadores a un verdadero viaje sin que se muevan. Para eso, les presentamos grandes escenas pintadas en trampantojo sobre paneles de lona translúcida. Iluminándolas desde arriba o desde atrás, mediante sutiles variaciones de luz, es posible cambiar su aspecto. De este modo, pueden reproducir diferentes momentos del día, desde el amanecer hasta el atardecer, e incluso, yuxtaponiendo varios paneles, simular movimiento. El follaje cobra vida, los arroyos fluyen, las nubes se mueven por el cielo. ¡El efecto es sencillamente asombroso!

Valentin sintió que el corazón se le aceleraba de repente en el pecho. De algún modo, Ouvrard había utilizado el principio del diorama para perfeccionar el engaño de la noche anterior. No le cabía ninguna duda. Sin embargo, el policía necesitaba saber más si quería tener alguna posibilidad de comprender cómo había procedido el falso médium.

—¿Puede explicarme con más detalle el funcionamiento de esta fábrica de espejismos?

—No sabía que la Policía tuviera tanto interés en el mundo del espectáculo y las novedades teatrales. Tendría que asistir a una próxima representación. Pero mientras tanto, ¡haré lo que pueda para ilustrarlo, por así decirlo! —Guiñó un ojo, encantado con su ocurrencia, y luego señaló el escenario—. Lo que ve allí no es un decorado de teatro de verdad. Detrás del telón, que ahora está cerrado, se sostiene uno de los lienzos pintados de los que hablaba hace un momento. Hay un gran espejo colgado en vertical de unos ganchos, que puede inclinarse para desviar la luz natural hacia el lienzo pintado. La luz entra por grandes ventanales situados en lo alto y detrás. Una persiana opaca, paralela al suelo del escenario, que forma una especie de falso techo, puede cerrarse silenciosamente con una simple manivela, cortando esta primera fuente de luz. A continuación, se pueden abrir otras ventanas bajas, situadas al fondo del escenario, para iluminar directamente el lienzo. Jugando con estas dos fuentes de luz, su intensidad y la superposición de los paneles pintados, se obtiene el simulacro de realidad que tanto impresiona al público.

Valentin no podía creerlo. En una mañana, había dado pasos de gigante en la reconstrucción del caótico itinerario de Pierre Ouvrard. Ahora tenía una imagen mucho más clara del hombre. El retrato no era nada halagador: estafador, ladrón, mentiroso, concupiscente…, aquel hombre no tenía brújula moral. Al principio, no era más que un vulgar saltimbanqui que recorría los teatros de provincias. Ávido de éxito y poco preocupado por la honradez, se dedicó a las estafas de poca monta y, según Vidocq, acabó detenido y condenado a dos años de prisión en 1824. Una vez cumplida su condena, debió de tener grandes dificultades para encontrar trabajo de nuevo, antes de acabar con los gitanos. ¡Qué decepción para alguien que soñaba con actuar en los escenarios más prestigiosos! En aquel momento, Ouvrard debía de estar amargado y sediento de venganza. Pero la suerte estaba de su lado. Consiguió que lo contratara el creador del diorama, y pronto se dio cuenta de los beneficios que podía sacar de esa formidable máquina de ilusiones. Cuando lo despidieron en septiembre, reapareció como por casualidad el mes siguiente en Saint-Cloud y se convirtió en una cara familiar para la familia D'Orval, bajo la falsa identidad de Oblanoff. Sin duda, estaba decidido a utilizar todos los trucos que había aprendido en el teatro del diorama para engañar a su protector. Lo que quedaba por descubrir, sin embargo, era cómo se enteró el canalla de la situación del desafortunado Ferdinand y comprendió que tenía a la víctima ideal.

Antes de marcharse, el inspector sintió la necesidad de aclarar un último punto.

—Si he entendido bien —dijo— el diorama requiere luz diurna para funcionar. Sería imposible recurrir a un proceso similar en plena noche. ¿Me equivoco?

—Rotundamente no. Ni las lámparas de aceite ni el alumbrado de gas proporcionarían luz suficiente. De hecho, es el único inconveniente real de este formidable invento. Porque claro, así el número de actuaciones diarias se reduce.

Justo en ese momento, una voz impaciente llegó desde el pasillo:

—¿Frappart? Frappart, ¿dónde está?

El regidor se sobresaltó e indicó al inspector que era el momento de abandonar la sala.

—Ahí llega el jefe —susurró, con un matiz de preocupación en la voz—. Disculpe, pero tengo que irme. Cuando se entere de que las reparaciones van con retraso, se va a poner de muy mal humor.

Estaban a punto de llegar al umbral de la habitación cuando un hombre apareció en la puerta. Vestido de burgués, daba la impresión de prestar especial atención a su aspecto, como los hombres que necesitan inspirar confianza a sus semejantes para financiar sus negocios. Esto era evidente en algunos detalles, como el pelo rizado y entresacado, el bigote corto, recortado, para dar carácter a sus rasgos demasiado apagados, y las manos con una cuidadosa manicura.

—¡Bueno, Frappart! ¿Qué noticias son esas? ¿Todavía no han entregado la madera para sostener el pivote de la sala? ¡Qué desastre! En lugar de dejar que nuestros empleados se tomen un descanso, debería haber enviado enseguida a alguien a casa de Lefort, a preguntar por la entrega. O mejor aún, ir allí usted mismo. ¡Maldita sea! ¡Esa es la clase de iniciativa por la que le pago!

El rostro del regidor palideció. Es decir, pasó del amarillo azafrán al amarillo paja. Retorcía la gorra en las manos y parecía avergonzado.

—Pues mire… Lo pensé, señor. Pero… ha venido un inspector de la prefectura que insistía en hacerme preguntas.

—¿Un policía? —exclamó sorprendido el recién llegado—. ¿Pero qué hace en mi casa? Tenemos todo en regla.

Valentin dio un paso adelante y se quitó el sombrero de copa para saludar cortésmente.

—No tengo la menor duda al respecto —dijo tranquilizador—, y, de hecho, estaba a punto de retirarme cuando usted llegó. Pero permítame que me presente: soy el inspector Valentin Verne, jefe de la Brigada de los Misterios Ocultos. ¿Con quién tengo el honor de hablar, señor?

El inventor del diorama vaciló un poco y luego hizo una reverencia:

—Me llamo Louis Daguerre. Si puedo serle útil…

—Podría serlo, mi querido señor Daguerre. Es posible que mucho.

27

Una confrontación delicada

—Soy yo… ¿Puedo… puedo entrar?

Ella vaciló un instante antes de contestar, y, desde ese momento, él supo que se había equivocado al ir, pero no había podido resistir la tentación de volver a verla.

Después de hablar largo y tendido con Louis Daguerre —casi dos horas, mucho más de lo que habría imaginado cuando llegó el inventor del diorama—, aún estaba dándole vueltas a todo lo que acababa de aprender. Ya tenía una idea bastante clara de cómo Ouvrard los había desconcertado a todos. Todavía tenía que verificar su hipótesis, con algunos experimentos en su laboratorio. Pero estaba convencido de que el caso D'Orval se saldaría pronto con un éxito en el haber de la Brigada de los Misterios Ocultos.

Cuando se dio cuenta de que estaba a dos pasos de la calle donde Aglaé alquilaba una modesta habitación, se rindió a la euforia del momento y creyó ver una señal, un guiño del destino. Pensó que encontraría las palabras adecuadas para la situación cuando se encontrara cara a cara con ella. Se equivocaba.

—Por supuesto que puedes entrar —dijo finalmente Aglaé, haciéndose a un lado para dejarlo pasar—. Mi puerta nunca está cerrada para ti.

Al entrar en la habitación, lo invadió una bocanada de nostalgia. Recordó la primera vez que la actriz lo llevó allí. Injustamente acusado de asesinato, perseguido por la Policía y con una herida en el hombro, estaba desesperado. Sin embargo, Aglaé no dudó ni un segundo. Sin importarle los riesgos que entrañaba, lo acogió y lo cuidó hasta que se recuperó. Eso fue el pasado noviembre, apenas cuatro meses antes, y, sin embargo, parecía que había pasado una eternidad.

—Yo… pensaba que debíamos hablar. La última vez fue tan… bueno, quiero decir… la forma en que nos despedimos… En fin, necesitaba verla, necesitaba hablar con usted.

Se reprendió interiormente por ser tan torpe; tartamudeaba como un adolescente con granos en su primera cita. Y además, ¿qué sentido tenía seguir hablándole de usted, cuando ella parecía tutearlo definitivamente? ¿Qué pensaría de él? Era estúpido, ridículo. Habría sido mejor no haber ido.

Pero Aglaé no mostró ningún signo de burla, lástima o enfado. Lo miraba con aparente calma, quizá también con cierta seriedad. En cualquier caso, ni el menor rastro de animadversión.

—He recalentado un poco de café de achicoria. ¿Te apetece una taza?

Valentin asintió con la cabeza. Ella giró sobre sus talones el tiempo suficiente para remover el contenido de una cacerola en su pequeña cocina de leña. El inspector sintió una punzada de dolor en el corazón al mirarla. Unos pocos cabellos castaños se habían escapado del moño. Se enroscaban en su nuca, acentuando su gracia. Le encantaba la ligereza con la que se movía en el espacio y la forma en que se pasaba la mano por la frente para apartar los mechones rebeldes de la cara. Cada gesto que hacía, de espaldas, le parecía un intento conmovedor de normalizar su presencia, de retrasar el momento que Aglaé debía temer igual que él. En el fondo, la sentía tan vulnerable como él, y se reprochaba tener la culpa de esta nueva y casi palpable confusión entre ellos.

—Creo que lo tomas sin azúcar.

—Sin azúcar, sí.

La actriz se había dado la vuelta con una taza humeante en cada mano. Valentin evitó encontrarse con sus ojos y buscó desesperadamente algo que decir o hacer, solo para mantener la compostura. Ella colocó los dos recipientes de porcelana sobre la mesa e indicó una silla con un movimiento de la barbilla.

—¿No quieres sentarte? Será mejor para beber.

—Sí, por supuesto.

Dios, ¡era todo tan pesado y doloroso, desolador e inútil! Valentin se arrepentía profundamente de haberse presentado en la puerta de Aglaé de forma improvisada, sin molestarse en pensar lo que iba a decir. Sin siquiera haberse planteado su propio deseo. ¿Qué quería ahora de esa relación? ¿Qué era posible y qué no? Debería haberse hecho esas preguntas antes de pensar en volver a verla. Ya era demasiado tarde, y podía sentir su mente confusa aleteando como un pájaro atrapado en el pegamento.

Aglaé, por su parte, no parecía decidida a ponerle las cosas fáciles. O tal vez tampoco sabía cómo hacerlo, o temía ser desairada de nuevo. En cualquier caso, permaneció en silencio, sentada de perfil frente a él, con la mirada hacia la ventana, perdida en el vacío. La joven sorbía su amarga bebida, soplando de vez en cuando la superficie del líquido. Era una imagen de maravillosa delicadeza, pero también de absoluta tristeza.

Entonces, porque no podía soportarlo más, porque tenía que reventar el absceso como fuera, finalmente Valentin se lanzó:

—Yo... quería disculparme por lo que hice el otro día. No debería haberme ido así. Fue irrespetuoso y sobre todo... cobarde. Me lo reprocho terriblemente.

Una sonrisa suave y compasiva pasó por el rostro de Aglaé, tan furtiva como un beso robado. Una expresión de dolor la sustituyó inmediatamente. Dos pequeñas arrugas verticales, que Valentin desconocía, marcaron su frente, en el nacimiento de la nariz.

—No te culpes ni te preocupes por mí. Sé por lo que has pasado. Lo comprendo.

Mientras hablaba, apoyó la mano en la mesa junto a su taza. Él hizo lo mismo, moviendo la suya hasta que sus dedos se tocaron. Pero ninguno de los dos se atrevió a ir más lejos. Había una especie de tensión en el aire, como si fueran dos equilibristas haciendo todo lo posible por no caer al vacío en medio de una actuación peligrosa.

—En el fondo, siento algo muy fuerte por usted, Aglaé. Es la persona a la que más quiero en este mundo y su amor es lo más hermoso y precioso que he tenido jamás. Pero mi cuerpo manda sobre mi corazón y mi alma. Se niega a entregarse. No, después de lo que soportó en aquella época… Esperaba que con el tiempo mis heridas sanaran, pero supongo que eso no es suficiente. Al menos, no mientras el Vicario siga causando estragos y sembrando el mal a su alrededor…

Hizo una pausa. Estaba sin aliento como después de una larga carrera, asombrado de haber conseguido encadenar tantas frases de un tirón. La joven dejó escapar un breve suspiro y levantó la mano para posarla muy suavemente sobre la áspera mejilla de Valentin. El policía se estremeció, pero no hizo ningún movimiento para detenerla o evadirla.

—¿Y si nunca consigues atraparlo? —preguntó con delicadeza, con una voz que era casi un susurro—. ¿Vas a condenarte a una existencia en soledad? ¿No sería eso lo peor? ¿Que encontraras la fuerza para escapar de él cuando eras un niño, pero que él siga imponiendo su ley al adulto en el que te has convertido?

—No estoy yo solo implicado. También me pesan mi padre y todas las demás víctimas de ese monstruo. Aún puedo oírlas dentro de mí, clamando venganza.

Aglaé sacudió la cabeza. Sus facciones se tensaron y las lágrimas brotaron por la comisura de sus párpados.

—¡Mi pobre amor! Tú mismo me dijiste que tu padre solo tenía un deseo: que por fin encontraras la paz y la felicidad. Y eso es todo lo que quiero. ¿Por qué no dejamos atrás las pesadillas del pasado? Ven conmigo. Vámonos lejos de aquí. Iremos adonde tú quieras. Te prometo que te haré feliz.

Valentin se inclinó hacia ella hasta que sus frentes se tocaron. Su mano se unió a la de Aglaé en su mejilla. Era como si intentara apropiarse de su dulzura y su fuerza, como si quisiera saborear por un breve instante la felicidad que ella le prometía, pero que sabía fuera de su alcance. Permanecieron inmóviles durante unos minutos. Sus respiraciones se entremezclaban, sus corazones latían al unísono.

Entonces, poco a poco y a regañadientes, empezó a separarse de ella.

—Quédate —suspiró dolorosamente, clavando en él sus hermosos ojos dorados, en los que Valentin podía leer toda la angustia del mundo.

—¿Y Damien? —preguntó con la voz ahogada por un sollozo infantil—. ¿Cómo podría abandonarlo a él también?

Aglaé estuvo a punto de responder que Damien había desaparecido mucho tiempo atrás, que Valentin había hecho todo lo posible por ayudarlo y que tenía derecho a descansar por fin. Pero eran palabras que él no podía escuchar. Lo sabía a la perfección. Paralizada en su silla, la joven lo vio levantarse y caminar lentamente hacia la puerta. Cuando puso la mano en el picaporte, Aglaé le dedicó una pobre sonrisa y susurró con infinita ternura:

—Te esperaré, Valentin. Siempre.

Él se dio la vuelta y pareció a punto de decir algo. Le temblaban los labios. Su mano vaciló en el pomo. Pero se limitó a bajar los ojos y asentir.

Luego cruzó el umbral y cerró la puerta tras de sí.

28

Sueños y pesadillas

La tienda no parecía gran cosa. Tenía un escaparate estrecho y sombrío, apretujado entre altas fachadas de edificios, en una esquina de la plaza Saint-Sulpice. Probablemente, Valentin había pasado por delante docenas de veces sin darse cuenta. El polvoriento escaparate estaba iluminado. Sin embargo, era una luz muy débil y de un tono siniestro, que emanaba de un quinqué, colgado al fondo del local, y que podía verse tras el cristal. Del suelo al techo se amontonaba un revoltijo de estatuas de santos, sagrarios, crucifijos, iconos e imágenes piadosas. A la tenue luz de la lámpara, el montón de trastos revueltos proyectaban sombras fantásticas en las paredes y adquirían un aspecto vago e inquietante.

El día anterior, de regreso a su apartamento desde casa de Aglaé, Valentin se rindió repentinamente al cansancio acumulado durante los días anteriores y al caudal de emociones que su visita a la joven le había provocado. Cayó como un tronco en la cama y durmió más de quince horas seguidas, algo que nunca había hecho antes. Cuando despertó, se sentía sorprendentemente fresco y listo para seguir adelante. Lavado y bien afeitado, revitalizado por un copioso desayuno preparado por Eugénie, se dirigió a la farmacia Pelletier, con un atuendo sobrio y elegante, y compró todo lo que necesitaba para llevar a cabo los experimentos que había previsto tras su encuentro con Louis Daguerre. Al regresar, inesperadamente, se le ocurrió desviarse a la tienda con el letrero de la corona de espinas.

Sentía curiosidad por si la vigilancia de Foutriquet empezaba a dar sus frutos.

Pero no advirtió el menor rastro del crío por los aledaños de la modesta tienda. Se resguardó en la entrada de un portal, observó los alrededores durante un cuarto de hora largo, y luego decidió acercarse. En ese momento, con la nariz pegada al cristal sucio mientras examinaba el interior de la tienda, aún dudaba si cruzar el umbral. «Pronto recibirás noticias mías en el cartel con una corona de espinas, frente a la iglesia de Saint-Sulpice». La pista del Vicario, en la carta que encontró en Morvan, no era precisamente explícita. ¿Qué forma adoptaría esta vez su adversario? ¿Había que esperar otra muerte violenta, otro mensaje? Mientras se hacía estas preguntas, Valentin se dio la vuelta y barrió la plaza con una mirada circular. ¿Dónde diablos estaba Foutriquet? Al pedirle que vigilara con discreción el lugar, Valentin esperaba averiguar qué tramaba el Vicario y desbaratar sus planes. Seguramente, el limpiabotas se había alejado para satisfacer una necesidad natural o para comprar algo a un vendedor ambulante con lo que aplacar el hambre. Había muchos persiguiendo a los clientes en el cruce de la Cruz Roja o en la calle Vaugirard. Valentin decidió esperar a que regresara. Al fin y al cabo, no tenía tanta prisa.

Estaba a punto de alejarse unos pasos para esperar sin llamar la atención cuando, por el rabillo del ojo, notó un pequeño movimiento al otro lado del escaparate. Giró sobre sí mismo y entrecerró los párpados para atravesar la espesa capa de polvo y registrar la habitación con la mirada. Efectivamente, había una nueva presencia en medio de todo aquel amasijo de objetos sagrados. Era un gran gato negro, que surgió de una estantería donde se alineaban las encuadernaciones opacas y deformes de biblias que ya nadie abría. El animal saltaba de un mueble a otro con indolente gracia y se abría paso poco a poco por las estanterías como un maestro en su campo. Mientras lo hacía, parecía complacerse, al enroscar lascivamente su larga y peluda cola alrededor de crucifijos y vírgenes extasiadas. Sus ojos alargados brillaban a la tenue luz del quinqué. Las dos almendras fosforescentes ejercían un extraño poder de atracción sobre Valentin. Sin la presencia de este voluptuoso felino, probablemente no se habría atrevido a cruzar la puerta.

Largos tubos de cobre repiquetearon por encima de su cabeza, produciendo un estruendo. Ante este sonido, el felino se quedó inmóvil, con la cabeza girada en dirección al intruso. Su pelaje se erizó, su boca se abrió para mostrar unos pequeños colmillos puntiagudos y soltó un maullido furibundo:

—¡Menuda bienvenida, gato! Cualquiera diría que no te gustan demasiado las caras nuevas.

Mientras el animal huía al oír la voz de Valentin y desaparecía bajo una cómoda, un murmullo resonó en la parte trasera de la tienda:

—Los clientes escasean últimamente. Mefisto ha perdido la costumbre de ver gente, y sus buenos modales en el proceso.

Valentin estaba tan convencido de que no había nadie en la tienda que, a pesar del bajo volumen de la voz y del tono cortés, no pudo evitar sobresaltarse. La voz procedía de un rincón oscuro, donde las sombras se negaban a ceder ante la luz espectral de la lámpara. El inspector avanzó unos pasos y vio una silueta más oscura, que podría ser un hombre sentado en un sillón.

—¿Qué puedo hacer por usted, estimado señor? —susurró la forma inmóvil.

Los ojos del policía empezaron a adaptarse a la penumbra. Logró distinguir a un anciano enclenque y de aspecto raído, con el pelo hirsuto y un cuerpo probablemente debilitado y envuelto en varias capas de mantas.

—Perdone mi intromisión —dijo Valentin—. Sin duda, mi petición le parecerá incongruente, pero estoy buscando a un hombre...

El achacoso comerciante se quitó las mantas protectoras y se puso en pie con dificultad. Luego se acercó a duras penas a un antiguo mostrador de ébano, donde un voluminoso libro descansaba abierto sobre un espléndido atril de hierro forjado. De un estante detrás de él, cogió una lámpara de aceite, la encendió y ajustó con cuidado la mecha. A la luz, su rostro aparecía increíblemente arrugado y como apergaminado. Una sonrisa estiró unos labios casi inexistentes; parecía que el filo de un cuchillo invisible acababa de lacerar su rostro pálido.

—No se disculpe, inspector Verne. Mefisto y yo esperábamos su visita.

Valentin dio un respingo. Desde que su mirada se sumergió en el interior de esta tienda, a la vez pintoresca y mísera, todo le resultaba extraño. El aura casi maléfica que emanaba de los objetos amontonados, la iluminación malsana, los ojos rasgados de Mefisto, ese comerciante singular que parecía vagar por allí desde toda la eternidad, pero, a la vez, situarse fuera del tiempo. ¡Y el ectoplasma apenas tangible lo llamaba por su nombre!

—¿Nos conocemos? —preguntó el policía.

El anciano soltó una risita de cotorra.

—Me temo que no tengo el placer de contar con el señor inspector entre mi modesta clientela. Sin embargo, me han dado una descripción suya bastante precisa y, a pesar de mis ojos algo cansados, difícilmente podría equivocarme. Hay rostros que son lo bastante originales y distintivos como para que no puedan confundirse con ningún otro.

—¿Quién le ha hablado de mí?

—Pues… la persona que hizo el pedido. Pagó por adelantado y me aseguró que aparecería pronto a recogerlo.

—¿Un pedido? ¿Para mí?

El comerciante se puso unas antiparras con los cristales tan gruesos como culos de botella y luego se inclinó sobre su libro de contabilidad, recorriendo las líneas con el dedo índice:

—Vamos a ver, está apuntado aquí. De hecho, todo está anotado aquí y, a fin de mes, Mefisto y yo hacemos el inventario.

Valentin reprimió un gesto de irritación. ¿A qué estaba jugando ese viejo extravagante? Bastaba con ver el desorden de la tienda y la capa gris que cubría todos los artículos de las estanterías para darse cuenta de que hacía mucho tiempo que no venía ningún cliente a su siniestro comercio. ¡Daba igual!

El vendedor conocía su nombre y tenía un pedido para él. Por el momento, ¡eso era lo único que importaba!

El anciano encontró por fin lo que buscaba. Tras dar vueltas sobre la página como un ave rapaz sobrevolando un campo nevado, su dedo ganchudo, con los nudillos hinchados por la gota, se posó sobre una anotación precisa. El hombre soltó un grito de alegría casi infantil y se volvió para coger un pequeño paquete de un armario.

—No es gran cosa, está claro. Pero el trabajo es de la más alta calidad, tallado a mano en cedro de Judea. Garantizado, impecable.

Valentin cogió la caja de cartón, atada con una cinta, que el hombre le tendía. Sobre un nido de satén descansaba una pequeña cruz de madera clara, parecida en todo a la que el Vicario obligaba a llevar a sus pequeñas víctimas. El inspector tragó saliva con dificultad.

—¿Qué aspecto tenía el hombre que le pidió que me diera esto y cuándo vino?

—Veamos…, es martes. Así que fue anteayer. Era un hombre de Dios, con cara de profeta visionario.

¡El Vicario!… Valentin habría puesto la mano en el fuego.

—¿Así que abre los domingos? —preguntó el policía con suspicacia.

—Veamos, caballero —dijo el viejo con voz melosa, extendiendo sus extremidades superiores para abarcar la totalidad de sus existencias y recordar a su visitante lo obvio—. ¡Es el día del Señor! ¿Cómo no íbamos a abrir?

—¿Recuerda haber visto antes a ese hombre?

—Mi memoria no es tan buena como antaño, pero creo que puedo afirmar que no. Como acabo de decir, hay algunas caras que simplemente no pueden olvidarse.

Valentin sacudió la cabeza, desconcertado. ¿Qué sentido tenía todo aquello? ¿Por qué el Vicario lo había atraído a un lugar tan peculiar?

Convencido de que no descubriría nada más allí, Valentin estaba a punto de marcharse cuando el comerciante se rascó la frente y chilló como un ratón asustado.

—¡Desgraciado de mí! Casi me olvido. Cuando le dije que mi viejo cerebro ya no era tan fiable como antes... Hay un mensaje con la cruz. Veamos, ¿dónde lo he metido? ¡Ay, sí! Justo aquí, precisamente para acordarme.

El anciano cerró el gran libro y se limitó a levantar la cubierta, cuyo dorado brillaba en la penumbra. Sobre la inmaculada guarda yacía una hoja de papel doblada en cuatro y sellada con un lacrado negro. Valentin la cogió, no sin cierta aprensión, y la abrió inmediatamente. La letra seguía siendo la misma. Fina y sinuosa, como la huella de una serpiente sobre la arena.

Mi querido niño:

¡Qué reconfortante es saber que, aunque una vez huiste de mi lado, ahora ardes en deseos de volver a verme! Tú, que eres tan inteligente y sensible, debes de estar saboreando la sal de la situación y meditando sobre la eterna ironía del destino. Ten la seguridad de que no está tan lejos el día en que por fin volvamos a vernos. Estamos más cerca el uno del otro de lo que crees. Pero, a pesar de todo, aún te queda un pequeño camino por recorrer... Como te prometí, he sembrado otra piedrecita para marcar tu ruta en la profundidad de la noche, por la que todos estamos condenados a vagar en este mundo. Pero no debes dejarla a un lado. Como soy un buen príncipe, voy a darte un precioso consejo, que harías bien en seguir al pie de la letra. En cuanto hayas leído esta nota, ve al fielato de Belleville y busca al húsar bizco. Pregunta por el paso de los furtivos. Eso es todo, pero ya es mucho, créeme.
Hasta la vista...

El Vicario

Al salir de la tienda, Valentin dudó un momento. Podía ignorar por el momento el críptico mensaje que acababa de recibir y seguir investigando el caso de Saint-Cloud. Si su trabajo de laboratorio resultaba concluyente, tal vez lograría abrir los ojos a Ferdinand d'Orval esa misma tarde. No lo resolvería todo, pero sería un gran paso para desbaratar el espantoso complot del que era víctima el pobre hombre. El Vicario había escrito que fuera al fielato de Belleville inmediatamente después de leer la carta. Si lo aplazaba, ¿se arriesgaba a perderse algo importante? Entonces, más que nunca, le parecía esencial recuperar la ventaja en el enfrentamiento con ese monstruo. En cualquier caso, concederle una tregua de medio día a Pierre Ouvrard no suponía correr un gran peligro. Isidore estaba en la finca de Hêtraie para vigilar cómo iban las cosas, y era probable que no sucediera nada decisivo mientras él estuviera allí.

Sin sospechar que cometía un terrible error de cálculo, Valentin, en definitiva, decidió dirigirse inmediatamente al norte de la capital. Se apresuró a pie hasta la estación de coches de caballo, situada entre la Cámara de los Pares y el teatro del Odéon. Allí subió al primer coche disponible y prometió al cochero el doble del precio del billete si llegaba al fielato de Belleville en menos de media hora.

El fielato de Belleville… A ambos lados de la barrera de los recaudadores de impuestos estaba la Courtille, uno de los lugares más famoso de diversión de los parisinos. La zona se dividía en la Basse-Courtille, en París, y la Haute-Courtille, al otro lado de la muralla, justo antes del pueblo de Belleville. En la parte alta, libre de aranceles, se agrupaban muchos merenderos. Ahí, los domingos por la noche, una población variada de trabajadores, burgueses, militares, mujeres honradas y putas acostumbraba a reunirse para beber, comer y bailar en alegre confusión. Los excesos y los disturbios eran habituales en los escandalosos bailes de L'Ours, la Carotte Filandreuse o el Sauvage. En la Courtille también se daban muchos banquetes de boda y, una vez al año, comenzaba el desfile de carnaval, que luego bajaba por la calle Faubourg-du-Temple hasta el corazón de París. Era un lugar de fiesta y alborozo, pero una vez apagados los farolillos y desvanecido el estruendo, durante la semana volvía a ser un suburbio triste y gris, sin el menor atractivo.

Valentin ordenó al cochero que lo dejara en el cruce de Belleville y se dedicó a preguntar a las pocas personas con las que se cruzó si conocían, entre los habituales de la zona, a un húsar bizco de un ojo. Al fin, una vendedora de *arlequins** lo informó. El famoso húsar no era un hombre, sino un club nocturno de bastante mala fama situado a media ladera, a la altura de Belleville. Con una información cuando menos confusa, el inspector fue en busca del lugar.

Muy pronto, se encontró en un barrio desolado, donde alternaban tugurios y descampados. Los habitantes cada vez escaseaban más, y pronto se convirtieron en siluetas apenas perceptibles. Algunas eran meras sombras sigilosas, otras se perfilaban en la esquina de una puerta y se retiraban a la oscuridad al paso del inspector. De las profundidades de los sótanos, desde los respiraderos que formaban como unas bocas ávidas a ras de suelo, subían chorros húmedos de hedor terroso. Cualquiera creería adivinar allí una amenaza tenebrosa, la confesión de apetitos inconfesables. Valentin sintió una náusea que llegaba desde su martirizada infancia. Evidentemente, el Vicario no había establecido al azar los lugares a los que lo encaminaba. Eligió de forma deliberada la tienda de objetos religiosos, bastante lúgubre, y el cabaret del Hussard borgne, en un lugar peligroso. Intentaba desestabilizar al inspector, devolverlo a ese mundo incierto y angustioso que tanto le gustaba al Vicario, y del que Valentin había conseguido huir mucho tiempo atrás. «Solo debes saber que tu ruta será un largo camino, lleno de dolor y lágrimas, porque debes expiar tu huida —tu culpa, debería decir— y todo el sufrimiento que me has causado». Esa fue la promesa. Y el Vicario no era de los que se desdecían.

El cabaret estaba al final de un callejón sin salida que olía a col. Un cartel pintado representaba a un soldado de caballería del imperio en uniforme de gala. La bastedad de la representación impedía comprobar si el valeroso soldado era, efectivamente, estrábico, pero, independientemente de su mirada, todo el cabaret

* Mujer que recogía los restos de la comida de las familias burguesas y de los grandes restaurantes, para elaborar unos platos que luego vendía por un precio módico a los más necesitados.

podía calificarse de sospechoso. Era un cuchitril infecto, iluminado con velas, con manchas grasientas en las mesas y el suelo cubierto con una capa de paja, que apestaba a vino y vómito.

El encargado encajaba con la imagen de su establecimiento: burdo y vulgar. Su aliento apestaba a clavo y a dientes cariados.

—¿El paso de los furtivos? —gruñó, mirando de reojo la placa de inspector que Valentin había dejado descuidadamente en el mostrador—. ¡Pues claro que lo sé! Hasta soy yo mismo el que tiene la llave. Es un antiguo túnel de contrabandistas que pasa por debajo de la muralla del fielato. El extremo sur se derrumbó en 1823. Desde entonces, a veces algún tipo me da una moneda los domingos para correrse una juerga allí. Pero si hay quejas, no quiero que nadie me busque las cosquillas. Lo único que hago es facilitar el acceso, ¡lo que luego pase allí abajo, orgías o borrachera, no es asunto mío!

Era de dominio público que se habían excavado numerosas galerías clandestinas debajo de la barrera de los recaudadores de aranceles. En los últimos años, en un intento de frenar el fenómeno, la Administración incluso había levantado «barreras de fraude» bajo tierra, justo en la perpendicular de la muralla.

—Me traen sin cuidado sus arreglillos —dijo el inspector con frialdad—, solo necesito echar un vistazo al interior del famoso pasadizo. ¿Me presta la llave?

—Si me da su palabra de que no me meteré en problemas, puedo incluso hasta hacer más que eso y conseguirle un guía.

—¡La tiene! —cortó en seco Valentin, que no estaba de humor para perder el tiempo con charlas inútiles—. Pero que sea rápido, ¡tengo prisa!

—¡Corogne! —llamó el cabaretero, en dirección a la trastienda—. Mueve el culo volando. ¡Hay un tipo que quiere visitar lo de los furtivos!

La criatura deforme que respondió a la llamada parecía a la vez una araña y un cangrejo. Tenía el tronco anormalmente abultado y las extremidades inferiores atrofiadas, con unas horribles protuberancias en las articulaciones. Su rostro era fino y juvenil, pero unas costras de herpes y cicatrices antiguas lo destrozaban irremediablemente. El tullido se desplazaba apoyándose en los brazos y en una rodilla, doblada en un ángulo inverosímil bajo su trasero. A pesar de su grave minusvalía, se movía con una rapidez y agilidad desconcertantes.

Valentin no hizo ningún comentario, pero sintió una desagradable punzada en el corazón. Como cada vez que veía un niño maltratado. A juzgar por el apodo del crío, sin duda era obra de uno de los escultores de carne humana que causaban estragos en Galicia. En esa provincia del norte de España había muchas fábricas de tullidos. Los que practicaban allí ese arte dominaban a la perfección las técnicas de romper, desplazar y volver a soldar los huesos de los recién nacidos. Compraban a sus padres los bebés, por el equivalente a cincuenta o sesenta francos, y luego los repartían por muchas capitales europeas, donde mendigaban bajo el yugo de explotadores sin fe ni ley.*

El inspector salió del club sin vacilar tras los pasos de la desgraciada criatura y se internó en un estrecho pasadizo con el suelo en forma de V. En el canalón central se estancaba un agua pútrida, donde flotaba inmundicia variada. El tal Corogne la evitaba con facilidad, girando de un borde a otro. En el otro extremo del pasadizo, el crío entró en una bóveda musgosa, cruzó un patio interior, bajó un tramo de escalones erosionados y se detuvo delante de una puerta que no tenía nada de particular. Normalmente, una cadena enganchada de lado a lado, en dos anillas selladas en la pared y la hoja de la puerta, impedía el acceso. Pero el candado que la sujetaba estaba abierto y colgaba de su asa en uno de los eslabones metálicos.

—Esto no es normal —rechinó el tullido—. Menos los domingos por la noche, la puerta siempre está cerrada.

A Valentin no le sorprendió. Veía en el candado forzado la prueba evidente de que el Vicario se le había adelantado. Siguiendo las indicaciones de su guía, deslizó la cadena, abrió la puerta y encendió una vela que colgaba justo detrás. Estaban en una sala abovedada, con el suelo abarrotado de escombros y barriles vacíos. En la pared del fondo alguien había abierto un

---

* La anécdota es rigurosamente auténtica.

agujero con un mazo. Un túnel de una toesa de ancho salía de allí y descendía rápidamente bajo tierra.

Tal vez movido por una oscura premonición, el tullido se negó a entrar y dio a entender a Valentin que prefería esperarlo fuera. El inspector no insistió. Levantó la vela a la altura de los ojos y se metió por el estrecho cuello de botella. «¡Aprieta los dientes! Sobre todo, ¡no remuevas el pasado! ¡Evita pensar en ese maldito sótano!». Como siempre que estaba en un ambiente cerrado, Valentin tenía que esforzarse para no sentir pánico, para no volver a caer en la infancia a través de sus pensamientos y sentirse cautivo del Vicario.

Concentrándose en las sombras que la llama hacía bailar en las paredes, consiguió dominar sus sensaciones e ignorar toda la tierra que lo rodeaba, que lo sepultaba como si estuviera en el fondo de una tumba. Caminó unos diez metros antes de quedar petrificado frente al horror de la escena que acababa de surgir de la oscuridad.

La pequeña víctima estaba apoyada contra la pared, en posición sentada. La sangre que había manado de su cuello seccionado manchaba su ropa y formaba un gran charco alrededor de sus piernas. Valentin se acercó con un nudo en la garganta, sin poder respirar por la ira y la desesperación, y se dejó caer de rodillas. Sin molestarse en proteger su ropa, apretó contra su pecho el pobre cuerpo maltrecho, como si intentara acunarlo o consolarlo.

Un cadáver ya frío que nunca más volvería a lustrar los zapatos de los ricos, y cuyos pobres sueños inaccesibles se habían convertido, por culpa de Valentin, en una terrible pesadilla.

29

De experiencias misteriosas

—¿De verdad crees que es necesario?

—Ya no me cabe duda de que el Vicario ha decidido arremeter contra los más cercanos a mí. Puede que, tarde o temprano, vaya a por usted. Me sentiría mucho más seguro si supiera que está a salvo, en mi casa.

El descubrimiento del cadáver de Foutriquet conmocionó a Valentin. En cierto modo, se sentía responsable de su muerte. Si no lo hubiera enviado tras la pista del Vicario, el chico seguiría vivo. Le advirtió que no corriera riesgos, que retrocediera ante la menor amenaza, pero eso no bastó para salvarlo. Durante mucho tiempo se reprocharía a sí mismo no haber comprendido lo bastante pronto que su afecto por el niño de la calle era precisamente lo que lo llevaría a la perdición. «Como Pulgarcito en el cuento, sembraré guijarros valiosos y me aseguraré de que los encuentres en el momento adecuado». Allí, en el subterráneo de Courtille, la frase de una de las cartas del Vicario cobró sentido de repente. ¿Así que esto era lo que había germinado en el cerebro enfermo de este loco? Sembrar cadáveres como guijarros en el camino que lo conducía a él. Los cadáveres de seres queridos de Valentin… A esta revelación le siguió otra aún más aterradora: evidentemente, ¡la vida de Aglaé estaba amenazada! Acosado por el miedo y los remordimientos, el inspector abandonó Courtille para llegar cuanto antes a casa de la actriz. ¡Tenía que persuadirla a toda costa para que se pusiera bajo su protección!

—Si tú lo dices —cedió Aglaé—, estoy dispuesta a creer que el Vicario pueda querer hacerte daño a través de mí. Pero ¿de veras piensas que encerrarme en tu apartamento es la solución? ¿Y cuánto tiempo? Tu padre y tú lleváis años persiguiendo sin éxito a ese criminal. No puedo quedarme encerrada tanto tiempo.

Valentin estaba en ascuas. Mientras corría hacia casa de Aglaé, solo tenía una idea en mente: ponerla a salvo lo antes posible. En su opinión, la solución más sencilla era llevarla de vuelta a la calle Cherche-Midi y confiarla al cuidado de Eugénie, mientras ordenaba que los policías municipales vigilaran su casa. Pero la enérgica joven estaba resultando más difícil de convencer de lo que él esperaba.

Atenazado por la ansiedad y obsesionado por su deseo de mantenerla a salvo, ni siquiera se dio cuenta de que pasaba del usted a tutearla por primera vez:

—¡No se trata de que te conviertas en una reclusa! Pero estoy muy cerca de cerrar un caso delicado, que requiere que me dedique por entero a él durante uno o dos días más. Es una cuestión de vida o muerte. Aún no conozco todos las circunstancias ni los detalles, pero creo que soy el único que puede impedir que un criminal consiga sus fines. Cuando lo haya logrado, podré protegerte yo mismo y ocuparme del Vicario a la vez.

Aglaé se mordió el labio. Cuando Valentin se presentó en su puerta con la ropa manchada de sangre, al principio pensó que estaba herido y casi se desmaya. Una vez tranquilizada y repuesta del error, recuperó el dominio de su ánimo y puso todo su empeño en que no se le notara el miedo. Sin embargo, las amenazas que pendían sobre su cabeza y las confidencias de Valentin sobre el perverso juego urdido por el Vicario la alteraron, no podía negarlo. El brillo preocupado de sus ojos hacía su mirada aún más intensa y le daba una especie de belleza trágica.

—Pero ¿cómo piensas hacer que salga de su madriguera?

—No lo encontraré yo, él intentará atraerme a su guarida. Las cartas que me deja no tienen otro propósito.

—¡Precisamente! Por lo que me has dicho, no había ningún mensaje junto a su última víctima…

Valentin desechó la objeción con un gesto de la mano.

—¡Da igual! —afirmó—. Encontrará la forma de ponerse en contacto conmigo. Desde el principio, se asegura de difundir sus instrucciones al ritmo que él mismo ha determinado de antemano. Los mensajes cifrados, el asesinato de Morvan, que cometió mucho antes que los demás, la carta que dejó en esa tienda de la plaza Saint-Sulpice, todo es una especie de búsqueda del tesoro diseñada para llevarme a donde él quiera y solo cuando él lo ha decidido.

—¡Es una pura locura! ¿Cómo puede alguien concebir semejante monstruosidad?

—El Vicario no es un ser normal como tú y como yo. Es una forma condensada de crueldad, un depredador que se deleita atormentando a sus futuras víctimas.

—¿Qué sabes exactamente de él?

—Bueno, no mucho, por no decir casi nada. Eso es lo más intrigante de la historia. Mi padre pasó mucho tiempo intentando averiguar más sobre ese hombre. Pero chocó con un auténtico muro. Nadie en los bajos fondos conoce su verdadera identidad. Es un solitario que nunca se ha juntado con otros bandidos. Ocurre lo mismo en el mundo de los sodomitas. Se le teme, se lo considera peligroso, pero nadie lo conoce realmente. Las investigaciones en el obispado tampoco descubrieron nada. Resultó imposible identificarlo, incluso intentando hacer una referencia cruzada con lo poco que se sabe de sus movimientos. Poco antes de su muerte, mi padre llegó a preguntarse si pertenecía realmente al clero. Puede que solo se hubiera enfundado en el atuendo clerical para inspirar confianza y así acercarse con más facilidad a sus presas.

—¡De todos modos, es increíble que un criminal como él pueda pasar tanto tiempo en el anonimato!

Los rasgos de Valentin se ensombrecieron.

—Comparto tu confusión. Esta abominación parece haber surgido directamente de la nada, hace dieciséis años, para secuestrar a Damien y luego sembrar un rastro de cadáveres a su paso desde entonces. No parece un ser humano, sino más bien un hombre del saco, una criatura salida de una pesadilla.

—¿No es ilusorio pensar que puedes derrotar tú solo a un monstruo así?

Esta vez, Aglaé no consiguió ocultar su emoción. Su voz temblorosa revelaba que temía más por Valentin que por ella misma.

—No tengo elección. Depende de mí poner fin a sus crímenes. Pero si quiero enfrentarme a él con alguna posibilidad de éxito, tengo que tener la tranquilidad de saber que estás a salvo, fuera de su alcance.

La joven no cedió incondicionalmente. Los argumentos de Valentin la convencieron, pero no se atrevía a hacer un paréntesis en su vida de la noche a la mañana.

—De acuerdo —dijo Aglaé—, iré a vivir contigo. Pero a partir de mañana a primera hora. Eso me dará tiempo para preparar algunas cosas y, además, tendré que seguir actuando todas las noches en el teatro; de lo contrario, estaré poniendo en peligro mi futuro en los escenarios. Si le fallo a madame Saqui, me sustituirá rápidamente, y entonces lo tendré muy complicado para entrar en otra compañía.

Valentin habría preferido llevarse a la guapa actriz a su casa esa misma noche, pero intuyó que ella no estaba dispuesta a ceder en este punto. Tuvo que doblegarse:

—Por supuesto, te comprendo. Enviaré un policía para que te escolte al teatro. Mientras tanto, enciérrate en casa y no dejes entrar a nadie. Esta noche, habrá un policía de guardia apostado debajo de tu edificio y mañana te llevará a mi casa. Después, te acompañará siempre que subas al escenario.

Aliviado por haber conseguido convencer a Aglaé, Valentin se dirigió rápidamente a la calle Jerusalén para confiar a un policía municipal la tarea de vigilar a la joven. Regresó a su casa a última hora de la tarde.

A pesar de las horas extenuantes que acababa de vivir, tenía que concentrarse necesariamente en los experimentos que iba a realizar en su laboratorio. Mélanie d'Orval había dicho que el éxito de Oblanoff iría acompañado de grandes desgracias y, ahora, Valentin estaba convencido de que no había exagerado. Solo él aún podía evitar lo peor.

A partir de ese momento, el piso de la calle Cherche-Midi fue el escenario de una velada de lo más insólita. Primero, Valentin se encerró en su habitación secreta y se entregó a manipulaciones incomprensibles y síntesis químicas. Luego, llamó a Eugénie. La criada tuvo que dejar de preparar la cena para acudir. ¡Menuda sorpresa se llevó cuando llegó a la biblioteca y el señor le pidió que se sentara y leyera! Por mucho que protestó, diciendo que tenía un guiso de conejo en el fuego y dificultades para descifrar las palabras, Valentin insistió, alegando que necesitaba una pausa para reflexionar. Haciendo de tripas corazón, Eugénie intentó contentarlo, masacrando los versos de las *Meditaciones poéticas* de Lamartine.

Al cabo de media hora, el inspector pareció apiadarse de la desafortunada mujer y puso fin a su calvario. Extrañamente, no parecía en absoluto disgustado; al contrario, estaba muy satisfecho con el breve interludio. De vuelta a su laboratorio, regresó al trabajo con una energía diez veces mayor y pasó otra hora larga con las retortas y tubos de ensayo. Luego, se quitó el delantal enorme de cuero, que era su uniforme de químico, y salió de casa; fue a la portería. El conserje le entregó una bolsa de cal viva, que el buen hombre utilizaba para desinfectar los sótanos y hacer pequeños trabajos de albañilería de vez en cuando.

Armado con su preciada carga, subió las escaleras de cuatro en cuatro hasta el tercer piso, y cuando se disponía a encerrarse de nuevo en su torre de marfil, Eugénie lo interceptó al pasar por el vestíbulo:

—Soy muy consciente de que el señor ha adquirido el detestable hábito de comer a cualquier hora, ¡si no se salta directamente la comida!, pero el guiso de conejo no espera. ¿Puedo poner la mesa?

—Mi querida Eugénie, es usted un verdadero ángel de la guarda para mí, pero le aseguro que no tengo el cuerpo para tragar nada y, en cualquier caso, está fuera de discusión que abandone el laboratorio antes de terminar el trabajo. Es un caso policial de la máxima importancia.

La exuberante ama de llaves no era de las que se rinden tan fácilmente. Movió la cabeza y con un tono de reprimenda dijo:

—¡Tatatata! Desde que nos conocemos me he encariñado con usted. Su salud me importa, ¡fíjese usted! Además, si la señorita Aglaé va a unirse a nosotros a partir de mañana, sería el momento de restablecer algo parecido a una regularidad en la vida de esta casa. ¡La pobre chica no tardará en morir si tiene que someterse a sus extravagantes horarios!

—Por favor, Eugénie, estoy demasiado ocupado para discutir con usted la mejor manera de mantener una casa. Solo necesito que me lleve un plato al laboratorio. Comeré mientras trabajo.

La criada consideró oportuno señalar su desaprobación con un encogimiento de hombros, pero no insistió y giró sobre sus talones para volver a la cocina. Cuando regresó, diez minutos después, llevando una bandeja con abundante comida, ya había oscurecido. La biblioteca estaba sumida en la oscuridad. La única luz, débil y parpadeante, llegaba en forma de cenefa por los contornos de la puerta que ocultaban las estanterías y que Valentin había dejado entreabierta.

Eugénie no había dado ni tres pasos hacia allí cuando sonó un ruido extraño, bastante parecido al de un cañón encasquillado, al que siguió inmediatamente un intenso destello de luz blanca. Una luz muy brillante parecía emanar del laboratorio. Desconcertada, la criada se quedó paralizada en el sitio, preguntándose por el origen del fenómeno. Pero antes de que pudiera formular la menor suposición, el panel de la estantería giró por completo, iluminando de golpe toda la habitación y dando paso a un ser celestial, como envuelto en un aura ardiente.

Eugénie reprimió un grito de temor y se llevó una mano a la boca, pero no pudo sujetar la bandeja, que cayó al suelo, esparciendo el dulce olor de la salsa de vino.

30

La maldición de los D'Orval

Al día siguiente, en Saint-Cloud, Isidore Lebrac se despertó apenado. Su naturaleza optimista siempre lo animaba a ver el lado bueno de las cosas, pero el tiempo empezaba a parecerle extremadamente largo en Hêtraie. Llevaba dos días disfrutando de la hospitalidad de la familia D'Orval, pero habría dado cualquier cosa por volver a su despacho en la Prefectura de Policía. Ferdinand d'Orval era un hombre destrozado por una pena tras otra, presa de una melancolía mórbida. Ahora bien, el carácter del señor parecía repercutir en todo su personal. Desde la doncella hasta el mayordomo, pasando por el jardinero y el cochero, todos daban la impresión de llevar sobre sus hombros un peso aplastante. Hacían sus tareas escrupulosamente, con una especie de cansancio resignado, pero sin el empuje y la dedicación que suelen demostrar el apego del personal doméstico a sus señores en una casa importante. Isidore intentó interrogar a alguno de ellos para saber más sobre las circunstancias de la aparición de Oblanoff en casa de los D'Orval. Fue una pérdida de tiempo. Las respuestas eran corteses y deferentes, pero evasivas, y evitaban sistemáticamente ser demasiado concretas.

Después de la fantástica noche en la que Ouvrard, alias Oblanoff, consiguió resucitar a Blanche, el policía pasó la mayor parte del día siguiente peinando las orillas del estanque y el jardín. Fue en balde. No encontró ni una sola pista que pudiera proporcionar el principio de una explicación racional al fenómeno que tanto cautivó a los asistentes. A mediodía, un mensajero llegó a la finca con una nota del inspector Verne. Sin entrar en más explicaciones, su jefe pretendía dar un enfoque nuevo al caso. Le dijo que no se moviera de allí hasta nuevo aviso y que estuviera preparado para cualquier eventualidad. Según Valentin, estaba a punto de desencadenarse un drama terrible, pero pensaba que aún podía evitarlo. Solo necesitaba ganar un poco de tiempo para verificar y apoyar su hipótesis. Contaba con la vigilancia de Isidore para ganar ese tiempo precioso.

La lectura del mensaje desconcertó un poco al policía neófito. No pudo evitar preguntarse qué estaría tramando el inspector. Aquella noche, antes de dormir, repasó otra vez en su mente todos los elementos del caso para intentar discernir algún detalle revelador que se le hubiera escapado, y no se le ocurrió nada. Hasta el punto de que, el martes, un Lebrac frustrado y malhumorado hervía de impaciencia después de esforzarse, sin mucho éxito, en obligar a hablar a los empleados de los D'Orval. Tenía la desagradable impresión de que el ambiente confinado y sombrío de la finca se estaba contagiando poco a poco a su propio estado de ánimo. Ni siquiera el discreto encanto de la bella Mélanie conseguía que viera su estancia en Saint-Cloud como algo más que un suplicio mortalmente aburrido.

Sin embargo, cuando ese miércoles Isidore se levantó con mal pie, estaba lejos de sospechar que los acontecimientos no tardarían en precipitarse y que sería testigo de una tragedia que la melancolía del ambiente no permitía presagiar. Todo comenzó con la llegada de otra carta a Hêtraie, esta vez a través de un empleado de la empresa de la barcaza sirgada por caballos. Al llegar a la finca, hacia mediodía, el hombre aseguró que una joven rubia le había entregado la carta esa mañana temprano, en el embarcadero de París. La desconocida lo había compensado con generosidad por las molestias, insistiendo en que debía entregar la carta personalmente al señor D'Orval.

Cuando llegó el mensajero, Isidore se encontraba en el salón de música de la casa, donde Mélanie, con la generosa idea de animarlo, se había puesto al piano para tocar algunas piezas de Schubert. Cuando empezaba el tercer movimiento en *scherzo* de la sonata en re mayor, se abrió la puerta y apareció Ferdinand d'Orval con el rostro descompuesto, blandiendo la misiva que acababa de recibir.

—Mi pequeña, aquí estás —dijo con una voz ahogada—. Si supieras…, si supieras… ¡Es una verdadera catástrofe!

Mélanie tocó un acorde disonante en el teclado y se levantó apresuradamente al encuentro de su marido:

—¿Qué ocurre, querido? ¡Da miedo lo pálido que estás!

Ferdinand d'Orval le entregó la hoja de papel con una mano temblorosa.

—¡Tengo motivos! Es… es Oblanoff. Me anuncia que… un imperativo imprevisto lo obliga a abandonar Francia. Dice… dice que lamenta tener que renunciar a prestarme asistencia. ¡Lee! ¡Pero sigue leyendo!

La joven cogió la carta y empezó a descifrarla. A medida que sus ojos recorrían las líneas, sus rasgos se crispaban. Se la notaba invadida por una tensión extrema, aparentemente dividida entre la exaltación y la incredulidad.

—Y esto es verdad —murmuró, como para sí misma—. No puedo creerlo…

—Ni yo tampoco —se atragantó Ferdinand—. Abandonarlo todo así, ¡cuando ya casi estábamos a punto de lograrlo! ¡Es incomprensible!

Isidore, que había permanecido apartado hasta entonces, se acercó con curiosidad por saber más.

—¿Es una carta de Oblanoff? —preguntó—. ¿Me permite?

Sin ser consciente siquiera, perdida en sus propios pensamientos, Mélanie le entregó la carta. Estaba firmada por Oblanoff, efectivamente. El eslavo decía que tenía que regresar inesperadamente a su país por un grave motivo familiar. Sin precisar más.

La noticia desconcertó a Isidore casi tanto como a sus anfitriones. Se preguntaba si este incidente anunciaba los graves acontecimientos que el inspector Verne temía o si, por el contrario, indicaba que Ouvrard, al saberse vigilado, se había asustado y renunciaba a sus proyectos deshonestos. En cualquier caso, Isidore iba a tener que encontrar la manera de informar rápidamente a su jefe y recibir sus nuevas instrucciones.

—Blanche…, mi pobre Blanche. —D'Orval se derrumbó en un sofá y siguió lamentándose—. ¿Cómo podré renovar los lazos con ella? A partir de ahora, sin los maravillosos poderes de Paul, será imposible.

Cuando Mélanie oyó el nombre de pila, que recordaba el tipo de complicidad que se había establecido entre su esposo y la persona a la que ella siempre consideró un estafador, no pudo contenerse más. Mientras ponía una mano amiga sobre el hombro de Ferdinand, expresó lo que debía de llevar semanas guardando en su corazón:

—Lo que más me sorprende, querido, es que ese charlatán se haya rendido antes de haberte desangrado hasta el final. Me pregunto qué pudo inducirlo a hacer las maletas tan bruscamente, cuando había conseguido tenerte dominado y que perdieras todo el sentido común.

Ferdinand d'Orval la miró con una expresión a la vez sorprendida y llena de una tristeza insondable. Parecía incapaz de superar el *shock*. Cuando habló, lo hizo con una voz quebrada, que desentonaba con los reproches que dirigió a su mujer:

—Nunca lo aceptaste realmente, ¿verdad? Quién sabe si llegó a percibir esa hostilidad sorda y eso fue lo que lo impulsó a marcharse. ¿Te das cuenta de lo que has hecho, Mélanie?

La joven cayó de rodillas ante él y tomó sus manos entre las suyas.

—¡Pero de verdad que no lo entiendes, Ferdinand! Este hombre ha estado jugando contigo desde el principio. El inspector Verne, de la Prefectura de Policía, me contó que era una especie de aventurero, que no se llama Oblanoff, sino Ouvrard. Solo se entrometió en nuestra intimidad con el objetivo de aprovecharse de tu dolor. ¡Dígaselo usted, Isidore!

Mélanie se volvió hacia el policía, implorante, con sollozos en la voz. Isidore se sentía algo abrumado por los acontecimientos, pero no pudo resistirse frente a la angustia que mostraba la joven.

—Lo que acaba de decir su esposa es la estricta verdad, señor —admitió tras una breve vacilación—. Habrá comprendido que no soy su primo, sino que yo también trabajo en la prefectura. Para ser más preciso, en la Brigada de los Misterios Ocultos. Su esposa acudió a nosotros en busca de ayuda porque estaba preocupada por usted. Nuestras investigaciones nos llevaron a descubrir que el verdadero nombre de Oblanoff es Ouvrard. Un antiguo acróbata y un maestro del arte de la ilusión.

Ferdinand d'Orval se arrancó del abrazo de Mélanie y se agarró la cabeza con las manos.

—¿Qué quiere decir? ¿Cómo has podido hacer esto, Mélanie? ¿Cómo has podido traicionar mi confianza hasta ese punto?

—Abre los ojos, Ferdinand —respondió la joven, incorporándose—. Te lo imploro. Era Ouvrard quien te engañaba. Yo avisé a la Policía para frustrar sus oscuros tejemanejes.

—¡Paul siempre ha cumplido las promesas que me hizo! —protestó D'Orval, poniéndose las palmas de las manos sobre las orejas y sacudiendo la cabeza, como si se negara a seguir escuchando—. Me hablas de engaño, pero que yo sepa, tú eres la única que ha mentido trayendo a un policía bajo mi techo, con una identidad falsa.

Isidore se aventuró a intervenir de nuevo, para apoyar a la frágil Mélanie en un intento de hacer entrar en razón a su marido:

—Una vez más, querido señor, su esposa creyó actuar bien. Y en cuanto a presentarme bajo una identidad falsa, lo único que hemos hecho es reproducir el procedimiento que el propio Ouvrard utilizó para instalarse cerca de usted.

El argumento pareció servir. La llama que se había encendido en los ojos de Ferdinand d'Orval vaciló. Su cuerpo, rígido por la indignación, se relajó de repente. Era como si un misterioso hechizo se hubiera roto en su interior.

—Pero, ¿por qué…? ¿Con qué propósito…?

—Por un motivo tan viejo como el mundo —respondió Isidore—. El encanto de los beneficios. Es probable que este hombre, tarde o temprano, le hubiera hecho pagar caro sus servicios. ¿Qué no se estaría dispuesto a ofrecer a alguien que pudiera ayudar a recuperar a una hija que desapareció demasiado pronto?

—A propósito de esto, tal vez deberíamos comprobar el contenido de la caja fuerte de tu despacho —sugirió Mélanie—. Porque, una vez más, me sorprende que Ouvrard se rinda antes de conseguir lo que quería. Hubo tanta confusión el otro domingo, tras la supuesta aparición de Blanche en el parque, que bien pudo aprovechar el momento para robar algo de valor. Eso explicaría su repentina huida.

Esta precisa acusación dirigida directamente a Ouvrard, alias Oblanoff, pareció sacar a Ferdinand d'Orval de su aturdimiento. Extrajo una pequeña llave del bolsillo de su chaleco y se levantó con expresión resuelta:

—¡Muy bien! Ya que insistes, lo comprobaremos. Y cuando puedas constatar que no falta nada, quizá estés de acuerdo en que tus acusaciones son una frivolidad imperdonable.

Los tres salieron del salón de música y fueron al despacho, en la otra ala del edificio. Era una habitación pequeña octogonal, que demostraba el buen gusto de la persona que lo utilizaba habitualmente. Las paredes estaban tapizadas de satén color tabaco y decoradas con delicados paisajes de Watelet. Los sillones y el escritorio, de caoba trabajada con delicadeza, estaban vestidos unos con cotonada de la India y el otro con un vade de cuero de Córdoba con finos ribetes dorados. Frente a la chimenea, un panel de madera, una pequeña obra maestra de marquetería, podía manipularse; se abría hacia un lado y dejaba al descubierto un nicho en la pared donde se remachaba una caja fuerte del tamaño de un armario.

—¿Guarda grandes sumas de dinero en esta caja? —preguntó Isidore.

—Unos ocho mil francos en oro —respondió Ferdinand d'Orval—, además de algunas letras de cambio y las joyas de Mélanie, que solo se pone cuando salimos en la ciudad o nos invitan a cenar unos amigos. Aun así, el montante total asciende en torno al medio millón.

Mientras hablaba, se inclinó para accionar la manilla y tirar de ella, pero la puerta, con unos refuerzos sólidos de acero, no se movió ni un milímetro.

—Como puede ver —dijo D'Orval, esta vez introduciendo la llave en la cerradura y abriéndola—, la puerta tiene doble cerradura y la llave nunca ha salido del bolsillo de mi chaleco. Esto demuestra que sus acusaciones...

Se detuvo en seco al oír la exclamación atónita de Mélanie cuando abrió la caja fuerte. Un escalofrío helado le recorrió la espalda. Abrió más la puerta para poder mirar él también y, entonces, dejó escapar una maldición ahogada.

¡La caja fuerte estaba absolutamente vacía! ¡Todas las joyas y las monedas de oro habían desaparecido!

—¡No tiene sentido! ¿Cómo ha podido entrar en el despacho sin que nadie se diera cuenta? Esa noche era el centro de todas las miradas.

Ferdinand d'Orval se quedó en el despacho con Isidore, mientras Mélanie fue a la cocina a preparar un reconstituyente para su marido. El joven policía escribía una breve nota a Valentin Verne, para advertirle del robo y la desaparición de Ouvrard. En cuanto a su anfitrión, se paseaba por la habitación con las manos a la espalda, lanzando regularmente una mirada abatida hacia la caja fuerte vacía.

El policía pelirrojo apartó la pluma de la hoja de papel en la que escribía y centró su atención en el dueño de la casa:

—Se supone que tenía un cómplice o, más bien, una cómplice *in situ* —dijo—. Piense que, si todos fuimos víctimas de una ilusión el domingo pasado, necesariamente una joven tuvo que interpretar el papel de Blanche junto al estanque. Es probable que sea la misma rubia que esta mañana entregó el mensaje de Ouvrard al empleado de la barcaza de pasajeros sirgada por caballos.

—¡Desgraciada!

—Después de engañarnos, la misteriosa desconocida bien pudo volver a la casa más tarde y meterse en el despacho. Los salones de gala están en el lado opuesto de esta habitación, el personal estaba ocupado con el servicio y los asistentes solo tenía ojos para Ouvrard.

—¿Y la llave? Usted mismo ha comprobado que la caja fuerte no estaba forzada. Así que hacía falta la llave para abrirla. La llevo siempre conmigo y no hay duplicados, ¡se lo aseguro!

—En esta ocasión, no veo el menor misterio. Olvida que Ouvrard se tomó su tiempo y se convirtió en un asiduo aquí. Se alojaba en su casa todos los fines de semana. No pudo resultarle demasiado difícil coger su llave, en uno u otro momento, y hacer un molde. Luego, cualquier cerrajero le haría una copia.

Ferdinand d'Orval se dio una palmada en la frente, furioso:

—¿Cómo he podido estar tan ciego? ¡Y la pobre Mélanie, que me advertía y me advertía sin que yo me dignara a escucharla! Pero, también, ¿a quién no le impresionarían las proezas del hombre al que me veo obligado a llamar Ouvrard, porque ese es su verdadero nombre?

—El inspector Verne cree que pronto podrá explicar cómo ese estafador se las apañó cada vez para engañarlo. ¡Ay! ¡Podría decirse que, en su campo, es un verdadero artista!

D'Orval dejó escapar un suspiro desgarrador y se desplomó en uno de los sillones. Sus músculos faciales, tensos como cuerdas, acentuaban la ascética delgadez de su rostro. En ese deplorable estado lo encontró Mélanie cuando llegó de la zona de servicio, con una bandeja con dos grandes tazas humeantes. Colocó la primera sobre el escritorio, para Isidore, y ofreció la segunda a su marido:

—Aquí tienes, una bebida vigorizante que te sentará de maravilla, querido mío. Canela, zumo de limón, miel y *brandy*. Bebe mientras esté caliente.

—Quema, pero está delicioso —aseguró Isidore, que había terminado de escribir el informe para su jefe y acababa de dar un sorbo de la mezcla con alcohol—. Su mujer tiene razón, señor, debería beber. Lo ayudará a recuperarse.

Pero Ferdinand d'Orval daba la impresión de estar sumido en sus cavilaciones interiores. Con la mirada perdida, soltaba fragmentos de palabras difíciles de entender. A pesar de todo, a

Isidore le pareció oír repetidas veces el nombre de «Blanche» y el adjetivo «maldito», que su anfitrión parecía decirse a sí mismo, porque se daba golpes en el pecho cuando lo pronunciaba.

Claramente preocupada por el estado de intensa emoción de su marido, Mélanie siguió insistiendo en que bebiera el contenido de su taza. Como él seguía sin reaccionar, decidió dar ejemplo bebiendo ella misma un sorbo. La gran dosis de alcohol la hizo toser. Este inesperado ataque de tos sacó a Ferdinand d'Orval de su estupor. Mientras cogía la taza, tocó con el dorso de la otra mano la mejilla de su esposa:

—¡Pobre amor mío, siempre has sido tan atenta conmigo! Debería haberte escuchado cuando me advertiste sobre ese impostor. ¿Me perdonarás por mi ceguera?

—¡Vamos, Ferdinand! ¿Qué estás diciendo? ¿Cómo podría reprocharte que creyeras en lo imposible? Yo misma hubiera deseado tanto que Blanche volviera con nosotros. Sabes muy bien que tu felicidad es lo único que me importa.

D'Orval esbozó una pálida sonrisa y empezó a beber el líquido ambarino. Mélanie lo miró fijamente un momento y luego se volvió para acercarse a Isidore.

—¿Cree que podrán detener a Ouvrard antes de que se salga con la suya?

—Posiblemente —dijo el policía—. Ahora tenemos su dirección, pero nada nos dice que vaya a arriesgarse a volver allí. Puede que, a estas alturas, ya haya abandonado París...

—Las joyas podrían perderlo si intenta revenderlas. Son fáciles de identificar y puedo proporcionarle una lista detallada.

Isidore puso mala cara:

—Dada la forma en que Ouvrard actuó, me sorprendería que fuera su primer intento. Probablemente no cometerá el error de intentar vender las joyas demasiado rápido y tal como están. Puede quitar las piedras y revenderlas, para limitar los riesgos. En cuanto al metal precioso, nada más fácil que fundirlo y venderlo al peso. Es cierto que esto reducirá su beneficio, pero, aun así, obtendrá una buena suma con la operación. Y sin peligro de llamar la atención.

—No es una cuestión de dinero —dijo la joven, bajando de nuevo la voz—. Pero me mortificaría que ese canalla se saliera con la suya. Desde la muerte de su mujer y su hija, mi pobre Ferdinand perdió las ganas de vivir y vagaba como un alma en pena. Lamentablemente, me temo que no se recuperará de este último golpe del destino.

En ese preciso momento, cruel ironía del destino, Ferdinand d'Orval soltó un estertor ahogado. Mélanie e Isidore, que habían dejado de prestarle atención durante unos instantes, se volvieron hacia él. El hombre había resbalado del sillón y yacía en el suelo, retorciéndose de dolor, presa de violentas convulsiones. Tenía la frente empapada de sudor y le salía una baba blanca de la comisura de los labios.

Cuando Isidore reaccionó y acudió en su ayuda, ya era demasiado tarde. Víctima de un último espasmo, aún más violento que los anteriores, Ferdinand d'Orval acababa de exhalar su último suspiro.

31

Las explicaciones de Valentin

Seis horas más tarde, Isidore y Valentin se encontraban en los despachos de la Brigada de los Misterios Ocultos, terminando de repasar los últimos y trágicos acontecimientos del caso D'Orval. La noticia de la muerte brutal del señor de Hêtraie cogió al inspector Verne completamente por sorpresa y lo sumió en un desconcierto absoluto. Después del asesinato de Foutriquet, era otro golpe terrible que encajar. Un sentimiento de culpa opresivo duplicaba su abatimiento. Durante los últimos días, tenía la cruel y dolorosa sensación de ser incapaz de detener la evolución de un destino fatal. Y, sin embargo, en el caso de los D'Orval, la noche anterior pensó que había dado en el clavo. Ya lo tenía todo claro en su mente y se hacía una idea muy precisa del trasfondo del caso. Su error fue pensar que la mera presencia de Isidore en Saint-Cloud sería un obstáculo suficiente para evitar que ocurriera lo peor. Pero se enfrentaba a un adversario mucho más decidido de lo que había imaginado. No podía perdonarse no haberlo comprendido a tiempo.

—Desde luego —dijo, después de que Isidore describiera detalladamente, por segunda vez, las circunstancias de la muerte de Ferdinand—, la primera explicación que se me ocurre es el envenenamiento. D'Orval bebió un tónico y sucumbió, instantes después, a un ataque fatal. ¿Cómo no establecer la conexión?

—Pero eso es absolutamente imposible —respondió su ayudante—. Mélanie preparó las bebidas en la cocina. Nadie más las tocó. ¿Cómo pudo Ouvrard conseguir sus fines criminales?

—¿Quién ha hablado de Ouvrard?

Isidore creyó que había oído mal. Sus pupilas se dilataron por la sorpresa.

—¿Está pensando en un segundo cómplice entre el personal de Hêtraie?

Valentin eludió la pregunta con un gesto evasivo de la mano.

—Para estar seguros de que fue un crimen —suspiró—, tendríamos que poder analizar el líquido de la taza. Por desgracia, me dijiste que Ferdinand se había bebido todo el contenido y que los diminutos restos que quedaban en los laterales eran insuficientes para realizar un análisis toxicológico.

—En realidad, qué más da —dijo Isidore—. Pondría la mano en el fuego por que no había veneno en la bebida que Mélanie llevó a su marido.

—¿Cómo puedes estar tan seguro?

—Sencillamente, ¡porque yo mismo bebí una taza entera del mismo brebaje!

—Podría haber veneno solo en la taza de la víctima…

—Olvida una cosa, jefe. Mélanie bebió de la misma taza antes que su marido. Estuve lo bastante cerca de ella como para afirmar que no fingió, y dio un buen trago. Sin embargo, no sintió absolutamente nada, ningún síntoma.

Valentin se rascó pensativo la oreja izquierda.

—Reconozco que eso acaba con la teoría del veneno.

—Además —continuó Isidore—, las convulsiones que se llevaron al desafortunado Ferdinand no son muy distintas de las que sufrió su propia hija. ¿Por qué no concluir que se trataba de una debilidad o un defecto familiar? En ese caso, D'Orval ya estaba muy desmejorado por sus sucesivos duelos. Era un hombre destrozado por el dolor. La conmoción por el abandono de Oblanoff y el descubrimiento del robo podrían haber bastado para desencadenar un ataque mortal en un organismo debilitado. Además, ¿qué sentido tenía eliminar a D'Orval? A

Ouvrard le había salido bien el golpe y se había evaporado en el aire. No tenía ninguna razón para atacar a un hombre que, a fin de cuentas, seguiría siendo su víctima hasta el final.

Valentin tenía otro asunto problemático. En cuanto Isidore regresó a la prefectura, el inspector envió dos policías municipales a la calle de l'Épée-de-Bois, para intentar detener al falso médium. Volvieron con las manos vacías. Según su casera, Ouvrard regresó de Saint-Cloud bien entrada la mañana del lunes. Hizo inmediatamente las maletas y se marchó sin dejar ninguna dirección. Como no recibía correspondencia y había pagado el alquiler por adelantado, a tocateja, a la casera no le pareció bien preguntarle dónde localizarlo en caso de necesidad.

—¡Cuando pienso —se lamentó Valentin, abatido— que fue por pocas horas! Por fin había comprendido cómo se las arregló el maldito Ouvrard para llevar a cabo su farsa. Estaba a punto de ir a Saint-Cloud para demostrárselo a Ferdinand d'Orval, para convencerlo de que emprendiera acciones legales contra ese impostor. Una vez detenido, estoy convencido de que Ouvrard tendría muchas cosas interesantes que contarnos.

Isidore no podía ocultar su intensa curiosidad, detrás de la cual asomaba una pizca de escepticismo.

—¿Quiere decir que ha descubierto una explicación para los trucos del ilusionista? ¿La mesa que se movía sola, el retrato bajo una campana, la aparición junto al estanque?

—Exactamente. De hecho, esta mañana he traído lo necesario para convencer a los D'Orval. Pero ahora me parece todo tan inútil…

—No puede abrir los ojos de un muerto, pero le agradecería que me iluminara. Ardo en deseos de saber cómo se las arregló ese canalla para engañarnos.

Valentin esbozó una ligera sonrisa. A pesar de que vivía todo aquello como un terrible fracaso, su afición por la ciencia y la innovación lo llevaron a responder favorablemente a la solicitud de su ayudante y a saciar su sed de comprensión.

—Empecemos por el más sencillo y, sin embargo, el más espectacular de todos —dijo, agachándose para recoger una cartera de sus pies y colocarla sobre el escritorio—. La supuesta aparición de Blanche en la orilla del estanque. Todos los invitados, incluidos muchos ocultistas, estaban asombrados por ese prodigio y, sin embargo, ¿qué vimos exactamente? Una silueta rubia en la distancia, más o menos parecida a la chica muerta. Al final, nada tan extraordinario. Entonces, ¿qué fue lo que impresionó tanto a los asistentes?

—¡Pues ese amanecer en medio de la noche! ¡Esa aura irreal!

—¡Exactamente! Esa escena no habría convencido ni al más indulgente de los espectadores si no fuera por la variación de la luz en el punto exacto donde se produjo la aparición. Sin embargo, Ouvrard se limitó a reproducir una atracción nueva de los bulevares.

El inspector sacó del maletín una hoja impresa en la que se anunciaba el diorama de Daguerre y se la plantó delante de la cara a Isidore.

—¿El diorama? —leyó el adjunto—. ¿De qué se trata exactamente?

—¡Es un invento increíble! ¡Un verdadero teatro de ilusiones!

Y Valentin empezó a contar lo que había aprendido durante la reciente expedición tras las huellas de Ouvrard, en su visita al establecimiento de la plaza de Château-d'Eau.

—No cabe duda de que para crear la ilusión de que el sol salía y brillaba sobre la mujer muerta, llamada de nuevo a la vida, nuestro hombre utilizó los mismos dispositivos: unos paneles de tela translúcida con un paisaje idéntico al de la orilla, pintado en trampantojo. Con la iluminación adecuada, fue capaz de crear esa luz artificial tan localizada, manteniendo al mismo tiempo la ilusión de realidad mediante el efecto de las hojas meciéndose con la brisa.

—Pero ¿qué fuente de luz utilizó? —preguntó Isidore, frunciendo el ceño—. Según lo que me acaba de decir sobre Daguerre, su invento solo funciona con la luz del día.

—Esa es la verdadera aportación de Ouvrard. Ayer, cuando fui a la farmacia de mi antiguo mentor, el profesor Pelletier, le pregunté por la posibilidad de diseñar una iluminación potente sin utilizar gas. Me dijo que los químicos se habían dado cuenta recientemente de que la cal pura emite un intenso resplandor cuando entra en contacto con el oxígeno. En la actualidad, este proceso solo lo utilizan los ejércitos de algunos países para transmitir mensajes a larga distancia mediante señales luminosas. Es cierto que la manipulación de los compuestos sigue siendo delicada. Yo mismo estuve a punto de provocar un incendio y un ataque de pánico a mi ama de llaves cuando realicé un pequeño experimento en mi casa, ayer por la tarde. Sin embargo, Pelletier está convencido de que este tipo de iluminación se utilizará pronto en los teatros de toda Europa.[*] No me cabe duda de que Ouvrard, el acróbata siempre a la caza de trucos para perfeccionar su actuación, oyó hablar de eso.

—Hasta aquí el *modus operandi*. Y ¿cómo no nos dimos cuenta de nada cuando llegamos a la zona de la artimaña?

—El efecto es espectacular, pero solo requiere un equipo limitado. Las pantallas de tela translúcida no abultan mucho. Y bastaron dos o tres recipientes del tamaño de un cubo para que actuaran como fuentes de luz. Ouvrard calculó la cantidad de cal necesaria para un corto periodo de iluminación. Entre el momento en que volvió la oscuridad y nosotros llegamos al otro lado del estanque, pasaron unos doce minutos. Tiempo más que suficiente para que su cómplice, la que interpretaba el papel de Blanche, cortara las cuerdas que sujetaban los paneles de tela y despejara la zona.

—Pero ¿cómo? No podía llevarse los cubos y los rollos de tela a la vez, sola. Entonces, tendríamos que pensar en más cómplices ahí mismo. Pero, en ese caso, parece poco probable que pudieran desaparecer sin que los oyéramos y sin dejar el menor rastro.

—Tienes razón —estuvo de acuerdo Valentin—. Por eso estoy convencido de que la mujer estaba sola. Y no necesitó llevarse el equipo con ella. Simplemente lo escondió allí mismo.

* Efectivamente, esta iluminación, obtenida con una reacción química, reemplazó las candelas en los teatros parisinos, sustituyéndolas con las famosas «luces de calcio», precursoras de los proyectores modernos.

—¿Dónde? Registramos la zona durante un buen rato. Deberíamos haber detectado algo.

—No necesariamente. Hay un lugar concreto que olvidamos examinar. Es cierto que no teníamos motivos para hacerlo en ese momento.

—¿Cuál?

—El estanque, sencillamente. Cuando la cómplice de Ouvrard terminó de enrollar la tela, le bastó con lastrarla con los cubos y hundirlo todo, sin que nadie lo notara. No pudo tardar más de cinco minutos, tiempo de sobra para, a continuación, desaparecer en las profundidades del jardín.

Isidore hizo una breve pausa para imaginarse la escena en su mente. Una expresión de ingenua admiración apareció en su rostro.

—Sí, no cabe duda. Así es como debió ocurrir. Pensar que la explicación era tan sencilla y que casi todos estábamos dispuestos a gritar «¡milagro!»…

Valentin no dijo nada. Por su parte, aunque aquella tarde no comprendió el subterfugio de Ouvrard, nunca imaginó que pudiera tratarse de otra cosa. Su formación científica y su afición por el progreso lo llevaban a aceptar únicamente explicaciones racionales, accesibles a una mente lógica e ilustrada.

Sin dejar de mirar a su ayudante, volvió a rebuscar en el interior del maletín y colocó parte de su contenido en el escritorio.

—Reconoces estos objetos, ¿verdad? Son los mismo bártulos que encontramos en la habitación de Ouvrard, en la calle de l'Épée-de-Bois. Una caja de madera, una bolsita de gránulos de yodo y un frasco de mercurio líquido. Una selección cuando menos sorprendente en esa miserable habitación. ¿Para qué podía servirle?

—Imagino —dijo Isidore— que es una pregunta retórica y ya sabe la respuesta.

—No se te escapa ni una. La caja tiene una solapa retráctil que permite cerrar o abrir un pequeño orificio. El mecanismo me permitió comprender de inmediato que se trataba de una *camera obscura*.

—Nunca había oído hablar de eso. ¿Qué es exactamente?

—Es un dispositivo óptico, cuyos principios se conocen, a decir verdad, desde hace mucho tiempo. Hay una presentación teórica en la obra de Aristóteles, y las descripciones más antiguas se remontan al Imperio bizantino. La *camera obscura,* o cuarto oscuro, permite obtener, en una pantalla colocada en su interior, una imagen reducida e invertida del paisaje que está enfrente del orificio abierto.

—¿Cómo es posible?

—Una simple cuestión de física. Normalmente, los objetos reflejan la luz en todas direcciones. Pero restringiéndola, se puede actuar de manera que solo ciertos rayos que emanan del paisaje, los que entran por la abertura, se focalicen en una pantalla. Estos rayos, que emanan en línea recta desde un único punto del paisaje, forman una imagen bidimensional muy próxima a la visión humana. A partir del Renacimiento, muchos pintores utilizaron este procedimiento para reproducir en sus lienzos una imagen lo más fiel posible de la realidad.

—Imagino que Ouvrard utilizó esta técnica para engañarnos. Pero no consigo averiguar cuándo ni cómo pudo recurrir a ella.

—No te preocupes, yo sabía tan poco como tú cuando terminamos de registrar su habitación. Pero el hecho de encontrar una *camera obscura* en su casa no dejaba de darme vueltas en la cabeza. Solo cuando estuve frente al diorama de Daguerre, algo hizo clic en mi cerebro. Al saber que Ouvrard se interesó mucho por los geniales hallazgos de Daguerre, me planteé si alguno podía basarse en ciertas ilusiones ópticas que necesitan un cuarto oscuro. Cuando se lo pregunté a Daguerre, pensé que le iba a dar un ataque.

—¿De veras?

—¡Claro que sí! Imagina que el diorama no es nada comparado con el invento al que Daguerre se ha dedicado en los últimos años. ¡Algo único, extraordinario! He tenido que tirarle un poco de la lengua para que me hablara de eso, sobre todo porque no trabaja solo. Se ha asociado con un ingeniero de Chalon, Nicéphore Niépce. Los dos han perfeccionado el descubrimiento que permitió a Ouvrard sacar de la nada el retrato de Blanche, la famosa noche que fuiste a Hêtraie por primera vez.

Los ojos de Isidore se abrieron de par en par, incrédulo, mientras Valentin terminaba de vaciar el maletín en el escritorio.

—Lo mejor —continuó el inspector— es que reproduzca para ti lo que ocurrió aquella noche. Había preparado la reconstrucción para los D'Orval. Al menos sirve para algo.

En los minutos que siguieron, un atónito Isidore tuvo la singular impresión de revivir la escena que había presenciado, dos semanas antes, en uno de los salones de la finca de los D'Orval. Valentin colocó una lámpara, un platillo lleno de mercurio y un disco de metal pulido bajo una especie de cúpula hecha de gasa y tela metálica.

—Imaginemos que esta cúpula es la campana de cristal que Ouvrard utilizó aquella noche. En cuanto al mercurio, debía de estar oculto en un receptáculo incorporado a la lámpara. Recuerdo que te llamó la atención su aspecto bastante inusual. Encendámosla y veamos qué ocurre.

Valentin lo puso en práctica. Acercó el encendedor a la mecha, luego colocó el platillo sobre la lámpara y cerró la cúpula. La gasa iluminada desde dentro se volvió translúcida, dejando ver la superficie del disco metálico. Poco a poco, la superficie se fue difuminando y aparecieron formas. Pronto, se dibujó la imagen de una mujer gruesa leyendo, tan clara como el reflejo en un espejo.

—¡Fantástico! —se entusiasmó Isidore—. Pero ¿quién es?

—Te presento a la señorita Eugénie Poupard, la perla de las amas de llaves. Su aptitud para la lectura es muy cuestionable, pero es una cocinera de primera categoría. Hizo de modelo para mí sin darse cuenta. —Mientras hablaba, Valentin levantó el enrejado y cogió el disco de metal—. Como puedes ver, no es necesario comunicarse con los espíritus para obtener un retrato preciso. ¡Ya te dije que el invento de Daguerre y Niépce era extraordinario!*

---

* Para más detalles sobre el invento del daguerrotipo, el primer método para captar una imagen fotográfica, ver la nota del autor al final del libro.

—¿Cómo funciona?

—Una vez más, se trata ante todo de un problema de química. Los dos hombres han encontrado la manera de capturar cualquier rostro sobre una superficie metálica. El metal, generalmente cobre, se recubre con una capa de plata y después se expone al vapor de yodo. Entonces, se forma yoduro de plata sobre el soporte. La placa se introduce en una *camera obscura* y, al abrir el orificio, la exposición a la luz permite grabar una imagen invisible sobre el metal. Daguerre la llama la «imagen latente». Con este método, el tiempo de exposición es de unos veinte minutos, mucho menos que las horas necesarias para sus primeros intentos. Entonces, solo podían capturar imágenes fijas de paisajes.

—Pero ¿cómo aparece la imagen latente?

—Colocándola en un interior cerrado, junto a un recipiente de mercurio ligeramente calentado. El vapor de mercurio se condensa en la placa y forma una amalgama con el yoduro de plata donde ha actuado la luz. Y así la imagen oculta se revela de forma gradual.

—¡Fascinante! Los señores Daguerre y Niépce se merecen todas las alabanzas. ¿Por qué no se conoce su invento y se recompensa como es debido?

—Porque lo mantienen en secreto hasta perfeccionarlo. La imagen que aparece en la placa metálica es muy frágil y quieren encontrar la manera de fijarla en el tiempo. Mira, por ejemplo, lo que ocurre cuando se expone al calor...

Valentin acercó el disco de plata a la llama de la lámpara, sujetándolo con la punta de los dedos. Rápidamente, el retrato de Eugénie pareció disolverse y desaparecer en el limbo.

—Como puedes ver —continuó el inspector—, la desaparición es tan rápida como la aparición. El calor hace que el mercurio de la amalgama se evapore y la superficie se vuelve casi tan clara como al principio. Evidentemente, esto es lo que ocurrió cuando Ferdinand d'Orval acercó el retrato de su hija a las llamas de la chimenea para verlo mejor.

Isidore se dio una palmada en la frente, como si hubiera olvidado algo esencial.

—Por cierto, ¿cómo se las arregló Ouvrard para conseguir el retrato de Blanche? A diferencia de su criada, ella no pudo posar para él.

—Parece que nuestro estafador eligió especialmente bien a su cómplice. No olvidemos, además, que ha trabajado en teatros y debe saber utilizar el maquillaje para acentuar cierto parecido natural. Por último, tampoco subestimemos el poder de la sugestión. Ouvrard supo crear un clima propicio para su superchería. Ferdinand d'Orval esperaba que su hija se manifestara de un modo u otro. Cuando vio surgir del vacío el rostro de una joven rubia, no tuvo ninguna duda de que se trataba de su propia hija.

Isidore admiraba profundamente a su jefe. Se sentía más orgulloso que nunca de trabajar en la Brigada de los Misterios Ocultos, bajo las órdenes de un policía tan erudito que no se parecía a ningún otro.

—¿Y la mesa? —preguntó—. ¿Tiene también una explicación?

—Pero ¿qué clase de pregunta es esa? Te di esa explicación el primer día, cuando Mélanie d'Orval vino a pedirnos ayuda.

—Pero yo examiné el mobiliario en casa de los D'Orval y no...

Justo en ese momento, sonó un golpe en la puerta. Entró un ordenanza con una carta para Valentin y el anuncio de que el prefecto de Policía quería hablar con el jefe de la Brigada de los Misterios Ocultos lo antes posible.

—Imagino que estará informado de la muerte de Ferdinand d'Orval —comentó el inspector a Isidore—. Dadas las circunstancias, me sorprendería que quisiera felicitarme. Le prometí un éxito prestigioso y, en cambio, lo único que le traigo es un fracaso humillante.

Abrió el sobre con su nombre de manera mecánica. En la hoja de papel había unas diez líneas de Désiré Frappart, con muy mala letra. En un estilo lapidario y con la ortografía más fantasiosa, el regidor del diorama informaba al policía que Louis Daguerre le había aconsejado escribirle. Daguerre le dijo que el inspector Verne deseaba recibir cualquier información nueva sobre Pierre Ouvrard. Pues bien, Frappart había recordado un detalle que podía ser importante. Poco antes de abandonar el establecimiento, el antiguo artista ambulante había empezado a verse con una bailarina de la ópera de la calle Le Peletier. Una joven rubia llamada Maria.

—Maldita sea, Isidore —exclamó Valentin tras leer la breve nota—. Quizá nuestra suerte haya cambiado. Tenemos que encontrar a esa tal Maria. ¡Vamos enseguida a la ópera!

Desconcertado, el ordenanza vio a los dos ocupantes del despacho arramblar con sus sombreros, capa y abrigo y pasar por la puerta delante de sus narices, sin prestarle la menor atención.

—Pero…, pero… —tartamudeó—. ¿Qué le voy a decir al prefecto?

La voz apagada de Valentin Verne le llegó desde el fondo del pasillo:

—Dígale que el caso D'Orval aún no está cerrado. Ya no vamos a entregarle a un estafador, ¡sino a un asesino!

32

La caída

En la calle Barbette, un carruaje pasaba lentamente bajo la llovizna, chirriando sobre los adoquines. El conductor estaba medio dormido, enfundado en un capote largo. En la esquina con la calle Trois-Pavillons, una farola de aceite mordisqueaba la noche como un pequeño y obstinado roedor. Dos mujeres demasiado cargadas se detuvieron debajo de su halo lechoso el tiempo suficiente para ajustarse el pañuelo en la cabeza, y luego se alejaron riendo, cogidas del brazo.

En cuanto desaparecieron en la húmeda oscuridad, una figura sigilosa, con sombrero redondo y capa plisada, se deslizó rozando las fachadas de los edificios y se unió a otro hombre escondido bajo un portón.

—¿Y qué? —dijo el segundo—. ¿Has encontrado otra salida?

Isidore Lebrac negó con la cabeza.

—La puerta principal se abre a un pasadizo abovedado que conduce a un patio interior. El patio está rodeado de muros altos y ningún hombre podría salir de ahí, a menos que tuviera una escalera.

Valentin Verne se echó el sombrero de copa hacia atrás y se inclinó para mirar una ventana iluminada, en el quinto piso, al otro lado de la calle. El resplandor de la farola proyectaba su lividez sobre el rostro del joven inspector. Esa cara, iluminada así con un matiz espectral, parecía atenta y algo tensa.

—Perfecto —comentó en voz baja—. Así que no hace falta que nos cubramos las espaldas. Podemos subir los dos. Según me explicaron en la oficina de la ópera, Maria Popielski vive sola y, a diferencia de la mayoría de las demás bailarinas, no tiene benefactor propiamente dicho. Pero hay un hombre en su casa, arriba. He visto su silueta recortarse varias veces, como una sombra chinesca, detrás de la ventana.

—¿Cree que es Ouvrard?

—¿Quién más podría ser? Tenemos que cogerlo por sorpresa. Que no se dé cuenta de lo que pasa antes de que le pongamos las empulgueras. Esperaremos a que se apaguen las luces, cuando su cómplice y él estén a punto de acostarse.

Continuaron sin moverse, al acecho, más de un cuarto de hora antes de que la oscuridad cayera tras las cortinas. Salieron del escondite y llegaron rápidamente al porche de enfrente. Cuando Isidore hizo el reconocimiento de la zona, se aseguró de que el edificio de pisos de renta no tenía portero y que podrían acceder a las plantas sin dificultad. Así que subieron de puntillas, con cuidado de que no crujieran los destartalados escalones.

Mientras avanzaban en silencio, Valentin pensó en lo que había averiguado sobre la chica llamada Maria. Era una bailarina polaca de diecinueve años, que se había unido al cuerpo de *ballet* de la ópera tres años antes. Toda su familia se había quedado en su país de origen y no tenía amigos. En resumen, era una pobre chica a la que Ouvrard tuvo que prometer el oro y el moro para convencerla de que participara en sus artimañas. No debió de ser muy difícil, dada la capacidad de embaucar del falso nigromante y auténtico estafador. De hecho, era el destino común de casi todas las bailarinas de la calle Le Peletier. Generalmente, procedían de las clases desfavorecidos, adolescentes, a menudo pobres y analfabetas; eran unas presas de calidad para los jóvenes de la alta sociedad parisina y los burgueses adinerados que constituían el grueso del público. Estos hombres, ávidos de placer, las veían como chicas sensuales con una moral libre, que representaban una alternativa bienvenida a las prostitutas, para muchos intratables. En cuanto a las propias chicas, la mayoría solo quería seducir a un benefactor adinerado para hacer carrera, asegurarse una existencia dorada y sacar a sus familias de la pobreza.

Cuando aún trabajaba en la Brigada Antivicio, Valentin asistió varias veces, vagamente asqueado, a los tratos que se gestaban en el vestíbulo de la ópera. Allí, los abonados podían elegir tanto como quisieran, observando a las bailarinas en su intimidad, y se hacían los primeros acercamientos, con la bendición de madres o tías. A Valentin lo que más le indignaba era el comportamiento de esas familiares que, con el pretexto de hacer de carabinas, actuaban como alcahuetas. En cada ocasión, el inspector tuvo la desagradable impresión de asistir a una especie de monstruoso mercado de ganado. Ouvrard debió de encontrar allí una excelente oportunidad para elegir a una chica que pudiera desempeñar el papel de Blanche y que se sintiera lo suficientemente atraída por el señuelo del dinero como para dejar a un lado los escrúpulos.

Al llegar al rellano de la quinta planta, los dos hombres se detuvieron un momento para orientarse e identificar cuál de las tres puertas correspondía al pequeño piso de la bailarina. Cuando se aseguraron, Isidore desenfundó una de esas pistolas cortas de acero, que llamaban de pistón, mientras Valentin se colocaba frente a la puerta. El inspector cogió impulso y dio un patadón violento a la altura de la manilla. La puerta cedió con un crujido siniestro.

Los policías entraron uno detrás del otro en el apartamento a oscuras.

Por desgracia, no todo salió según el plan de Valentin. Justo cuando se disponía a acostarse, a Maria le asaltó una duda y se levantó, sin molestarse en volver a encender una lámpara, para comprobar si había cubierto de ceniza el brasero. El inspector apenas había dado tres pasos en la oscuridad cuando un fantasma blanco cayó sobre él e intentó desgarrarle la cara con unas afiladas uñas. Al mismo tiempo, una voz aguda con acento extranjero resonó en sus oídos:

—¡Cuidado, la poli! ¡Huye, Pierre!

Valentin percibió un movimiento rápido en el otro extremo de la habitación. Una puerta se cerró de golpe en la oscuridad.

—¡El dormitorio, Isidore! ¡Rápido, rápido! ¡Va a escaparse!

Y mientras su ayudante se precipitaba, Valentin tuvo que luchar como un demonio para no acabar desfigurado y dominar a la tigresa que luchaba con uñas y dientes para proteger la huida de su amante.

Cuando, por fin, consiguió inmovilizar a la joven rubia, que no dejaba de insultarlo, volvió Isidore para echarle una mano.

—¿Ouvrard? —preguntó Valentin, sin aliento y visiblemente alterado ante la idea de que el pájaro pudiera salir volando.

—Yo... no lo sé —tartamudeó Isidore—. Ha debido de atrancar la puerta con... una silla o algo así. Yo... no consigo abrirla.

—Si se nos escapa ahora —maldijo el inspector—, desaparecerá sin dejar rastro. Nunca lo encontraremos. Ocúpate de esta loca e intentaré entrar en la habitación contigua desde el exterior.

Mientras Isidore encadenaba las muñecas de Maria, Valentin buscó a tientas hasta que encontró una lámpara sobre la mesa. La encendió, fue a la ventana y descorrió las cortinas. A pesar de la noche y la lluvia, la llama parpadeante le permitía orientarse. Una cornisa de apenas un palmo de ancho recorría la fachada y llegaba a una lucerna. Desde allí, debería ser posible subir al tejado e intentar alcanzar los edificios vecinos. Sin embargo, no había ni rastro de Ouvrard.

El inspector dejó la lámpara, abrió uno de los dos batientes y pasó por encima de la ventana.

—¡Tenga cuidado, jefe! —le advirtió Isidore, visiblemente preocupado—. Con esta maldita llovizna, ¡es una caída para romperse los huesos!

—No hay elección —respondió Valentin—. Necesito que Ouvrard hable.

Y se deslizó por la cornisa, con el cuerpo apoyado en la pared, los brazos extendidos, tanteando con los dedos para buscar el menor saliente que le diera estabilidad. La lluvia fina goteaba por el tejado de zinc y los canalones producían un sonido de catarata extrañamente amplificado. Más abajo, como a gran distancia, oía de vez en cuando el eco de las pisadas de algún transeúnte; era la materialización sonora de todo el vacío a su espalda. El policía intentó abstraerse del medio hostil. Avanzaba lateralmente, despacio, sin apenas atreverse a respirar por miedo a hinchar demasiado el pecho y perder su precario equilibrio.

Parpadeando para sacarse el agua de los ojos, con el corazón acelerado, se dirigió a la barandilla de la ventana que daba al dormitorio. Como esperaba, la ventana estaba abierta, y la habitación, vacía. Vio la cama contra la puerta y una bolsa de cuero abierta en el suelo. Se habían escapado algunas monedas de oro. Ouvrard no quiso huir sin llevarse al menos una parte del botín. Pero había actuado con precipitación.

Valentin calculó que le sacaba pocos minutos de ventaja. Si no perdía más tiempo, podría alcanzar al fugitivo en los tejados. Para eso tenía que alcanzar la lucerna por la que discurría un canalón que le proporcionaba el apoyo ideal para subirse a la superficie inclinada de zinc. Era una distancia de casi dos toesas coqueteando con el vacío, con una posibilidad nada desdeñable de romperse el cuello en la acera, diez metros más abajo.

La perspectiva era poco alentadora. Sin embargo, sin pensar más en los riesgos, el inspector reanudó su peligroso número de funambulista.

Estaba a mitad de camino cuando su pie izquierdo patinó de repente sobre la cornisa mojado. El resbalón fue tan repentino que Valentin ni siquiera tuvo tiempo de asustarse. Su instinto de conservación lo salvó de una caída fatal. En lugar de intentar recuperar el equilibrio, se empujó sobre la pierna izquierda y se precipitó, con los brazos por delante, hacia el desagüe. El impacto fue duro, pero consiguió agarrarse con ambas manos. La vibración de la tubería reverberó por sus brazos, pero, por fortuna, las sujeciones selladas en la fachada resistieron su peso.

Durante unos penosos segundos, se balanceó sobre el vacío, oyendo crujir horriblemente la tubería metálica. Los dedos lo incitaban a gritar y los hombros, a punto de desgarrarse, no eran más que dos nudos de dolor. Al fin, tras lo que le pareció una eternidad, su cuerpo se estabilizó. Consiguió apoyar ambos pies en la fachada y gastó las últimas fuerzas que le quedaban para subir a la lucerna. Allí, pudo hacer una breve pausa para calmar los latidos de su corazón y recuperarse. Cuando se sintió un poco mejor, empezó a alzarse al tejado, cuya suave pendiente le permitió volver a avanzar a cuatro patas.

La mejor posibilidad de Ouvrard era intentar acceder al tejado de un edificio cercano, con la esperanza de encontrar el modo de colarse dentro. Si lo conseguía, probablemente saldría del apuro. Recordando la disposición de la zona, Valentin pensó que tal vez en la parte de atrás había más posibilidades. Así que continuó arrastrándose hacia arriba, y luego pasó la cumbrera y se deslizó con cuidado por el otro lado.

Le faltaba poco para llegar al reborde opuesto del tejado cuando el fugitivo apareció a su derecha. Ouvrard estaba de pie, agarrado con ambas manos al tiro de una chimenea. Alrededor de un metro más abajo, había un estrecho tablón sobre el abismo, probablemente instalado allí por un techador, que daba acceso al tejado de pizarra de un palacete. A todas luces, a Ouvrard lo paralizaba el miedo a caerse. No se atrevía a arriesgarse por la estrecha pasarela. Sin embargo, una vez al otro lado, solo tenía que inclinar el tablón hacia el vacío y quedaría fuera del alcance de Valentin definitivamente.

Valentin se ancló con la mano izquierda al gancho de una plancha de zinc, sacó del bolsillo una pequeña pistola de doble cañón y la amartilló.

—Se acabó, Ouvrard —gritó, apuntando con el arma a su objetivo—. Has jugado y has perdido. Vas a venir amablemente hasta mí y saldremos juntos de este tejado por la claraboya más cercana.

Ouvrard levantó un rostro lívido en dirección al policía. La lluvia le pegaba los largos mechones negros a la frente. Eso le daba un aspecto desaliñado y aturdido a la vez. Aquel hombre no se parecía en nada al misterioso y todopoderoso médium que tanto había impresionado a los invitados de la finca de Hêtraie. Ya solo era un pobre hombre cazado que intentaba en vano superar su miedo.

Por un breve instante, Valentin pensó que podría convencerlo para que se rindiera. Aún lo creía cuando vio que Ouvrard se desprendía lentamente de la chimenea. Pero en lugar de dirigirse hacia el inspector, el hombre volvió tambaleándose al tablón.

—No seas estúpido —insistió Valentin—. ¡No me obligues a disparar!

Ouvrard ya había dado tres pasos sobre el vacío. Al oír el grito del policía, temiendo sin duda que cumpliera su amenaza, intentó girar la cabeza para mirar por encima del hombro. Pero ese simple movimiento bastó para desequilibrarlo. Durante unos segundos, agitó los brazos, como un gran cuervo siniestro que quisiera salir volando. Entonces todo se movió. Lanzó un fuerte grito y desapareció.

La oscuridad lo tragó.

33

El interrogatorio de Maria

Una muñeca de trapo abandonada en un asiento por un niño caprichoso. Una muñeca de trapo que ya no gusta... Esa era la imagen de Maria Popielski que acudía a la mente de Valentin en el carruaje que los llevaba, con Isidore Lebrac, a la Prefectura de Policía.

Cuando el inspector regresó a casa de la bailarina después de presenciar, impotente, la fatal caída de Ouvrard, la joven, todavía con las empulgueras puestas, seguía debatiéndose como un demonio. Isidore, visiblemente desbordado, tenía que esforzarse al máximo para dominarla. Le daba patadas desordenadas e intentaba morderlo en cuanto él trataba de mantenerla quieta. Sin embargo, cuando Valentin le comunicó el destino fatal de su cómplice, Maria se derrumbó de repente. Fue como si, de pronto, algo se hubiera roto en su interior. Por la intensidad de su angustia, el inspector se dio cuenta de que la desdichada mujer se había enamorado realmente del bribón de Ouvrard, y sintió una pena sincera por aquella desconocida, que se había visto envuelta, quizá sin saberlo, en un asunto muy desagradable.

Mientras enviaba a Lebrac a la comisaría del séptimo distrito a buscar un coche para llevar a la bailarina a los calabozos, dejó que la muchacha derramara todas sus lágrimas, sin molestarla con preguntas que, de todos modos, no estaba en condiciones de responder. Valentin registró rápidamente el pequeño apartamento y comprobó que las joyas robadas de

Mélanie d'Orval no estaban escondidas allí. Tampoco estaban en el cuerpo de Ouvrard. Valentin se aseguró de eso al bajar del tejado. El antiguo saltimbanqui solo llevaba encima un centenar de francos en monedas de oro. Sin duda, el dinero procedía del robo de la caja fuerte de los D'Orval, pero, a fin de cuentas, solo era una ínfima parte del botín. Al inspector no le sorprendió, pues adivinaba dónde podía estar el resto. Así que no intentó saber más. Se limitó a observar en silencio a la pobre chica, abrumada por el dolor.

Valentin seguía observándola, tan rubia y frágil, desplomada en la banqueta de la berlina, sacudiéndose al menor golpe. Ya no lloraba. No cabía duda de que había agotado todas sus lágrimas. Pero su rostro, de rasgos desgarrados, seguía expresando una angustia sin límites. Los largos y pálidos mechones se le pegaban a las mejillas húmedas, y su mirada fija parecía centrada en algo enterrado muy hondo en su interior.

Una muñeca de trapo…

La comparación se impuso rápidamente a Valentin mientras le afloraban sentimientos contradictorios hacia la joven polaca. Si fuera posible, respetaría su pena y aplazaría el interrogatorio hasta la mañana siguiente, pero no podía permitirse esa delicadeza. Necesitaba respuestas sobre ciertas cuestiones y el tiempo apremiaba. Cuanto antes resolviera el caso D'Orval, antes podría ocuparse del Vicario y evitar la amenaza que pesaba sobre la vida de Aglaé.

Este último pensamiento lo empujó, por fin, a romper el silencio:

—Yo no quería esto, señorita. Le doy mi palabra. Ouvrard sabía perfectamente los riesgos que corría. Eligió huir, con pleno conocimiento de causa.

La única reacción de Maria Popielski fue mirarlo aturdida. Era como si hubiera oído sus palabras, pero no llegaran a ella y fuera incapaz de comprenderlas. No abrió la boca.

—Es normal que sienta tristeza —insistió Valentin—. Imagino que Pierre Ouvrard le hizo toda clase de bellas promesas. Pero ¿cómo puede estar segura de que las cumpliría? Se sacrificó para darle la oportunidad de huir, y él no dudó ni un segundo en dejarla atrás, en nuestras manos. ¿De verdad cree que él habría hecho lo mismo por usted?

Valentin, en su fuero interno, lamentaba tener que presionarla así, pero no veía otra forma de obligarla a reaccionar. Su cálculo dio resultado. Los ojos de Maria se reavivaron. Una chispa de desafío brilló en sus pupilas.

—¿Y usted? ¿Qué cree que sabe de él? —soltó con una rabia desdeñosa—. De acuerdo, puede que no fuera un dechado de virtudes, pero es el único hombre que me ha tratado como algo más que una mercancía desde que llegué a París. El único, ¿me oye?

—Hasta convertirla en su cómplice e implicarla en un caso de asesinato —asestó el inspector, sabiendo muy bien que así revelaba su mejor carta.

La última palabra hizo que la chica saltara como la correa de un látigo. Se llevó las manos a la boca y abrió los párpados de par en par. Su expresión vacilaba entre el asombro y la desconfianza.

—¿Pierre, un asesino? ¿De qué está hablando? Era un estafador, pero nunca haría daño a una mosca. Aborrecía la violencia.

—Es bien sabido que el veneno es el arma de los débiles —apuntó Valentin.

Maria hizo una mueca y sacudió la cabeza. Parecía como si intentara borrar de su mente las palabras que acababa de oír o ahuyentar un mal sueño. Sus ojos, presa del pánico, empezaron a girar en sus órbitas. Miró a los dos policías que tenía enfrente, pasando rápidamente de uno a otro. Al final, se fijó en Isidore, con una súplica silenciosa pintada en los labios, como si esperara que contradijera a su colega, que admitiera que solo querían asustarla.

El pelirrojo se retorció incómodo en la banqueta. Aunque aún le dolían los numerosos arañazos y moratones que le había hecho la bailarina, también él sentía cierta compasión por la pobre chica perdida. Además, no entendía muy bien a dónde quería llegar su jefe. A primera hora de la tarde, Valentin parecía estar de acuerdo con sus argumentos y haber descartado la posibilidad del envenenamiento. Entonces, ¿por qué se lo mencionaba a Maria? ¿Qué pretendía obtener de ella?

Incapaz de no responder a la súplica silenciosa de la prisionera, pero temiendo cometer un error garrafal, se limitó a exponer los hechos:

—Ferdinand d'Orval, el hombre al que Ouvrard engañó haciéndose pasar por un necromántico, murió repentinamente esta mañana, justo después de ingerir un tónico, en teoría, reconstituyente.

—¿Ha dicho esta mañana? —reaccionó Maria con un alivio obvio—. ¡Eso prueba que mi pobre Pierre no tuvo nada que ver! ¡No ha puesto un pie fuera de casa desde el lunes! Decía que ese era el trato, que no debíamos movernos hasta mañana al mediodía, y que la fortuna vendría sola a nosotros. Entonces, tendríamos suficiente para irnos lejos, a Italia, y vivir de las rentas.

Las facciones de Valentin se crisparon.

—¿Un trato con quién? —preguntó secamente.

—¿Y yo qué sé? Pierre no me contaba todo, pero no era un asesino. De eso estoy muy segura. ¡Y seguiré diciéndolo aunque me corten la cabeza!

—Probablemente no sea necesario llegar tan lejos —dijo Valentin con una voz tranquila, antes de tutearla—, pero no me malinterpretes, pequeña, tu Pierre se ha embarcado en una aventura extremadamente arriesgada. Ha muerto un hombre respetable, con amistades en las altas esferas. Y ellos van a exigir que les entreguemos un culpable. Si no quieres ser el chivo expiatorio y que te envíen a la guillotina, tendrás que cooperar con nosotros y responder como es debido a todas nuestras preguntas. Es por tu propio bien. ¿Lo has entendido?

Se hizo un silencio relativo en el estrecho habitáculo, lo que hacía aún más audible el tamborileo de la lluvia sobre el techo y el chirrido de las ruedas ceñidas de hierro sobre el pavimento. Desde lejos, la luz parpadeante de una farola se coló en la berlina. La pálida piel de la bailarina se volvió casi lívida, y su rostro parecía el de un niño enfermo. Al fin, asintió lentamente. Sus labios dejaron escapar un murmullo resignado:

—Pregúnteme. Les diré todo lo que sé.

—¿Cuándo y dónde conociste a Ouvrard?

—El pasado septiembre, en el vestíbulo de la ópera. Desde hacía un tiempo, asistía a los ensayos. Cuando decidió acercarse a mí, al cabo de una semana, me dijo que yo le recordaba a una joven a la que amó mucho, pero que murió de pleuresía poco después de su boda. Me mostró su retrato en miniatura en un marco de carey. Es cierto que se parecía bastante a mí.

—¿Tanto que decidió cortejarte?

—¡Claro que no! Bueno… Quiero decir que no es lo que ustedes creen. Al principio, lo único que hacía era invitarme a comer, o llevarme al teatro o a un baile. Solo me pedía que me peinara como en el retrato, que me esforzara para parecerme a su querida difunta. Puesto que era amable y parecía disfrutarlo tanto, ¿por qué iba a negarme? Pensaba que era una forma de resucitar un pasado feliz. Y entonces, poco a poco, empecé a sentir algo por él.

Aunque cada palabra evidenciaba el dolor de la joven, Valentin sentía que dejarlas escapar también la consolaba de alguna forma.

—¿Y él? ¿Compartía la misma atracción?

—Por supuesto que sí. Son cosas que una mujer es capaz de percibir, incluso antes de que su pareja decida expresarlas.

—Supongo que esperó a que fueras su amante para decirte lo que realmente quería de ti. ¿Cómo te lo explicó?

—Llevábamos viéndonos unos dos meses. Al final me confesó que la modelo del retrato no era su prometida, sino la hija de un hombre muy rico. Ella había muerto de forma repentina y él estaba inconsolable desde entonces. Pierre decía que el padre estaba dispuesto a colmar de oro a cualquiera que le permitiera volver a ver a su hija. Según él, era una oportunidad que había que aprovechar a toda costa. Tenía algunos trucos que había perfeccionado cuando actuaba en los teatros ambulantes. Y, además, había trabajado recientemente con un ilusionista del que había aprendido otros métodos asombrosos. Con todo eso, pretendía engañar a los más escépticos y hacerse pasar por un gran médium.

—Pero el problema —interrumpió Valentin— era que no podía hacer nada solo. Necesitaba un cómplice que interpretara el papel de la chica que volvía de entre los muertos. Y ahí intervenías tú. ¿No te dio vergüenza explotar la ingenuidad de un padre desconsolado?

Maria bajó los párpados. Sus mejillas enrojecieron.

—Al principio sí. Incluso era bastante reacia. Pero Pierre volvía al ataque casi todos los días. Decía que, en el fondo, nadie tendría nada que reprocharnos, solo se trataba de aliviar el dolor de un hombre desesperado. Afirmaba que devolverle a alguien el gusto por la vida justificaba unas cuantas mentirijillas. Y entonces, la primera vez, solo me pidió que hiciera como las primeras noches.

—¿Y eso era…?

—Ya sabe, arreglarme para parecer la chica de la miniatura. Y luego solo me pidió que posara delante de una gran caja de madera. No veía cuál era el problema.

—Excepto que no se detuvo ahí. Tú eres, ¿verdad?, la que representó la extraordinaria pantomima para nosotros, la otra noche en Saint-Cloud, junto al estanque.

Esta vez, Maria se limitó a asentir.

—Te felicito —continuó Valentin—. Has interpretado tu papel a la perfección. Es más, necesitaste una buena dosis de sangre fría para hacer desaparecer las lámparas y los cuadros en pocos minutos. Supongo que los tiraste al estanque, ¿no?

Otra aprobación silenciosa.

—La verdad es que todo eso ya lo habíamos adivinado. Lo que realmente me importa es lo que ocurrió los días siguientes. Empecemos por el lunes. Sabemos que, a última hora de la mañana, Ouvrard regresó a la calle de l'Épée-de-Bois. Debió de darse cuenta de que habíamos registrado su habitación y corrió a refugiarse contigo. Pero ¿después?

—Ya se lo he dicho, no nos movimos. De hecho, así estaba planeado desde el principio. Se suponía que Pierre limpiaría su habitación para no dejar ningún rastro tras de sí, y luego vendría a buscarme. Pero cuando llegó, estaba desquiciado. Alguien había estado rebuscando entre sus cosas y eso lo ponía nervioso. Todo iba sobre ruedas hasta ese momento, y temía que lo descubrieran antes de conseguir el dinero.

—Una fortuna que iba a caer en sus manos como maná del cielo mañana a mediodía. ¿Me juras que no te contó nada más?

—Lo prometo —susurró Maria, levantando la mano derecha para apoyarla en una pequeña cruz de oro que llevaba atada a una cinta alrededor del cuello—. Dijo que cuanto menos supiera, mejor para mí. Así que nos quedamos los dos escondidos en mi casa, como conejos asustados. Lo único que hizo fue enviarme a llevar un mensaje esta mañana, muy temprano, al embarcadero de la barcaza de la que tiran caballos, diciéndome que tuviera mucho cuidado. A mí me daban igual los riesgos. Lo único que me importaba era que estuviéramos juntos… Habría ido al fin del mundo con él si me lo hubiera pedido.

Soltó la última frase en un arrebato de pasión e ingenuidad que conmovió a Valentin, aunque tratara de disimularlo. Isidore, por su parte, se había quedado con ganas. Cuando se dio cuenta de que su jefe no tenía más preguntas, no pudo evitar intervenir:

—Me parece que aún no nos lo ha contado todo. ¿Qué pasa con la caja fuerte de la casa de los D'Orval? Ouvrard estuvo rodeado de gente en todo momento. Tuvo que ser usted quien robara el contenido.

La joven polaca abrió mucho los ojos. O se hacía muy bien la pasmada o realmente no entendía a qué se refería su interlocutor.

—¿Qué caja fuerte? —exclamó, una vez recuperada de la sorpresa inicial—. ¡Nunca he entrado en esa casa! Solo fui con Pierre a Saint-Cloud el domingo pasado, para interpretar el papel de la desaparecida. Y me quedé en el jardín todo el tiempo. Bueno, ¡no intentarán cargarme no sé qué robo a la espalda!

Valentin hizo un leve gesto para tranquilizarla.

—¡Cálmate, muchacha! Te creo. —Se dio la vuelta, mostrando con eso que se dirigía a su ayudante y a la joven—. Además, si hubieras robado el oro y las joyas a los D'Orval, probablemente los habríamos encontrado esta tarde en tu casa.

En ese momento, el coche paró. Isidore se inclinó para mirar por la ventanilla. Una farola atravesó la oscuridad con su pálida luz y le permitió situarse. Se sorprendió al ver que el coche no se detenía delante de la Prefectura de Policía, en la calle Jerusalén, sino frente a Messageries Royales, la compañía de diligencias, ¡en la calle de Notre-Dame-des-Victoires!

—¡Maldición! —gruñó—. ¡Ya me parecía que el trayecto era demasiado largo! El dichoso cochero se ha equivocado. Voy a cantarle las cuarenta.

Ya estaba agarrando la manilla de la portezuela para saltar afuera cuando el inspector lo sujetó del brazo.

—¡Tranquilidad, Isidore! No hay necesidad de echarle la bronca, yo le indiqué esta dirección. Dame la llave de las empulgueras.

Isidore volvió a sentarse y empezó a rebuscar entre la ropa. Valentin era un policía excepcional con unas habilidades fascinantes, pero a su ayudante a veces le costaba seguir el hilo de lo que pensaba. ¿Por qué había vuelto a mencionar el envenenamiento a Maria? ¿No habían descartado ambos la implicación de una mano criminal en la repentina muerte de Ferdinand d'Orval? Y, también, ¿por qué fiarse de la palabra de la joven cuando negaba cualquier implicación en el robo, a pesar de ser la única que pudo acercarse a la caja fuerte? Y para terminar, ¿qué impulsaba a Valentin a desviarse del camino en plena noche, en lugar de ir directamente a la prefectura? Isidore buscaba en vano respuestas a todas estas preguntas mientras palpaba febrilmente sus bolsillos.

Sin embargo, el joven policía aún iba a sorprenderse más. Cuando, por fin, le dio a Valentin la llave, vio cómo su jefe se inclinaba sobre las manos de la bailarina y le quitaba las esposas. Entonces el inspector se reincorporó y echó un vistazo a su reloj de bolsillo.

—No falta mucho para la medianoche —dijo, dirigiéndose a Maria—, es muy tarde para buscar alojamiento. Pero apuesto a que si llamas bastante fuerte a la puerta de la posada de la Messageries, no te negarán techo y comida. El carruaje a Lyon sale a las ocho. Si estuviera en tu lugar, no lo perdería.

Los otros dos ocupantes del coche estaban estupefactos. La primera en reaccionar fue la joven:

—Para conseguir una habitación y un billete, hace falta dinero. ¿Y dónde lo encuentro?

—Es cierto —asintió Valentin, y sacó del bolsillo de su abrigo el paño donde había guardado las monedas de oro que cogió del cadáver de Ouvrard. Se lo entregó a la temblorosa bailarina y, por si acaso, añadió de su propio monedero—. Aquí tienes un pequeña provisión para cubrir los gastos del viaje y ayudarte a empezar una nueva vida. ¿Quién sabe? Lyon no está tan lejos de Italia. Quizá algún día llegues allí.

Maria no reaccionó inmediatamente. Con la boca abierta, contempló el inesperado regalo sin atreverse a cerrar las manos sobre él. Era como si no se lo creyera o temiera que el sueño se disipara en cuanto intentara cogerlo. Entonces, poco a poco, un destello de esperanza reavivó sus ojos.

—¿De verdad? —preguntó casi tímidamente—. ¿No me envía a la cárcel?

—Te lo he dicho —confirmó Valentin con esa expresión amable que daba a su rostro, en demasiadas pocas ocasiones, un aspecto angelical—. Tienes hasta que salga la diligencia. Después, si sigues por aquí, ya no respondo de nada. ¡Ahora lárgate de aquí antes de que cambie de opinión!

No tuvo que decirlo dos veces. La bailarina le dedicó a Valentin una luminosa sonrisa de agradecimiento y luego, con la gracia propia de todas las que bailan, abrió la puerta del coche y saltó a la acera. Al momento siguiente, desapareció tras la espesa cortina de lluvia y oscuridad.

—No lo entiendo —murmuró Isidore—. No, no lo entiendo. Admitió haber ayudado a su amante a estafar a los D'Orval. ¿Por qué dejarla marchar?

Un velo de melancolía cubrió las pupilas chispeantes de Valentin.

—¿Preferirías que la encerrara? Te concedo que eso es probablemente lo que habría hecho un canalla como Grondin o cualquier otro colega preocupado por el orden y la moral. Pero ya ves, Isidore, no me hice policía para enviar a la cárcel a pobres chicas como ella, demasiado crédulas. Esta muchacha no tiene nada que reprocharse, aparte de haberse enamorado de un canalla. ¡Y eso, a pesar de todo, no es un delito!

—Pero ¿y el oro y las joyas?

—¡Eso es asunto mío! Algo me dice que las encontraremos en cuanto hayamos desvelado las últimas sombras de esta siniestra historia.

—¿Y cómo se propone hacerlo, ahora que Ouvrard está muerto y usted ha liberado a su cómplice? —preguntó Isidore en un tono circunspecto.

—Hace un buen rato que tengo mis sospechas sobre el trasfondo oculto de esta sórdida empresa criminal. Sin saberlo, Maria acaba de confirmar mis sospechas. A menos que me haya equivocado por completo, lo que parece muy improbable, creo que podré cerrar el caso mañana a mediodía. Pero antes, necesito pruebas convincentes.

—A juzgar por su tono, tengo la impresión de que ya sabe dónde encontrarlas.

Valentin metió las empulgueras en un bolsillo de su abrigo y sacó un sobre cerrado.

—Ya lo creo. Está todo escrito aquí. Busca un carruaje y entrega esta carta en la calle Jerusalén, dirigida al prefecto Vivien. Luego ve a mi casa y cuida de Aglaé. Mañana se resolverá el caso D'Orval y, entonces, tendremos que dedicar todas nuestras fuerzas a neutralizar al Vicario.

Isidore estaba demasiado confundido como para discutir las instrucciones de su jefe. Sin entender nada, salió obedientemente del carruaje. Nada más cerrar la puerta, Valentin golpeó la pared delantera con el pomo del bastón. Un chasquido de látigo y la gran berlina traqueteó, despertando ecos sonoros en la noche húmeda. Isidore vio a su jefe asomarse a la puerta y dar indicaciones al cochero, pero el carruaje ya estaba demasiado lejos para que él pudiera distinguir ni una palabra.

Con una pizca de mal humor, levantó la cabeza hacia el cielo oscuro, del que ahora caía ya un chaparrón, lanzó un suspiro abatido y se apretó más las solapas de la capa a los costados.

—¡Menudas bromas tiene el jefe! —refunfuñó para sí—. ¡Encontrar un carruaje a estas horas de la noche! ¡Me gustaría verlo en mi lugar!

34

Un cementerio bajo la lluvia

Si, un par de horas más tarde, un habitante insomne del municipio de Saint-Cloud hubiera considerado oportuno calmar sus nervios dando un paseo nocturno, y si este mismo individuo, aprovechando una fugaz tregua en la lluvia que no dejaba de caer desde el final del día, hubiera llegado hasta las verjas del cementerio, un lugar habitualmente propicio para la meditación y el reposo del alma, no cabe duda de que se habría dado la vuelta rápidamente, con el corazón en la garganta y las piernas temblorosas, convencido de haber sorprendido a algún malvado demonio.

Pues aquella noche, la calma habitual del recinto parroquial se veía perturbada por una actividad que era, cuando menos, peculiar y de lo más inquietante, sobre todo a esas horas oscuras, en las que la gente honrada suele encontrar la paz en el sueño y el olvido de sí misma. Todo empezó con la aparición de unas luces en movimiento entre las lápidas. La lluvia transversal empapaba el suelo de los callejones, y su monótono crepitar acompañaba la conversación a las tres sombras silenciosas que se movían lentamente entre las lápidas, iluminándose con unos faroles tenues. Era como una procesión de espíritus errantes en una búsqueda desesperada de un lugar donde acostarse.

Si nuestro hipotético paseante hubiera podido resistir una visión tan aterradora, sin duda habría distinguido algún aspecto un tanto familiar en la figura que encabezaba la procesión y, tal vez, habría acabado identificando la enorme estatura del sepulturero local. Es difícil decirlo con seguridad, ya que, a modo de espectador, los actores de esta extraña escena tuvieron que conformarse con un viejo búho encaramado en lo alto de un olmo, velando en solitario la paz y la tranquilidad de los muertos.

En sus treinta años de trabajo, el concienzudo obrero encargado de cuidar el lugar ya había tenido que enfrentarse a muchas situaciones delicadas —desde el marido afligido, que pedía pasar la noche en el panteón de su mujer, hasta un ladrón de cadáveres, que trabajaba para médicos anatomistas y pretendía implicarlo en el tráfico—, pero nada podía compararse a la petición que se disponía a satisfacer.

Más que la petición en sí, lo que impresionó al sepulturero fue el tono y la personalidad del solicitante. El hombre se presentó en mitad de la noche, llamando, con golpes cada vez más fuertes, al postigo de la casucha adosada al muro exterior del cementerio. Furioso porque lo sacaran de la cama a esas horas, el enterrador, que se llamaba Aimé Champfleury, apenas tuvo tiempo de ponerse unos gruesos calzones de tela d'Elbeuf sobre la camisa antes de abrir la puerta. Estaba decidido a decirle al inoportuno visitante lo que pensaba de sus salvajes modales antes de mandarlo al diablo y regresar a la cama calentita. Sin embargo, la visión que lo recibió afuera acabó de golpe con cualquier deseo de guerra.

Había dos hombres de pie en el umbral. El primero iba vestido con el largo capote encerado que llevaban casi todos los cocheros de París. En la mano derecha blandía una lámpara de queroseno, cuyo resplandor dibujaba gruesas líneas en la noche. Tenía manchas de tabaco de mascar en el mentón y unas bolas de pelo muy negro le cubrían las puntas de los dedos, envueltos en unos mitones de lana muy feos. Pero Champfleury no se entretuvo en examinar a ese tipo de lo más corriente. Su atención se centró en el otro hombre, cuyo ambiguo aspecto le impresionó de inmediato, hasta el punto de tragarse las protestas y adoptar, al contrario, una actitud de deferencia temerosa.

El segundo noctámbulo iba vestido como un caballero, con ropa que obviamente procedía de las mejores casas de la capital. Todo en su porte y sus accesorios —un bastón con cabeza de plata, la cadena del reloj, el alfiler de corbata— demostraba un desahogo económico y un nivel de vida que suelen ir a la par de las personas acostumbradas a que se las obedezca inmediatamente. Su relativa juventud y su atractivo desconcertante reforzaban aún más la impresión de estar viéndotelas con uno de esos poco privilegiados que nunca han tenido que trabajar duro para ascender en la sociedad y solo han tenido que molestarse en nacer para imperar a su alrededor. Sin embargo, el aspecto del desconocido desmentía rápidamente la primera impresión. Esto se debía en parte a la ropa arrugada, a un principio de barba rubia que oscurecía sus mejillas, pero, sobre todo, a ese aire de intenso cansancio que marcaba su boca con una arruga amarga. Entonces, te dabas cuenta de que el dandi, con cara de serafín vencido, había vivido dolorosas pruebas y que pertenecía a una especie singular, capaz de desplegar una oscura energía para lograr sus objetivos, pero también propenso a las emociones nerviosas y violentas.

En cuanto la sorprendente aparición abrió la boca, Aimé Champfleury supo que no tendría más remedio que acceder a sus deseos. La expresión dura y autoritaria y su tono tajante no admitían réplica. La absoluta convicción de no tener la capacidad de encontrar recursos necesarios, propios, para negarse a cumplir las órdenes que había recibido heló la sangre del sepulturero. Ya se veía llamado a la condena eterna por colaborar con los caprichos necrófilos de un rico lunático cuando el sujeto exhibió la placa de inspector de la Policía del rey, y eso, afortunadamente, apaciguó en parte sus temores.

Sin embargo, cuando Champfleury caminaba entre las tumbas, sintiendo la penetrante mirada del misterioso policía, mitad ángel, mitad demonio, en la nuca, sentía crecer de nuevo el malestar que se había apoderado de él al descubrirlo en la puerta de su casa. Tenía la desagradable impresión de que el recinto, donde trabajaba todo el día desde hacía muchos años, ya no le resultaba tan familiar. Bajo el velo negro de la lluvia, con la inquietante presencia del extraño a sus espaldas, el lugar parecía pringoso, malsano, imbuido de una atmósfera de soledad y desolación. Las cruces y estelas parecían centinelas negros apostados allí a propósito para vigilarlo y asegurarse de que no se desviaba del camino que lo conducía directamente a la perdición.

El trío llegó al fin a un imponente mausoleo de piedra blanca. El edificio, en parte enterrado bajo la hiedra, se alzaba en la parte alta del cementerio, donde un grupo de fresnos solía formar una acogedora pérgola de verdor. Pero en el corazón de esa noche inhóspita, en el halo incierto de las lámparas, el follaje verdoso adquiría tonalidades pantanosas y las ramas dobladas evocaban serpientes de agua vagamente amenazadoras. En algún lugar cercano, un perro soltó un quejido lastimero. Era demasiado para el desgraciado Champfleury, que ya estaba convencido de que no llegaría indemne al final de aquella extraña noche. Con la frente sudorosa y el corazón latiéndole con fuerza en el pecho, dejó la lámpara en el suelo y se precipitó hacia la puerta del mausoleo. Como no tenía más remedio que llevar a cabo la repugnante tarea, más le valía acabar con ella lo antes posible. Y entonces, ¡que fuera lo que Dios quisiera!

Mientras recitaba una oración silenciosa, agarró con ambas manos la barra de hierro que había tenido la precaución de coger, deslizó un extremo en el marco de la puerta y la apalancó con fuerza a la altura de la cerradura. El hombre era fuerte. La puerta cedió al primer tirón. El sepulturero recuperó el farol y lo colgó de un gancho de hierro en la pared de la entrada del mausoleo. Luego hizo una señal al cochero y al policía para que se acercaran.

La llama del farol iluminó con reflejos danzantes la media docena de ataúdes que descansaban en nichos en la pared. Dos reclinatorios ocupaban el espacio vacío frente a una vidriera de colores apagados y un gran crucifijo de madera clara. Un ligero olor a incienso flotaba en el aire.

Champfleury señaló un hueco a la izquierda.

—Esa es —dijo con una voz silenciosa.

—Muy bien —asintió Valentin, cuya gélida indiferencia no hacía sino acentuar el nerviosismo de su guía—. Utilice el reclinatorio como caballete y haga lo que habíamos acordado.

Con la ayuda del cochero, que le entrego su lámpara al inspector, el sepulturero sacó el ataúd de su nicho y los dos hombres lo llevaron al centro de la sala. Con jadeos de leñador consiguieron levantarlo en equilibrio hasta los apoyabrazos acolchados de los dos reclinatorios, que Valentin había colocado a la distancia adecuada. Luego, cada uno cogió una barra de hierro y se dispuso a quitar la tapa. Cuando la abrieron, el olor dulzón de la muerte llenó el pequeño espacio. Un rostro céreo, aún preservado de la corrupción, emergió de un sudario de satén blanco.

Champfleury apartó la mirada y se persignó furtivamente.

—Bueno, ahora que ya tienen lo que querían —aventuró—, me voy a casa. Tendrá que volver a colocar todo en su sitio cuando haya terminado. Volveré por la mañana para reparar los daños de la puerta.

Valentin lo miró de arriba abajo, sin especial animosidad, pero con ese aire de autoridad natural que mostraba siempre que un deber imperioso le dictaba su conducta.

—Ni pensarlo —respondió fríamente—. Lo que tengo que hacer necesita una iluminación perfecta. Ambos van a sostener los faroles sobre el ataúd mientras yo actúo.

Con estas palabras, Valentin sacó del bolsillo de su abrigo un estuche pequeño de cuero negro, que había recogido en su casa antes de ir al cementerio de Saint-Cloud. Lo colocó en la cabecera del ataúd, desató los cordones y lo desplegó con cuidado, dejando al descubierto una serie de instrumentos quirúrgicos de acero.

Al verlo empuñar un bisturí con la hoja perfectamente afilada, Aimé Champfleury prefirió cerrar los ojos, aunque sabía que esa precaución era irrisoria. No le impediría en absoluto revivir, una y otra vez, la escena que se avecinaba en las pesadillas que sin duda tendría las próximas noches.

35

Las encarnaciones del mal

Valentin regresó a casa poco antes del amanecer. Allí encontró a Isidore Lebrac, que, como no podía instalarse en la habitación de invitados, que ocupaba Aglaé, terminó la noche en el sofá del salón. Conociendo a su jefe, se abstuvo de preguntarle por la tarea urgente que lo había mantenido ocupado tanto tiempo. Sabía que el inspector le daría todas las explicaciones necesarias en el momento que considerara oportuno.

Valentin agradeció la discreción. Después de su morbosa excursión a Saint-Cloud, se sentía increíblemente cansado y bastante incapaz de relatar con detalle sus actividades de las últimas horas. Los párpados le ardían y el cráneo le palpitaba de dolor. Necesitaba recuperar un mínimo de fuerzas antes de encerrarse en su laboratorio y acudir, a última hora de la mañana, a la casa desierta de Maria Popielski, para poner punto final al caso D'Orval. Antes de retirarse a su habitación, se limitó a asegurarse de que Isidore lo despertaría tres horas más tarde.

Tumbado vestido por completo en la cama, fue incapaz de conciliar el sueño inmediatamente a pesar de su extremo cansancio. Le inquietaba la idea de que Aglaé estuviera en su casa desde la noche anterior. Él solo había pasado por allí poco después de medianoche, para recoger su equipo de disección. A esa hora, la actriz ya se había acostado y descansaba tras su actuación en el teatro de madame Saqui. No se atrevió a molestarla llamando a la puerta, y ese tira y afloja le dejaba un sabor amargo en la boca. ¿Sería ese su destino a partir de ahora? ¿Estaban condenados, desde que el cuerpo lo traicionó, a distanciarse inexorablemente?

Al imaginarse a la joven dormida en el otro extremo de la casa, tan lejos y a la vez tan cerca, no pudo evitar pensar que Aglaé solo estaba allí por la terrible amenaza del Vicario. Comprender que su enemigo íntimo era, quizá, el último vínculo que les impedía separarse lo conmocionó. Se sumió en un estado de confusión extrema del que solo el sueño pudo librarlo.

El reloj de la repisa de la chimenea acababa de dar las nueve y media cuando un rayo de sol acarició su rostro. Isidore, que un instante antes había abierto las cortinas, se acercó a la cama para darle una sacudida en el hombro.

—Lo habría dejado dormir un poco más —dijo el pelirrojo—, pero las señoras van al mercado. Como me recomendó que no perdiera de vista a la señorita Aglaé, las acompañaré.

—¿Cómo? —exclamó Valentin—. ¡Si Aglaé va de compras se pone en peligro! ¿No puede arreglárselas sola Eugénie?

—Ya me imaginé que no estaría de acuerdo, y así se lo dije a la señorita Aglaé, pero me contestó que usted no era su padre ni su marido y que ella no estaba en la cárcel. Si la hubiera visto… ¡Estaba furiosa! Pensé que iba a fulminarme con la mirada.

Durante una fracción de segundo, Valentin estuvo tentado de oponerse a lo que consideraba un capricho innecesariamente peligroso. Sin embargo, conocía demasiado bien el carácter enérgico e independiente de la actriz. Intentar mantenerla bajo llave era, en efecto, la mejor manera de impulsarla a huir y, por tanto, de que corriera riesgos aún más irreflexivos. Mientras el Vicario causara estragos con total libertad, debía garantizar la seguridad de Aglaé y, para eso, tenía que estar al tanto de todos sus movimientos.

—Está bien —cedió finalmente con un suspiro resignado—. Acompáñalas. Pero asegúrate de no perder de vista a Aglaé ni un momento. Esta tarde habré terminado con el caso D'Orval y podremos trabajar juntos para protegerla. Porque estoy convencido de que, tarde o temprano, el Vicario irá a por ella.

Mientras Isidore se reunía con las dos mujeres en el vestíbulo, Valentin se refrescó y afeitó a toda prisa. Luego se metió en su laboratorio de química. Unas horas antes, había dejado en una cubeta de cobre lo que había ido a buscar al panteón de los D'Orval, en Saint-Cloud. Tardó más de una hora en realizar una serie de manipulaciones delicadas y completar ciertas operaciones químicas. Pero cuando salió de su habitación secreta, tenía por fin la prueba que le faltaba. Por improbable que pareciera, la hipótesis que esbozó el domingo por la noche a su regreso de Saint-Cloud, tras haber presenciado la fantasmagoría creada por Ouvrard a partir del diorama, se correspondía con la realidad. El interrogatorio de Maria Popielski le disipó las últimas dudas, pero aún faltaba el elemento probatorio indispensable para sacar a la luz la verdad y proceder a una detención. A partir de ese momento, era cosa hecha. ¡Y justo a tiempo!

Cuando cerró la puerta secreta de su biblioteca, le llegaron voces y carcajadas desde el otro extremo de la casa. Cruzó el pasillo a grandes zancadas y se dirigió a la cocina, donde le esperaba un cuadro doméstico un tanto cómico: mientras la pantagruélica Eugénie se afanaba en los fogones, Isidore, con un delantal bastante ridículo, se dedicaba a pelar verduras, que Aglaé lavaba en ese momento en una palangana con agua clara.

Al aparecer el inspector en el umbral de la puerta, su ayudante interrumpió la tarea y se sonrojó, mientras la actriz lo saludaba con ironía:

—¡Por fin está aquí nuestro anfitrión invisible! No merecía la pena que me pidieras que me trasladara aquí, si tú andas sin parar de la Ceca a la Meca. Afortunadamente, el querido Isidore es mejor compañía que el primer policía que me enviaste. ¡Un auténtico bendito!

Valentin tenía demasiadas cosas que hacer como para enzarzarse en una acalorada discusión con la actriz. Prefirió ignorar el comentario y dirigirse directamente a Isidore:

—Es verdad. ¿Dónde está el segundo ángel de la guarda? Espero que él, al menos, esté en su puesto, ¡y que no se distraiga con trivialidades!

Confundido porque su jefe lo hubiera sorprendido en una actitud tan poco marcial, Isidore dejó caer el cuchillo y se levantó balbuceando:

—Yo... Lo he destinado a la entrada del edificio para... vigilar las idas y venidas en los alrededores e informar de cualquier presencia sospechosa.

Eugénie pasó por detrás de Isidore y lo obligó a sentarse de nuevo, poniéndole la mano en el hombro. Luego agitó la cuchara de madera en dirección a Valentin, mientras fingía regañar a Isidore con su voz sorprendentemente aguda:

—¡Siéntate, muchacho, y termina de pelar las verduras! El señor Valentin es libre de calificar de inútil la preparación de un buen plato, dada su costumbre de saltarse las comidas y de vivir como un vagabundo. Pero, como que me llamo Eugénie, ¡no permitiré que nadie despida a mis ayudantes en mitad de su trabajo!

—¡Bien dicho, Eugénie! —aprobó Aglaé, reforzando su comentario con una palmada en la mesa—. Enseguida me di cuenta de que es usted una mujer de carácter. ¡Es hora de que demostremos a estos señores que ya no estamos dispuestas a obedecerlos como dóciles sirvientas!

Las dos mujeres intercambiaron una sonrisa cómplice.

—Está bien, está bien —concedió Valentin, encantado en el fondo de ver el buen humor que reinaba en la cocina—. Ya que los tres os confabuláis contra mí, os dejaré solos. Los deberes de mi cargo me llaman. Pero no os perdéis nada por esperar... Tengo la intención de coger las riendas de esta familia en cuanto regrese. —Se puso serio de nuevo y miró a su ayudante—. Cuento contigo para que vigiles, Isidore. Lleva siempre un arma cargada y, al menor peligro, ¡no dudes en abrir fuego!

Aglaé también dejó el tono impulsivo. No era miedo lo que expresaba su rostro, sino más bien circunspección.

—¿De verdad crees que ese monstruo se atrevería a venir aquí a arremeter contra mí?

—Espero que no —respondió Valentin—. Pero el Mal absoluto tiene esa peculiaridad: no conoce límites. Así que debo insistir: ¡no cometáis ninguna imprudencia y mantened la guardia bien alta los tres!

Con esta recomendación, Valentin salió de casa y se dirigió hacia el norte a toda prisa, balanceando el bastón. Tenía intención de parar un carruaje en el número 1 de la calle Seine para llegar a la de Barbette antes de las once y media. La lluvia de la noche anterior había borrado las nubes del cielo y el tímido sol del último día de marzo hacía brillar los adoquines aún húmedos. Varios niños se perseguían por la acera, chillando. Carros cargados hasta los topes con barriles de vino y vituallas abastecían a los numerosos establecimientos y bodegas del Barrio Latino. Al cruzarse, los conductores intercambiaban saludos ruidosos y bromas picantes. Un vidriero caminaba hacia el inspector lanzando sus alegres llamadas. Los cristales, colgando a su espalda, sobresalían por encima de su cabeza, captaban los escasos rayos y los reflejaban en todas direcciones.

Toda la alegre animación, luminosidad primaveral y alegría de vivir contrastaban con los pensamientos del inspector y el objetivo que perseguía. No pudo evitar pensar que la profesión que había elegido y la búsqueda de la justicia que lo impulsaba contribuían a mantenerlo al margen de la sociedad. De niño, el Vicario lo privó de libertad, lo obligó a un aislamiento no solo físico, sino también mental. Se vio, sin quererlo, apartado del mundo de los vivos. Pero cuando decidió dedicar su vida a la lucha contra el mal, ¿eligió él mismo la soledad y una existencia apartada de sus semejantes? Porque cualquiera que quisiera luchar contra el crimen y, más aún, erradicar el mal de raíz, debía dedicarle toda su alma. Tenía que estar dispuesto a pisar el fango más inmundo, a sumergirse en oscuros abismos, donde el común de los mortales no se aventuraría. Tenía que aprender a desconfiar de todo y de todos, porque al vicio le gustaba disfrazarse y engalanarse con la apariencia de la virtud.

Podía encarnarse, con la misma facilidad, bajo la sotana de sacerdote o vestir de una blancura virginal. Por eso la mente tenía que estar siempre alerta, preparada para ver en cada transeúnte un sospechoso potencial, un asesino en ciernes. Entonces, ¿cómo plantearse una vida normal, establecer relaciones amorosas o formar una familia? ¿No era mejor admitir el fin de esas quimeras y aceptar comportarse como un verdadero monje soldado?

Mientras seguía avanzando, Valentin se abstrajo de su entorno inmediato y se encerró en sus propios pensamientos. Era lo bastante lúcido para entender que estaban dictados por su relación decepcionante con Aglaé. Antes, en la cocina de su casa, tuvo la clara sensación de que una barrera invisible lo separaba de los otros tres. Como si él fuera el único que percibía realmente toda la magnitud del peligro, que sentía a la bestia sanguinaria acechando en las sombras. Por un momento, envidió la actitud despreocupada de su ayudante y su complicidad con las dos mujeres. Todo habría sido mucho más fácil si no tuviera ese peso constante sobre los hombros, ¡si consiguiera poner fin a las pesadillas del pasado! Podría haber dejado todo atrás e irse lejos con Aglaé, como ella sugirió cuando pasó a verla por su casa el lunes anterior.

Valentin agitó la mano para ahuyentar la vana tentación, como a un insecto inoportuno. No era el momento de perderse en fantasiosas ilusiones. Al contrario, tenía que mantener la cordura para enfrentarse al adversario que, sin saberlo, se preparaba para ir a él. Porque, esta vez, no necesitaría acorralar a la bestia en su guarida. La propia bestia iba a salir del bosque. Bastaba apostarse en el lugar adecuado. Esta certeza lo liberó en parte de sus cavilaciones interiores. Respiró profundamente el aire primaveral y trató de despejarse y prepararse para la confrontación decisiva. Había llegado la hora de la verdad y de la justicia.

36

Pasos en la escalera

Nada había cambiado en casa de Maria Popielski desde que se fueron la noche anterior. Al cruzar el umbral, Valentin echó un vistazo a su reloj de bolsillo. Faltaban veinte minutos para el mediodía. Si la bailarina le había dicho la verdad acerca de las palabras de Ouvrard, no tendría que esperar mucho.

Para entretenerse, acercó la mesa y una silla al ángulo muerto de la puerta y dejó, en la tabla encerada, una petaca de armañac añejo, un par de esposas y su bastón espada, con la virola girada, para poder usarlo lo más rápido posible. Luego, aunque no creía que fuera a encontrar mucha oposición, y porque dos precauciones son mejor que una, sacó su pistola y comprobó que funcionaba correctamente. Había llevado lo que se conocía como un arma «de viaje», con doble pedernal y dos cañones. Mientras comprobaba la carga, recordó que dos químicos, uno de los cuales, farmacéutico, Vauquelin, y el otro, médico, Berthollet, habían descubierto que era más eficiente sustituir el salitre de la pólvora por sustancias mucho más explosivas y eficaces como el fulminato de plata y el fulminato de mercurio. Sus investigaciones redujeron considerablemente los puntos débiles inherentes a la platina del pedernal.

Eso lo llevó a su primer amor por la ciencia y la farmacia. Pensó en su antiguo maestro, el eminente profesor Pelletier, descubridor de la quinina. Sin duda, al buen hombre le habría horrorizado ver en lo que se había convertido su antiguo alumno. Durante mucho tiempo, esperó que Valentin siguiera sus pasos y también se alzara al rango de los grandes eruditos, benefactores de la humanidad. Efectivamente, no le habría gustado saber que aquel muchacho, tan brillante y al que quería casi como a un hijo, se dedicaba a tareas bajas, como colocar una ratonera para detener a una criatura depravada. Y, sin embargo, Valentin había logrado cerrar la investigación gracias a las inestimables enseñanzas de su maestro. En el futuro, la ciencia sería un arma al menos tan temible como su espada de acero o las pistolas más perfeccionadas para luchar contra el crimen y asegurar el orden y la justicia.

Pensativo, acarició el frasco de plata con la punta de los dedos y acabó vertiendo dos dedos de líquido ambarino en el tapón, que también servía de vaso. Tragó el armañac y siguió cuidadosamente el recorrido del fuego líquido por su cuerpo. Nunca había sido muy bebedor, pero a menudo tomaba un buen trago de alcohol justo antes de enfrentarse al peligro. Le calentaba la sangre y le proporcionaba una especie de exaltación de los sentidos, un estado propicio para entrar en acción.

Los ecos apagados de la música de la calle le hicieron girar la cabeza. El sol se asomaba por la ventana en vertical. Su cálida luz bañaba toda la habitación. Valentin se levantó y salió a echar un vistazo. Un organillero estaba de pie en la acera de enfrente, intentando atraer a los curiosos con canciones populares. El inspector reconoció la letra de la canción «Les Gueux» de Béranger.

El brillo de un palacio lo impresiona,
pero el aburrimiento viene a gemir.
Se puede comer bien sin mantel;
se puede dormir sobre paja.
Los mendigos, los mendigos
son la gente feliz;
se aman entre sí.
¡Vivan los mendigos!

Reflexionó un momento sobre estos versos, que alababan las existencias modestas, y pensó que, en última instancia, la fortuna de Ferdinand d'Orval había sido la verdadera causa de su desgracia. Durante unos instantes, se quedó quieto junto a la ventana, distraído con las cabriolas del chimpancé que acompañaba al músico callejero. El animal, vestido con un traje ridículo y atado al órgano con una cadena larga, seguía a los transeúntes, haciendo reverencias y muecas. A algunas personas les divertía, pero otras lo desdeñaban e intentaban alejarlo a patadas. Entonces, el mono, con gritos exageradamente asustados, retrocedía y se aferraba a los pantalones de su amo.

Cuando empezaba a cansarse del espectáculo, Valentin se dio cuenta de que ya habían pasado diez minutos de las doce. Se le insinuó una duda. ¿Y si no iba nadie? Aunque su mente racional le decía que no podía haberse equivocado tanto, cada minuto que pasaba le preocupaba más. Un cuarto de hora después, se preguntó si su error había sido confiar en la joven bailarina polaca. En el fondo, ¿qué certeza tenía de que Maria había dicho toda la verdad? E incluso así, luego la muchacha había tenido tiempo de pensar. Quizá la joven también acabó adivinando por qué Ouvrard esperaba recibir hoy su dinero. Pudo creer que aún era posible sacar provecho de lo poco que sabía con la persona adecuada. Esa persona, advertida de la muerte del antiguo saltimbanqui y de la presencia de la policía en los alrededores, tal vez había renunciado a acudir allí. Entonces, era muy probable que la desafortunada Maria ya se hubiera unido a las filas de sus víctimas. Suprimir a un testigo incómodo no le pesaría mucho en la conciencia, dados los crímenes que ya había cometido.

Estaba planteándose que la espera forzaba demasiado su imaginación cuando un ruido sospechoso, procedente del dormitorio, llamó su atención. Sonaba como un tintineo metálico. El policía se puso inmediatamente alerta. Cogió la pistola y el bastón de la mesa, y se dirigió hacia la puerta que separaba las dos habitaciones. Conteniendo la respiración, acercó el oído a la puerta. Le pareció oír un sonido muy ligero, como el crujido de una tela. Se reprendió interiormente por no haber registrado todo el piso nada más llegar. ¿Había alguien al acecho en la otra habitación? En ese caso, esa persona no podía ignorar la presencia del policía, y si no se había dejado ver aún, era porque no quería que se la descubriera.

Mientras Valentin daba vueltas a esas suposiciones, de repente, un grito ininteligible se oyó en el dormitorio. Era como una llamada inverosímil, a medio camino entre el lamento de un bebé hambriento y el rugido de una bestia salvaje. Sin dudarlo más, el policía abrió la puerta de par en par y, con el cuerpo contra la pared para no exponerse estúpidamente a un posible asaltante, apuntó el cañón de su arma y se arriesgó a echar un vistazo al interior de la habitación.

Así tuvo tiempo de ver dos gatos callejeros, que dejaron el cadáver de un ratón por el que peleaban, largarse corriendo por la ventana, al sálvese quien pueda, después de colarse por debajo de la cama. Valentin respiró aliviado y cerró la ventana. No se le ocurrió hacerlo antes, y los gatos del vecindario lo aprovecharon bien, a juzgar por los muchos arañazos en el somier y el fuerte olor a orina que impregnaba las mantas enrolladas en un ovillo en el suelo.

—¡Malditos sean los condenados! ¡Menudo susto me han dado!

Volvió a la mesa y comenzó a mecerse suavemente sobre las patas traseras de la silla. No muy lejos, las campanas de la iglesia tocaban las doce y media. Se dio un cuarto de hora más, tras el cual renunciaría a seguir ahí, pero, aun así, iría a la comisaría del séptimo distrito para exigir una vigilancia discreta del piso.

Decepcionado con antelación, estaba a punto de servirse otro trago de armañac cuando, esta vez, oyó con claridad pasos en la escalera.

Valentin dejó de mecerse inmediatamente. Se inclinó un poco hacia delante y se concentró en los sonidos que se acercaban. No había la menor duda. Eran pasos muy ligeros que parecían casi circunspectos. Alguien subía los peldaños con cautela, deteniéndose brevemente en cada rellano. Unos minutos más de tensión extrema y se oyó una especie de crujido furtivo detrás de la puerta.

El inspector amartilló de nuevo la pistola y apuntó hacia el umbral. Ahora reinaba un silencio casi demasiado perfecto. Era como si, al otro lado del delgado tabique de madera, alguien contuviera la respiración, tratando de anticiparse a un posible peligro. Entonces sonaron dos golpes cortos. Curiosamente, la falta de respuesta no animó a la persona a repetir o a llamar con la voz. De nuevo reinó el silencio, tan pesado como el anterior. El tiempo se detuvo durante interminables minutos. Entonces, justo cuando Valentin estaba a punto de tomar la iniciativa, el picaporte de la puerta empezó a moverse con un ligero crujido.

Lenta, inexorablemente, el pestillo de metal marrón se movía, atrapando la luz del sol y reflejándola en el tablero encerado de la mesa. Eso duró una eternidad. Al final, la puerta se abrió y proyectó una sombra de contornos indistintos sobre el parqué claro. Valentin sintió que la corriente de aire le daba en la cara. La certeza de haber atinado y de ver que, al fin, se acercaba el desenlace del sorprendente y penoso caso D'Orval le arrancó una sonrisa amarga.

La puerta acabó de girar hacia dentro, ocultando en parte la mesa y al policía, y apareció una silueta oscura. Con un aleteo de faldas, avanzó tres pasos hacia el interior de la habitación. Valentin se deslizó entonces subrepticiamente a su espalda y cerró la puerta de golpe, apoyándose en ella con ambos hombros para bloquear el acceso.

—Por favor, señora D'Orval —dijo con una voz falsamente amable—, tómese su tiempo para instalarse. Tenemos que hablar.

37

Se levanta el velo

Mélanie d'Orval, vestida de riguroso luto, se sobresaltó; luego, se dio la vuelta y se levantó el velo del sombrero. Tenía el mismo aspecto delgado y frágil que cuando se conocieron, tres semanas antes, en el despacho de la calle Jerusalén, pero la expresión de su rostro era completamente diferente. Le brillaban los ojos con un fulgor maligno, tenía el ceño fruncido, los labios reducidos a una fina línea, los rasgos crispados en un rictus que casi la afeaban. Encarnaba una barbarie fría, algo aterradora, que recordaba una víbora o una mantis religiosa.

—¿Inspector? ¡Es usted! ¡Dios mío, me ha dado un buen susto! No esperaba encontrarlo aquí en absoluto.

Ya se había recompuesto. Una vez superado el estupor inicial, volvió a exhibir ese aire de niña vulnerable, que tanto impresionó y casi conmovió a Valentin, cuando la mujer fue a verlo a la prefectura, con el número de esposa abnegada y deseosa de ayudar a su marido. Pero el policía ahora sabía a qué atenerse. Sus caritas falsamente cándidas y asustadas ya no lo engañaban. La mujer que tenía delante estaba dispuesta a las peores vilezas para conseguir sus objetivos.

—Podría decir lo mismo —respondió en un tono duro adrede—. ¿Cómo ha conseguido esta dirección? Y, sobre todo, ¿a qué viene?

Mélanie consiguió contener casi toda la expresión de desconcierto; solo le temblaron los párpados y los nudillos de la mano se blanquearon sobre el asa de la pequeña bolsa de viaje que llevaba consigo. Parecía que no se había fijado en el arma que el inspector llevaba en la mano.

Pese a cómo detestaba a esa mujer desde que había adivinado sus intenciones, lo impresionaron su sangre fría y la asombrosa capacidad de adaptación.

—Es una tontería —admitió, con aspecto avergonzado, como una niña pillada en falta—. Sé que no debería haberme arriesgado a venir aquí sola. Pero no me malinterprete. Cuando uno de los criados me dijo que Ouvrard alardeaba de verse con una bailarina de la ópera que vivía en la calle Barbette, quise cerciorarme por mí misma. Evidentemente, no habría hecho nada por iniciativa propia, y contaba con ir a verlo a usted en cuanto me hubiera asegurado de que el canalla estaba en su madriguera.

Valentin se acercó a Mélanie y le señaló una silla. Cuando iba a sentarse, el inspector fingió querer ayudarla por cortesía y agarró el asa de la bolsa como para quitarle ese peso. Notó que la mujer se tensaba imperceptiblemente, pero no tuvo más remedio que cedérsela.

Luego, el policía rodeó la mesa, dejó la bolsa encima y se sentó frente a la señora D'Orval.

—Ha sido una temeridad. Por no decir una imprudencia —dijo, colocando la pistola justo al lado de la bolsa de cuero—. Usted misma me aseguró que Ouvrard era un ser vil capaz de todo tipo de bajezas.

—Exactamente. Siempre he sabido de lo que es capaz, por eso quería asegurarme de que no había huido. ¡No debe escapar al justo castigo que merece!

—Esté tranquila, señora. Pierre Ouvrard murió anoche mientras intentaba escapar.

El pecho de Mélanie se infló y exhaló un fuerte suspiro antes de exclamar:

—¿Qué dice? ¿Ouvrard, muerto? Sé que, como buena cristiana, debo mostrar compasión, pero no puedo evitar alabar al Señor por este castigo divino.

Valentin no podía creer su cinismo y aplomo. Al mismo tiempo, se daba perfecta cuenta de que la guapa viuda no apartaba los ojos de la bolsa que seguía en la mesa. La preocupación intensificaba sus rasgos de una manera casi febril.

—Me sorprende que se haya tomado tantas molestias para venir hasta aquí —observó Valentin, agarrando de nuevo la bolsa y manipulando el cierre—. ¿Insinúa que ha dejado Saint-Cloud con la intención de comprobar que Ouvrard vivía con su amante? Entonces, ¿el equipaje? Veamos qué contiene…

El rostro pálido de Mélanie se tornó cadavérico. Un destello de pánico pasó fugitivamente por su mirada

—¡Cómo se atreve! —protestó, incorporándose en la silla—. ¡No le permito que…!

Sin molestarse en responder, Valentin le clavó sus gélidos ojos grises. Su apuesto rostro expresaba una autoridad tan implacable que la joven se dejó caer hacia atrás. Parecía que renunciaba, de pronto, a luchar contra un adversario indiscutiblemente superior.

—¡Demonios, esto sí que no me lo esperaba —exclamó Valentin, sacando de la bolsa una botella de champán y un pañuelo anudado por las cuatro esquinas. Desplegó la tela y dejó al descubierto un gran montón de joyas, cuyas piedras de colores empezaron a resplandecer a la luz del sol—. ¿No será esto parte de los bienes que, supuestamente, desaparecieron de la caja fuerte de su marido?

—Yo… Yo puedo explicar todo…

Dijo esas palabras con voz desilusionada y los párpados medio cerrados, como si se diera cuenta de la inutilidad del esfuerzo, pero no quisiera aún admitir la derrota. Valentin decidió dejar de jugar al gato y al ratón con ella:

—No se moleste. Sé que fue usted quien contrató a Ouvrard para engañar a su marido. Y también fue usted quien vació la caja fuerte de su despacho tras robarle la llave, probablemente mientras dormía. Imagino que solo ha traído aquí una pequeña parte del botín, la que le prometió a Ouvrard, y que usted se ha quedado con la mayor parte.

Mélanie levantó la cabeza y se llevó la mano a su delicado cuello. Una arruga de fastidio le cruzaba la frente:

—¿Cuándo lo adivinó?

—La noche en que la supuesta Blanche apareció en la orilla del estanque. Aquella noche, mientras regresaba a París, estaba irritado porque no comprendía con qué estratagema Ouvrard había conseguido su objetivo. Así que repasé todo lo que sucedió en mi cabeza y entonces caí en el único y pequeño error que usted cometió.

—Tendría curiosidad por saber cuál es —dijo Mélanie, arqueando las cejas.

Decía la verdad. Había impaciencia en sus rasgos, pero también una extraña frivolidad, completamente incongruente. Como si se tratara de obtener la respuesta de una charada o de entregarse a cualquier otro entretenimiento intelectual.

—Siempre supe que los poderes sobrenaturales de Oblanoff eran una ilusión. Desde la primera vez que fue a la prefectura, estaba convencido de que el espiritismo respondía a una pura farsa. La ciencia nos dice que nadie puede comunicarse con los muertos, y mucho menos devolver a la vida a uno. Por lo tanto, el experimento de la mesa que usted nos describió solo podía ser un engaño, que expliqué inmediatamente a mi ayudante. Oblanoff, o mejor dicho, Ouvrard, utilizó un tornillo doblado para sacudir la mesa con su anillo de sello. Por cierto, le dije a usted que ese anillo era la clave de todo. Ahora bien, usted es una mujer de una inteligencia extraordinaria…

Mélanie ladeó la cabeza como si quisiera asegurarse de que Valentin era sincero, y una sonrisita se dibujó en sus labios.

—Viniendo de usted, es un cumplido apreciable.

—Una mujer de una inteligencia extraordinaria, pero con un alma de una negrura incomparable —añadió Valentin sin el menor dramatismo, limitándose a formular un hecho, no un juicio de valor—. Usted comprendió enseguida que yo había descubierto el truco de su cómplice. Pero no quería que lo desenmascarara demasiado pronto. Al contrario, usted pretendía crear un ambiente cada vez más extraño, propicio a sus planes. Y, para intentar preservar esa aura de misterio, cometió un error. Mandó cambiar la famosa mesa. Por eso Isidore encontró la tabla intacta cuando la examinó unos días después. Pero, al esforzarse por actuar demasiado bien, acabó despertando mis sospechas. Estaba convencido de haber acertado con el método de Ouvrard. El anillo de sello que llevaba lo confirmaba. Así que, como la mesa no tenía ni rastro de agujero, debían de haberla cambiado. ¿Y quién tenía esa posibilidad? Solo una persona sabía que yo había destapado el engaño y, al mismo tiempo, podía ordenar el cambio del mueble por otro idéntico. ¡Usted!

—Inspector, realmente no ha usurpado su incipiente reputación. Es usted un policía excepcional.

Valentin miró a la joven de una manera extraña. Había tristeza y amargura en su voz cuando volvió a hablar:

—Por desgracia, estoy lejos de compartir su opinión, señora. Al contrario, en este caso, tengo la impresión de que siempre he ido un paso por detrás. Cuando me di cuenta de que era usted cómplice de Ouvrard, me quedaba por desentrañar cuál era su objetivo. Al fin y al cabo, usted misma vino a buscarme y me puso sobre su pista. ¿Con qué objetivo lo hizo?

—No tengo ninguna duda de que me lo dirá.

—Pensándolo bien, solo había una explicación posible. Usted necesitaba tanto una cortina de humo como un chivo expiatorio. En realidad, la supuesta estafa de Ouvrard pretendía ocultar el verdadero crimen que usted estaba a punto de cometer: ¡el asesinato de su marido!

Mélanie se estremeció, pero se recompuso rápidamente. Su boca se torció en una sonrisa más irónica que malévola.

—Esta vez, me temo que va por mal camino, inspector. Creía que era usted un fenómeno de fría racionalidad, pero ahora se ha desviado hacia el melodrama de bulevar.

—Permítame reconstruir toda la historia y veremos al final cuál de los dos cultiva el gusto por el drama sangriento. Usted nació en el seno de una familia rica que se arruinó con la Revolución. Quizá la educaron en un espíritu de resentimiento y nostalgia por un lujo que nunca iba a volver. A falta de otra excusa, eso podría explicar su sed de riqueza. Porque hace falta un grado extraordinario de amor y deseo por el dinero para urdir un plan tan maquiavélico como el suyo.

»Hace tres años, usted llegó a París procedente de su Anjou natal. Entonces era una provinciana de veinticinco años sin dinero, pero llena de ambición, y no carente de carisma. La contrató un viudo rico, Ferdinand d'Orval, como dama de compañía para su querida hija. Una vez allí, sin duda utilizó todos sus poderes de seducción para conquistar a su patrón. Y lo consiguió, ya que doce meses después se convirtió en la nueva señora D'Orval. Podría haberse contentado con esta ventajosa posición. Pero no, usted aspiraba a mucho más. ¡Necesitaba toda la fortuna de la familia D'Orval! Sin embargo, si bien no le asustaba eliminar al hombre que le ofreció su amor y su nombre, ni por asomo pensaba correr el menor riesgo. Así que diseñó un plan para evitar que sospechasen de usted. No sé exactamente cuándo conoció a Ouvrard, pero supongo que para entonces ya tenía en mente las líneas generales de la conspiración.

Mélanie d'Orval asintió un tanto admirada. Había recuperado el dominio de sí misma y parecía casi divertida, viendo exponer en voz alta su hipocresía.

—Lo conocí el pasado septiembre, cuando Ferdinand y yo asistimos a su acto de adivinación y transmisión del pensamiento durante el intermedio del espectáculo del diorama. A mi marido siempre le atrajeron el espiritismo y la nigromancia. Pensé que allí había algo que explorar y volví otro día, sola, para hablar con Ouvrard. Pronto me di cuenta de que sería el cómplice ideal. Un expresidiario ansioso de venganza, pero con un verdadero talento para la ilusión…

—Estoy seguro de que no fue muy difícil convencerlo —continuó Valentin—. Una vez localizó a su socio, ya podía poner en marcha su plan. Ouvrard se hizo pasar por médium y, rápidamente, se convirtió en un rostro familiar para su marido, atormentado por la muerte de su hija. Al mismo tiempo, usted mostraba una gran hostilidad hacia el hombre, al que califica de charlatán y estafador. ¿Quién podría sospechar que era su cómplice? Programó con él las manifestaciones cada vez más impactantes del fantasma de Blanche. Incluso imagino que le dijo que su aparición final serviría de distracción para hacerse con el contenido de la caja fuerte de su marido. En cambio, tuvo buen cuidado de no decirle que pretendía matar a su esposo ni que alertaría a la policía al final, para endosarle el crimen. Por eso, me advertía continuamente de la inminencia de una gran desgracia y culpaba por adelantado a Ouvrard.

—¡Otra vez esa locura! Es usted muy testarudo. Su historia no tiene ningún sentido. Si hubiera detenido a Ouvrard por mi culpa, él podría confesar todo y comprometerme. Y olvida otra cosa: su ayudante asistió a la muerte de Ferdinand. Su testimonio bastará para exonerarme. Él confirmará que yo en ningún momento pude envenenar a mi marido.

Ignorando la interrupción, el inspector continuó su exposición. Estaba seguro de sus deducciones, y las protestas de Mélanie le parecían tan vanas como las gesticulaciones de un insecto atrapado en una tela de araña.

—Esa es la razón de que esté aquí. Usted solo le dio a Ouvrard unas monedas de oro, hasta que repartieran el botín, que iban a hacerlo hoy. De ahí las joyas de su bolsa, que servirían para disipar su desconfianza. En cuanto al champán con el que debían celebrar el éxito, no hace falta ser un genio para darse cuenta de que contiene el mismo veneno que usted administró a su desdichado marido. Ouvrard muerto se convertía en el culpable ideal, y usted estaba convencida de que yo ya no investigaría más.

—Olvida un detalle importante, inspector… Bebí de la misma taza que Ferdinand. ¿Cómo explica que solo le afectara a él?

Valentin suspiró. La joven se defendía con uñas y dientes, y no se decidía a ceder frente a sus ataques. Pero su energía desesperada no bastaba para conmoverlo. En su opinión, Mélanie solo era un monstruo egoísta, avaro y vanidoso, una de las muchas encarnaciones del Mal que había jurado combatir hasta el final de sus fuerzas. Sin embargo, después de la caótica noche que había pasado, se sentía increíblemente cansado y tenía prisa por acabar de una vez.

—Reconozco que, en aquel momento, esta aparente imposibilidad me desconcertó. Entonces recordé que su abuelo vivió en uno de nuestros puestos comerciales, en África. Mi antiguo maestro, el profesor Pelletier, me habló una vez de los venenos vegetales que utilizaban ciertos marabúes en el golfo de Guinea. Uno de ellos, extraído de una liana sagrada, se utiliza para las ordalías. En estas regiones remotas, los salvajes recurren a este tipo de trances para zanjar un contencioso entre dos adversarios. Se cree que los espíritus de la selva emiten directamente el juicio.

—¿Qué tienen que ver con este asunto unos hechiceros africanos? —interrumpió Mélanie, con un tono de voz que delataba su creciente irritación—. Realmente, usted delira.

—Paciencia —respondió Valentin—. Casi he llegado al final de mi exposición. Decía que el objetivo de este tipo de ordalías es dirimir cuál de los dos protagonistas miente. Para eso, el hechicero los obliga a beber la misma mezcla. El que ha dicho la verdad sale ileso y el otro sufre terribles convulsiones, que pueden ser mortales si lo que se juega en el litigio lo justifica. Resulta que el veneno extraído de los granos de esta famosa liana tiene la particularidad de no activarse en un medio ácido.* Quienes se saben inocentes tragan el líquido con avidez, convencidos de que los espíritus, cuando entren en sus cuerpos, revelarán la pureza de sus almas. Entonces, la acidez del jugo gástrico neutraliza el efecto tóxico. Por el contrario, los que se saben culpables dudan en el momento de tragar la pócima. El veneno tiene tiempo de atravesar la mucosa de la boca para llegar al torrente sanguíneo y causar los efectos fatales. Para su marido, el calor de la bebida desempeñó el mismo papel que el miedo que sienten los nativos hacia los espíritus de la selva. Usted bebió el líquido caliente de un trago. Debió de ser doloroso, pero sabía que el esfuerzo merecía la pena.

---

* Es un veneno real que se extra de las habas de Calabar. (Ver la nota del autor al final del libro).

Su marido, que no tenía la misma motivación, lo tomó en pequeños sorbos y esperó antes de tragar. ¡Y así es como logró matarlo delante de mi propio ayudante!

Valentin sabía que durante mucho tiempo se reprocharía haber creído que la presencia de Isidore bastaría para impedir que Mélanie pasara a la acción, y que le daría tiempo de capturar a Ouvrard y obtener su confesión. Eso hizo que le subiera a la boca un sabor a hiel cuando lo calificó como un policía excepcional.

La voz de la joven lo sacó de sus pensamientos:

—¿Y de verdad cree que puede convencer a un tribunal con semejante fábula?

—No seré yo quien convenza a los jueces, sino la implacable verdad de la ciencia. Verá, estoy decidido a demostrar que este champán contiene la misma sustancia mortal que se encuentra en el estómago de su marido.

Mélanie fulminó la botella con la mirada. Acababa de darse cuenta de que ella misma se había inculpado al llevarla allí. El inspector pensó que iba a intentar romperla y estaba dispuesto a impedírselo. Pero, en lugar de eso, la mujer se derrumbó de pronto, se sujetó la cabeza con las manos y se echó a llorar.

Valentin se levantó, esposas en mano, y rodeó la mesa en dirección a la mujer.

—Vamos —le dijo sin rodeos—. Al menos tenga el valor de responsabilizarse de sus actos y ahórreme las lágrimas y los remordimientos tardíos.

Mélanie levantó la cara bañada en lágrimas y lo miró con toda la angustia del mundo en los ojos. Su pecho palpitaba agitado, como si estuviera a punto de asfixiarse. Tuvo que hacer un esfuerzo para hablar:

—¡Pues sí, lo confieso! Fui yo quien mató a Ferdinand. Pero no por las mezquinas razones que usted cree. ¡No, no! Pero, obviamente, usted es un hombre y no puede saber lo que es…

Mientras hablaba, se levantó con dificultad y se encaró con él, con la espalda bloqueada con la mesa. Valentin vio de nuevo delante de él a la muchacha en apuros, trágicamente bella e indefensa.

—Dígame… —murmuró.

—Sí, me casé con Ferdinand, ¡pero no por su dinero! Solo con la esperanza de acabar con la tortura moral que me infligía. Usted no puede entender lo que significa ser una joven pobre al servicio de un hombre poderoso que le ha echado el ojo. Ferdinand d'Orval no era el hombre anodino que aparentaba ser. Al contrario, era un pervertido, dispuesto a todo para satisfacer sus vicios más repugnantes.

—Después de conocer a su marido en Hêtraie, permítame expresarle mi sorpresa. Parecía un hombre destrozado por el dolor.

—Sospechaba que nadie me creería. Sin embargo, desde el momento en que llegué a su casa, ese monstruo no dejó de hostigarme para que me sometiera a sus deseos. Al principio me resistí, pero luego tuve que ceder. Si me quedé entonces, fue solo por Blanche; me había encariñado con ella. Acepté casarme con mi torturador, con la esperanza de que mostrara más consideración hacia la mujer que llevaría su nombre. Pero eso solo exacerbó su sentido de la posesión. Cuando murió su hija, se encerró en una locura mortífera y no me atrevo a detallar las vilezas que me obligó a hacer. ¡Mi existencia se convirtió en un verdadero infierno!

Ahora estaba frente a él y Valentin olía su cálido aliento y el aroma a violetas impregnando su carne palpitante. Otro se habría dejado engañar, pero él sabía a ciencia cierta que Mélanie d'Orval seguía fingiendo. Mientras la escuchaba calumniar desvergonzadamente al hombre que había asesinado, seguía frío, atento a cada uno de sus movimientos. Sintió cómo se le tensaba el cuerpo cuando la mujer estiró la mano hacia atrás para intentar coger, a ciegas, la pistola de la mesa.

—¡Ay! ¡Animal! ¡Me hace daño!

En el último momento, Valentin la agarró del brazo y se lo retorció con fuerza para obligarla a girar y doblarse por la mitad, con el pecho aplastado contra la mesa. Ajeno a sus protestas y gritos de dolor, cerró las esposas alrededor de sus muñecas. Cuando la giró para que volviera a mirarlo, Mélanie hizo un último intento:

—¡Por favor, tenga piedad! Solo me defendí lo mejor que pude. Deje que me marche. Le juro que desapareceré y no volverá a saber de mí.

El policía la miró con infinito desprecio. Cuando se dignó a hablar, su voz tenía la nitidez y el tono tajante del filo de una guillotina.

—¿También, para defenderse, empezó por envenenar a la pobre Blanche, a la que afirma haber querido tanto? Verá, señora, hay un detalle más que no le he contado. Anoche fui al cementerio de Saint-Cloud y extraje varios órganos del cuerpo de su hijastra. Su análisis reveló restos del veneno que acabo de mencionar. Habla usted de fábulas, señora D'Orval; me temo que la suya no podrá mantener su encantadora cabeza en sus hombros.

Por toda reacción, Mélanie le escupió en la cara. Valentin no respondió inmediatamente. Sin pestañear, sacó un pañuelo del bolsillo y se entretuvo limpiándose la cara. Luego, sin dejar de mirarla, pero con el rostro igual de imperturbable, le propinó dos formidables bofetones.

38

Desapariciones

Después de llevar a Mélanie d'Orval a los calabozos de la calle Jerusalén, Valentin deseaba volver a casa lo antes posible para ver a Aglaé. El enfrentamiento con la criminal lo había agotado y solo aspiraba a olvidar el lamentable caso D'Orval. Aunque finalmente desentrañó el misterio y permitió que triunfara la justicia, esa investigación sería siempre un fracaso para él. No consiguió desenmascarar a la asesina con la rapidez suficiente para evitar que causara daño, y eso le costó la vida a dos hombres: Pierre Ouvrard y Ferdinand d'Orval. El asesinato de este último, en particular, pesaría sobre su conciencia durante mucho tiempo. Sentía una mezcla de vanos remordimientos, angustia y fatiga física. La sangre le martilleaba en las sienes y la cabeza le daba vueltas.

Sin embargo, aún tenía que poner buena cara ante el prefecto Vivien. Su superior supo de la detención de la señora D'Orval y que el jefe de la Brigada de los Misterios Ocultos estaba en la prefectura, e insistió en hablar con él sin demora. El inspector esperaba recibir una regañina, pero no ocurrió nada de eso. ¡Todo lo contrario! El alto funcionario se declaró impresionado por el informe que Valentin le había enviado la noche anterior, a través de Isidore. Las explicaciones científicas de las fantasmagorías de Saint-Cloud y al asesinato aparentemente imposible de Ferdinand d'Orval demostraban, si eso era necesario, la utilidad del servicio especial y las cualidades excepcionales de quien lo dirigía.

El prefecto insistió también en que le contara con todo detalle la detención de Passegrain, la viuda D'Orval. Al parecer, el ministerio estaría encantado de acallar los rumores que empezaban a recorrer París acerca de una resurrección milagrosa. En cuanto al asesinato de un hombre de bien como Ferdinand d'Orval, eso atestiguaba la necesidad de restablecer el orden en la sociedad. El hecho de que la asesina fuera una simple plebeya, nieta e hija de unos provincianos arruinados, que había logrado elevarse por encima de su posición gracias al matrimonio, iba también en el mismo sentido de una indispensable recuperación del control del país. Casimir Perier sabría demostrar su gratitud a los servicios de la prefectura y Vivien tranquilizó al inspector: Valentin no debía preocuparse lo más mínimo por la supervivencia de la Brigada de los Misterios Ocultos.

Valentin recibió todos estos elogios, que consideraba inmerecidos, con una indiferencia que desconcertó a su superior. «Definitivamente —pensó Vivien—, este joven inspector es un personaje muy extraño. Resulta imposible saber a ciencia cierta qué lo motiva y lo hace seguir adelante». Y como al final se sintió incómodo en presencia de un policía tan inusual, acabó despidiéndolo con la recomendación de que descansara un poco. Según sus propias palabras, Valentin «¡tenía un aspecto horrible!».

El inspector no se lo pensó dos veces y llamó a un carruaje para que lo llevara a su casa, en el distrito once. La tarde tendía suavemente hacia el anochecer y una hermosa luz empolvaba de oro las hojas de los plátanos. El tiempo era tan agradable que Valentin subió las cortinas de cuero de las portezuelas y se derrumbó en la banqueta, aspirando los ligeros aromas de las orillas del Sena. Estaba tan agotado que, a pesar de la brevedad del viaje, casi se durmió antes de llegar.

Tras recobrar el ánimo y despedir el coche, miró a su alrededor, esperando detectar al policía que vigilaba su puerta. Le sorprendió no verlo. Contrariado al comprobar que no se respetaban sus medidas de seguridad, subió las escaleras de cuatro en cuatro, decidido a desquitarse con el pobre Isidore, aunque, quizá, él no tenía nada que ver.

Al abrir la puerta de su casa, le sorprendió inmediatamente el silencio.

Un silencio total, casi demasiado perfecto. Opresivo.

Presa de un mal presentimiento, llamó. Nadie respondió. Recorrió a toda prisa todas las habitaciones: no había nadie. Aglaé, Isidore y Eugénie habían desaparecido. Ni una nota de explicación. Ni desorden, ni señales de lucha tampoco. Absolutamente nada. Todo parecía normal… ¡excepto que los tres ocupantes del piso se habían esfumado!

¿Cómo explicar el nuevo misterio? ¿Había ocurrido una desgracia? Pero ¿cuál? ¡La gente no se desvanece en el aire! Valentin sintió que la sangre le latía en las venas y que una desagradable humedad le impregnaba las axilas. Pensó que había mirado demasiado deprisa. Con toda seguridad, habrían dejado una nota para él en alguna parte. Empezó a registrar febrilmente las habitaciones, buscando no solo en los lugares más obvios, sino también en todos los recovecos donde pudiera esconderse una señal de socorro.

Sin el menor resultado…

Solo le quedaba la biblioteca por explorar cuando, de repente, sonó la aldaba de la puerta principal. Presa de una loca esperanza, cruzó el pasillo y el vestíbulo a la carrera y abrió la puerta de par en par, dispuesto a descargar su angustia en forma de una avalancha de reproches.

De pie en el rellano había un completo desconocido, un sujeto moreno, con levita gris y un tricornio.

Valentin se tragó sus protestas y miró fijamente al hombre que parecía, por alguna razón difícil de entender, aliviado al verlo.

—¿Puedo ayudarlo?

—¡Inspector Verne! Me alegro de que esté en casa. Empezaba a temer una maldita trampa.

—¿Quién es usted? —preguntó Valentin, cada vez más desconcertado—. ¿De qué trampa me está hablando?

El desconocido se puso rígido, con los brazos a los lados, un poco como un soldado en posición de firmes. Su tono se volvió casi marcial.

—Agente Bellière, de la comisaría del distrito once. A su servicio, inspector. Soy el policía que estaba designado para montar guardia debajo de su casa.

—¿Que estaba? —dijo Valentin malhumorado—. ¿A dónde demonios ha ido? ¿Por qué no lo he visto en su puesto al llegar?

El funcionario perdió la altivez y se le alteró la cara. A todas luces, la agresividad de su superior lo desconcertaba. Cuando volvió a hablar, la confianza en su voz había bajado varios enteros:

—Es decir…, precisamente… Eso fue lo que me hizo temer una trampa… Al menos, eso parecía, hay que admitirlo… ¡Una distracción, ya sabe! Quiero decir, eso fue lo que pensé… Pero usted está aquí, eso significa que todo va bien, ¿no?

—Agente Bellière, déjeme darle un consejo: ordene sus palabras y explique la situación con claridad. No estoy de humor para balbuceos incomprensibles.

El policía se sonrojó y volvió a corregir su posición.

—Mil disculpas, inspector. Pero no entiendo nada. Es su amiga, la guapa actriz, a la que he escoltado las dos últimas noches al teatro. Hace unas tres horas, me dio una nota de su parte, ordenándome que me reuniera con usted en la comisaría del quinto distrito, en la otro punta de París. Solo que cuando llegué allí, no estaban al corriente de nada. El comisario justo lo conocía de nombre. Puede imaginarse lo alterado que me quedé. Pensé para mis adentros: «¡Demonios, Bellière, si alguien hubiera querido alejarte, lo habría hecho igual!». Así que me moví para volver a toda prisa aquí.

—¿Guardó esta nota?

El hombre de pelo oscuro sacó del bolsillo una hoja de papel doblada por la mitad. La redacción era muy escueta y el nombre de Verne aparecía con una rúbrica disparatada.

—Esta no es mi letra ni mi firma.

—Una vez más, disculpe, inspector, pero ¿cómo iba a saberlo yo? Solo espero que fuera una broma de mal gusto.

Valentin se mordió el labio. ¿Qué significaba todo eso? Primero el piso desierto, y luego el engañoso mensaje que transmitió Aglaé. ¡No tenía ningún sentido!

—Está bien, buen hombre —dijo para librarse del policía—. Vuelva a vigilar y, esta vez, ¡mantenga los ojos bien abiertos y no abandone su puesto a menos que yo le dé una orden personal!

Feliz de salir medianamente airoso del brete, Bellière hizo una semblanza de saludo militar y se apresuró a bajar las escaleras.

Al quedarse solo, Valentin sintió que lo invadía una espantosa sensación de ansiedad y que el corazón le golpeaba contra las costillas. Se sentía como si estuviera viviendo un mal sueño. Tenía que haber una explicación lógica para todo aquello, pero no la encontraba. No se le ocurría nada.

Navegaba en la niebla.

39

Metamorfosis

Tras cerrar la puerta, se dirigió a la biblioteca, la última habitación que aún no había registrado a fondo. Eran casi las seis y la luz del día se desvanecía. Parte del espacio estaba ya sumido en la oscuridad. Sin embargo, cuando miró las estanterías que ocultaban el acceso al laboratorio, advirtió de inmediato lo que se le escapó unos instantes antes, cuando anduvo dando vueltas por toda la casa: había una mancha oscura en el suelo. Un escalofrío le recorrió la columna. Se acercó casi a regañadientes, rezando interiormente para que no fuera lo que temía.

Pero en el fondo, ya lo sabía...

¡Sangre! Un charco se ensanchaba en el suelo y unos surcos delgados empapaban la parte baja del mueble. Valentin pensó que iba a quedarse sin aliento. Petrificado, negándose a imaginar lo que le esperaba al otro lado, accionó el mecanismo de la puerta secreta.

El cuerpo de Isidore yacía contra una de las patas de la mesa sobre la que se apilaba el equipo de química del inspector. Lo habían apuñalado en el pecho y el mango de un cuchillo de carnicero aún sobresalía de la horrible herida. Por lo que podía verse, le habían asestado el golpe con una violencia inusitada y la muerte debió de ser instantánea.

Aterrado, Valentin cayó de rodillas junto al cuerpo de su joven ayudante y le apartó un mechón de pelo rojo. Tenía la cara pálida y tersa, como la de un niño pequeño. De no ser por los párpados entreabiertos, que solo dejaban al descubierto el blanco de sus ojos, podría decirse que estaba dormido. Valentin recordó lo que la criada de su padre, la vieja Ernestine, le había contado mucho tiempo atrás. Aseguraba que bastaba poner los ojos en blanco el tiempo suficiente para ver de frente el verdadero rostro del Mal. Con ese recuerdo, una repentina náusea interrumpió el hilo de los pensamientos de Valentin. Se llevó la mano a la boca, pero no fue suficiente para contener el vómito que brotó de entre sus dedos.

Aún tenía arcadas violentas cuando se fijó en la carta sellada con cera negra, parcialmente encajada debajo de la cabeza del cadáver.

Mi querido niño:

Sé cuánto querías a esa pequeña ardilla roja. Por eso le quité la vida. Como tú me negaste tu amor en otra época, me conformaré con tu odio. ¿Lo sientes arder dentro de ti? ¿Devorándote por dentro? Pues que sepas que eso es una nimiedad comparado con la furia que asoló mi corazón cuando me abandonaste.

Pero no hablemos más de eso. Porque se acerca el momento de nuestro reencuentro. Esta vez, no solo te ofrezco la muerte de un ser querido. He dejado otra piedrecita en el cajón de tu mesilla de noche. Solo para que pienses en mí en el instante en que te abandones al sueño. Suponiendo que puedas descansar las próximas noches…, de lo que tengo motivos para dudar, mi preciosa criatura…

Limpiándose con el dorso de la mano, Valentin se levantó, respiró hondo y se tambaleó hacia su habitación, con los ojos empañados. No conseguía pensar. Solo era una bola de dolor, rabia y desconcierto. Perder a Isidore y saber que Aglaé había caído en manos del Vicario le retorcía las tripas y lo trastornaba. Estaba literalmente devastado.

Cuando llegó al dormitorio, le temblaron las manos al abrir el cajón de la mesilla de noche. Dentro había otra hoja de papel y un pañuelo hecho una bola. Valentin desdobló el pañuelo y lanzó el grito de una bestia herida. Sobre la tela blanca, teñida de rojo, descansaba un dedo, cuyo extremo amputado permitía ver la blancura del hueso entre la carne ensangrentada.

Un dedo anular de piel pálida y delicada.

Un horror sin nombre se apoderó de Valentin. Un velo escarlata cayó sobre sus ojos. Volvió a sentir arcadas, pero ahora tenía el estómago vacío y un torrente de bilis le quemó la garganta. Tardó dos o tres minutos en encontrar fuerzas para reaccionar y conseguir leer la segunda parte del mensaje del Vicario.

... ¿Y bien, querido?

Espero que mi sorpresilla no te haya decepcionado. Evidentemente, tu querida amiga Aglaé ha tenido que pagar con su persona para hacerte esta ofrenda, pero esto es solo el principio. Llegamos al final del juego que he preparado con cuidado especialmente para ti. Mientras escribo estas líneas, el reloj de tu dormitorio acaba de dar las cinco. Si de verdad te importa tu guapa actriz, ahora vas a tener que iniciar una carrera contrarreloj. Hasta que no llegues a mí, cada doce horas cortaré un nuevo trozo de su pecaminoso cuerpo y te lo enviaré.

¿Aprecias la ironía de la situación? Tú, que una vez huiste de mí, vas a tener que mover cielo y tierra para volver a mí lo antes posible.

Pero fíjate qué bueno soy: igual que con las adivinanzas anteriores, te facilitaré un poco la tarea. En las estanterías de la biblioteca encontrarás la edición de 1806 de las Metamorfosis, *de Ovidio, publicada por Gay y Guestard. Te invito a consultar sin demora la página DIEZ del segundo volumen.*

Date prisa, amado mío. Y no olvides que, a las cinco de la madrugada, me veré obligado a hacer sufrir de nuevo a esa oveja que confiaste a tan pobre pastor. Confieso que aún estoy dudando sobre qué parte de su anatomía debería sacrificar. ¿Una nariz? ¿Una oreja? ¿Un ojo? ¿Un pezón, o incluso un pecho entero? Voy a pensar en eso ahora.

Un último consejito: cuando encuentres la ubicación exacta de mi refugio, no te atrevas a venir acompañado. Eso sería la sentencia de muerte para tu protegida.

Hasta pronto (¡al menos Aglaé y yo lo esperamos ardientemente!).

El Vicario

Los pensamientos se agolpaban a toda prisa en la cabeza de Valentin. Sin embargo, si quería ayudar a Aglaé, no podía permitir que sus emociones entorpecieran su razonamiento. Al contrario, tenía que hacer todo lo posible por mantener la calma y actuar con sensatez. Lo primero de todo, encontrar ese volumen de las *Metamorfosis*…

Estaba en su biblioteca, y en la edición correcta. Cuatro grandes volúmenes en octavo, encuadernados en piel de becerro pulida, roja. Valentin cogió con nerviosismo el volumen indicado y fue directamente a la décima página. Era una versión bilingüe del texto de Ovidio. Releyó las frases cuatro veces, pero no encontró nada que le proporcionara la menor pista sobre el lugar a donde el Vicario podía haberse llevado a Aglaé.

«Igual que con las adivinanzas anteriores, te facilitaré un poco la tarea…».

El policía recordó que a su viejo enemigo le gustaba jugar con las palabras. ¿Podría ser que la solución de la nueva adivinanza invocara los mensajes anteriores? Regresó a su habitación, donde tenía las famosas cartas guardadas en un secreter, con el valioso libro. Las sacó todas, las extendió sobre la colcha de la cama y empezó a releerlas detenidamente. De vez en cuando, miraba inquieto el reloj de la repisa de la chimenea… ¡Nunca le parecieron tan rápidas las manecillas de la esfera!

Luchando contra el pánico que amenazaba con desbordarlo, tuvo que hacer un terrible esfuerzo para no pensar en el calvario de Aglaé y concentrarse en el contenido de los documentos. No obstante, durante más de una hora, no sacó ninguna conclusión interesante. Al final, las palabras perdieron su significado. Bailaban ante sus ojos cansados y enrojecidos, burlándose de él como traviesos duendecillos de tinta. Pero luego, poco a poco, emergiendo de las brumas de su cerebro, algo empezó a encajar. Ciertas frases destacaban sobre el papel y estaban en consonancia con unas imágenes, momentos de su vida o palabras pronunciadas recientemente.

Lo que entrevió entonces no se refería al escondite donde lo esperaba el Vicario, pero era tan asombroso, tan espantoso, que no podía creerlo, y tuvo que repasarlo una y otra vez en su cabeza antes de admitir, finalmente, que no era producto de su imaginación. Era la siniestra verdad, y él era culpable de no haber sabido ver lo que estaba justo ahí, delante de sus ojos, desde hacía tanto tiempo.

«Un policía, incluso uno brillante, quizá no sea la persona más indicada para resolver los misterios ocultos».

Sí, el Vicario se había estado divirtiendo a su costa desde que se dio cuenta de quién era realmente el policía que lo perseguía. Era el amo del juego, se dirigía a él solo con acertijos, hacía que se perdiera o lo guiaba a su antojo. La mirada de Valentin se posó en el espejo que había junto a la palangana de loza y los artículos de aseo.

«De todo lo que refleja en este bajo mundo, solo los espejos son útiles de verdad».

Cuando la inocua frase de Eugénie lo puso sobre la pista de la clave de AHDFIZTCRYAHPG, recordó haber pensado que era la segunda vez que el azar acudía en su ayuda, y que esas cosas nunca sucedían. ¡Cuánto se reprochaba en ese momento no haber adivinado todas las consecuencias de sus propias observaciones!

«Siempre hay que deslizarse tras la sombra del enemigo antes de atacar».

¡Y, sin embargo, era muy evidente! El Vicario tenía que vigilarlo constantemente para seguir el estado de su investigación, para poder adaptar su plan en base a las propias actuaciones de Valentin. El policía recordó con amargura lo que Foutriquet le dijo, pero no le dio importancia en aquel momento: el Vicario había entrado en su casa una tarde y no salió en toda la noche. ¡La explicación parecía ahora tan obvia! ¿Cómo había podido estar tan ciego?

«Estamos más cerca de lo que crees».

Valentin recordó cuánto se sorprendió cuando Aglaé le presentó a Eugénie por primera vez. Aquella mujer gorda con aspecto de mastodonte, siempre enfundada en esos vestidos, con su papada y su nariz roma, y aquella voz extraña, tan aguda. Desde que escapó de las garras del Vicario cuando era niño, siempre pensó que sería capaz de reconocer a ese monstruo en cualquier circunstancia: la altura, la cara afilada, la nariz ganchuda, las manos largas, blancas, sin enrojecer por las tareas domésticas, y esa voz cálida y grave que, durante tanto tiempo atormentó sus noches. Entonces sabía que se había equivocado y que, al menos en parte, su presunción había causado la muerte de sus seres queridos y sumido a la mujer que amaba en la más aterradora de las pesadillas. Desconcertado con esa revelación, cerró el libro que el Vicario había elegido especialmente para él y deslizó poco a poco las yemas de los dedos sobre el título en forma de burla: *Metamorfosis*.

40

A merced del Vicario

Era el Mal absoluto.

Aglaé se convenció de eso cuando lo vio, aún oculto bajo los rasgos falsamente bonachones de Eugénie, clavar aquel cuchillo de cocina directo al corazón del desdichado Isidore.

Todo dio un vuelco poco después de las cuatro de la tarde. La mujer a la que seguía considerando una criada basta, pero entregada, fue a buscarla a la biblioteca, donde Aglaé, esperando la hora de ir al teatro, hojeaba el último discurso impreso de Claire Démar. Eugénie le dijo que acababa de recordar que el señor Valentin le había dejado una nota para que se la entregara al policía de guardia en el exterior del edificio. Como estaba preparando la cena* y tenía que vigilar un guiso en el fuego, quería saber si a Aglaé no le importaba hacer el recado. Encantada de poder tomar un poco el aire, aunque solo fuera un rato, la joven aceptó de buen gana y aprovechó que Isidore estaba de nuevo requisado en la cocina para escabullirse con discreción y llevar a cabo su misión. Solo mucho más tarde se arrepintió amargamente de haber actuado con una insensatez culpable. Era evidente que ella misma contribuyó a ahuyentar a uno de sus ángeles de la guarda. Pero ¿cómo podía imaginarse lo que iba a suceder?

Cuando regresó a casa, tuvo que enfrentarse a los reproches de Isidore, que se dio cuenta de que no estaba y, por un momen-

---

* En París, en aquella época, se preparaba la cena hacia las cinco o seis de la tarde. El resopón era una comida fría que se tomaba durante o después de las grandes veladas, hacia la una o dos de la madrugada.

to, temió lo peor. Aglaé interpretaba un numerito de seducción para engatusarlo cuando la tarde cambió radicalmente hacia el horror. En ese momento, los dos jóvenes estaban en el pasillo, donde Isidore, tratando de mostrarse firme, la detuvo para recordarle las advertencias de Valentin. Eugénie salió de la cocina con un gran cuchillo en la mano y una sonrisa en la cara. No había nada en su actitud que permitiera adivinar lo que se disponía a hacer. Con paso tranquilo, caminó hacia ellos y, sin molestarse siquiera en decir una palabra, apuñaló fríamente a Isidore. El desafortunado muchacho se desplomó como una piedra.

Aglaé oyó un lamento desgarrador.

El suyo propio.

Quiso precipitarse hacia la puerta, pero con asombrosa rapidez teniendo en cuenta su tamaño, Eugénie le cerró el paso. Y mientras Aglaé intentaba rodearla, le propinó un terrible puñetazo que le alcanzó en la sien y la dejó inconsciente.

Cuando recobró el conocimiento, se vio en el laboratorio de Valentin. Tenía las muñecas atadas muy fuerte con la cuerda de la cortina, los tobillos también atados y un trapo de mordaza en la boca. El cuerpo de Isidore yacía en el suelo junto a ella. Aún goteaba sangre de la herida. La camisa estaba empapada.

Aglaé dobló las piernas para intentar levantarse, pero no le quedaban fuerzas. Cada vez que se movía, unas agujas le perforaban el cráneo. Los nudos de las muñecas estaban tan apretados que la circulación se había detenido. Los dedos azulados le dolían terriblemente, y prefería no imaginar lo que ocurriría si cometía el error de apoyarse en ellos. Retorciéndose como una lombriz, solo consiguió sentarse con la espalda apoyada en una pata de la mesa.

En esta posición vio entrar a Eugénie. Una Eugénie muy diferente; ya se había quitado la absurda peluca de capas y la calva le brillaba por el sudor malsano.

—Así que, preciosa —rechinó con una voz grave y bien timbrada de hombre—, ¿has vuelto ya de tu viajecito al país de los sueños? ¡Estupendo! Prefiero que seas plenamente consciente de todo lo que va a ocurrir a partir de ahora.

Aglaé intentó tragar saliva, pero tenía la boca tan seca como una ciruela abandonada en un árbol. La «mujer» gorda se arrodilló a su lado y le quitó la mordaza.

—No te atrevas a gritar o volveré a amordazarte.

A la joven actriz le habría gustado no demostrar miedo, pero se apoderó de ella un temblor irreprimible. Y, a duras penas, las palabras se abrieron camino a sus labios:

—¿Quién… quién es usted?

—¡Vamos! No me digas que no lo has adivinado ya. Valentin nunca ha dejado de advertirte sobre mí, porque sabe perfectamente de lo que soy capaz. Y pronto te tocará a ti descubrirlo a tu costa.

Mientras hablaba, empezó a desanudarse el delantal y desabrocharse el vestido. Cuando se quitó todo, incluidas las enaguas, se redujo a la mitad. Sus monstruosos rollos de carne eran almohadillas por todo el forro de la ropa. Luego, con una sonrisa malvada, se quitó varios algodones de las fosas nasales y del interior de las mejillas. Su rostro se transformó literalmente. Aglaé recordó la acertada descripción que Valentin había hecho de él: un rostro afilado como un cuchillo, ojos pequeños y hundidos, labios finos y crueles…

—No sabes cuánto me apetecía deshacerme para siempre de estos guiñapos y artilugios. Si hay alguien a la que no echaré de menos, es a la engorrosa Eugénie. Hacerme pasar por ella era un calvario constante. Pero hay que saber sufrir por los que amas. ¿No crees?

¡El brillo en los ojos, cuando dijo esas últimas palabras, Aglaé nunca lo olvidaría!, igual que siempre recordaría los lentos minutos que siguieron. Sin embargo, cuando, más tarde, pensara en eso, sería incapaz de recordar con detalle la escena de su amputación. En su memoria, siempre adquiriría la apariencia de una espesa niebla roja que descendió sobre ella. Recordaría al Vicario ordenándole que no se moviera si no quería perder varios dedos, la cuchilla que le acercó a los ojos para burlarse de ella, el ruido sordo de la hoja clavándose en la madera de la mesa tras rebanar carne y hueso, el dolor insoportable y palpitante que no le sobrevino de inmediato, sino que paulatinamente se apoderó de ella.

Salió del horror sin nombre con la mente agitada y una sensación de ardor en la mano izquierda. Un paño manchado de sangre la envolvía. El Vicario estaba sentado a la mesa, terminando de escribir una nota. Había otra, ya sellada con lacre negro, tendida junto a un pañuelo doblado, también manchado de rojo. Aglaé se estremeció al imaginar lo que contenía. Se le nubló la vista y se le escapó un gemido lloroso.

El hombre se volvió hacia ella y le explicó en voz baja, casi en el tono de una conversación normal, que iban a salir juntos del edificio y subirse a un carruaje aparcado en una calle cercana. Le mostró un cuchillo, que llevaba escondido en la manga, y le advirtió de que la más mínima falta le acarrearía el mismo destino que a Isidore. Luego le preguntó si lo había entendido. Como no respondió, se levantó y la abofeteó, pero sin verdadera brutalidad, algo así como un médico que solo tenía ese medio para calmar un ataque de nervios. Aglaé asintió. Sí, lo entendía, y haría lo que él dijera. Solo entonces la liberó de sus ataduras.

Cuando salieron del piso, un poco más tarde, esperó una oportunidad para escapar. Pero el Vicario la sujetaba con demasiada fuerza y la muchacha podía sentir la punta del cuchillo clavándose ligeramente en su cadera. Al pie de la escalera, una cortina se abrió cuando pasaban, y tuvo tiempo de ver al portero, el señor Mathurin, que la saludaba con la mano, pero no salió de su garita.

En la callecita de Bac, como dijo su captor, los esperaba un carruaje, probablemente robado la noche anterior a su legítimo propietario. La empujó al interior y volvió a atarla y amordazarla. Esta vez, le puso las muñecas a la espalda y las unió a los tobillos, de modo que prácticamente no podía moverse. La puerta se cerró de golpe y Aglaé notó que la suspensión cedía cuando él subió al asiento del conductor. Entonces oyó el chasquido de un látigo y el coche empezó a coger velocidad.

Encogida en un rincón de la banqueta, reprimió un temblor nervioso; el miedo y el dolor le paralizaban el cerebro, pero buscaba inútilmente algo que pudiera intentar para escapar de las garras de aquel monstruo. Pensó en Valentin. Imaginó el terror que sentiría cuando descubriera el cadáver de Isidore, su propia desaparición y la abominable sorpresa que el Vicario le tenía reservada. Al recordar el dedo amputado, una violenta náusea la dobló en dos, pero, al instante, el miedo a ahogarse si empezaba a vomitar eclipsó todo lo demás.

Cuando por fin consiguió contener su malestar, intentó arrancarse la mordaza frotando la mejilla contra la pared del habitáculo. No consiguió nada. El Vicario la había obligado a abrir la boca para apretarle la tela entre los labios antes de atársela muy fuerte al cuello. Era absolutamente imposible deshacerse de ella. Así que se limitó a girar sobre sí misma para acercarse a la puerta y apartar la cortina de cuero con la frente.

Si no conseguía alejarse de él, pensó, siempre podría intentar distinguir la ruta que seguían. Rezó en silencio para que no fuera un camino sin retorno.

Salieron de París por el oeste y siguieron el valle del Sena hasta llegar a la altura de Puteaux. Más allá de las laderas cubiertas de viñedos, subieron una colina parcialmente arbolada, en cuya cima se alzaba un viejo molino abandonado. Las paredes aún estaban fuertes, pero el tejado de paja estaba lleno de agujeros y faltaba un aspa. Hacía muchos años que el edificio no se utilizaba para moler grano.

El Vicario la bajó del coche, le quitó la mordaza y le liberó los tobillos antes de arrastrarla hacia la única puerta de la torre. Cuando la empujó dentro, oyó unos pequeños chillidos y unas huidas desesperadas a ras de suelo. Las telarañas colgaban del techo y el polvo jugaba con la luz del sol. Pero Aglaé no prestó atención. Sus ojos se dirigieron a los barriles de pólvora apilados en un rincón, unidos entre sí por mechas cortas, y luego, a la jaula de acero, del tamaño de una perrera grande, en medio del espacio, junto a la vieja piedra de molino.

—No te preocupes —la tranquilizó el Vicario, que captó su mirada—, no encenderé esos preciosos fuegos artificiales a menos que Valentin cometa la locura de no venir solo. En cuanto a la jaula, no es para ti. Está reservada para mi pequeño protegido. Lleva años esperándolo y cuento con que venga por iniciativa propia, dócilmente, a ocupar de nuevo su sitio junto a mí.

—¡Está loco! —encontró el valor de contestar—. Valentin ya no es un niño indefenso. Tarde o temprano, le hará pagar todos sus crímenes.

El hombre sonrió sin separar los labios. Su rostro mostraba tal crueldad, tal placer en hacer el mal, que la joven se preguntó cómo no lo había distinguido antes, incluso con el disfraz absurdo de Eugénie Poupard.

—¡Créeme, vendrá! ¡Y más rápido de lo que crees!

Entonces, le explicó lo que su mente perversa había ideado para atraer a Valentin hacia él, para obligarlo a entrar en la boca del lobo. Aglaé se quedó helada de miedo. Deseaba cerrar los ojos y escapar de la pesadilla, descubrir que todo lo que había sucedido desde que presenció el asesinato de Isidore no era más que una alucinación. Pero el muñón de su dedo palpitando dolorosamente estaba allí para recordarle, a cada instante, que no soñaba.

Una escalera de molinero daba acceso, a través de una trampilla en el techo, a una especie de desván que, en otro tiempo, debió de servir para almacenar los sacos de harina. La ayudó a subir sujetándola de las axilas y luego la dejó, prometiéndole volver a las cinco de la mañana.

—Hasta entonces —susurró sádicamente—, te dejaré que pienses en el regalito que le enviaremos a nuestro querido Valentin por la mañana. Serás tú quien elija. Al fin y al cabo, eres la más indicada para saber qué parte de tu cuerpo estimulará más sus facultades intelectuales y lo animará a unirse a nosotros lo antes posible.

Con eso, la dejó y cerró la trampilla tras de sí. Aglaé oyó el chasquido de un cerrojo. Destrozada por las emociones, le habría gustado abandonarse al sueño, encontrar allí un refugio contra la angustia y el dolor. Era una esperanza ilusoria. Las terribles pruebas por las que había pasado en las últimas horas no la dejaban descansar. Visiones sangrientas recorrían su cerebro, mientras el destino prometido por el Vicario la atormentaba y paralizaba todos sus pensamientos.

A través de los agujeros del techo, al principio pudo calcular el paso de las horas, pero cayó la noche y se encontró sumida en la oscuridad. Incapaz de orientarse en el espacio y el tiempo, privada de toda libertad de movimientos, se sentía como si realmente se hubiera vuelto loca. El menor ruido la hacía saltar. Se repetía a sí misma que el fatídico plazo había expirado, que debían de ser las cinco y que el Vicario regresaba para atormentarla. Y se moría de miedo, porque en ese desasosiego, solo tenía una certeza...

... aquel hombre era el Mal absoluto.

41

Expiación

A la luz cenicienta de la luna, la silueta del molino destacaba claramente en lo alto de la colina. El lugar estaba bien elegido. La maleza desaparecía a media ladera, dejando un vasto espacio abierto alrededor del edificio. Desde allí arriba, debía de ser fácil vigilar los alrededores. Imposible que un destacamento se acercara sin llamar la atención. Incluso si fuera posible, el Vicario habría tomado precauciones para enfrentarse a un ataque en masa. Sin duda, había preparado alguna trampa cruel de las suyas para recibir a los posibles asaltantes. Y era más que probable que prefiriera morir en el acto a dejar que le arrebataran a su prisionera.

Oculto tras el tronco de un árbol en la linde del bosque, Valentin llevaba un rato evaluando las pocas opciones que se le presentaban. Llegó allí aproximadamente a las cuatro de la mañana. A pesar de una reflexión intensa, el último enigma del Vicario se le resistió varias horas. No lo descifró hasta media noche, y se fustigó por no haberlo comprendido antes. En realidad, era un truco sencillo, pero la angustia que atenazaba al inspector, por la suerte de Aglaé, le impedía pensar con calma. Le resultaba insoportable plantearse que esa era precisamente la intención del Vicario. Aquel demonio había hecho todo lo posible para que se tambaleara y sumirlo en una agonía interminable. Debía de sentir un perverso placer al torturarlo así, en la distancia, y disfrutar del poder que había logrado recuperar sobre quien fue un objeto de su propiedad durante mucho tiempo.

«En las estanterías de la biblioteca encontrarás la edición de 1806 de las *Metamorfosis* de Ovidio, publicada por Gay y Guestard. Te invito a consultar sin demora la página DIEZ del segundo volumen».

¿Por qué escribió el número de la página en mayúsculas? Plantearse la pregunta fue un paso decisivo para encontrar la solución. Ovidio era un autor latino. Así que escribía las cifras en números romanos. Según esta antigua grafía, DIX* significaba ¡509! Valentin abrió el volumen II de las *Metamorfosis* por la nueva página. Descifró el texto en la versión original y no encontró ninguna pista. Sin embargo, estaba tan completamente convencido de que iba por buen camino que se empeñó, hasta descubrir que el papel parecía impregnado de un ínfimo olor a limón. Pasó la hoja sobre la llama de una vela, palpitando y con miedo a cometer una torpeza fatídica y quemar la hoja.

Había unas letras, salpicadas por la página, subrayadas con una pluma empapada en ácido cítrico. Las líneas aparecieron con el calor, que las volvió marrones. Las letras, puestas una tras otra, señalaban con precisión el lugar a donde el Vicario se había llevado a Aglaé: el molino de Gâtines, en Puteaux. Ese miserable esperaba allí a Valentin, allí lo citaba para el último enfrentamiento, del que uno de los dos no saldría vivo. Al menos, Valentin estaba convencido de eso.

El policía reprimió un escalofrío. Hacía tiempo que imaginaba que el reencuentro con el monstruo de su infancia le produciría una excitación sombría, la del cazador que, por fin, ve a su presa al final de una larga persecución. Pero ahora era diferente. Ya no entraba en juego solo él. Si Aglaé volvía a sufrir por su culpa, nunca se lo perdonaría. Un rápido vistazo al reloj le confirmó que ya no podía permitirse titubear. En menos de una hora, el Vicario cumpliría su demencial amenaza. A Valentin solo se le ocurría una manera de detenerlo. Era muy arriesgado, pero no le quedaba otra opción.

Aglaé se despertó sobresaltada.

* «DIX» es 'diez' en francés. *(N. de la C.)*

No fue consciente de ceder a la fatiga. Pero sus nervios, violentamente afectados, terminaron por rendirse y la joven se durmió de golpe. Tardó varios segundos en recuperar el contacto con el mundo exterior y ser consciente de dónde estaba. Entonces todo le vino a la cabeza, en una oleada nauseabunda. Y el dolor físico la abrumó. El muñón del dedo anular palpitaba, las muñecas atadas a la espalda le daban tirones y tenía los brazos agarrotados.

Sofocando un gemido, rodó por el suelo para buscar una posición más cómoda. Solo entonces fue consciente de un ruido incongruente muy cerca. Sonaba como un ligero crujido. Bastante parecido al crepitar del fuego de una chimenea.

Torció el cuello en todas direcciones para buscar en la oscuridad con la mirada, presa de un repentino pavor. Ni el más mínimo atisbo de incendio. Tampoco sentía ningún calor anormal. Aunque en parte tranquilizada, se mantuvo en guardia, porque el ruido continuaba. Aglaé pensó que, quizá, eso era lo que la había despertado. Hizo un esfuerzo por concentrarse más. La falta de referencias visuales no facilitaba las cosas. Sin embargo, finalmente se convenció de que el chirrido llegaba desde encima de su cabeza. ¿Sería algún roedor que andaba por el tejado de paja? Miró hacia arriba, intentando seguir el avance del animalillo que paseaba entre las vigas. Aunque irrisoria, esta compañía invisible le proporcionaba algo parecido al consuelo. Así, la prisionera tenía la sensación de no estar completamente abandonada a su suerte.

El alivio cedió paso a una intensa sorpresa cuando, de pronto, vio un rostro humano en una de las grietas de la paja. El corazón le dio un salto en el pecho al reconocer los rasgos de Valentin. Casi dejó escapar un grito de asombro y alegría a la vez; tuvo que morderse los labios hasta hacerse sangre para no arriesgarse a atraer la atención del enemigo común.

El inspector ya había metido las piernas y el tronco por la abertura del tejado. Se dejó colgar por los brazos de una de las vigas y giró para apuntar a un montón de paja, que podría amortiguar el ruido de su caída. Nada más aterrizar en el viejo suelo, se precipitó hacia la joven actriz y la abrazó entusiasmado.

—¡Ay, mi amor! ¡Gracias a Dios que estás viva! ¡Tenía tanto miedo de perderte!

Aglaé quería reír y llorar al mismo tiempo. Pero se limitó a susurrarle al oído:

—Yo también creí que no volvería a verte. Pero ¿cómo te las has arreglado para llegar hasta aquí?

—El Vicario me dejó toda las indicaciones necesarias para encontraros. Sin duda, desde el principio, pensó utilizarte para atraerme hacia él. Lo más difícil fue subir al tejado sin llamar su atención.

—¿Cómo demonios lo conseguiste? Cuando llegamos antes, hace un rato, me fijé en que las paredes eran lisas y no había dónde agarrarse.

—Primero me arrastré hasta el molino. Desde lejos, noté que una de las aspas estaba casi en vertical y bajaba a menos de una toesa del suelo. Parecía posible apoyarse en la base de la pared para impulsarse y agarrar el extremo al vuelo. Pero tenía que conseguirlo al primer intento. Si fallaba, el peligro de alertar al Vicario sería muy grande. Gracias a Dios, ¡funcionó a la perfección! Y el armazón del ala era lo suficientemente fuerte como para servir de improvisada escalera. Sin embargo, por culpa de la oscuridad, he estado a punto de romperme el cuello dos o tres veces.

Una sombra de inquietud oscureció el bello rostro de la actriz.

—Desgraciadamente —dijo—, tal y como tengo la mano, no podremos salir por el mismo sitio. ¿Qué vamos a hacer? La trampilla tiene echado el cerrojo y el Vicario ha amontonado suficiente pólvora en la habitación de abajo como para hacer saltar el molino por los aires.

Ante la mención de la herida de la mujer que amaba, Valentin sintió que una oleada de rabia y furia lo recorría de pies a cabeza. Deseaba no volver a ponerla en peligro, pero Aglaé tenía razón: no podían escapar por el tejado.

—Tendremos que esperar a que suba el Vicario —se resignó—. No debería tardar mucho, ya son casi las cinco. Me agacharé detrás de él, para que me oculte la trampilla levantada. No debe sospechar nada. ¿Crees que serás capaz de engañarlo?

Un chispa furiosa brilló en los ojos de Aglaé. Volver a ver a Valentin le había permitido recuperar toda su combatividad.

—¿Has olvidado que se dice que tengo cierto talento para la interpretación?

—¡Bien por ti! Voy a desatarte las muñecas, pero debes dejarlas atrás para que no sospeche. Tiene que dar unos pasos hacia ti, antes de que yo intervenga, para que pueda deslizarme entre él y el agujero del suelo y cortarle la retirada. Pero no te preocupes, no dejaré que vuelva a ponerte la mano encima.

—No tengo miedo —lo tranquilizó la joven, alzando la frente con valentía—. Estoy deseando que esto termine y que ese monstruo ya no vuelva a causar ningún sufrimiento.

Valentin se inclinó para desatarle las manos, pero ni siquiera tuvo tiempo de aflojar el primer nudo. Los travesaños de la escalera del molino crujieron de una manera siniestra y el cerrojo chirrió en su encaje.

El policía se lanzó detrás de la trampilla de madera. Esta ya se levantaba y la luz danzante de un farol iluminó a Aglaé, que se había acurrucado lo más lejos posible de la abertura.

Valentin contuvo la respiración; lo primero que vio fue una mano sujetando un farol, que sobresalía del borde superior de la trampilla. Una mano delgada y blanca, cuya mera visión le heló los huesos. ¿Cómo no se fijó en ese detalle físico de la supuesta Eugénie? Tuvo que desterrar el sentimiento de culpa que amenazaba con reavivarse en su interior. No era el momento de que las emociones lo dominaran. Al contrario, debía mantener la calma para actuar con eficacia.

—Vaya, bonita —ironizó el Vicario mientras ascendía—. Parece que mi querido Valentin no es tan listo como yo pensaba. Tendrás que pagar con tu personita para motivarlo más.

Aglaé se estremeció y se acurrucó contra la pared, como si quisiera hundirse en ella. Sus ojos muy abiertos reflejaban un miedo que debía de ser solo en parte simulado. El recién llegado colgó la lámpara en un clavo de la viga central y sacó un cuchillo grande del cinturón. Probó el filo en la grasa de su pulgar mientras se acercaba poco a poco a su presa.

—¿Has decidido qué parte de ti vamos a convertir en ofrenda? —preguntó con una ironía chirriante—. Te conviene…

Su voz se quebró con brusquedad. El frío cañón de una pistola acababa de hundirse en el hueco de su cuello.

—A usted le conviene soltar el cuchillo inmediatamente —amenazó Valentin, con una voz vibrante y una tensión a duras penas contenida—. Al menor movimiento sospechoso, le reviento el cráneo, ¡desgraciado!

Durante unos segundos, fue como si el tiempo se detuviera. El Vicario se quedó inmóvil y pareció sopesar los pros y los contras. Valentin apretó con más fuerza el arma contra la carne lívida.

—No me dé una buena razón para disparar —insistió—. No se imagina el esfuerzo sobrehumano que tengo que hacer para resistir a la tentación de meter una bala en su cerebro enfermo ahora mismo.

Su tono debió de ser lo bastante convincente, porque el Vicario se encogió de hombros con fatalismo antes de separar los dedos y soltar el cuchillo, que cayó a sus pies, vibrando. Entonces, muy lentamente, el hombre empezó a darse la vuelta.

El inspector se lo permitió, pero retrocedió con cautela tres pasos para estar preparado ante cualquier eventualidad. Sin embargo, no previó la conmoción que le causaría ver el rostro sin caracterizar de su viejo enemigo. Habían pasado casi doce años desde que consiguió, siendo aún un niño, dejarlo tirado, y el criminal debía de acercarse ya a los cincuenta. Su rostro estaba arrugado y curtido, pero sus ojillos seguían expresando la misma alegría oscura y feroz. Una mueca siniestra curvaba sus labios delgados.

—¡Así que has venido, mi querido niño! Si supieras cómo se reconforta mi corazón al verte. Aquí estamos, juntos de nuevo, como antes, sin máscaras, sin disfraces. Reconoce que he cuidado especialmente nuestro reencuentro.

Al Vicario ya no parecía impresionarle la pistola con la que Valentin le apuntaba al pecho. Ni siquiera la veía; sus ojos estaban fijos en los de Valentin. Su rostro, de facciones bruscas, desprendía una maldad burlona y diabólica.

—No es usted más que un pobre demente depravado —dijo Valentin con frialdad—. Pero ha llegado el momento de que expíe sus crímenes. Si alguna vez ha conocido una oración cristiana, ahora es el momento de recordarla y encomendar su alma a Dios.

—¿De qué crímenes hablas, hijo mío? —respondió el Vicario—. ¿De esas piedrecitas que sembré para ayudarte a encontrar el camino de vuelta a mí? Eran solo el precio a pagar por tu traición del pasado. ¡Solo tú llevas esa carga! ¿O estás pensando en esos dulces corderos que abracé después de que huyeras? Apenas fueron un lamentable consuelo para mí, y puedo asegurarte que les di todo el amor que aún albergaba en mi corazón roto.

—¡Es usted despreciable! ¡Sus crímenes están más allá del perdón!

—Pero ¿quién habla aquí de perdón? —susurró el monstruo, adoptando un tono amable—. Para tener que perdonar, es necesario haber sido ofendido. ¿Ese es tu caso, mi querido niño? Por una vez, atrévete a mirar la verdad de frente. Me debes ser el hombre en el que te has convertido. Te forjé a mi imagen. La soledad en la que te regodeas, el rechazo de los demás, la dureza en el fondo de tus ojos, esa manera de agarrar con firmeza la culata del arma, me lo debes a mí. Aunque decidieras disparar, no podrías borrar esa parte de mí, que está grabada para siempre en tu carne. ¿Has pensado alguna vez en eso?

Valentin sintió una dentellada insoportable en el pecho. El Vicario había acertado. A pesar del odio que sentía hacia él, el inspector conservaba bastante lucidez para comprender que el Vicario decía la verdad. Lo había marcado con hierro candente.

—Yo poco importo —intentó responder con una expresión de cansancio y tristeza indescriptibles—. Esta noche, vengo a reclamar justicia en nombre de mi padre, Hyacinthe Verne; y también de esta mujer, a la que ha mutilado con atrocidad.

El Vicario hizo un gesto despreocupado con el dorso de la mano, como desechando una trivialidad. Luego volvió a sonreír perversamente.

—¿Tu padre? ¡Eso sí que es gracioso! Desde que te entregaron a mí, yo he sido tu único padre. Tu padre, tu amante, tu amo, fui y seguiré siendo todo eso para ti.

En el fondo, Valentin sabía que debería terminar esa conversación. ¿Para qué escuchar las divagaciones de este monstruo? Solo tenía que mover ligeramente el dedo, apretar el gatillo, y todo habría terminado.

¿*Todo*? Por supuesto que no. El Vicario acababa de entreabrir una puerta que Valentin no podía dejar que se cerrara. Ya no. ¡Era demasiado tarde!

—¿Qué quiere decir con «me entregaron»? —preguntó Valentin con una voz neutra.

La sonrisa del Vicario se ensanchó.

—¡Vamos, hijo mío! No pretenderás que crea que nunca te has preguntado por qué, hace dieciséis años, recorrí todo ese largo camino para ir a buscarte. ¡Precisamente a ti! ¡Hay muchos niños abandonados en las calles de la capital! ¡Pero alguien te designó a mí!

Valentin pensó que su corazón iba a dejar de latir. Tuvo que respirar hondo, como si le faltara aire y estuviera a punto de asfixiarse. De repente, se puso completamente pálido. La sangre parecía haberse ido de su rostro.

La voz de Aglaé le llegó como si se abriera paso a través de una espesa niebla:

—¡No lo escuches! ¡Estaría dispuesto a contar cualquier mentira para ganar tiempo!

Pero Valentin apenas comprendió el significado de estas palabras. Algo acababa de romperse en su interior. Se sentía casi tan vulnerable como el niño de ocho años al que arrancaron de su casa, en Morvan. De manera casi imperceptible, el brazo armado se relajaba. Milímetro a milímetro, el cañón de su pistola descendía.

—¿Quién es ese «alguien»? —preguntó Valentin, esforzándose por sacar las sílabas de su estrangulada garganta.

Los pupilas ardientes del Vicario brillaron con una alegría malsana.

—Te gustaría saberlo, ¿verdad? Pero, entonces, tendrías que renunciar a dispararme. Una vida por un secreto así, es un trato para pensárselo, ¿no?

En cuanto formuló la pregunta, el Vicario giró bruscamente sobre sí mismo. Lanzó la pierna y arrolló a Valentin de costado. Justo cuando perdía el equilibrio, Valentin entrevió la posibilidad de disparar a quemarropa a la diana. Dudó un segundo de más y perdió su única oportunidad. El Vicario se abalanzaba contra él con la rapidez y agilidad de un felino, y lo agarró de la solapa de su levita para subirla a la garganta con el evidente objetivo de estrangularlo.

Inmovilizado boca abajo, Valentin intentó darse la vuelta para liberarse. Aunque era más joven y más fuerte que su adversario, no pudo hacerlo. El otro le había atrapado las piernas entre los muslos y le agarraba el cuello con una fuerza sobrehumana. El inspector le dio varias patadas más, pero también ineficaces. Tenía la sensación de estar prisionero en un auténtico torno. La tela que tensaba el Vicario con una mano de hierro le comprimía la tráquea, y la sangre irrigaba el cerebro cada vez menos. Oyó la risa cruel del Vicario ahogada, como si viniera de muy lejos. Todo flotaba a su alrededor, igual que el vuelo de los carroñeros. Solo cuando su campo de visión empezó a estrecharse y a nublarse, Valentin se dio cuenta de que se estaba muriendo.

De repente, un horrible estertor. Un estertor que no era suyo.

Inmediatamente después, el policía sintió que las manos del Vicario se aflojaban. Con un tirón de hombros, se sacudió el peso que lo agobiaba y, sofocado, se arrodilló y se dio la vuelta para comprender lo que acababa de suceder.

Su agresor yacía de costado, con los ojos en blanco. La sangre salía a espumarajos por las comisuras de su boca. Tenía el mango de su propio cuchillo clavado entre los omóplatos. Aglaé estaba de pie junto a la bestia abatida. Sus manos, aún con las ataduras que había cortado de forma apresurada para acudir en ayuda de Valentin, le ocultaban la boca, muy abierta en un grito largo y silencioso.

Al oír suspirar suavemente al Vicario, Valentin empezó a albergar la esperanza de que no fuera demasiado tarde para descubrir la verdad. Se dio la vuelta y se inclinó sobre el moribundo. Un intenso dolor distorsionaba los rasgos del hombre cuya muerte había deseado mil veces. Sin embargo, en aquel momento, Valentin habría dado todo lo que tenía porque su antiguo verdugo se aferrara a la vida un poco más.

—¡El nombre! —imploró—. ¡Rápido! ¡Dime el nombre! ¿Quién es ese «alguien»?

Los labios lívidos del Vicario temblaron. Su nuez rodó bajo la piel como si tragara para poder hablar. Su cabeza se levantó ligeramente del suelo. Valentin deslizó la mano bajo la nuca para sujetarla y apretó la oreja contra la boca de su enemigo.

—Eso... —pronunció con dificultad el Vicario—. Eso... es mi pequeño equipaje y... me... me lo llevo conmigo.

Entonces lo sacudió un especie de hipido, la cabeza rodó a un lado y soltó un chorro de sangre al mismo tiempo que su último aliento.

Epílogo

Poco después del amanecer, los dos salieron del maldito molino, apoyándose el uno en el otro.

«Los dos, ¿de verdad?».

Valentin creyó ver una sombra moviéndose tras ellos. No necesitó volverse para saber que los acompañaba la silueta enclenque de un niño de unos doce años. Con el Vicario muerto, su primera presa también escapaba. Desde el fondo de su corazón, el inspector le deseó buena suerte, porque sabía que pronto tendrían que separarse para seguir cada uno su propio camino. El fantasma de Damien aún tenía que recorrer un largo camino para llegar a Morvan. Si cierto guardia rural había cumplido su promesa, allí había, en un pequeño cementerio de campo, un trozo de tierra recién removida, donde el niño podría por fin tumbarse y descansar junto a la mujer que lo esperó tanto tiempo.

Al despedirse de esa otra parte de sí mismo, el inspector sintió una opresión en el pecho. Si no podemos devolver la vida a los muertos, al menos podemos llevarlos con nosotros mucho tiempo. Y esta proximidad íntima puede ser una bendición o, por el contrario, una especie de castigo del que es imposible escapar.

El sol irradiaba sus primeros y tímidos rayos a través del sotobosque por el que caminaban Valentin y Aglaé. Sin embargo, la humedad de la noche aún los envolvía con su aliento frío. El policía sintió que la joven se estremecía. Se quitó la capa, se la echó por los hombros y la abrazó para darle un poco de su calor.

Jirones de niebla nocturna colgaban aún sin fuerza entre los troncos de los árboles. Había una extraña sensación de irrealidad en aquellas formas móviles e imprecisas. Valentin no pudo evitar ver en ellas a esos otros fantasmas intangibles, que serían su escolta a partir de ahora. Los fantasmas de las víctimas que el Vicario había asesinado solo porque eran personas allegadas a él y las apreciaba: Jeanne, Foutriquet e Isidore. El espectro de Ferdinand d'Orval los acompañaba. ¿Podría Valentin reanudar su vida con la culpa, en el fondo de su ser, de no haberlos protegido? ¿Estaba maldito y condenado a vivir para siempre con el remordimiento de sus pecados?

Entonces pensó en Aglaé. La joven acababa de vivir unas horas atroces. No solo la había mutilado salvajemente el Vicario, también tuvo que golpearlo y quitarle la vida para salvarlo a él. Por más que ese hombre fuera un horrible depredador, ¿conseguiría soportar el peso de lo que había hecho? ¿Acabaría, tarde o temprano, reprochando a Valentin haberla puesto en la tesitura de tener que enfrentarse a semejante trance?

Justo cuando estaba a punto de sucumbir a sus demonios interiores, el joven sintió que la mano magullada de Aglaé buscaba la suya. Una mano suave pero firme también, con sangre generosa y burbujeante latiendo bajo la piel diáfana. La envolvió con delicadeza, teniendo cuidado de no rozarle la herida. Luego volvió la cabeza hacia ella y se sorprendió al descubrir la asombrosa resolución que brillaba en sus ojos. No sabía cuánto tiempo llevaba mirándolo, pero comprendió al instante que Aglaé había adivinado sus pensamientos. Cuando sus rasgos cansados y doloridos se iluminaron y ella le dedicó una sonrisa cómplice, se dio cuenta de que ya tenía respuesta a las preguntas que acababan de asaltarlo. Aún desconocía si su amor podría llegar a florecer libremente, pero al menos estaba seguro de haber encontrado una pareja capaz de acompañarlo en su lucha contra el Mal. En adelante, serían dos los que se atreverían a enfrentarse a la oscuridad.

Juntos, se adentraron en la bruma del sotobosque.

Nota del autor

El éxito de la primera parte de *La Brigada de los Misterios Ocultos* es uno de esos momentos de gracia con los que sueña todo escritor. Lo disfruté aún más porque el entusiasmo de los lectores me ayudó a superar un periodo especialmente doloroso. La primera aventura de Valentin Verne la escribí yo, pero varias personas contribuyeron a que llegara a un público tan amplio. Así que me gustaría dar las gracias a Pascale, que es a la vez mi esposa y mi primera lectora; a mi agente literaria, Isabelle, cuyos pertinentes comentarios me ayudaron a convertir a Valentin en un formidable seductor; a mi editora, Maëlle, que se entusiasmó enseguida con el proyecto, y también al fabuloso equipo de Albin Michel, que creyó inmediatamente en el manuscrito y se movilizó para darle una magnífica envoltura y una distribución que superó con creces mis expectativas. También me gustaría dar las gracias a todos los libreros, columnistas y blogueros literarios que han apoyado la novela con una rara constancia. En cuanto a ustedes, lectores, esta segunda investigación de Valentin me parece la mejor forma de darles las gracias, y espero no haberlos decepcionado.

Como en todos mis libros, me he esforzado por respetar el contexto histórico, pero las exigencias de la trama de la novela me han obligado a tomarme algunas pequeñas libertades con la cronología. La trama de esta segunda parte se centra en los inicios del espiritismo en Europa. Sin embargo, la moda de lo que entonces se llamaba «espiritualismo» llegó un poco más tarde de lo que sugiere la novela. Las hermanas Fox popularizaron prácticas, como las mesas giratorias, en Estados Unidos a partir de 1848. En Francia, un profesor de Lyon, Allan Kardec, inventó el nombre de «espiritismo» y lo convirtió en una doctrina de moda, sobre todo tras la publicación, en 1857, de su obra más importante, *El libro de los espíritus*. Sin embargo, la nigromancia, o adivinación mediante la evocación de los muertos, se remonta a la Antigüedad, y las viejas tradiciones que menciona Théophile Gautier en la novela están perfectamente documentadas.

La idea de asociar espiritismo y fotografía se me ocurrió fácilmente, pues, a partir de 1850, numerosos pioneros de este arte empezaron a hacer trucajes —doble impresión de la placa sensible— y retoques con témpera en los negativos para convencer a un público crédulo de que era posible captar la imagen del espíritu de una persona fallecida. Actualmente, se considera a Nicéphore Niépce el verdadero inventor de la fotografía, a la que consagró numerosas investigaciones a partir de 1816. En 1825, obtuvo finalmente las primeras imágenes estabilizadas, utilizando una placa de estaño y betún de Judea. Sus primeros contactos con Louis Daguerre se remontan a 1826, y los dos hombres se asociaron en diciembre de 1829. Niépce aportó su invento y Daguerre sus contactos y su espíritu empresarial. La muerte repentina de Niépce, en 1833, permitió a Daguerre reivindicar en solitario, durante un tiempo, la paternidad del invento, de ahí el nombre de «daguerrotipo» del primer procedimiento fotográfico. También es cierto que Daguerre introdujo muchas mejoras en el trabajo de su antiguo socio. Entre 1833 y 1839, fue responsable del uso del yodo como agente sensibilizador y del vapor de mercurio como revelador de la imagen latente. La técnica descrita en la novela aún no existía en 1831, pero surgió apenas unos años más tarde.

Aunque Daguerre no creó el procedimiento que más tarde llevaría su nombre, sí inventó el diorama, también conocido como «poliorama panóptico», una ilusión basada en lienzos pintados, animados por efectos de luz. El teatro que inauguró en París en 1822 estaba en la plaza Château-d'Eau, y el montaje era tal y como se describe en el texto. El espectáculo fue un éxito instantáneo. Sin embargo, a efectos de la novela, tuve que posponerlo unos años para que Valentin pudiera dejarse engañar por un espectáculo supuestamente todavía desconocido en 1831.

La toxicología también desempeña un papel importante en la novela. El veneno que se utiliza contra los D'Orval lo empleaban ciertas tribus africanas durante las ordalías. Se extraía de una semilla conocida como haba de Calabar, derivada a su vez de una liana, llamada *Physostigma venenosum.* Los investigadores modernos han aislado varios alcaloides tóxicos de esta semilla. El más importante es la eserina, que forma un compuesto carbamato relativamente frágil. Esta característica química es la razón por la cual la toxicidad de la droga disminuye considerablemente o incluso desaparece en un entorno ácido. Hay que tener en cuenta que, en 1831, los análisis toxicológicos de muestras de tejidos humanos no eran todavía una práctica habitual en las investigaciones criminales. No llegarían a serlo hasta el cambio de siglo. Sin embargo, dada su formación como químico y farmacéutico, no resulta anacrónico hacer de Valentin Verne un precursor en este campo. Gran parte de los conocimientos científicos necesarios para esos análisis ya estaban disponibles en su época.

Por último, como siempre, el lector curioso encontrará a continuación una serie de referencias bibliográficas para ampliar sus conocimientos sobre la Monarquía de Julio.

Abensour, Léon, «Le féminisme sous la monarchie de Juillet. Les essais de réalisation et les résultats», *Revue d'histoire moderne et contemporaine,* 1911, n.º 15-2, pp. 153-176; n.º 15-3, pp. 324-347.

Adler, Laure, *La vie quotidienne dans les maisons closes, 1830-1930,* París, Hachette Littératures, 1990; reed. Fayard, 2013.

Aubert, Jacques; Eude, Michel; Goyard, Claude, *et al., L'état et sa police en France, 1789-1914,* Ginebra, Librairie Droz, 1979.

Berlière, Jean-Marc y Lévy, René, *Histoire des polices en France. De l'Ancien Régime à nos jours,* París, Nouveau Monde Éditions, 2011.

Berlière, Jean-Marc, *La police des moeurs,* París, Éditions Perrin, col. Tempus, 2016.

Berthier, Philippe, *La Vie quotidienne dans la Comédie humaine de Balzac*, París, Hachette Littératures, 1998.

Broglie, Gabriel de, *La Monarchie de Juillet*, París, Fayard, 2011.

Charléty, Sébastien, *Histoire de la monarchie de Juillet (1830-1848)*, París, Éditions Perrin, 2018.

Chauvaud, Frédéric, *Les Experts du crime. La médecine légale en France au XIXᵉ siècle*, París, Aubier, 2000.

Chevalier, Louis, *Classes laborieuses et classes dangereuses*, París, Hachette, col. Pluriel, 1984.

Dorvault, François-Laurent-Marie, *L'Officine ou répertoire général de pharmacie pratique (éd. 1844)*, París, Hachette Livre/BnF, 2012.

Gronfier, Adolphe, *Dictionnaire de la racaille. Le manuscrit secret d'un commissaire de police parisien au XIXᵉ siècle*, París, Éditions Horay, 2010.

Jardin, André y Tudesq, André-Jean, *La France des notables (1815-1848)*, vol. 2, París, Éditions du Seuil, col. Nouvelle histoire de la France contemporaine, t. 6 y 7, 1973.

Leterrier, Sophie-Anne, *Béranger. Des chansons pour un peuple citoyen*, Rennes, Presses universitaires de Rennes, 2013.

Myatt, Frédérick, *Encyclopédie visuelle des armes à feu du XIXᵉ siècle*, París, Éditions Bordas, 1980.

Petitot, Marie, «Danseuses de l'Opéra au XIXᵉ siècle. L'envers du décor», Blog plume-dhistoire: https://plume-dhistoire.fr/danseuses-de-lopera- au-xixeme-siecle-lenvers-du-decor/

Robert, Hervé, *La Monarchie de Juillet*, París, Presses Universitaires de France, col. Que sais-je ?, 1994, reed. CNRS Éditions, col. Biblis, 2017.

Roy-Henry, Bruno, *Vidocq. Du bagne à la préfecture*, París, Éditions L'Archipel, 2001.

Tolédano, André-Daniel, *La Vie de famille sous la Restauration et la monarchie de Juillet*, París, Albin Michel, 1943.

Tulard, Jean, «La préfecture de police sous la monarchie de Juillet», *Annuaire de l'École pratique des hautes études*, 1964, pp. 427-431.

Vidocq, Eugène-François, *Les Voleurs*, Éditions de Paris, 1957.